Schleicher, August (Hg.)

Litauische Märchen

Schleicher, August (Hg.)

Litauische Märchen

ISBN: 978-3-86741-309-1

Auflage: 1
Erscheinungsjahr: 2010
Erscheinungsort: Bremen, Deutschland

Bei diesem Titel handelt es sich um den Nachdruck eines historischen, lange vergriffenen Buches aus dem Verlag Hermann Böhlau, Weimar (1857). Da elektronische Druckvorlagen für diese Titel nicht existieren, musste auf alte Vorlagen zurückgegriffen werden. Hieraus zwangsläufig resultierende Qualitätsverluste bitten wir zu entschuldigen.

Schleicher, August (Hg.)

Litauische Märchen

Litauische
Märchen, Sprichworte, Rätsel und Lieder.

Gesammelt und übersetzt

von

August Schleicher.

Weimar

Hermann Böhlau

1857.

Vorrede.

Um die Märchen, Sprichworte, Rätsel, Lieder und Sprüche des litauischen Volkes auch denen zugänglich zu machen, die des Litauischen nicht kundig sind, habe ich mein litauisches Lesebuch ins Deutsche übersetzt. Auch ist diese Übersetzung wol manchem eine willkommene Beihilfe zum Verständnisse schwieriger Stellen des litauischen Originals. Leider muste ich in der Übersetzung gar manches weglaßen; so vor allem den aufs Sexuelle bezüglichen Schmutz; ferner manches wirklich Unübersetzbare, als Rätsel, die aus lauter selbst den Litauern unverständlichen Rätselworten bestehen; Sprichworte, die nur einem zufälligen Gleichklang der Worte ihre Entstehung danken, Dainas (Lieder), die ihre Wirkung nur durch die in ihnen angewandten eigentümlich gebildeten Worte haben. Ob ich, besonders in den Sprichworten, die größtentheils einem alten handschriftlichen Wörterbuche entnommen sind, überall das Rechte getroffen, wage ich nicht zu behaupten, obgleich ich mich mit der litauischen Sprache wol vertraut gemacht und überdieß bei zweifelhaften Stellen den Rat eines Eingeborenen eingeholt habe. Ich gab mir Mühe, so treu als möglich zu übersetzen und gab also oft den Reim in den Sprichworten der Treue der Übertragung wegen auf; ja ich setzte bisweilen da, wo sich die

Begriffe im Litauischen und Deutschen nicht decken, ein Wort zur Er=
klärung bei, obwol ich weiß, daß das ein schlechter Notbehelf ist.
Wo ich nur die Wahl zwischen weniger gutem Deutsch aber treuer
und wörtlicher Übertragung und einer fließenden aber freien Über=
tragung hatte, zog ich die wörtliche Übersetzung vor. Übrigens ist
übersetzen nicht mein Fach, und ich bitte deshalb den Leser um nach=
sichtige Beurteilung etwa sich findender Schwächen; ich konnte und
wollte aber nicht die Übersetzung meiner unter Entbehrung und Müh=
sal zusammen gebrachten Sammlung eines Theiles der mündlich über=
lieferten Literatur des litauischen Volkes fremden Händen überlaßen.

    Eine Sammlung litauischer Märchen, Sprichworte und Rätsel
tritt hier zum ersten Male an das Licht.*) Dainas hat Neßelmann
bereits in Fülle geboten, deshalb gebe ich hier nur weniges, aber
namentlich das mythologisch wichtige und einiges bisher ungedruckte.
Von den von mir gesammelten Liedern stehen einige schon bei Neßel=

---

*) Norske Folkeeventyr af Asbjörnsen og Moe, 2. Udg. Christiania 1852 bieten
mehrere, bisweilen schlagende Parallelen zu den litauischen Märchen. Einzelne Züge
des lit. Märchens vom Bartmännchen, nämlich die Anzal der Drachenhäupter, das
Stärkewaßer u. a. finden sich wieder in Nro. 27 des angef. Werkes: Soria Moria
Slot; ähnlich verhält es sich mit dem lit. Märchen von der schönen Königstochter
gegenüber von Nro. 19, Kari Træstak der norwegischen Sammlung, ferner mit dem
Märchen vom schlauen Jungen und Nro. 34, Mestertyven; die Heilkraft der Löwen=
milch, von der im lit. Märchen von den Räubern und der einem Drachen versproche=
nen Prinzessin die Rede ist, wird auch erwähnt in Nro. 60 (58), det blaae Baand;
Nro. 44, Tommeliden beut jedoch, außer dem Däumling selbst, kaum etwas dem
litauischen Märchen vom Däumling verwandtes. Dagegen entsprechen sich mehr oder
minder folgende: das lit. Märchen vom faulen Mädchen und Nro. 13, de tre Mostre;
wer kann beßer lügen? und Nro. 39, Askelabben, som fik Prindsessen til ab lögste
sig; vom armen Taglöhner, der sein Glück machte, und Nro. 7, om Gutten, som
gik til Nordenvinden og krævede Melet igien; vom Schmiede der den Teufel dran
kriegte, und Nro. 21, Smeden, som be ikke turde slippe ind i Helvede; vom Bauer,
der ein sehr großer Schelm war, und Nro. 54 (53), Store=Peer og Vesle=Peer.
Varianten und Nachweis verwandter Märchen anderer Völker findet man bei Asbjörn=
sen und Moe in den Anmerkungen. Die Grimmsche Sammlung deutscher Märchen
beut ebenfals des verwandten und vergleichbaren viel und vielleicht in noch zalreicheren
Beispielen; überhaupt stehen die litauischen Märchen den deutschen (und nordischen)
sehr nahe, so viel läßt selbst die kleine Sammlung, die ich in diesem Buche biete,
deutlich erkennen.

mann, dem ich sie für seine Sammlung mittheilte. Übrigens habe ich nicht alle Lieder meiner Sammlung übersetzt, sondern nur die bedeutenderen. Die Singweisen habe ich, leider nur zu wenigen Liedern, selbst den Singenden nach geschrieben, und ich kann für die Richtigkeit der Aufzeichnung daher einstehen. Obwol die Dainas stets einstimmig gesungen werden, so glaubte ich doch die höchst eigentümlichen, ja bedeutenden Weisen dieser Lieder durch Zugabe einer einfachen Klavierbegleitung unserem Geschmacke zugänglicher zu machen; durch die Noten, die ich der Melodie untergelegt, suchte ich den Eindruck wieder zu geben, den die Lieder auf mich machten, als ich sie singen hörte.

Sprichworte und sprichwörtliche Redensarten habe ich hier nicht gesondert, weil solche Sonderung zwar in den meisten Fällen leicht ist, in manchen aber auf große Schwierigkeiten stößt. Geordnet sind sie alphabetisch nach dem ersten in ihnen vorkommenden Substantiv oder, wo dieses fehlt, nach dem Verbum; fehlt auch dieses, nach dem ersten Adjectiv. Eben so sind die Rätsel nach ihren Auflösungen geordnet.

Die stets gereimten priamelähnlichen Sprüche, deren man übrigens nur wenige findet, habe ich, ihrer poetischen Form wegen, den Dainas angehängt, obwol sie, so viel ich weiß, nicht gesungen werden.

Gerne hätte ich mehr Märchen mitgetheilt und zum Theile Gewählteres und beßer Erzähltes geboten. Der Reichtum der litauischen Nation an Märchen ist sehr groß. Mancher Erzähler könnte einen ansehnlichen Band voll dictieren. Diesen Schatz wüste ich gerne gehoben und geborgen. Ich kenne einen zur Aufzeichnung vollkommen befähigten Litauer, welcher gegen eine angemeßene Geldentschädigung für Reisekosten, Zeit und Mühe ein solches Unternehmen wol ausführte; ich selbst aber bin nicht im Besitze der erforderlichen Mittel.

Ich theile das von mir, theilweise mit Beihilfe Eingeborner, Zusammengebrachte hier ohne Anmerkungen mit. Das Gebiet der

Sprachwißenschaft ist ein so ausgedehntes, daß mich wol kein Vor=
wurf deswegen treffen kann, weil ich mich darauf beschränke, dem
Forscher zuverläßiges Material in die Hände zu geben.

Auf den Wunsch des geehrten Herrn Verlegers ist diese Über=
setzung mit sogenannter deutscher Schrift und in einer von der mei=
nigen abweichenden Orthographie gedruckt worden. Den Herrn Ver=
leger bedünkt es nämlich wol nicht mit Unrecht, daß die von mir
befolgte Schreibweise (die dem neuhochdeutschen angepaßte mittelhoch=
deutsche) der Verbreitung des Buches hier und da im Wege stehen
könne.

Herrn Dr. Schade, welcher so freundlich war, die sämmtlichen
Correcturen mit seltener Genauigkeit zu lesen, herzlichen Dank.

Jena, im Sommer 1857.

Auguſt Schleicher.

Inhalt.

Vom schlauen Mädchen.

Es fuhr einmal ein Herr und ein Kutscher, und sie kamen zu einem Hause und da spann ein Mädchen. Der Herr schickte den Kutscher zu dem Mädchen, um etwas zu trinken aus dem Hause zu holen, aber das Mädchen sagte 'Bärtiges (d. h. alus, Hausbier; man denke an die Grannen der Gerste) habe ich nicht, und das aus dem Stillen gelaufene (d. h. Waßer) wird er vielleicht nicht trinken.' Der Herr aber, der das hübsche Rätsel zu lösen wuste, sagte zu ihr 'Bist du so schlau, so werde auch ich so schlau sein. Wenn du zu mir kommen wirst, weder nackt noch bekleidet, weder zu Pferd noch zu Fuße noch zu Wagen, weder auf dem Wege noch auf dem Fußpfade noch neben dem Wege, im Sommer und zugleich im Winter, so werde ich dich heiraten.' Da entkleidete sie sich und hieng sich ein Netz um und setzte sich auf einen Geißbock und ritt zum Herren hin immer im Fahrgeleise und gieng in einen Wagenschuppen und stellte sich da zwischen einen Schlitten und einen Wagen. Jetzt war sie gekommen weder nackt noch bekleidet, weder zu Pferd noch zu Fuße noch zu Wagen, weder auf dem Wege noch auf dem Fußpfade noch neben dem Wege, im Sommer und zugleich im Winter. Aber der Herr wollte sie nicht heiraten und schickte sie nach Hause und ließ ihr ab= gekochte Eier bringen. Diese Eier sollte sie von einer Henne aus= brüten laßen. Das Mädchen aber kochte Gerstenkörner ab und schickte sie dem Herren hin, die sollte er säen; wenn sie keimen und grünen würden, da würde sie auch die Hünchen ausbrüten laßen. Da sagte der Herr 'Diese Gerstenkörner werden freilich nicht keimen und du wirst keine Grütze für jene Hünchen machen können.' Da muste er sie heiraten.

1 *

Darnach kamen drei, die im Streite mit einander lagen, zu dem Herren, um sich Recht zu holen; der Eine hatte eine Peitsche, der Andere einen Wagen und der Dritte eine Stute, und die Stute hatte ein Folen. Sie stritten sich nun: der Eine sagte 'Das ist das Folen meiner Peitsche;' der Andre sagte 'Das ist das Folen meines Wagens;' der Dritte sagte 'Das ist das Folen meiner Stute.' Der Herr aber war nicht im Stande, ihren Streit zu schlichten. Da sandte er zu seiner Frau; diese hieß sie sich ein Netz holen, führte sie auf den Berg und ließ sie fischen; und sie konnten da nicht fischen. Da sagte sie zu ihnen 'So wenig ihr auf dem Berge fischen könnt, so wenig kann eine Peitsche ein Folen haben und ein Wagen auch nicht, sondern nur einzig und allein eine Stute kann ein Folen haben.'

Vom hörnenen Manne.

Es war einmal ein Mensch, der hatte drei Kälber, und mit den Kälbern gieng er durch einen Wald und begegnete einem andern, der hatte drei Hunde, der sagte 'Tauschen wir, ich gebe dir die drei Hunde und du gibst mir die drei Kälber; die Hunde werden dir aus jeder Not helfen.' Da tauschten sie. Der Eine zog mit seinen Hunden weiter und kam an ein Haus und gieng da hinein, fand aber keinen Menschen, und wie er sich umsah, da erblickte er in der Stube eine Flinte, einen Säbel und eine Flasche. Die Flasche öffnete er und versuchte sich etwas auf den Finger zu gießen, um zu sehen, was darin sei. Wie er nun etwas auf den Finger goß, da überzog sich der Finger mit dem Öle und ward wie Horn, und er konnte weder mit dem Meßer noch mit dem Säbel das Horn abschneiden. Da nahm er das Öl aus der Flasche und wusch sich damit am ganzen Leibe; da ward er am ganzen Leibe wie Horn. Flasche, Flinte und Säbel nahm er mit und kam in eine Stadt, die war ganz mit schwarzem Scharlach ausgeschlagen. Da gieng er ins erste Haus zum Zöllner und fragte, weshalb die Stadt so schwarz ausgeschlagen sei. Der sagte 'Das ist deswegen, weil der König jedes Jahr eine seiner Töchter einem Drachen geben muß, und jetzt wird der König wiederum um eine Tochter kommen'. Und die Tochter war schon gebunden, denn am folgenden Tage hätten sie sie hinaus führen müßen. Da gieng der Mensch mit den Hunden zum Könige und sagte, er werde

seine Tochter vom Drachen erlösen; und der König versprach ihm die
Tochter zur Frau zu geben, wenn er sie befreien werde. Sobann
gieng er auf den Berg, auf welchen der Drache zu kommen pflegte.
Da lag ein großer Stein: den Stein bestrich er mit jenem Öle. So
oft aber der Drache her flog, pflegte er sich auf diesen Stein zu
setzen und des Wagens zu harren, auf welchem man die Königstochter
hinaus fuhr. Als nun dießmal der Wagen heran kam und nicht mehr
weit vom Drachen war, da wollte er sich erheben, aber er hob den
ganzen Stein mit sich in die Höhe. Da ließ der Drache vor Wut
eine zwölf Klafter lange Lohe aus seinem Rachen gehen. Der Mann
aber stieg vom Wagen und hieb dem Drachen mit dem ersten Hiebe
fünf Häupter ab und mit dem zweiten eben so viele, und mit vier
Hieben hatte er ihm seine zwölf Häupter sämmtlich abgehauen: da
wars mit dem Drachen alle. Jetzt band der Mann das Fräulein los
und fuhr mit ihr heimwärts. Während des Fahrens schlief er aber
ein, denn er war sehr müde geworden von der großen Arbeit. Als
er nun eingeschlafen war, da wollte ihn der Kutscher ermorden, und
als das Fräulein schreien wollte, drohte er sie mit dem Säbel zu er=
stechen. Sobann nahm er jenen Mann, warf ihn aus dem Wagen
und grub ihn ein. Dem Fräulein aber sagte er 'Schwörst du mir
nicht, daß ich dich erlöst habe, so ersteche ich dich auch.' Da schwur
sie ihm, daß er sie vom Drachen erlöst und daß sie ihn zu heiraten
habe.

Aber die drei Hunde legten sich auf den Grabhügel, unter wel=
chem der hörnene Mann begraben war. Da kam ein Mensch mit
einem Spaten; da gruben die Hunde fort und fort mit den Pfoten
in die Erde, und als der Mensch das sah, fieng er auch an zu gra=
ben und grub den hörnenen Mann aus, und wie er ihn ausgegraben
und ihn betrachtet hatte, fand er, daß er schlafe. Da weckte er ihn
und sprach zu ihm 'Warum kriechst du lebend in die Erde?' Jener
aber wuste jetzt nicht, wo er war. Er gieng nun allein in die Stadt,
schrieb einen Brief, wickelte den Brief in ein Schnupftuch des Fräuleins,
band es einem der Hunde um den Hals und sandte ihn zum Könige,
wo bereits die Hochzeit des Kutschers und des Fräuleins vor sich
gieng. Der Hund kam hin, näherte sich dem Fräulein und legte sei=
nen Kopf auf ihre Knie; da bemerkte sie, daß das ihr Schnupftuch
sei, und fand den Brief und erfuhr so, daß jener Mann noch am
Leben sei. Da schrieb sie ihm auch einen Brief und band den Brief

in dasselbe Schnupftuch und sandte ihn durch denselben Hund hin. Wie er sah, daß die Stadt jetzt mit rotem Scharlach ausgeschlagen war, da sprach er wieder bei jenem Zöllner ein und fragte, weshalb die Stadt so rot ausgeschlagen sei. Der sagte ihm 'Ein Kutscher hat eben des Königs Tochter vom Drachen befreit und da gibt sie ihm der König zur Frau.' Da gieng er schnell zum Könige, und wie er hin kam, machte er sich in die Nähe des Fräuleins und fragte sie 'Wer von uns hat dich befreit, ich oder der Kutscher?' Sie erwiderte 'Du,' und erzählte ihm alles, wie er eingeschlafen sei und wie sie dem Kutscher habe schwören müßen. Jetzt sann sie nach, wie sie die Sache klug angreifen könne und gieng hinein und sprach zu allen Anwesen= den 'Ich verlor einmal den Schlüßel meines Schrankes und ließ mir einen neuen machen, aber jetzt habe ich den alten Schlüßel wieder: welcher Schlüßel wird nun der beßere sein, der alte oder der neue?' Da sagten alle 'Der alte ist beßer;' und so sagte auch der Kutscher. Da gieng sie hinaus, führte den hörnenen Mann mit sich in die Stube, wo alle Hochzeitsleute waren, und sagte 'Das ist mein alter Schlüßel, den ich verloren hatte.' Da sahen alle, was das für ein Schlüßel sei, aber der Kutscher erschrak sehr. Da sagte sie 'Der hat mich befreit, nicht du.' Und sie ergriffen den Kutscher und ließen ihn umbringen.

Vom alten Schimmel, dem Wolfe und dem Bären.

Es war einmal ein Mann, der hatte ein Pferd, und wie das Pferd alt geworden war, da konnte er es nicht mehr brauchen. Da ließ er ihm einen stählernen Hufbeschlag machen, führte es in den Wald und ließ es laufen: 'Jetzt suche dir selbst dein Futter!' Der Schimmel gieng seines Weges und traf im Walde einen Bären, der sagte zu ihm 'Na wie, Gevatter, bist du noch stark?' Der antwortete 'O ja freilich.' Der Bär sagte sodann 'Wenn ich einen Stein nehme und drücke, da kommt immer der Saft heraus.' Aber der Schimmel sagte 'Wenn ich mit meinen Zehen über einen Stein streiche, da kommt immer das Feuer heraus.' Jetzt ward es dem Bären bange, denn er dachte, jener sei doch stärker als er. Da lief er von ihm weg und traf einen Wolf und sagte zu ihm 'Wie, Gevatter, bist du noch stark?' Der Wolf antwortete 'O ja freilich.' Da sagte der Bär

'Ich bin stark, du bist stark, aber dort auf jener Wiese ist einer, der ist stark! wenn der mit seinen Zehen über einen Stein streicht, da kommt das Feuer heraus.' Da wollte der Wolf den doch auch sehen und der Bär führte ihn hin. Der Schimmel weidete hinter einer Anhöhe auf einer Wiese und der Bär konnte ihn sehen, der Wolf aber nicht. Da hob der Bär den Wolf in die Höhe, damit auch er den Starken sehen könne, und beim Heben drückte er ihn so sehr, daß der Wolf das Gesicht verzog. Da sagte der Bär 'O du Kröte! hast ihn noch nicht gesehen und verziehst schon das Gesicht'*), und schleuderte ihn auf die Erde, daß er mitten enzwei barst.

Vom Däumling.

Es waren einmal zwei Leute, ein Mann und eine Frau, die hatten keine Kinder, waren aber reich. Mit der Zeit bekamen sie einen Knaben, der war nur daumenslang. Als eines Morgens seine Mutter dem Vater das Frühstück bringen wollte, da bat er, sie solle es ihn tragen laßen; aber die Mutter sagte 'Was wirst du tragen, du kleiner Wicht!' Er ließ aber nicht nach, bis sies ihn tragen ließ. Als er das Frühstück seinem Vater hin getragen, bat er den Vater, er möge ihn pflügen laßen; aber der Vater sagte 'Was wirst du pflügen? laß bleiben!' Der Junge sagte 'Ich werde in des Ochsen Ohr kriechen.' Und er kroch hinein und pflügte. Da kam ein Herr gefahren, der sagte 'Aber, Mensch, gehen denn deine Ochsen so ohne Pflüger?' Der Mann erwiderte 'Mein Sohn pflügt; er sitzt in eines Ochsen Ohre.' Der Herr sagte 'Verkauf du mir deinen Sohn!' Aber der Mensch wollte nicht. Da sagte sein Sohn 'Aber, Väterchen, verkauf du mich nur; bedeckt er mich mit Geld, so kann er mich nehmen.' Der Herr dachte 'Ich werfe einen Silbergroschen auf ihn.' Aber er warf einen Sack voll Geld auf ihn, der Bursche war immer oben auf; er warf einen zweiten Sack voll auf ihn und er war noch oben auf, bis er ihn endlich mit einem Thaler zudeckte. Da nahm ihn der Herr mit sich nach Hause. Eines Abends sagte der Junge zum Herren 'Ich will in den Stall gehen und bei den Ochsen schlafen, damit sie niemand stehle.' Und der Herr ließ ihn dahin. Er gieng in den

---

*) fürchtest dich schon.

Stall und hockte sich in eines Ochsen Ohr. Die Nacht kamen drei
Diebe, um Ochsen zu stehlen; da sagte er in dem Ohre sitzend 'Die
da sind die besten Ochsen; ich bin auch ein Dieb, wie ihr drei, laßt
uns Kameraden sein!' Wie sie nun aufs Feld heraus kamen und die
Ochsen schlachteten, sprachen sie unter sich 'Wer von uns wird gehen
die Därme ausspülen?' Da sagte der Junge 'Ich bin der Jüngste,
ich bin der Flinkste, ich will gehen.' Die Diebe meinten, er sei wirk=
lich auch ein Dieb, denn es war finster und sie konnten nichts sehen,
und sagten 'Gut, spüle du!' Er trug die Därme ans Waßer, und
wie er spülte, fieng er an fürchterlich zu schreien 'Ach, bester Herr,
ich hab nicht allein gestohlen; dort braten noch drei Männer das
Fleisch am Feuer.' Wie sie dies vernahmen, fiengen sie sämmtlich an
zu laufen; denn sie dachten, der Besitzer habe den Burschen erwischt
und prügle ihn, und ließen das Fleisch auf dem Felde im Stiche.
Da lief der Junge nach Hause zu seinem Vater und erzählte ihm die
Sache. Schnell spannte der Vater die Pferde an, fuhr hin und holte
sich das Fleisch. Nun hatte er seinen Sohn wieder und so viel Geld
und Fleisch noch dazu.

Vom Fuchse.

Es gieng einmal ein Mensch durch einen Wald und er ward
müde und legte sich nieder. Da kam ein Fuchs herbei gelaufen und
sprach 'Mensch, steh auf, jetzt hätte dich der Wolf beinahe erwürgt.'
Der Mensch stand auf und schaute sich um: kein Wolf war da. Der
Fuchs aber sagte 'Mensch, was wirst du mir dafür jetzt geben, daß
ich dich vom Wolfe errettet habe?' Da dachte der Mensch darüber
nach, was er ihm wol geben könne, aber der Fuchs sagte sofort 'So
gib mir ein Paar Hünchen dafür, daß ich dich vom Wolfe errettet
habe.' Da geht der Mensch nach Hause, nimmt einen Sack, steckt ein
Paar bunte Hündchen hinein und geht wieder in den Wald. Der
Fuchs kam ihm der Hünchen wegen schon entgegen gelaufen und sagte
'Weis her!' Jener macht den Sack auf und läßt die Hunde heraus.
Der Fuchs erschrak über die Hündchen und lief nach seinem Loche,
und die beiden Hündchen setzten ihm nach. Als er aber im Loche
war, neckte er die Hündchen mit seinem Schwanze und sagte 'Ihr
Bunten, da habt ihr den Schwanz!' indem er dachte 'Die kriegen mich

doch nicht.' Aber die Hündchen faßten ihn am Schwanze, zogen ihn aus dem Baue heraus und zerrißen ihn.

Vom Räuber.

Es war einmal ein Landwirt, der hatte eine Tochter. Einmal war er mit seiner Frau auf einige Tage weggefahren und hatte die Tochter allein gelaßen. Eines Abends, während sie allein zu Hause war, kamen zwölf Räuber, die gruben sich unter der Wand des Hauses durch und krochen da hinein. So wie aber einer hinein gekrochen war, hieb sie ihm mit dem Beile den Kopf ab und zog ihn hinein; so that sie mit dem andern und so mit allen eilfen. Und wie der zwölfte hinein kroch, da merkte er, daß es da so naß sei; da zog er sich zurück und sie konnte ihm nicht den ganzen Kopf abhauen, sondern nur die Hälfte, und er lief davon. Nach nicht langer Zeit kam er zu dem Mädchen auf Brautschau, aber sie wollte ihn durchaus nicht. Als jedoch ihre Eltern sie nötigten, da muste sie ihn nehmen. Wie sie mit ihm fuhr, ließ er sich von ihr den Kopf absuchen; da fand sie, daß das nur ein halber Kopf war, aber sie dachte doch nicht daran, daß es jener Räuber sei. Als er mit ihr nach Hause gekommen war, da ließ er sie Waßer in den Keßel tragen. Es war eine alte Frau im Hause, die fragte sie 'Wozu hab ich denn so viel Waßer zu tragen?' Die Frau sagte zu ihr 'Das, scheint mir, wird für dich sein.' Und sie sagte weiter zu ihr 'Ich will dir sagen, was du thun must. Wenn du zum Teiche hin kommst, da lege du einem Pfale deine Kleider an und lauf dann weg.' So geschah es. Jetzt ward dem Räuber die Zeit lang, weil sie so lange nicht wieder kam, und er lief schnell hin, um zu sehen, was sie so lange mache; und wie er nahe herbei gekommen war, da sah er, daß es ein Pfal sei. Da merkte er, daß da List im Spiele und daß die Frau entlaufen sei. Sogleich setzte er mit andern Räubern ihr nach, sie fanden sie jedoch nicht. Wie sie durch einen Wald lief und jene hinter ihr, da erstieg sie einen Baum und einer der Räuber stach mit einer langen Pike in die Höhe und traf sie zufällig in den Fuß. Das Blut floß, aber es war schon Abends und man konnte sie nicht sehen, und einer der Räuber sagte 'Ach, das regnet schön!' Da sie sie nicht fanden, giengen sie wieder nach Hause. Zu Hause sah der Räuber beim

Spahnlichte, daß er ganz voll Blut war und sagte 'So war die Kröte doch da!' Tags darauf giengen sie wieder aus, sie zu suchen. Das Mädchen war aber noch immer im Walde. Da sah sie einen Wagen voll Baumrinde fahren und bat den Menschen, der beim Wagen war, er möge sie unter die Rinde kriechen laßen und mitnehmen; und er gabs zu. Da kamen die Räuber und fragten den Menschen, ob er hier kein Mädchen habe gehen sehen. Er sagte 'Nein;' sie aber glaubten es nicht und begannen selbst die Rinde vom Wagen zu werfen bis auf die letzte Schicht, die sie liegen ließen, indem sie dachten, daß sie da doch nicht sein werde. Darauf giengen die Räuber nach Hause und das Mädchen auch. Nach nicht langer Zeit kam aber der Räuber wieder zu dem Mädchen; jetzt wusten aber alle, was er für einer sei, und sie brachten ihn um.

Von der schönen Königstochter.

Es war einmal ein König, der hatte eine sehr schöne Gemahlin, die hatte um die Stirne herum die Sterne, oben auf dem Kopfe die Sonne und am Hinterhaupte den Mond; aber sie starb bald. Es hatte aber der König eine eben so schöne Tochter, wie seine Frau war. Und der König reiste rings umher, eine andere Frau zu suchen, aber er fand keine so schöne wie seine erste Frau, und deshalb wollte er seine eigene Tochter heiraten; die aber wollte ihn nicht. Nun konnte sie ihn aber nicht bewegen von ihr zu laßen; da gab sie ihm auf, er solle ihr kaufen einen Läusemantel (einen Mantel mit Läusefellen ge= füttert), ein silbernes Kleid, einen demantnen Ring und goldne Schuhe. Und der König gab ihr alle diese Dinge. Der König hatte aber auch eine alte Ausgedingerin (Altsitzerin). Abends vor der Hoch= zeit fragte die Königstochter die Alte, was sie jezt thun solle. Die riet ihr alles zusammen zu packen und das Weite zu suchen; und so gieng sie denn Nachts von bannen. Des Morgens suchte der König sein Mädchen, fand es aber nicht und fragte sein ganzes Gesinde 'Sahet ihr nicht, sahet ihr denn nicht meine Braut?' Aber niemand konnte ihm Auskunft geben. Als aber in jener Nacht die Königstochter weg gieng, kam sie zu einem Fluße, und da sollte sie ins Schiff stei= gen; der Ferge aber wollte sie nicht fahren und sagte 'Wenn du nicht versprichst mich zu nehmen, so ertränke ich dich zur Stelle.' Aber

fie wollte den auch nicht. Da warf er fie aus dem Schiffe und fie
fprang ans Ufer des Waßers. Sie gieng nun weiter, ohne zu wißen
wohin; da kam fie zu Steinen*) und fagte 'Ach, lieber Gott, wenn
fich doch hier eine Stube aufthäte!' Da that fich auch wirklich eine
Stube auf; in die gieng fie hinein, und alles war da fo, wie fie fich
es nur gewünfcht hatte. Früh gieng fie fodann wieder heraus, ließ
aber in der Stube ihre prächtigen Kleider, und alles war wieder Stein
wie vor dem. Dann gieng fie in ein Gehöfte und verbang fich bei
der Frau vom Haufe als Afchenbrödel. Da war auch ihr Bruder,
denn er war auch von feinem Vater weg gegangen und war auf dem
Gehöfte als Schreiber, und er hatte einen Bedienten, und wenn er
feinem Bedienten hieß, er folle ihm Waßer oder feine Stiefel bringen,
da lief immer Afchenbrödel und brachte es ihm, und fo oft fie es ihm
brachte, warf er es ihr jedes Mal nach den Ferfen. Darauf bat fie
ihre Herrin, fie möge fie doch hier und da ein Mal nach Haufe gehen
laßen; fie gieng aber nicht nach Haufe, fondern zu jenen Steinen, und
wenn fie in die Nähe der Steine kam, da thaten fich die Steine wieder
auf und es war wieder eine Stube, und fie zog dann ftets ihre prächtigen Kleider an, und es kam alle Mal eine Kutfche gefahren, in die
fetzte fie fich und fuhr in die Kirche. Der Schreiber aber war auch
in der Kirche, und er fah dort das wunderfchöne Mädchen und kam
deshalb den zweiten Sonntag wieder in die Kirche, und das Mädchen
war auch wieder da. Aber ihre Herrin hatte ihr gefagt, fie müße
eher nach Haufe kommen als der Schreiber. Eines Tages jedoch ver-
fpätete fie fich, und da fie nicht mehr Zeit hatte ihre prächtigen Kleider abzulegen, zog fie zu Haufe Alltagskleider über jene prächtigen
an. Da ließ fie der Schreiber durch den Bedienten rufen: fie folle
kommen und ihm den Kopf abfuchen**), aber fie wollte nicht und
fagte 'Man hat meiner bisher noch nie beburft, und man bedarf
meiner auch jezt nicht.' Als aber der Bediente zum zweiten und dritten
Male fie rief, da mufte fie doch gehen. Wie fie ihm nun den Kopf
abfuchte, da durchfuchte er ihre Kleider und kam bis zu jenem Mantel.

---

*) Die Erzählerin nennt 'Steine' was wir 'Felfen' nennen würden. Eigentliche
Felfen find in Litauen nicht vorhanden, wol aber gibt es große Maffen erratifcher
Blöcke, und diefe hat wol die Erzählerin vor Augen.

**) Diefe Liebeserweifung ift in den litauifchen Märchen die gewönliche Einlei-
tung von Erkennungsfcenen.

Und als er den Kopf von ihren Knien erhob, da riß er ihr das Kopftuch vom Kopfe und erkannte sogleich in ihr seine Schwester. Darauf verließen beide das Gehöfte, aber niemand wußte, wohin sie giengen.

Vom trägen Mädchen.

Eine Frau hatte eine sehr faule Tochter, die zu keiner Arbeit Lust hatte; da führte sie sie auf einen Kreuzweg und auf dem Kreuzwege prügelte sie sie durch. Da fuhr ein Herr des Weges daher, und das war ein Edelmann, und er fragte, weshalb sie das Mädchen so prügele. Sie sagte 'Herrchen, sie ist eine solche Arbeiterin, ja sie kann uns das Moos von der Wand ab spinnen.' Da sagte der Herr 'Ei da gib sie nur mir, ich habe zu Hause genug zu spinnen.' Da sagte die Frau 'Nehmt sie nur mit, nehmt sie nur mit, ich will sie nicht mehr.' Wie nun der Herr mit ihr nach Hause kam, da stopfte er ihr den ersten Abend ein ganzes Faß voll Werg*) und führte sie in eine Stube allein. Jetzt ward es ihr angst: 'Spinnen mag ich nicht und kann ich nicht.' Da kommen des Abends drei Laumes daher und klopfen ans Fenster und das Mädchen ließ sie schnell ein. Die Laumes sagten 'Wirst du uns auf deine Hochzeit laden, so wollen wir dir heute Abend spinnen helfen.' Schnell erwiderte sie 'Spinnt nur, spinnt, ich werde euch laden.' Da spinnen denn die Laumes den ersten Abend das ganze Faß leer: das faule Mädchen schlief stets, die Laumes spannen. Am Morgen kam der Herr nachsehen: das Mädchen das schlief und die ganze Wand des Zimmers hieng voll Gespinnst. Da ließ der Herr niemanden in das Zimmer des Mädchens, damit sie recht ausschlafen könne nach so großer Arbeit. Und den anderen Tag stopfte er ihr ein eben so großes Faß voll Flachs. Die Laumes erschienen wieder und es begab sich wie am ersten Abende. Da hatte der Herr nichts mehr zu spinnen und er sprach 'Jetzt will ich dich heiraten, da du eine so vortreffliche Arbeiterin bist.' Den Tag vor der Hochzeit sagte das Mädchen zum Herrn 'Ich muß noch gehen meine drei Tanten einladen.' Und der Herr ließ sie gehen. Als sie nun kamen und sich hinter den Ofen setzten, da kam der Herr um sie an zu sehen und als er sie sah in ihrer Häßlichkeit, da sagte er zu seinem Mäd-

---

*) In Litauen Heede genannt, grober, schlechter Flachs.

chen 'Aber deine Tanten sind sehr unschön.' Und die eine Laume fragte
er, weshalb sie solch lange Nase habe. Sie erwiderte dem Herrn
'Herrchen, das ist von dem starken Spinnen; wenn man immer spinnt
und der Kopf so nickt, da dehnt sich die Nase so stark in die Länge.'
Da fragte er die andere, weshalb sie so dicke Lippen habe. Sie erwiderte dem Herrn 'Herrchen, das ist von dem starken Spinnen; wenn
man immer spinnt und immer nezt, da werden die Lippen so dick.'
Da fragte er die dritte, weshalb sie einen so ungefügen Steiß habe.
Sie erwiderte dem Herrn 'Herrchen, das ist von dem starken Spinnen; wenn man immer spinnt und immer sitzt, da wird der Steiß so
ungefüge.' Da überkam ihn die Angst, seine Gemahlin könne vom Spinnen eben so häßlich werden, und schnell warf er den Rocken in den Ofen.

Vom schlauen Jungen.

Es waren einmal zwei Brüder; der eine, ein sehr reicher Mann,
war Kaufmann in der Stadt und kinderlos, der andere aber war ein
armer Teufel auf dem Lande und der hatte drei Knaben, aber er war
so arm, daß er nicht einmal etwas zu eßen hatte. Da gedachte einst
der reiche seines armen Bruders, ließ sich die Pferde vor den Schlitten
spannen, denn es war zur Winterszeit, packte für die drei Jungen der
Reihe nach Kleider ein und fuhr hin zu seinem Bruder. Als er hin
gekommen, hielt er vor der Thüre und sein Bruder kam heraus in
einem alten zerrißenen Pelze und beide begrüßten sich freundlich und
giengen in die Stube. Der Reiche sagte 'Bruder, wo ist deine Frau?'
'Ach, Bruder, sie schämt sich hinter dem Ofen vor zu gehen; sie hat
nichts an zu ziehen und ist schon ganz halb nackt.' 'Und wo sind deine
Jungen?' 'Die Jungen, die sind in der Schule.' Indem sie mit
einander redeten, kamen die Kinder zum Eßen aus der Schule nach
Hause gelaufen und grüßten ihren Ohm freundlich. Der Ohm hatte
sein Wolgefallen an den Jungen und ließ ihnen sogleich die Kleider
bringen, die er ihnen zu Hause hatte machen laßen, und wie sie angezogen waren, da ließ er sie ein Ende mitfahren und es traf sich,
daß der Weg durch einen Wald führte, wo schöne Bäume zu sehen
waren. Im Fahren kamen sie an dicke Eschenbäume. Da sagte der
älteste von den Knaben 'Ohm, das gäbe gute Tische!' Der Ohm
sagte 'Na, mein Junge, willst du ein Tischler werden?' 'O ja (sagte

der Knabe) wenn nur mein Vater so viel aufbrächte, um mich in die
Lehre zu thun.' Der Ohm nahm sein Journal*) und schrieb sich das
auf. Sie fuhren weiter und kamen an starke Eichen. Da sagte der
zweite 'Aber das wären herrliche Eichen für die Wagner.' Der Ohm
sagte "Na, mein Junge, vielleicht willst du ein Wagner werden?"
'O ja, (sagte der Knabe) wenn nur mein Vater so viel aufbrächte, um
mich in die Lehre zu thun.' Der Ohm zog sein Journal heraus und
schrieb sichs auf. Sie fuhren noch ein Ende und kamen an schöne
und hohe Bäume; aber der dritte sagte nichts. Der Ohm aber
wartete darauf, ob denn der auch etwas sagen würde. Da kamen sie
an ein solches Dickicht und verwachsenes Gestrüppe, daß nicht einmal
eine Mücke ihren Schnabel hätte hinein stecken können; da sagte der
jüngste 'Ohm, da könnte man gut ein Schnippchen schlagen.' Der Ohm
denkt hin und her, aber er kann das Wort nicht verstehen und er
muß den Kleinen fragen, was das sei und an was er denke. 'Ohm,
(sagte der Junge) da könnten sich Räuber gut verstecken.' Der Ohm
sagte "Na, vielleicht willst du gar unter die Räuber gehen?" 'O ja,
wenn ich nur dazu kommen könnte.' Der Ohm zog sein Journal
heraus und schrieb sich auch das auf. Sobann kehrte er wieder zu
seinem Bruder zurück.

Als er von seinem Bruder Abschied genommen, fuhr er wieder nach
Hause, und die Knaben seines Bruders nahm er alle drei mit zu sich
in die Stadt und schickte sie in die Schule; nachher that er den einen
zu einem Tischler und den anderen zu einem Wagner in die Lehre.
Nicht weit von der Stadt aber war eine Heide, und auf der Heide
hielten sich Räuber auf; dort hatten sie ihren Keller. Der Kaufmann
aber war bekannt mit den Räubern; wenn die anderen Kaufleute aus
der Stadt nach Waare fuhren, da gab er den Räubern Kunde davon.
Zu diesen Räubern that er den britten, und da sollte er das Räuber-
handwerk lernen.

Als er schon eine Zeit lang dort gewesen, sah er bei den Räubern großes Unrecht, indem sie die Leute, wenn sie sie ausraubten,
auch noch todt schlugen, und er sagte einmal 'Brüder, das ist nichts;
warum schlagt ihr denn die Leute, die sind ja unschuldig; wenn ihr
ihnen die Waare abnehmet, raubt ihr ihnen alles was sie haben, dann
laßt doch die Leute laufen.' "Na da machs doch so, wenn du so schlau

---

*) So auch im Litauischen.

bist," sagten die Räuber zu ihm. Als nun ein großer Wagen mit
Waare des Weges gefahren kam, da sagten sie "Geh und beraube einmal den Wagen!" Der Junge sagte 'Ich werde so viel rauben, als ich
tragen kann, aber geht auch ihr mit, damit wir alle etwas bekommen,
ich werde doch niemanden erschlagen.' Da hieng sich der Junge fünf
Pistolen um und gieng in das Dickicht am Wege und wartete bis der
Wagen kam. Wie der Wagen nun kam, da spannte er drei Pistolen;
der Fuhrmann dachte 'Da sind wer weiß wie viele Räuber,' sprang
vom Wagen, schnitt eiligst die Stränge ab, entfloh mit den Pferden
und ließ den Wagen im Stiche. Da kamen die Räuber mit dem
Jungen aus dem Dickicht hervor, nahmen vom Wagen was ihnen nur
gefiel und trugen es in ihren Keller. Da sagte der Kleine 'Na seht,
Brüder, ist das nicht beßer als wenn ihr die Leute ohne Not erschlagt?'
Aber sie wurden böse auf ihn, weil er schlauer war als sie. Und als
sie ihn unter die Gesellen thun wollten, da sagte der Räuberhauptmann zu ihm 'Du mußt uns deine List noch anders zeigen; jezt wird
Jahrmarkt in der Stadt sein, stihl du uns da eine Ziege.' Der Kleine
antwortete 'Na das ist ja gar nichts für mich, ich werde sie drei
Mal stehlen und zwei Mal verkaufen.'

Er gieng nun auf den Markt, stellte sich neben das Thor und
wartete auf Leute mit Ziegen. Als er so wartete, brachte ein altes
Männchen eine weiße Ziege; zu dem sagte er 'Wie, Väterchen, hast
du die Geiß zu verkaufen?' "Ja, mein Sohn." 'Na da werden wir
beide ein Geschäft machen; was willst du für die Geiß?' "Drei Thaler."
Der bang nicht lange und sagte 'Komm, Väterchen, laß uns in die
Stube gehen, ich werde ein Viertelchen Branntwein geben.' Während
getrunken ward, gieng der Kleine hinaus, nahm die Ziege und gieng
in ein Kornfeld bei der Stadt, machte seine Ziege bunt und führte sie
wieder in die Stadt; und wie er sie hinein führte, begegnete er dem
Alten, dem er die Ziege gestohlen hatte. Der alte Mann fragte ihn
'Mein Sohn, hast du die Ziege zu verkaufen?' "O ja, Väterchen." 'Und
was willst du für deine Ziege?' "Zehn Gulden"*). 'Da, mein lieber
Sohn, ich hatte auch eine weiße Zige zu verkaufen und wollte eine
andere kaufen; ich hatte drei Thaler ausgedungen für die meinige,
aber als wir beim Kauftrunk saßen, verschwand mein Käufer mit der

---

*) Ein ostpreußischer Gulden ist zehn Silbergroschen; zehn Gulden sind also drei
Thaler zehn Silbergroschen.

Ziege, die er mir stahl, denn er hatte das Geld noch nicht bezahlt; meine Ziege war gerade so eine wie deine, nur war meine weiß und deine ist bunt. Na wie, mein Sohn, gehts nicht unter zehn Gulden?' "Nein, anders gehts nicht, es ist eine sehr schöne Ziege und sie ist noch jung." 'Na was ist zu thun wenn es nicht anders ist, was ist da zu thun?' Und er zahlte ihm das Geld. "Aber den Kauftrunk trinken wir noch," sagte der Junge. Als sie tranken, gieng er hinaus, stahl dem Alten die Ziege, führte sie in ein Kornfeld, schwärzte die Ziege am ganzen Leibe und führte sie wieder auf den Markt. Er begegnete abermals dem alten Manne, dem er die Ziege gestohlen hatte. Der Alte sagte 'Hast du die Ziege zu verkaufen?'. "Ja," sagte er. 'Na was willst du dafür, mein Sohn?' Er verlangte wieder dasselbe Geld und bekam abermals seine zehn Gulden. Der Alte nahm seine Ziege und führte sie gerades Weges nach Hause, damit man sie nicht aufs neue stehle; aber der kleine Räuber folgte ihm in einiger Entfernung bis zu dem Hause.

Als der Alte mit seiner Ziege nach Hause gekommen, führte er sie in den Stall und ließ den Stall unverschloßen; er gieng sogleich in die Stube und sagte zu seiner Frau, er habe eine schwarze Ziege gekauft, sie solle ihm aber vor allem etwas zu eßen geben, dann wollten sie beide in den Stall gehen und die Ziege in Augenschein nehmen. Als er gegeßen, gehen beide in den Stall mit einer Schleiße (einem Spahnlichte), weil es schon dunkel war, aber die Ziege fanden sie bereits nicht mehr, denn der Bursche hatte während ihres Abendeßens die Ziege gestohlen. Da ließ die alte Frau ihre Wut an dem Manne aus und begann ihn von oben mit den Fäusten zu schlagen und sagte 'Den ganzen Tag hast du dich herum getrieben, den ganzen Tag hast du gezecht, die Ziege verkauft und das Geld vertrunken, und nun kommst du nach Hause und belügst mich noch, daß du eine Ziege mit gebracht.' Was sollte der Mann nun anfangen? Er gieng um die Ziege zu suchen, ob sie wol irgend wohin weg gelaufen sei. Der Bursche aber hatte die Ziege neben seinem Keller und er kniff sie in den Schwanz, daß sie meckern muste. Wie das der Alte vernahm, warf er sich sogleich nieder, legte die Ohren auf die Erde und horchte, wo das wol sein könnte, dann stund er auf und gieng der Stimme nach. Zufällig muste er über ein großes Moor gehen und ins Waßer waten; er watete so weit hinein, als er es in Kleidern vermochte, dann kehrte er um, zog sich aus und watete abermals. Jetzt übergab der Dieb die Ziege seinen Kameraden, lief um den Sumpf herum und stahl dem Alten die Kleider, brachte sie heim und sperrte die Ziege in der Räuber Keller ein. Der Alte, der die Stimme der Ziege nicht mehr hörte, kehrte auf den Ort zurück, wo er sich ausgezogen hatte, aber er fand seine Kleider nicht mehr und muste in bloßem Hemde nach Hause gehen.

Jetzt besprachen sich die Kameraden des jungen Menschen und sagten 'Wir wollen ihn nun zu unser einem machen, und er kann nun auf die Wanderschaft; wir haben nun gesehen, daß er schlauer ist als wir.' Da nahm er Abschied von ihnen, dankte für ihre Unterweisung und gieng zu seinem Ohm. Der gab ihm tüchtig Geld und alles was man zur Reise braucht, und entließ ihn in die Welt. Als er nun so wanderte, trat er zufällig in eine Schenke, um ein Glas Bier zu trinken. Die Wirtschaft führte eine Witwe mit ihrer Tochter. Als er ausgetrunken, rief er die Tochter herbei, damit sie die Bezahlung für das, was er verzehrt, in Empfang nehme. Als die Tochter kam, zog er aus seiner Tasche eine ganze Hand voll Geld und wühlte darin, um zu finden was er brauchte. Als die Tochter sah, daß der Wandersmann so viel Geld habe, gieng sie sogleich wieder zu ihrer Mutter hin und sagte 'Mutter, was dir der fremde Mensch Geld hat, das ist ganz fürchterlich. Du könntest ihn fragen, ob er nicht bei uns als Wirtschafter bleiben wolle.' "Das wäre gut (sagte die Mutter), wir brauchen ohnehin einen." Da gieng sie ins Zimmer und begann ihn von weitem aus zu fragen, woher er sei, wohin er gehe und was er für einer sei; auch fragte sie ihn, ob er die Feldarbeit verstehe. 'O ja (sagte er), ich verstehe alles was man in der Wirtschaft braucht.' "Könntet ihr nicht bei uns bleiben als Wirtschafter? wenn ihr nicht etwa noch weit weg und die Welt sehen wollt. Ich bedarf sehr eines Wirtschafters: ich lebe nun schon lange Zeit allein, und mit meiner Wirtschaft gieng es bisher immer schlechter." Indem sie so redeten, kam die Tochter herein, da sagte die Mutter "Wenn dir meine Tochter da gefällt, so könnten wir wol einig werden; auf viel Hab und Gut sehe ich nicht, wenn ich nur einen guten Wirtschafter bekomme. Komm mit in meine Wirtschaft, ich will sie dir zeigen." Da zeigte sie ihm alles was sie nur hatte, und es dauerte nicht lange, so ließen sie sich trauen, und er führte da die Wirtschaft.

Jetzt aber erfuhren die Räuber, daß jener schlaue Bursche in der Schenke die Wirtschaft führe, und es verabredeten sich zwei von ihnen

und machten sich auf, ihn zu besuchen. Als sie zu ihm kamen, rich=
teten sie es so ein, daß sie ihn nicht zu Hause fanden, und als sie in
die Stube getreten, fragten sie, wo der Herr sei. Die Frau antwortete
'Der Herr ist aufs Feld gegangen zu den Pflügern, aber er wird gleich
wieder kommen, wenn ihr zu ihm müßt. Und wer seid ihr beide?'
fragte sie. Die beiden sagten "Wir sind die Brüder des Herrn, einer
der Tischler und der zweite der Wagner." 'Da wartet doch ein wenig,
er wird gleich nach Hause kommen.' "Wir haben keine Zeit länger zu
warten und müßen machen daß wir weiter kommen." Und damit gien=
gen sie weg. Als sie weg giengen, bemerkten sie, daß ein großes
Mastschwein, das früh geschlachtet worden war, im Wagenschupfen
hange. Als die Wirtin, die sie hinaus begleitet hatte, wieder zurück
gekehrt war, da kehrten sie auch wieder um, nahmen das Mastschwein
heimlich weg und machten sich damit auf den Weg nach ihrem Wohn=
orte. Der Herr, als er eine Weile bei den Pflügern zugebracht, kam
nach Hause, und seine Frau sagte ihm 'Deine beiden Brüder waren
da und fragten nach dir.' Er sagte "Warum hast du sie denn nicht
zum Bleiben genötigt?" Sie: 'Ich habe sie genug genötigt, aber sie
blieben nicht da und sagten: Wir müßen machen, daß wir weiter
kommen.' Da merkte der Herr sofort, was das für Brüder gewesen.
Er gieng in den Schupfen, um nach dem Schweine zu sehen, aber das
war nicht mehr da. Er gieng ins Zimmer zurück und fragte seine
Frau, ob sie etwa das Schwein in die Stube habe bringen laßen. Sie
erwiderte 'Ach, Gott erbarm! wo wäre mir das ein gefallen!' Da
wuste er nun, wo das Schwein hin geraten; er setzte ihnen sofort
nach und ereilte sie im Walde gerade, als einer von den zweien zurück
geblieben war, um seine Notdurft zu verrichten, und der andere trug
indes das Schwein weiter. An den gieng er heran und sagte 'Jetzt
habe ich aus geruht, laß mich tragen!' Im Walde war es aber sehr
finster, und so machte er sich davon und gieng mit seinem Schweine
heimwärts.

    Nachher holte der, der zurück geblieben war, den andern ein und
sagte zu ihm 'Na Bruder, wo hast du das Schwein? laß mich jetzt
tragen!' Der erwiderte "Du hast es mir ja eben erst abgenommen."
'Aber, bist du denn von Sinnen, ich habe dich ja eben erst ein geholt.'
"Gib acht, da hat uns der schlaue Bursche das Schwein abgenommen."
Sie kehrten um und setzten ihm nach, um es ihm wieder ab zu nehmen,
und erjagten ihn nicht weit vom Hofe. Jezt blieb ihnen nichts an=

deres übrig, als sich als Frauen zu verkleiden, einer als Hauswirtin, der andre als Magd, und so giengen sie ihm auf dem Hofe entgegen. Der welcher als Hauswirtin angezogen war, kam herbei und sagte 'Nun, wie stehts, hast du den beiden das Schwein ab genommen?' Er sagte "Im Walde holte ich sie ein und nahm es ihnen ab." 'Na da bist du wol sehr müde; gib uns beiden das Schwein, wir werden es in die Stube tragen, und du sieh nach ob alles gut verschloßen ist, damit die Racker nicht etwa wieder kommen und uns Schaden thun.' Da gab er den beiden das Schwein und gieng überall nach zu sehen; die beiden aber machten sich mit dem Schweine wieder fort auf den Heimweg.

Als er in die Stube kam, fragte er seine Frau 'Wo hast du das Mastschwein hin gethan?' Sie antwortete "Na, hast dus mit gebracht? ich habe es ja noch gar nicht gesehen." 'Aber rede nur nicht albern: als ich kam, nahmst du mirs ja im Hofe ab, und jetzt willst dus nicht gesehen haben?' "I wo denn (erwiderte sie), ich bin ja nicht zur Stube hinaus gekommen." Da merkte er, daß die Spitzbuben das gethan, und sogleich setzte er ihnen nach, und im Walde holte er sie ein, als sie sich ein Feuer angemacht hatten, um sich einen Schinken, den sie sich ab geschnitten, zu braten. Das Feuerchen aber begann zu verleschen und sie musten Holz suchen gehen. Als sie beide nach Holz weg gegangen, trat er an einen faulen Baumstumpf und begann auf denselben mit einem Knüttel los zu schlagen, er selbst aber schrie dabei 'Ich wills nicht wieder thun, ich wills nicht wieder thun!' Da dachte der eine, er schlägt jenen, und jener dachte, er schlägt den, und beide liefen davon. Da kam der Wirt herbei, nahm sein Mastschwein sammt dem gebratenen Schinken und gieng damit nach Hause.

Als aber jene beiden auf dem rechten Wege sich wieder zusammen gefunden, sagte der eine 'Na, dein Rücken der wird blau sein', und der andre sagte "Und deiner wird gar schwarz sein wie der Boden des Keßels; wie du geschrien hast, das war wirklich schrecklich an zu hören." Nachdem sie sich eine Weile gestritten, kam es zum Vorschein, daß weder der eine noch der andere Prügel bekommen und daß jener Schlaukopf sie abermals angeführt hatte. Aber beide hofften doch, ihn zu überlisten und setzten ihm noch ein Mal nach, konnten ihn aber nicht einholen. Als sie zum Gehöfte kamen, war es schon zugemacht und verschloßen, nur in der Stube, wo das Schwein lag, brannte ein Spahn, und ein Fensterflügel war gerade da offen, wo das Schwein und auf dem Schweine der Schinken lag. Aber bei dem Fenster hart an der Wand stund der Herr mit einem Säbel und wartete der Dinge, die da kommen sollten. Er hatte noch nicht lange da gestanden, da kam einer ans Fenster und schaute hinein 'Das Mastschwein liegt auf dem Tische und der Schinken oben drauf,' und er sagte zum andern 'Bruder, schau, da liegt unser Schwein.' Jener sagte "Na, da greif zu, zieh wenigstens den Schinken heraus, mit dem Schweine gehts ohne dies nicht." Der will nun nach dem Schinken greifen; als er aber die Hand weit genug hinein gestreckt, da hieb ihm jemand mit einem Hiebe die Finger ab. 'Zum Teufel (schrie er auf), der Schinken ist noch heiß!' "Geh, du Dummkopf, nachdem er so weit durch die frische Luft getragen worden ist, wird er noch heiß sein! Geh fort, ich werde darnach greifen." Als er so weit die Hand hinein gesteckt, daß er den Schinken fassen wollte, hieb jener auch ihm die Finger ab. 'Aber, Bruder, der hat mir ja die Finger abgehauen!' Jener sagte "Das geschieht dir recht, sonst hättest du dich darüber lustig gemacht, daß ich um meine Finger gekommen bin. Jetzt wollen wir heim, jetzt haben wir genug." Da giengen sie beide nach Hause und ließen jenen künftig in Ruhe.

Von der Königstochter.

Es war einmal ein König, der hatte einen Bedienten, der ein sehr guter Mann war. Als einst der König nicht zu Hause war, war seine Tochter im Garten, und der Bediente gieng auch in dem Garten umher; dem Fräulein gefiel aber das nicht, daß er da immer herum gieng, und sie ließ ihn umbringen. Nun aber ward ihr angst, was sie bei des Königs Zurückkunft sagen wolle, weil sie den Bedienten hatte tödten laßen, und sie machte sich auf und entfloh aus dem Hause. Als sie nun weit genug gelaufen war, kam sie an einen großen Garten, in den gieng sie hinein, legte sich nieder und schlief ein, denn sie war sehr müde geworden. Bei dem Garten war aber eines Königs Hof, und früh kam der Prinz in den Garten spazieren und fand jene Prinzessin und weckte sie und fragte sie, woher sie komme und wohin sie gehe. Da sagte sie ihm, daß sie eine Königstochter sei. Und sie gefiel ihm so wol, daß er sie in sein Haus führte. Er hatte aber eine sehr böse Mutter und deshalb verbarg er das Mädchen vier Wochen lang, damit sie sie nicht sehe. Eines Sonntags aber war die

Alte sehr gut, da sagte er zu ihr 'Aber Mama, was ich für einen Vogel habe!' und zeigte ihr das Mädchen. Und die Königstochter gefiel auch ihr recht wol; aber als der Prinz sagte, er wolle sie als Frau behalten, da konnte sie die Alte durchaus nicht leiden, und sie wollte nicht zu geben, daß er sie nehme. Als sie nun aber sah, daß keine Abhilfe sei, da muste der Prinz seiner Mutter einen andern Hof draußen im freien Felde bauen, denn die Alte wollte mit der Schwie=gertochter nicht zusammen leben. Der Sohn that dieß und heiratete die Prinzessin.

Später muste der Prinz in den Krieg reiten, und da ließ er seiner Frau ein rotes Petschaft und seiner Mutter ein schwarzes. Nicht lange nachher kam einmal die Alte zu Besuch zu ihrer Schwiegertochter und stahl ihr ihr Petschaft. Wenn nun die Königin ihrem Manne Briefe schrieb, so hatte sie kein Petschaft, um sie zu versiegeln; und wenn sie schrieb, so muste immer die Post mit dem Briefe durch den Hof der Alten ihren Weg nehmen; und so oft die Post kam, machte die Alte die Leute trunken, nahm, erbrach und verbrannte den Brief der Königin und schrieb einen andern Brief, den sie mit dem gestoh=lenen Petschafte siegelte und dem Könige zusandte. Der König dachte aber immer, daß seine Frau die Briefe geschrieben habe. Einst schrieb die Königin, daß sie zweier Prinzen genesen sei; aber als die Post zum Hause der Alten kam, da machte sie wieder die Männer betrunken und schrieb, sie habe zwei Hündchen geboren. Der König aber ant=wortete, sie solle warten bis er nach Hause komme; und wie die Post bei der Alten vorbei kam, da nahm sie wieder den Brief und schrieb ihr in einem andern, daß sie mit ihren beiden Kindern sogleich umge=bracht werden solle.

Man führte sie nun heraus in einen Wald, und sie wollten zuerst ihre Kinder tödten, aber sie sagte 'Einen dreifachen Tod kann ich nicht sterben, tödtet mich zuerst,' und bat sehr um ihr Leben: 'dieß Blut (sagte sie), komme auf euch und eure Kindeskinder.' Da ward es den Dienern angst und sie tödteten sie nicht. Den Leuten war aber be=fohlen, sie sollten sämmtliche sechs Augen und die drei Zungen mit nach Hause bringen. Es waren ihnen aber zufällig, als sie in den Wald giengen, drei Hunde zugelaufen; dieser drei Hunde Augen und Zungen nahmen sie mit nach Hause. Die Königin aber versprach, nicht wieder in die Stadt zurück zu kehren. Und wie sie sie gehen ließen mit ihren Kindern, da legte sie sich unter einem Baume schlafen; da kam ein Wolf und trug eins ihrer Kinder weg, aber ein Bauer, der in dem Walde war, sah den Wolf, wie er das Kind davon trug, lief herbei und nahm ihm das Kind ab, und der Wolf kehrte um, um das andre zu holen, aber der Bauer nahm ihm auch das ab. Das Kind aber hatte eines erwachsenen Menschen Hand über seine eine Schulter hangen, und das war der Königin Hand, denn die Diener hatten sie ihr ab gehauen. Die beiden Kinder nahm der Bauer mit nach Hause, und als sie größer geworden, sagte er zu ihnen 'Kinder, ich bin euer rechter Vater nicht; wollt ihr, so könnt ihr da bleiben; wollt ihr aber nicht, so könnt ihr gehen wohin ihr wollt.'

Da verließen die beiden den Bauern; einer der Knaben aber trug die Hand immer auf der Schulter. Da kamen sie zufällig in eine Stadt und zu des Königs Haus, und der König kam heraus, die zwei Knaben an zu sehen, und wie er die Hand beschaute, da war an einem Finger ein Ring, und den Ring erkannte der König als den Ring seiner Frau. Nun fragte er die Knaben, woher sie seien, und sie sagten 'Wir waren bei einem Bauern, und der Bauer sagte uns, wir seien nicht seine Söhne, und wenn wir wollten, so könnten wir bei ihm bleiben, und wenn nicht, so könnten wir auch gehen.' Da erkannte der König, daß es seine Kinder seien, und er behielt sie bei sich und fuhr aus, seine Frau zu suchen. Da kam er in eine Stadt und gieng in eine Schenke, aber sein Kutscher blieb draußen und sah ein Weib mit einer Hand, die gieng zum Brunnen, um Waßer zu schöpfen. Der Kutscher lief sogleich zu seinem Herrn hinein und meldete ihm das; der König lief heraus, fand die Frau und erkannte in ihr seine Gattin und nahm sie mit sich an seinen Hof. So hatte er seine beiden Söhne und seine Frau wieder; seine böse Mutter aber ließ er mit ihrem Hause, sammt allem was darin war, verbrennen.

Vom Grünbart.

In einer Stadt lebte ein sehr reicher Kaufmann, der hatte eine sehr schöne Tochter, die wollte durchaus keinen andern heiraten als einen Mann mit grünem Barte. Um die Stadt herum waren sehr große Wälder; in diesen Wäldern hausten vier und zwanzig Räuber mit einander. Der Hauptmann dieser Räuber, der von dem Mädchen vernommen hatte, daß sie nur einen Mann mit einem grünen Barte heiraten wolle, fragte seine Leute, ob sie kein Mittel kennten, mit dem man sich den Bart grün färben könne, und sie verschafften ihm sogleich solche Farbe. Da färbte er denn seinen Bart grün (und er war auch außerdem ein stattlicher Mann) und reiste in die Stadt zu dem Kaufmann: er wolle seine Tochter freien. Dem Mädchen gefiel er auch sehr und so blieb er da über Nacht. Des andern Tages verabredeten sie sich, daß das Mädchen zu ihm hin reisen solle; er besitze hinter dem Walde ein großes Gehöfte. Dem Mädchen bedeutete er, sie solle immer die Straße entlang reiten, bis sie an eine Brücke komme; jenseit der Brücke solle sie sich links wenden und auf dem Pfade nur weiter reiten, so werde sie zu seinem Hofe gelangen. Der Grünbart reiste ab.

Die Kaufmannstochter rüstete sich nun zur Reise, ließ sich guten Kuchen backen, um ihn ihrem Bräutigam mit zu bringen, und machte sich dann zu Pferde auf den Weg. Sie kam zur Brücke und fand jenen Seitenweg, von dem der Grünbart gesprochen hatte. Sie ritt nun auf dem Pfade in den Wald; je tiefer sie aber in den Wald hinein kam, desto schmaler ward der Pfad: nur ein schmaler Fußpfad war noch da. Was sollte sie nun thun? Reiten konnte sie nicht mehr, sie muste absitzen, das Pferd anbinden und zu Fuße gehen. Nachdem sie ein Ende gegangen, sah sie ein Häuschen, an dessen Thüre zwei Löwen mit Ketten angebunden waren. Als sie in die Nähe derselben gekommen war, dachte sie 'Sollst du weiter gehen oder nicht?' Aber da die Löwen nichts thaten, trat sie hinein und gieng in eine Stube: da stunden Betten und an der Wand hiengen mehrere Flinten. Als sie sich da umgeschaut, gieng sie in eine andre Stube: da stund ein Tisch und am Deckbalken hieng ein Käfich mit einem Vögelchen. Der Vogel sagte zu ihr 'Wie kommst du hierher? denn das ist ein Räuber= haus. Hinweg kannst du jetzt nicht, denn wenn du hinaus willst, so zerreißen dich die Löwen; aber ich will dir Unterweisung geben. Lege du dich jetzt unters Bett; wenn die Räuber kommen, werden sie sich betrinken und dann einschlafen; dann geh' du weg, und wenn du hinaus gehst, wirf beiden Löwen jedem ein Stück Kuchen hin, dann kannst du ein Ende weit davon laufen.' So that sie auch und kroch unter das Bett.

Die Räuber kamen einer nach dem andern und sagten 'Hier stinkts nach Menschenfleisch;' aber der Vogel wehrte ab so viel er nur konnte, und so ließen sie sich davon abbringen. Die Räuber brachten

ein Mädchen mit; nachdem sie ihr Abendeßen zu sich genommen, hie=
ben sie das Mädchen in Stücke und fiengen mit den kleinen Fingern
an. An einem hatte sie einen Ring, und der Finger mit dem Ringe
rollte unter das Bett, wo jene lag. Da nahm sie den Finger und
steckte ihn in ihre Tasche. Als die Räuber ihr Werk vollendet, fiengen
sie noch einmal an zu trinken und betranken sich dermaßen, daß sie
von ihren Sünden nichts mehr wusten und sämmtlich einschliefen.
Als das Mädchen meinte, daß sie alle fest schliefen, stund sie auf, gab
dem Vögelchen ein Stückchen Zucker und nahm in jede Hand ein
Stück Kuchen, das sie beim Hinausgehen den Löwen zuwarf. In der
Zeit als sie das fraßen, sprang sie hinaus. Kaum aber hatten sie
es gefreßen, als sie anfiengen zu brüllen und ein Geschrei zu erheben,
daß der Wald in einem fort erbebte. Da sprangen die Räuber alle
auf und verfielen gleich darauf, daß das Mädchen da gewesen sein
müße; alle setzten ihr nun nach, aber sie erreichte doch ihr Pferd.
Als sie aufgeseßen, ritt sie in solcher Eile, daß sie, als sie ihre Woh=
nung erreicht hatte, vor Schreck blaß war wie eine Leiche, und daß
sie sich sogleich niederlegen muste und krank ward.

Der Grünbart schor nun seinen Bart sofort ab und sann nach,
wie er das Mädchen doch noch erwischen könne. Er bestellte sich große
Wagen und große Fäßer, in deren jedes er vier Räuber kriechen ließ,
und fuhr damit zu dem Kaufmanne, als ob er Waaren kaufen wolle:
er sei auch ein Großhändler aus der und der Stadt. Seinen Leuten
hatte er gesagt, er werde ins Zimmer zum Kaufmanne gehen und er
wolle ihnen ein Zeichen geben; wenn alle in der Stube eingeschlafen
sein würden, dann sollten sie die Boden der Fäßer ausschlagen, alles aus=
rauben und beim Wegfahren noch das Mädchen mitnehmen. Während er
nun im Zimmer war, hörte des Kaufmanns Knecht, der auf dem Hofe
umher gieng, in einem Faße eine Stimme, die sagte 'Was das ist?
das dauert sehr lange.' Da gieng der Knecht hinein zu seinem Herrn
und sagte 'Herr, was ist das? In den Fäßern da sind Leute drin.'
Da bestellte der Kaufmann viele starke Männer, die die Räuber er=
greifen sollten; jenen Räuber ließ er in der Stube ganz hinter den
Tisch sitzen und ein Paar starke Männer neben ihn. Da kam das
Mädchen, zeigte ihm den abgehauenen Finger mit dem Ringe und
fragte ihn, ob er sich desselben erinnere; da merkte er daß er erkannt
sei und sah sich um, wie er ausreißen könne. Der Kaufmann ließ
ihm aber nicht so viel Zeit, sondern gab jenen ein Zeichen, daß sie

ihn faßen sollten. Da faßten ihn denn beide und banden ihm Hände und Füße zusammen; in seinem Stiefelschafte aber fand sich ein langes Meßer. Als sie ihn fest gebunden hatten, da giengen sie auf den Hof, ergriffen jene alle nach der Reihe und brachten sie ins Gefängnis. So waren denn die Räuber alle besorgt und aufgehoben. Das Mädchen führte sodann die Leute in das Haus der Räuber. Das Vögelchen behielt sie selber, das übrige theilte sie unter die Armen aus; das Haus ward verbrannt, und die Löwen behielt der Kaufmann. Die Räuber fanden sämmtlich ihren Tod im Gefängnisse. So war denn alles vertilgt, und das Mädchen hatte fürderhin keine Vorliebe mehr für grüne Bärte.

Vom Häuslerssohne, der einen sehr reichen Herrn dran kriegte.

Ein Mann, der nur ein kleines Haus und einen halben Morgen Feld besaß, hatte einen Sohn, den that er aus in die Lehre und ließ ihn gut unterrichten. Als später der Sohn wieder nach Hause kam, verschrieb ihm der Vater das Häuschen mit dem Lande. Dem aber sagte es nicht zu in dem Häuschen zu sein und er verkaufte es und kaufte sich für das Geld feine Kleider, Wagen und Pferde und mietete einen Kutscher und fuhr in fremde Lande, um eine Frau zu suchen.

Da kam er zu einem sehr reichen Herrn, der Töchter hatte und der ihm eine versprach. Als ihm der Herr die Tochter zugesagt, führte er seinen Schwiegersohn herum, um ihm sein ganzes Besitztum zu zeigen. Als sie in die Brennerei kamen, sagte der Herr 'Schwiegersohn, das sind Keßel!' Der Schwiegersohn sagte "Das ist noch nichts gegen meine." Der Herr dachte 'Meine sind groß, und wenn seine noch größer sind, was müßen das für Keßel sein!' Da gieng der Herr zu dem Kutscher hin und fragte ihn 'Kutscher, sind eures Herrn Keßel in der Brennerei groß?' Der Kutscher sagte "Ich gieng einmal in die Brennerei, um eine Pfeife Tabak anzuzünden, da sah ich, daß fünf Männer im Kahne drin herum fuhren und sich Käse schmecken ließen." Dann führte der Herr seinen Schwiegersohn in den Pflanzgarten, um den Kohl zu beschauen, und sagte 'Schwiegersohn, das ist großer Kohl.' Der Schwiegersohn sagte "Das ist noch nichts gegen meinen." Der Herr fragte wieder den Kutscher, der sagte 'Ich

weiß nicht viel davon; aber einſt gieng ich, um für die Pferde Grün=
futter zu hauen, da fieng es an zu tröpfeln und fünfzig Männer
ſtunden unter einem Kohlblatte und fanden da Schutz gegen den Regen.’
Dann führte der Herr den Schwiegerſohn aufs Feld, um ſich auch
das anzuſehen; der Herr hatte aber ſehr große Erbſen, da ſagte er
‘Schwiegerſohn, das ſind Erbſen!’ Der Schwiegerſohn ſagte “Das iſt
noch nichts gegen meine.” Als ſie drauf nach Hauſe kamen, gieng der
Herr wieder den Kutſcher fragen, ob ſeine Erbſen groß ſeien. Der
Kutſcher ſagte ‘Einſt führte ich die Pferde in die Schwemme, da ſah
ich, daß in eine halbe Schote unſerer Erbſen fünf Mann ſich ein=
ſetzten und auf dem Waßer fuhren.’

Als nun die Hochzeit vorüber war, entließ der Herr ſeine Toch=
ter mit allen ihren Brautſchätzen und mit all ihrem Gelde. Wie ſie
ſo fuhren, da wurde ihr das Fahren zu lang, und als ſie an einem
Gehöfte vorbei fuhren, da fragte ſie ihn ‘Iſt das dein Hof?’ “Ei,
was da, was iſt das gegen meinen; auch den werden wir noch er=
reichen.” Endlich kamen ſie an das Häuschen. Da ſtieg er vor dem
Häuschen aus und ſagte “Das iſt es; einſt gehörte es mir, aber jetzt
gehört mir auch das nicht.” Da erſchrak ſie, fiel rücklings zum Wagen
heraus und brach das Genick. Da beſtattete er ſie, kaufte ſich einen
Hof für ihr Geld und nahm ſich eine andere Frau und ward auf
dieſe Weiſe ein großer Herr.

Vom Könige und ſeinen drei Söhnen.

Ein König hatte drei Söhne, von denen waren zwei verſtändig
und einer war dumm. Einſt ließ der König verkünden, daß alle Zi=
geuner ſein Land zu räumen hätten; nach Verlauf von vier Wochen
werde er herum reiſen und da wolle er keinen mehr ſehen. Als ſich
nun der Herr und König auf die Reiſe begab, da kam er nach Li=
tauen und begegnete einem alten Zigeuner, der mit einem Karren her
gefahren kam, und auf dem Karren hatte er ein wenig Erde. Der
König ſagte ‘Na, Zigeuner, biſt du noch da? weiſt du denn nicht,
daß du mein Land zu verlaßen haſt?’ Der Zigeuner ſtellte ſich auf
dem Karren auf die Erde und ſagte “Ich ſtehe auf meiner Erde*).

____

*) Für Erde und Land gilt im Litauiſchen daſſelbe Wort.

Mein Herr und König, ich will euch eine große Neuigkeit verkünden.” 'Wovon denn, mein lieber Zigeuner?' "Lieber König, wenn ein Jahr und ein Tag verfloßen sein wird, da werdet ihr erblinden.” Der König sagte 'Da setz dich zu mir in den Wagen,' und sie fuhren nach Hause. Der Zigeuner aber bekam beim Könige zu eßen und zu trinken bis ein Jahr und ein Tag verstrichen war.

Das Jahr gieng dahin und es kam der Tag und es war ein sehr sonniger Tag. Als es nun Nachmittags vier Uhr geworden, sagte der König zu seinen Dienern 'Bedeckt sich denn der Himmel mit Wolken?' "Ei, wo denn (antworteten diese), Herr und König, es ist ja voller Sonnenschein.” Nicht lange nachher, als es fünf Uhr war geworden, sagte der König wieder 'Ists denn schon Abend?' "Ei, wo denn (sagten die Diener), es ist ja erst fünf Uhr.” Nach einer kleinen Weile konnte der König schon nichts mehr sehen, da ließ er den Zigeuner rufen. 'Nun, Zigeuner, wenn du wustest, daß ich erblinden würde, so must du auch wißen, wo man solche Mittel findet, die mir mein Augenlicht wieder geben können.' "Ja wol, lieber König, das weiß ich auch, nur bin ich schon zu alt, um die Reise dahin zu machen, denn der Weg führt durch drei verwünschte Länder.” Der König sagte 'Ich habe drei Söhne, die werden doch hinreisen können?' "Ja wol, die könnten,” sagte der Zigeuner.

Da machten sich die zwei ältesten auf die Reise. Nachdem sie zwei Tagereisen zurückgelegt, kamen sie zu einer sehr schönen Stadt mit Namen Schönheit, und am Thore der Stadt stund geschrieben 'Wer in die Stadt geht und nur drei Stunden sich aufhält, der braucht nichts zu bezahlen, aber wer länger bleibt, der muß für die Stunde einen Thaler geben.' Als beide in die Stadt gegangen, vergaßen sie des Vaters. Der Vater, der vergeblich ihrer Rückkehr harrte, sagte zum dritten 'Begib du dich auf die Reise, mein lieber Sohn: wer weiß, wo jene beiden hin geraten sind.'

Da machte er sich auf den Weg, und wie er an dieselbe Stadt kam und die Inschrift fand, da gieng er in die Stadt hinein, sah sich um und gieng wieder heraus. Nun setzte er sich in sein Schiff und setzte seine Reise fort. Als er mit dem günstigsten Winde eine Tagreise zurückgelegt, da sah er gegen Abend eine Insel in der Ferne. Er machte mit seinem Schiffe Halt, stieg in einen Kahn und ruderte ans Ufer; denn er wollte wißen, was auf der Insel sei. Als er hin kam, fand er einen kleinen Backofen; er gieng ans Thürchen desselben und sah durch ein Löchlein hinein, da sah er drinn einen Wolf knien. Da erschrak er, aber er klopfte doch an die Thüre und lief schnell in seinen Kahn; der Wolf aber war aufgesprungen, setzte ihm nach und rief, er solle warten. Der Prinz, als er in seinem Kahne saß, dachte 'Sollst du gehen oder nicht?' Aber er entschloß sich doch und kehrte zum Wolfe zurück. Der Wolf sagte zu ihm 'O Mensch, was hast du mir gethan! Ich kniete hier schon neun und neunzig Jahre, aber jetzt muß ich wieder neun und neunzig Jahre knien; wärest du nicht gekommen, so hätte ich nur noch ein Jahr zu knien gehabt und wäre dann erlöst gewesen.' Der Prinz erzählte ihm seine ganze Angelegenheit, wie er in das und das Land reise, um ein Mittel für die Augen zu holen. "Nun, lieber Prinz, was ist zu thun? Jetzt wirst du zunächst meinen Bruder treffen, der ist ein Bär; gib Acht, daß du vor Schreck nicht niederstürzest, wenn er anfängt zu brüllen. Ich will dir aber ein Zettelchen geben, und wenn du meinst, du könntest ihm nicht ent= fliehen, so wirf ihm den Zettel hin, in den wird er hinein sehen und so kannst du entfliehen."

So reiste denn der Prinz wieder weiter. Der Wind blies günstig und stark genug und so sah er denn wieder gegen Abend eine Insel in der Ferne schimmern. Er machte mit seinem Schiffe Halt, stieg in einen Kahn und ruderte ans Ufer. Als er hin kam, sah er abermals einen kleinen Backofen, und als er durch ein Löchlein hinein sah, sah er brinn einen Bären knien. Jetzt dachte er 'Sollst du klopfen oder nicht;' aber er meinte, mag draus werden was da will, ich werde klopfen. Er that einen Schlag an die Thüre und lief hastig auf sei= nen Kahn zu. Als aber der Bär aufsprang und zu brüllen anhub, da dachte der Prinz, er könne nicht mehr entfliehen und warf das Briefchen hin, das er vom Wolfe erhalten hatte. Der Bär sah in den Zettel und während dem sprang der Prinz in seinen Nachen. Der Bär rief "Prinz, komm einmal her! Es ist nicht gut, daß du hierher kamst; ich habe nun schon neun und neunzig Jahre gekniet und nun muß ich noch einmal so lange knien; aber was ist zu thun? Gott helfe dir! Aber jetzt wirst du noch zu meinem Bruder, dem Löwen kommen; nimm dich in Acht, daß er dich nicht zerreiße und daß du, wenn er anfängt zu brüllen, vor Schreck über seine Stimme nicht zur Erde stürzest. Ich will dir ein Briefchen geben, wenn du dann meinst, du könnest ihm nicht entfliehen, so wirfs ihm hin; er wird hinein= sehen und du wirst entkommen."

Der Prinz reiste sobann weiter. Als er ben ganzen Tag gefahren war, sah er gegen Abend wieder eine Insel in der Ferne schimmern. Er machte mit seinem Schiffe Halt, bestieg einen Nachen und ruberte ans Land. Hier sah er sich um und er sah wieder einen kleinen Ofen stehen, und als er durch ein Löchlein hinein sah, da erblickte er einen knieenden Löwen. Jetzt dachte er 'Sollst du klopfen ober nicht;' aber er klopfte dennoch an. Als aber der Löwe aufschrie, da lief der Prinz zurück und der Löwe hinter ihm her. Da erinnerte er sich des Briefchens und warf es hin; der Löwe griff rasch barnach und las es und rief, der Prinz solle umkehren. Da gieng der Prinz zurück zu dem Löwen, der sagte zu ihm "Na, Prinz, es ist nicht gut, daß du her gekommen bist; mit meinem Elende wärs nun bald ein Ende gewesen, und nun muß ich noch einmal so lang im Elende zubringen. Aber was ist zu thun? vielleicht wird noch alles gut. Du reisest in das Land nach Kräutern für die Augen; ich aber will dir sagen, wie du sie bekommen wirst. Wenn du zur Stadt kommen wirst, bann must du zwischen eilf und zwölf Uhr hinein gehen, denn da schläft alles was nur Leben hat; gib also ja recht Acht brauf, daß du weber zu früh noch zu spät hinein gehest. Und in der Stunde must du in das und das Haus hinein gehen, da wirst du die Kräuter auf dem Fenster finden; nimm sie weg und mach daß du wieder zurück kehrst." So belehrt reiste der Prinz weiter.

Als er zur Stadt kam, machte er Halt, sah nach seiner Uhr, es war zehn; so wartete er benn bis um eilf. So wie es eilf Uhr schlug, gieng er in die Stadt und in das ihm bezeichnete Haus. Auf bem Fenster fand er eine Flasche mit den Augenmitteln und eine anbere Flasche ganz reinen Waßers, die Flasche aber konnte man nicht ausleeren, sie war immer voll, und auf dem Tische lag ein Leib Brot. Sobann gieng er in eine andere Stube und sieh! da fand er eine schlafende Prinzessin; zu der legte er sich hin, weckte sie aber nicht auf. Sobann stund er auf und schriebs auf die untere Seite eines Tisches, daß ein Prinz aus dem und dem Lande bei ihr zu der und der Zeit gelegen. Er nahm nun den Brotleib und die Flasche mit dem Waßer, so wie die Flasche mit den Heilmitteln, gieng in seinen Nachen und machte, daß er so schnell als möglich den Rückweg antrat. Als aber der Drache, der Herr der Stadt, angeflogen kam und fand, daß ein Fremder da gewesen, zerbarst er vor Wut, und nun war alles seinen Krallen entgangen. Die Länder, die vorher verwünscht waren, der Löwe, der Wolf, der Bär, alle wurden erlöst, und der Prinz reiste nun nicht zu Schiffe, sondern zu Wagen zurück. Er ließ sich deshalb einige Wagen machen und fuhr nach Hause; er führte aber seinen ganzen Reisebedarf an Speise mit sich.

Als er nicht weit mehr von der Stadt war, deren König vordem ein Löwe gewesen war, da kam der König mit seinen Soldaten und mit großer Musik ihm zu Ehren entgegen. Als man sich zu Tische gesetzt, kam beim Eßen und Trinken die Rede auf dieß und das, und der Prinz sagte 'Bei uns ists Sitte, daß wir, wenn wir irgend eine Speise genießen, grobes Brot dazu beißen.' Der König sagte "Aber bei uns gibt es gar kein solches Brot." Der Prinz sagte 'Geht in meinen Wagen, bringt den Brotleib und bestellt einen starken Mann!' Da lachten alle die vornehmen Herren über ihn, weil er nur einen Leib Brot habe und noch dazu einen starken Mann zu bestellen an=geordnet. Jetzt befahl er Brot abzuschneiden; als man aber bis zur Hälfte geschnitten, da war der Leib wieder ganz. Der König sagte "Würdest du mir den Leib wol verkaufen?" 'Nein (sagte der Prinz), verkaufen kann ich ihn nicht, aber versetzen so lange du willst.' Dar=auf gieng der König ein und gab ihm drei Fäßer voll Gold. Das packte er sich ein und reiste von dem Könige zu dem andern, der vor=her in einen Bären verwandelt war. Als er nicht mehr weit von der Stadt war, empfieng ihn auch dieser König mit großen Ehren, mit Soldaten und großer Musik, und ladete ihn zum Mittagseßen ein. Als man gespeist hatte, sagte der Prinz 'Bei uns hat man die Ge=wohnheit, nach dem Eßen reines klares Waßer zu trinken.' Der König sagte "Wir haben aber kein solches Waßer." Da schickte der Prinz seinen Diener nach der Flasche und einem großen Zuber; die Herren aber lachten über ihn, daß er aus einer kleinen Flasche einen großen Zuber zu füllen gedenke. Aber als er die Flasche auszuschütten begann, da goß er den ganzen Zuber voll, und die Flasche ward doch nicht leer. Da sagte der König "Würdest du wol die Flasche ver=kaufen?" 'Nein (sagte der Prinz), verkaufen kann ich sie nicht, aber für drei Faß Gold will ich sie dir leihen.' So ließ er denn die Flasche da, lud sein Gold auf und reiste weiter. Das dritte Land, dessen König in einen Wolf verwandelt war, besuchte er gar nicht, sondern reiste gerades Weges in die Stadt Schönheit, wo er in einer schönen Schenke, in einem Gasthofe abstieg. Nach Tische sah er, daß sehr viel Menschen in der Straße giengen; da fragte er den Wirt, warum so viele Leute die Straße entlang giengen, ob etwa etwas zu sehen sei. "O ja (antwortete der), es werden zwei gehängt." 'Könnte ich das wol auch mit ansehen?' "Na, warum denn nicht!" So gieng er denn auch auf den Platz hin. Als er die zwei Verurteilten erblickte, erkannte er in ihnen sogleich seine Brüder; er meldete sich deshalb bei der Obrigkeit, ob er sie nicht befreien könne. 'Ei ja, aber es kostet viel Geld; wenn einer vier Faß Gold gibt, dann werden sie frei gegeben.' Da ließ der Prinz vier Faß Gold bringen und nahm die zwei armen Sünder mit nach Hause in seinen Gasthof, ließ ihnen Eßen und Trin=ken bereiten, kleidete sie gut und gab sich ihnen als ihr Bruder zu erkennen.

Sie verweilten nicht lange mehr und begaben sich auf die Reise. Als sie ein gutes Ende Wegs zurück gelegt, da dachten die zwei Brü=ber 'Was wird nun geschehen, wenn wir zum Vater kommen? Der Dumme hat die Arzneikräuter und hat uns noch dazu vom Galgen erlöst; wir werden beim Vater nur mit großen Schanden bestehen.' So faßten sie denn folgenden Beschluß 'Nicht weit von hier ist eine Hexe, gehen wir zu ihr und laßen wir uns von ihr solche Kräuter geben, von denen der Mensch, wenn er sie auf die Augen streicht, erblindet, und die hinterlegen wir dem Bruder, dann hat er die nichtsehenden Kräuter und wir nehmen die sehenden*).' Sie verschafften sich auch wirklich solche Kräuter und reisten weiter. Auf der Reise schlief der Bruder vor Erschöpfung ein, und während er schlief, vertauschten sie die Heilkräuter.

Als sie nun zum Vater nach Hause gekommen, da fragte der Vater 'Wie, meine Kinder, habt ihr die Kräuter mit gebracht?" "Ja, Vater, wir haben sie." 'Nun, da streicht einmal auf.' Die beiden nahmen ihre Kräuter und strichen auf, und der König öffnete die Augen. Jetzt schloß aber der König die Augen wieder, als sei er blind, und sagte zum dritten Sohne 'Na, mein Sohn, streich einmal von deinen Kräutern etwas auf.' Als dieser es that, sah der König nichts mehr. Da sagte der König 'Nun streicht ihr beide wieder von euren Kräutern auf!' Und sobald sie aufgestrichen, konnte der König wieder sehen. Der König ergrimmte nun so über seinen Sohn, weil er ihm solche Kräuter gebracht hatte, daß er befahl ihn sofort zu er=schießen. Wie aber der Jäger mit ihm ritt und ihn von hinten er=

---

*) Wörtlich übersetzt.

ſchießen wollte, da verſagte ihm das Gewehr. Der Prinz ſagte 'Was wollteſt du eben da thun?' Der Jäger ſagte "Lieber Prinz, der König hat befohlen, ich ſolle dich erſchießen und Herz, Leber und Lunge mit zurück bringen." 'Na, wenn das ſo iſt (ſagte der Prinz), ſieh, da iſt ein Hund, erſchieß den Hund, nimm ſein Herz, Leber und Lunge heraus, brings nach Hauſe und wirfs in den Ofen, ſo iſt die Sache abgethan; ich werde nicht mehr in die Heimat zurück kehren, auch wenn man meiner einſt bedürfen wird: ich gehe zu dem Müller da und lerne als Müller.' Der Jäger that das, brachte die Sachen und zeigte ſie dem Könige; der ſagte 'Wirfs in den Ofen, da kanns verbrennen.'

Zu der Zeit genas die Prinzeſſin jenes Landes, aus welchem der Prinz die Kräuter mit gebracht, eines Sohnes. Nachdem ſieben Jahre verfloßen waren und der Junge heran gewachſen, ſprang er ein Mal in der Stube umher und kroch unter einen Tiſch; er ſah in die Höhe und ſah da etwas ſchimmern. 'Mutter (ſagte der Knabe), ſieh doch einmal her, was da ſo flimmert.' Die Mutter kam, ſah unter den Tiſch, aber ſie konnte nicht verſtehen, was da geſchrieben ſtund. Da ließ ſie ſich vier Männer mit verbundenen Augen bringen, um die Schrift zu leſen, und als ſie ſie geleſen, verband man ihnen die Augen wieder und führte ſie hinweg. Aus der Schrift erfuhr aber die Prinzeſſin, daß ein Prinz aus dem und dem Lande bei ihr ge= weſen ſei und die Arzneikräuter, den Brotleib und die Waßerflaſche mitgenommen habe. Sodann rüſtete ſich die Prinzeſſin zur Reiſe mit einer großen Schaar Soldaten, und eine große Menge Schießpulver nahm ſie mit und zog zu jenem Könige hin und machte eine viertel Meile von des Königs Stadt Halt. Den Weg von ihr bis zur Stadt ließ ſie mit rotem Scharlach belegen und die Stadt mit Pul= ver umſchütten, und dem Könige ſagen, 'Er ſolle in vier und zwanzig Stunden den zu ihr ſchicken, der von ihr die Kräuter gebracht habe, ſonſt laße ſie die Stadt mit Pulver gen Himmel ſprengen. Da ſandte der König ſofort den älteſten Sohn zu Pferde zu ihr; als er hin ge= ritten, fragte ſie ihn 'Haſt du die Kräuter gebracht?' "Ja," ſagte der Prinz. 'Und was weiter?' "Nichts." Da ſagte die Prinzeſſin 'Reit du nach Hauſe und ſag deinem Vater, er ſolle in vier und zwanzig Stunden den ſchaffen, der die Kräuter gebracht.' Der Prinz ritt nach Hauſe und ſagte es ſeinem Vater. Da ſagte der Vater zum zweiten 'Nun, mein Sohn, du haſt doch die Kräuter gebracht?' "Ja," ſagte der Sohn. 'Nun ſo eile und reite du zu ihr hin.' Und da ritt auch er hin. Als das Kind der Prinzessin ihn heran reiten sah, sagte es zu seiner Mutter 'Der, wo da geritten kommt, ist mein Vater nicht; der schont den Weg und der hat auch dich geschont'. Das sagte das Kind nämlich deshalb, weil er neben dem belegten Wege her geritten kam. Als der Prinz in die Nähe gekommen, fragte ihn die Prinzessin 'Hast du die Kräuter gebracht?' "Ja," sagte der Prinz. 'Und was weiter?' "Nichts." Die Prinzessin sagte 'Reit du nach Hause, und wenn in vier und zwanzig Stunden der nicht zur Stelle kommt, der die Kräuter gebracht hat, so fliegt die Stadt gen Himmel.'

Der Prinz ritt nach Hause und sagte es seinem Vater; da wuste der König vor Sorgen nicht, wo er bleiben sollte. Jenen Sohn hatte er erschießen laßen; wie sollte er nun den finden, der die Kräuter ge= bracht? In tiefster Betrübnis gieng er auf dem Hofe auf und ab; da erblickte ihn der Jäger, den er abgesandt hatte, um seinen Sohn zu erschießen; und er fragte den König, warum er so betrübt im Hofe auf und ab gehe. 'Ja, lieber Jäger, ich ließ meinen Sohn von dir erschießen, und jetzt soll ich ihn schaffen, sonst werden wir alle ver= brannt.' "Ja, lieber König, vielleicht ist er noch am Leben; ihr habt mir freilich befohlen ihn zu erschießen, aber er bat so sehr um sein Leben, daß ich ihn leben ließ; er gieng zu dem Müller da in die Lehre, und da wird er wol noch sein." Sogleich ließ der König ihm sagen, er solle zu ihm kommen. Der Prinz aber ließ sagen 'Der König hat so weit zu mir als ich zu ihm; wenn der König mit vier Rappen wird gefahren kommen, so werde ich mit fahren.' Der König ließ sofort vier Rappen anspannen und fuhr zu seinem Sohne hin; da setzte sich der Prinz in den Wagen und fuhr mit seinem Vater nach Hause. Sobann ließ sich der Prinz ein Pferd scharf beschlagen, stieg auf und ritt mitten auf dem Wege so gewaltig einher, daß die Fetzen davon flogen. Als der Knabe ihn heran reiten sah, sagte er 'Na, Mütterchen, da kommt mein Vater her geritten, der schont den Weg nicht, der hat auch dich nicht geschont.' Als er bar geritten kam, fragte ihn die Prinzessin "Hast du die Kräuter gebracht?" 'Ja,' sagte der Prinz. "Und was weiter?" 'Einen Leib Brot, den konnte man bis zur Hälfte schneiden, da ward er wieder ganz; eine Flasche mit Waßer, aus der konnte man schütten und schütten und sie war doch stets voll.' "Gut (sagte die Prinzessin), komm her zu mir in mein Zelt!" Nachher ließ er seine Brüder von Ochsen zerreißen, den König ließ er das Pulver zusammen schöpfen und beide reisten mit einander in das

Land der Prinzeſſin. Unterwegs nahmen ſie den Brotleib und die
Waßerflaſche mit und hielten, als ſie nach Hauſe gekommen, Hochzeit
und lebten glücklich mit einander bis zu ihrem Tode.

Vom Mädchen und ihrem Freier.

Ein Mädchen hatte einen Freier, und der Freier ſtarb. Nach=
dem das Mädchen ihn einige Wochen betrauert hatte, gieng ſie zu
Tanze mit einer ihrer Kameradinnen, der auch der Bräutigam geſtor=
ben war. Ihr Weg führte ſie an dem Begräbnisplatze vorbei; und
als ſie vor dem Begräbnisplatze ſtunden, ſagten ſie 'Steht auf, ihr
Brüder, wer wird uns ſonſt zum Tanze führen.' Als ſie ein Ende
Weges gegangen waren, da ſtunden die beiden Todten auf und ver=
folgten ſie. Kaum waren ſie in die Stube, wo getanzt ward, einge=
treten, da kamen auch jene beiden herein und führten ſie zum Tanze.
Beim Tanzen traten die Mädchen jenen Männern auf die Füße, und
da merkten ſie, daß die Stiefel leer ſeien, und ſo wuſten ſie, daß ſie
mit Verſtorbenen tanzten. Die Todten aber ſchwenkten die Mädchen
ſo, daß ſie ſie faſt zu Tode tanzten. Da baten die Mädchen, ſie ſollten
ſie einmal hinaus laßen, um friſche Luft zu ſchöpfen; jene wollten das
aber nicht zugeben. Sie erbaten ſich aber endlich doch, indem ſie
ſagten 'Wir werden hier am Hauſe unſere Schlüßel aufhängen, und
wenn die Schlüßel klappern werden, ſo werdet ihr wißen, daß wir da ſind.'
Nun klapperten die Schlüßel, und ſie warteten darauf, daß die Mäd=
chen wieder in die Stube kämen. Die beiden Mädchen aber kamen
nicht wieder, ſondern liefen davon und liefen und liefen, bis ſie an
eine Brechſtube kamen, in die liefen ſie hinein und ſteckten ſich hinter
den Ofen. In der Brechſtube trocknete ein altes Weib Flachs; das
baten die beiden Mädchen, wenn jemand kommen würde, daß es
niemanden herein laße. Als nun die beiden Todten lange vergeblich
auf ihre Mädchen gewartet, ſetzten ſie ihnen nach, indem ſie den Fuß=
ſpuren folgten, die ſie zurückgelaßen. So kamen ſie in die Brechſtube
und ſagten 'Guten Abend! Sind hier nicht zwei Mädchen herge=
laufen?' Das Mütterchen ſagte "Nein." Die beiden ſagten 'Hierher
ſind ſie gelaufen, ſie müßen hier ſein.' Da ſagte die Alte "Setzt euch
her, meine Söhne, ich will euch des Flachſes Qual erzählen." Und
als die beiden ſich zum Hören geſetzt, da erzählte ſie, wie man den

Flachs sät, rauft, brecht, spinnt, webt, bleicht, näht, trägt, zusammen flickt und wie ihn endlich der Lumpenmann sammelt und man aus den Lumpen Papier macht. Als die Alte mit ihrer Rede zu Ende gekommen, da krähte der Hahn, und die beiden Todten musten hinweg, und sie sagten beim Weggehen 'Das ist euer Glück, daß die Frau uns durch ihre Rede von der Verfolgung abgebracht hat.' Sodann verschwanden sie vor ihren Augen, und die beiden Mädchen blieben am Leben.

Von den neun Brüdern.

Neun Brüder hatten eine einzige Schwester. Alle neun wurden Soldaten. Der älteste kaufte beim Weggehen seiner Schwester, die dazumal noch klein war, einen goldenen Ring. Als das Mädchen groß geworden war, fand es im Schreine den Ring und fragte seine Mutter 'Mutter, wer hat denn den Ring gekauft und hierher gelegt?' Die Mutter sprach "Kind, du hattest neun Brüder und der älteste hat dir den Ring gekauft." Da bat das Mädchen seine Mutter, sie solle es doch ziehen laßen, seine Brüder zu besuchen. Die Mutter willigte ein und spannte ein kleines Rößlein vor ein kleines Wägelchen, und so fuhr sie von bannen. Da begegnete ihr ein Häschen, das bat 'Onutte, Schwesterchen, laß mich mitfahren!' Da ließ sie das Häschen in den Wagen und sagte 'Duck dich hinten auf!' So fuhren sie denn beide weiter und kamen an das Meer, in dem Meere da badeten sich Laumes am Ufer. Onutte aber war gar fein angezogen und hatte ihr Ringlein am Finger. Als die Laumes sie so mit dem Häschen fahren sahen, da riefen sie 'Komm her zu uns, Onutte, komm dich baden, bei uns fließt ein Strom von Milch, und aus dem Ufer roter Wein.' Aber das Häschen warnte 'Onutte, Schwesterchen, geh nicht zu ihnen, im Strome fließen Thränen, und aus den Ufern fließt Blut.' Da sprang eine Laume ergrimmt aus dem Waßer und riß dem Häschen die beiden Hinterfüßchen aus. Sie fuhren ein Ende weiter, da rief eine andere Laume also 'Onutte, komm her zu uns dich baden, bei uns fließt ein Strom von Milch, und aus den Ufern fließt roter Wein.' Das Häschen aber warnte wieder wie zuvor. Da sprang wieder die Laume aus dem Waßer, zerriß das Häschen und warf es vom Wagen. Das Mädchen fuhr nun eine

3*

lange Strecke längs des Waßers, und als wieder eine andere Laume rief, da gieng es diesmal wirklich zu ihnen hin sich zu baden. Als es sich entkleidet und nur den Ring am Finger gelaßen hatte, da sagte die Laume 'Onutte, Schwesterchen, ich werde dich in eine Laus verwandeln und mich in einen Floh, welche von uns beiden dann zuerst aus dem Waßer kömmt, die soll deine schönen Kleider anlegen, welche aber zuletzt, die muß den alten Schleimpelz anziehen.' Natür=lich gewann die Laume, und sie zog die schönen Kleider an, und Onutte muste sich in den Schleimpelz hüllen; den Ring aber behielt sie am Finger und die Laume bemerkte ihn nicht.

So fuhren sie denn weiter, Onutte weinte bitterlich. Die Laume fragte sie 'Wo fährst du hin?' Da sagte sie der Laume, daß sie zu ihren Brüdern zum Besuche fahre. Bald kamen sie an einen großen, großen Hof, da gieng die Laume hinein und fragte 'Sind hier neun Fenster, sind hier neun Tische, sind hier neun Töpfe, sind hier neun Schüßeln und neun Löffel?' Und endlich fragte sie 'Sind hier neun Brüder?' Die Schenkerin antwortete "Hier sind weder neun Fenster, noch neun Tische, noch neun Töpfe, noch neun Schü=ßeln, noch neun Löffel, noch neun Brüder." Da fuhren sie weiter zu einem anderen Hofe, die Laume gieng hinein und fragte wie zuvor. Hier waren die neun Brüder; der älteste Bruder, der am Fenster stund und die Laume so reden hörte, holte gleich die anderen Brüder herbei und· sagte 'Das muß unsere Schwester sein.' Da ward die Laume ehrenvoll empfangen, sie muste sich hinter den Tisch setzen*) und ward reichlich bewirtet. Da fragte der älteste Bruder 'Wer ist denn die welche in dem Wägelchen sitzt?' Die Laume sprach "Als ich den Meeresstrand entlang fuhr, da setzte sich eine Laume auf, die ich mitfahren ließ." Die Brüder meinten 'Nun, die kann aufs Feld gehen die Pferde hüten.' So geschah es denn auch. Wie sie nun so die Pferde hütete, da wollte des ältesten Bruders Pferd nicht freßen. Da sang sie das Liedchen:

Ei, mein Rößlein, ei mein Brauner,
Warum willst du denn nicht freßen
Auf der Wiese grüne Kräuter?
Warum willst du denn nicht trinken
Von des Stromes klarer Welle?

---

*) Der Ehrenplatz der Gäste.

Da hub das Roß an zu reden, und sagte:

> Was soll grünes Gras ich freßen?
> Warum trinken Stromes Welle?
> Jene Laume, jene Hexe
> Trinkt ja Wein mit deinen Brübern,
> Und du, beiner Brüder Schwester,
> Mußt indes die Pferde hüten.

Der älteste Bruder, der auf dem Felde war, hörte das Liedchen singen, kam herbei und sprach 'Laume, Hexe, komm her und such mir den Kopf ab!' Bitterlich weinend kam sie herbei. Während sie ihm den Kopf absuchte, sah der Bruder den Ring und fragte 'Wo hast du den Ring her?' Da erzählte sie ihm alles, wie es hergegangen und wie sie von der Laume betrogen worden sei. Da fiel der Bruder vor Herzeleid in Ohnmacht, und als er wieder zu sich gekommen war, führte er seine Schwester nach Hause, kaufte ihr schöne neue Kleider und sie mußte sich rein waschen und sich sauber anlegen. Da erzälte der älteste Bruder den andern Brübern, wie die Laume ihre Schwester und sie alle betrogen habe, und sie sprachen 'Was für eine Qual thun wir der Laume an?' Da nahmen sie ein Pferd, bestrichen es mit Pech, stellten es hart vor die Thüre und sprachen 'Laume, Hexe, geh heraus aus der Stube!' Die Laume sagte "Ei, Herr, ich kann nicht heraus, ein Pferd steht vor der Thüre." 'Schlags mit der Hand, so wirds weggehen.' Sie schlug, da blieb die Hand am Peche kleben. Da sagten sie wieder 'Tritt mit dem Fuße!' Sie trat zu und der Fuß blieb auch kleben. 'Schlag mit der andern Hand!' und die blieb auch kleben. 'Tritt mit dem andern Fuße!' der blieb auch kleben; zuletzt mußte sie noch mit dem Bauche stoßen und der blieb auch kleben. Da nahmen die Brüder eine gute Gerte, schlugen das Pferd und sagten

> Lauf, mein Rößlein,
> Lauf, mein Brauner,
> Über die Heide!
> Lauf bis ins Meer und spül dich ab!"

Wer kann beßer lügen?

Es war einmal ein Bauer und ein Herr, die wetteten mit einander, wer am besten lügen könne, und setzten jeder hundert Thaler ein.

Der Herr sagte zum Bauern 'Bauer, fang du an zu lügen!' Der Bauer sagte "Die Herren fangen bei allem zuerst an, so sollen sie auch im Lügen den Anfang machen." Da fieng denn der Herr an zu lügen und sagte 'Mein Vater hatte einen Ochsen, der hatte so große Hörner, daß der Storch ein volles Jahr fliegen muste, ehe er vom Ende des einen bis zu dem Ende des andern Hornes kam.' Der Bauer sagte "Wol möglich." Der Herr sagte 'Bauer, nun lüg du!' Jetzt fieng der Bauer an zu lügen "Mein Vater hatte ein Schwein, das belief sich an einem Ende und am andern Ende kamen die Jungen heraus. Der Herr sagte 'Wol möglich'. Aber der Bauer log weiter und sagte "Mein Vater säte Bohnen, die wuchsen bis in die Wolken; ein Bauer stieg an einer Bohnenpflanze hinauf bis in die Wolken, da hieben sie unten die Bohnen ab und er konnte nicht wieder herunter steigen. Da fand er droben einen Haufen Spreu und Eierschalen, daraus muste er sich einen Strick drehen, aber auch der Strick war zu kurz. Da schnitt er immer oben ab und setzte unten an; so ließ er sich bis auf die Kirche herab. Von der Kirche aber muste er herab springen, und er sprang zufällig auf einen großen Stein, und seine Füße brachen bis an die Knie in den Stein ein. Da ließ er seine Füße da und lief nach einer Axt, um sich seine Füße heraus zu hauen. Als er aber wieder kam, fand er einen Hund, der an seinen Füßen fraß, und wie er den mit der Axt schlug, da verlor der Hund einen Zettel." Der Herr fragte 'Was stund denn auf dem Zettel?' Der Bauer sagte "Auf dem Zettel stund, daß dein Vater bei meinem Vater die Schweine gehütet hat." Da sagte der Herr 'Das ist nicht wahr, du lügst.' Der Bauer sagte "Wenn du sagst, daß ich lüge, so habe ich gewonnen. Ich kann beßer lügen als du." Und somit nahm der Bauer die zweihundert Thaler.

Vom Jäger und den Laumes.

Es war einmal ein Jäger, der gieng eines Abends am Walde auf den Anstand auf Hasen. Als er schon lange da gesessen und nichts kam, gieng er nach Hause, und der Weg führte ihn vor einer Brechstube vorbei. In der Brechstube aber wuschen sich Laumes. Als er sie da sich waschen hörte, steckte er ihnen zum Possen den Hintern zum Fenster hinein und ließ einen tüchtigen streichen. Da wurde eine

Laume böse und sagte zur andern 'Da, Libe, haft du das Kind und das Töpfchen, ich will dem Schelme nachsetzen, der da mit Absicht gefarzt hat.' So verfolgte sie denn den Jäger; der aber lief davon. Sie hätte ihn aber eingeholt, hätte er nicht beim Laufen seinen Rock verloren; den fand die Laume und zerriß ihn in lauter Fäden. Und als er am Morgen kam, um nach seinem Rocke zu sehen, da fand er ihn so zerrißen. Das war ihm ein Beweis dafür, daß die Laume, hätte sie ihn erwischt, ihn eben so zerrißen haben würde.

Von einem Landwirte.

Es war einmal ein Landwirt, der auch Handel trieb, der steckte einmal hundert Thaler ein und reiste in die Stadt, um allerhand Waren ein zu kaufen. Unterweges traf er einen Menschen, den fragte er, wohin die Wege führten, denn es waren zwei Wege da. Der Mensch sagte zum Wirte 'Gib mir hundert Thaler, so werde ich birs sagen; das eine Wort von mir ist hundert Thaler wert.' Da dachte der Landwirt "Ei zum Teufel, was mag das für ein Wort sein, das hundert Thaler wert ist? Na (sagte er), sags nur, ich werde dir das Geld geben." Und er zählte ihm hundert Thaler zu. Da sagte der Mensch 'Höre nun zu; der Weg da geht gerade aus, das ist für heute, und jener Weg, der eine Biegung macht, das ist für morgen.' Da sagte er ferner zu dem Landwirte 'Ich will dir noch ein Wort sagen, aber du must abermals hundert Thaler geben.' Dem Wirte gieng das sehr im Sinne herum, aber er sagte endlich doch "Wenn ich schon einmal gezahlt habe, so kann ich auch das andre Wort kaufen." Und er gab ihm das zweite Hundert. Da sagte der Mensch 'Wenn du auf der Reise sein wirst und in ein Wirtshaus kommst, wo ein alter Wirt und eine junge Wirtin ist, da kehre niemals ein, sonst geht birs nicht gut. Und gibst du mir noch hundert Thaler; so sage ich dir noch etwas.' Jetzt denkt der Wirt "Was wird das doch für ein Wort sein; aber zwei Worte habe ich schon gekauft, so will ich auch das dritte kaufen;" und so zählte er ihm das dritte Hundert zu. Da sagte der Mensch 'Wenn du eines Tages sehr in Zorn gerätst, so laß die Hälfte deines Zornes auf den kommenden Tag, laß nicht deinen ganzen Zorn an einem Tage aus!' Der Wirt gieng nun nach Hause zurück und jener seines Weges. Die Frau des Wirtes fragte

ihn "Was haft du eingekauft?" Er sagte 'Nichts als drei Worte und
für jedes gab ich hundert Thaler.' Die Frau sagte "Für nichts und
wider nichts wirfst du dein Geld hinaus." 'Aber, Frauchen (sagte er),
mir thut das Geld nicht leid; du wirst schon sehen, was das für
Worte sind'. Da sagte die Frau "Na, sprich!" Da erzählte er, daß
er einem Menschen dafür, daß dieser ihm den Weg ausgelegt, hundert
Thaler habe zahlen müßen; dann sagte er ihr das andre Wort, für
das er ebenfalls habe hundert Thaler geben müßen, und das dritte,
das er um denselben Preis gekauft habe. Die Frau sagte "Für nichts
und wider nichts; du wirfst dein Geld hinaus!"

Da geschah es später, daß ein Kaufmann mit zwei Frachtwagen
voll Waren auf dem Wege gefahren kam, der beim Landwirte vor=
bei führte, und gerade vor dem Hause des Wirtes starb des Kauf=
manns Fuhrknecht, den er in die Stube des Wirtes brachte und dann
bestattete. Da forderte der Kaufmann den Wirt auf, er solle ihm den
zweiten Frachtwagen fahren, weil er keinen Fuhrknecht habe, und bot
ihm fünfzig Thaler für die Woche und die ganze Zehrung. Da sagte
er zu seiner Frau 'Ich werde fahren.' Sie sagte "Fahr nur und ver=
dien dir etwas." So fuhren sie denn weg, der Kaufmann auf einem,
der Landwirt auf dem andern Frachtwagen. Sie kamen an jene zwei
Wege und der Kaufmann fragte, wohin zu fahren sei. Der Landwirt
sagte 'Wir wollen den Weg für morgen fahren, denn das ist der
beßere.' Der Kaufmann will aber den Weg für heute *) fahren; der
Landwirt aber sagte 'Und gäbest du mir hundert Thaler, so führe
ich doch nicht den Weg, auf dem du fahren willst.' So fuhr denn
jeder einen andern Weg. Der Landwirt, der den beßern Weg ge=
wählt hatte, war schon Mittags in der Schenke, jener aber brach auf
dem Wege für heute ein und litt da manchen Schaden, und während
er sich abplagte und im Sumpfe waten muste, ward es Abend, ehe
er die Schenke erreichte.

In der Schenke war eine junge Frau und ein alter Mann. Der
Kaufmann wollte da über Nacht bleiben, aber der Landwirt gedachte
jenes Wortes und wollte da nicht bleiben und hätte ihm jemand
auch hundert Thaler geboten. Der Kaufmann aber blieb da. Der
Schenker gieng ins Dorf, und während seiner Abwesenheit empfieng

---

*) Wahrscheinlich so zu verstehen: für heute wol, aber weil er zu schlecht ist,
wird für morgen der andre gewählt.

die junge Frau den Besuch ihres Liebhabers, eines jungen Herrchens,
dergleichen es wol zu geben pflegt. Der Wirt traf bei seiner Rück=
kehr noch diesen Menschen, ergriff ein Meßer, stach ihn todt und nahm
dann die Leiche und legte sie, während der Kaufmann schlief, auf
deſſen Wagen. Der Kaufmann stund früh auf und gieng sich zur
Reise zu rüsten, und da fand er, daß man ihm einen todten Menschen
auf seine Ware gelegt habe. Das ganze Dorf vernahm das Ereig=
nis; man lief zusammen, ergriff den Kaufmann und sagte 'Du hast
das gethan; er wird wol gekommen sein, um dir von deinen Waaren
zu stehlen, und da hast du ihn erstochen.' So sehr er auch sich wehrte,
so ward ihm das doch nicht geglaubt, man brachte ihn ins Gefängnis
und seinen Wagen sammt Waren und Pferden verkaufte man wegen
des Menschen, und er war doch ganz unschuldig.

Als der Landwirt, der weiter gefahren war, hörte daß man den
Kaufmann ins Gefängnis gebracht und ihm alles weggenommen habe,
da kehrte er mit dem Frachtwagen voll Waren in seine Heimat
zurück. Als er nach Hause gekommen, gieng er in die Stube und da
fand er seinen Sohn, der vom Dienste als Soldat heim gekommen
war und mit seiner Mutter plauderte, er aber erkannte ihn nicht
gleich wieder und meinte, daß ein Liebhaber bei seiner Frau sei, er=
griff ein Meßer und wollte schon auf den Fremden los springen und
ihn erstechen, da aber bedachte er sich: 'Halt! ich habe für das Wort
'Laß die Hälfte deines Zorns auf morgen' hundert Thaler gegeben' und
er zog sich sogleich zurück. Er legte sich also zu Bette ohne den Men=
schen erstochen zu haben, und am andern Morgen als er aufstund, er=
kannte er in jenem Menschen seinen Sohn. Da sagte er zu seiner
Frau 'Habe ich nun jene Worte zu theuer bezahlt? Hör zu, ich will
dir erzählen was geschehen ist.' Da erzählte er ihr seine ganze Reise.
Die Frau freute sich, daß es sich so getroffen habe, und er behielt den
ganzen Wagen mit Waren und lebte nachher in Freude und Frieden.

Von einem Besenbinder.

Es war einmal ein Taglöhner, der hatte einen Sohn und der
ließ sich einen kleinen Wagen machen und kaufte sich eine schimmel=
farbene Stute. Er fuhr nun in den Wald, stieg auf einen Baum
und hieb Äste zu Besen. Als er auf dem Baume war und Äste ab=

hieb, kam ein Kaufmann gefahren mit viel Ware, der sagte zu ihm 'Du wirst vom Baume fallen.' Der Kaufmann war noch nicht weit gefahren, da fiel jener auch wirklich vom Baume. Er setzte nun dem Kaufmanne nach, und als er ihn eingeholt hatte, fragte er ihn "Wenn du wustest, daß ich vom Baume fallen würde, so must du auch wißen, wann ich sterben werde, und das sollst du mir sagen." Der Kaufmann sagte 'Wenn deine Stute zum dritten Male einen streichen läßt, dann stirbst du.' Damit fuhr er weiter, und jener gieng wieder an seine Arbeit. Als er genug Besen gemacht hatte, lud er seinen Wagen voll und fuhr von dannen. Die Stute gieng nicht schnell genug, er hieb ihr eins auf und sie ließ einen streichen — da ward er schon unwol. Dann gab er, schmikscht, der Stute zum zweiten Male einen Hieb; die Stute, pirst, ließ einen zweiten streichen — da legte er sich schon auf dem Wagen nieder. Da kamen drei Kaufleute auf einem Frachtwagen gefahren, die hatten viel theuere Ware; da kam der Besenbinder gerade an einen kleinen Graben, über den die Stute nicht hinüber wollte; er gab ihr, schmikscht, einen Hieb und die Stute ließ den dritten streichen; da fiel er rücklings vom Wägelchen und war todt. Die Kaufleute liefen herbei 'Was ist das? Was ist dir geschehen?' Er war und blieb aber todt.

Da nahmen sie ihn, legten ihn auf das Wägelchen und einer fuhr mit ihm und die andern mit dem Frachtwagen in ein Wirts= haus. Den todten Besenbinder trugen sie ins Haus und eben so die Besen, und als sie die Pferde gefüttert und alles besorgt hatten, gien= gen sie ins Wirtshaus und begannen zu zechen; der Besenbinder aber machte sich auf, schlich sich in eine Kammer und kroch unter die Bank. Hier belauschte er etwas und erhielt erst zweimal hundert und dann zweihundert Thaler auf einmal, damit er schweige.*) Er gieng sodann in die Stube und sagte zu den Kaufleuten 'Was ist doch eure Ware gegen die meinige! Vorhin bekam ich für die kleinen Besen je hun= dert Thaler und jetzt für einen von den größeren zwei hundert Thaler.' Die Kaufleute sagten zu ihm "Laß uns tauschen; nimm du unseren Frachtwagen mit den Pferden und wir nehmen deinen ganzen Wagen." Er that aber als wolle er nicht tauschen und sagte 'Was ist eure Ware gegen die meinige!' Da fiengen sie an ihn trunken zu machen und setzten ihm so lange vor bis er in den Tausch willigte. Der Be=

------

*) Diese Stelle konnte nicht füglich übertragen werden.

senbinder legte sich sodann sogleich zu Bette, die Kaufleute aber schrieben einen Zettel und steckten ihm den in die Tasche; auf dem stund geschrieben, daß es nicht mehr gestattet sei den Tausch aufzuheben. Sobann giengen alle zu Bette.

Als sie früh aufgestanden waren, wollte der Besenbinder mit seinen Besen weiter fahren; die Kaufleute sagten aber sogleich "Wir haben ja gestern getauscht." Jener erwiderte 'Wer kann das sagen?' Sie sagten "Der Schenker ist auch Zeuge." Auch zogen sie das Briefchen aus des Besenbinders Tasche und zeigten es ihm. Da sagte er benn 'Was ist zu machen; habe ich einmal in der Trunkenheit getauscht, so habe ich getauscht.' Er nahm also den Frachtwagen, spannte an, fuhr damit in die Stadt und verkaufte alle Ware sammt Pferden und Wagen fürs halbe Geld.

Reichlich mit Geld versehen, sah er sich nun in der Stadt um und erblickte jene wie sie mit den Besen angefahren kamen. Die Kaufleute machten sich ein Aushängeschild, kauften rote Bänder und hiengen die kleinen unten hin und die großen oben. Ein Herr schickte seine Dienerin um Besen zu kaufen; sie faßte einen von den kleineren an und fragte 'Wie theuer ist der Besen?' "Hundert Thaler das Stück." Sie spuckte aus und sagte 'Seid ihr von Sinnen? Er ist ja nur einen halben Groschen wert.' Da schlugen die Kaufleute die Dienerin und mishandelten sie auf alle Weise. Als die Dienerin nach Hause kam und ihrem Herrn das vorgefallene erzählte, gieng der Herr selbst hin. Der Herr kam, griff nach einem der größeren Besen und fragte 'Wie theuer sind sie?' Sie sagten "Zweihundert Thaler das Stück." Da sagte der Herr 'Ihr wollt die Leute betrügen.' Und er gieng zur Obrigkeit und verklagte sie. Sie wurden sodann vor die Obrigkeit gebracht und die nahm ihnen alles ab; Pferd und Wägelchen verkaufte sie und gab die Kaufleute sodann frei.

Als sie heraus kamen, begegneten sie dem Besenbinder und sagten 'Warum hast du uns so betrogen?' Jener erwiderte: 'Ihr versteht nur nicht mit meiner Ware umzugehen; wartet, ich komme sogleich wieder, bleibt nur hier stehen'. Der Besenbinder gieng in eine Schenke, gab dem Schenker hundert Thaler und sagte 'Ich werde nachher wieder kommen, und wenn ich auch viel Schaden anrichte, so sage du nur nichts; wenn ich aber fort gehen will, so werde ich pfeifen und den Hut schwenken und sagen "Was bin ich schuldig;" dann sag du "Alles ist bezalt." Der Besenbinder gieng sodann zu einem zweiten und dritten Schenker, traf mit ihnen dieselbe Verabredung und gab jedem hundert Thaler. Dann gieng er wieder hin zu den Kaufleuten und sagte 'Kommt her, ich will euch wenigstens bewirten, da ihr mit meiner Waare kein Glück gehabt habt.' Er führte sie nun in die erste Schenke. Da zechten sie, lärmten und schlugen alles entzwei, der Schenker aber sagte nichts. Der Besenbinder sagte 'Genug hier, wir wollens nun wo anders versuchen.' Beim Weggehen pfiff er, schwenkte den Hut und fragte 'Ists bezahlt?' Der Schenker sagte 'Alles ist bezahlt.' Sie giengen nun in ein zweites Wirtshaus; hier gieng es wie im ersten. Sodann besuchten sie die dritte Schenke, wo es eben so gieng. Die Kaufleute dachten nun, daß der Hut das gethan habe, und wollten mit ihm Hüte tauschen, und einer bot ihm hundert Tha=ler Zugabe; er aber sagte 'Ich tausche nicht anders, als wenn ich dreihundert Thaler Zugabe bekomme. Wenn ich mit meinem Hute gehe, so kann ich verzehren was und wie viel ich will, ich brauche nichts zu bezahlen.' Da gab ihm einer dreihundert Thaler Zugabe und sie tauschten ihre Hüte. Sie schieden dann von einander und der Besenbinder gieng nach Hause zu seiner Frau.

Jene aber giengen in ein Wirtshaus und machten es so, wie jener gethan; sie schwenkten den Hut und fragten 'Ist alles bezahlt?' Der Schenker sagte 'Wenn ihr bezahlen werdet, so wirds gut sein.' Als sie nun das im guten nicht wollten, bekamen sie Prügel und musten doch alles bezahlen. Als sie weg giengen, stritten sie sich; einer sagte zum ersten 'Du hast es nicht recht gemacht; hast du nicht ge=sehen daß jener zweimal schwenkte? Gib ihn nur mir, ich werde es beßer können.' Sie giengen nun in eine zweite Schenke und machten es so, aber es ergieng ihnen eben so wie in der ersten. Da sagte der britte, der Besenbinder habe den Hut dreimal geschwenkt und ver=langte sie sollten ihm den Hut geben. So giengen sie denn ins dritte Wirtshaus und thaten so, wie sie verabredet hatten; aber es ergieng ihnen fast noch schlimmer als vorher.

Da beschloßen sie den Betrüger aufzusuchen und giengen in sein Haus. Als der sie erblickte, legte er sich auf ein Bret, nahm ein scharfes Meßer zu sich und seine Frau muste ein Leintuch über ihn spreiten. Seine Frau wartete vor der Thüre auf jene, und sie fragten sie 'Wo ist dein Mann, der Betrüger?' Sie sagte 'Er ist todt und liegt auf dem Brete.' Da verabredeten sie sich, es solle einer noch wenigstens sein Waßer jenem auf den Kopf laßen. Als einer hinein

gieng und das that, schnitt jener ihm mit dem Meßer, schnickscht, alles
ab. Der aber sagte nichts als er heraus kam, um auch jene dran
zu kriegen. Der zweite wollte das nun auch thun und gieng hinein,
aber es ergieng ihm eben so wie dem ersten. Er gieng hinaus und
schwieg ebenfalls. Da gieng auch der dritte hinein, der auch nicht
beßer davon kam. So liefen sie denn verstümmelt von dannen; der
Besenbinder aber lachte darüber, daß er sie so dran gekriegt hatte.
So ward er ein reicher Mann.

Vom dummen Hans.

In einem Kirchdorfe war einmal ein sehr böser Pfarrer, ein Filz
über alle Maßen, ders so toll trieb, daß es kein Knecht bei ihm aus=
halten konnte. Nun wohnte einige Meilen weit von dem Pfarrer ein
Mann, der hatte drei Söhne; zwei waren verständig und der dritte
dumm, und der hieß Hans. Als nun der Pfarrer wegen seines har=
ten unmenschlichen Benehmens in der Gegend keinen Knecht bekommen
konnte, obschon er einen großen Lohn bot, da gieng einer von jenen
Söhnen, dem nach dem großen Lohne gelüstete, zum Pfarrer hin, um
sich bei ihm als Knecht zu verdingen. Dem Pfarrer gefiel der Mann
sehr wol, denn er war groß und stark, und über den Lohn kamen sie
bald überein, aber der Pfarrer gab bei dem Abschluße ihres Vertrags
noch folgendes zu erinnern 'Wer von uns beiden zuerst in Zorn
gerät, der muß sich aus seinem Rücken drei Riemen heraus schneiden
laßen.' Der Knecht war damit zufrieden und dachte 'Wenn es bei
dir auch kein Teufel aushält, ich bin stark wie ein Riese und werds
schon aushalten, ohne in Zorn zu geraten.'

Am Martinstage ließ der Pfarrer den gedungenen Knecht seinen
Dienst antreten, und den Tag gieng alles aufs beste. Am andern
Tag muste der Knecht Stöcke hauen; er arbeitete wie ein Löwe, und
als es Mittag geworden, rief man ihn zum Eßen. Kaum war er aber
ins Zimmer getreten, da kam der Pfarrer in die Gesindestube und
sagte 'David, trag den Jungen hinaus*).' Der Pfarrer hatte näm=
lich einen Jungen von neun Jahren, der ganz und gar voll Erbgrind
war, und der Junge hatte die gute Gewohnheit täglich zu Mittage

---

*) Dem echten Litauer sind nämlich Abtritte unbekannt.

hinaus zu verlangen; da muſte ihn denn der Knecht, während die an=
dern aßen, hinaus tragen, und da blieb er ſtets ſo lange hocken, bis
das Mittagseßen vorbei war. Als nun der Pfarrer befahl den Jun=
gen hinaus zu tragen, da trug ihn David fein ſäuberlich auf den
Armen hinaus und ſetzte ihn ſchön hin wo der Wind über gieng.
Der Junge aber machte an ſeiner Sache ſo lange, bis die andern ge=
geßen hatten, und als David ihn wieder hinein brachte, da war alles
vom Tiſche hinweg genommen. Ohne gegeßen zu haben, muſte er
wieder Stöcke hauen bis zum ſpäten Abend. Den andern Tag giengs
gerade ſo; David kam wegen des Jungen abermals um ſein Mit=
tagsmahl. Da begann in ihm der Zorn aufzuſteigen. Als aber am
dritten Tage abermals daſſelbe Statt fand, da fieng er an zu ſchelten
und zu fluchen. Der Pfarrer, der Davids Lärmen und Schreien hörte,
kam in die Geſindeſtube und ſagte zu ihm 'Biſt du etwa böſe?'
David erwiderte "Den Teufel auch, ſoll man da nicht böſe werden;
arbeiten ſoll man wie ein Pferd, und jetzt bekomme ich ſchon den
britten Tag nichts zu Mittag." 'Gut (ſagte der Pfarrer), du weiſt, was
wir ausgemacht haben; jetzt gib deinen Rücken her, ich will dir drei
Riemen heraus ſchneiden, und dann kannſt du hin gehen wo du her
gekommen biſt.' David machte ein ſehr ſchiefes Geſicht, aber es half
nichts; er muſte ſich vom Pfarrer die ausbedungenen Riemen aus
dem Rücken ſchneiden laßen. So kam er denn mit ſeinem geſchunde=
nen Rücken nach Hauſe, ſagte aber nichts.

Dann gieng der zweite Bruder zum Pfarrer in den Dienſt, mit
dem es daſſelbe Ende nahm wie mit dem erſten; aber auch der ſagte
nicht wie es ihm beim Pfarrer ergangen war. Jetzt gieng Hans, der
dumme, ſich beim Pfarrer zu verbingen. Beide Brüder dachten 'Wenn
wir beide es bei dem Unmenſchen nicht aushalten konnten, wie wird
bers aushalten.'

Als am erſten Tage Hans von der Arbeit zum Eßen kam, ſagte
des Pfarrers grindiger Junge 'Papa, ich will hinaus.' Der Pfarrer
ſagte "Hans, trag den Jungen hinaus." Hans nahm den Jungen
auf den Arm, trug ihn hinaus an einen Ort, wo der Wind über
gieng, und als er ihn wieder brachte, da war ſchon alles vom Tiſche
weg geräumt, und Hans muſte hungrig an die Arbeit gehn. Am
zweiten Tage zur Mittagsſtunde dieſelbe Geſchichte. Der Junge ſagte
wieder 'Papa, ich will hinaus.' Der Pfarrer ſagte "Hans, trag den
Jungen hinaus." Aber Hans nahm die Schüßel mit Eßen vom

Tische und ein tüchtiges Stück Brot, nahm den Jungen auf den Arm, trug ihn hinaus, setzte ihn hin und aß sein Mittagsbrot. Als aber am dritten Tage der Pfarrer wieder den Jungen hinaus tragen ließ, da nahm Hans wieder die Schüßel mit dem Eßen vom Tische und einen halben Leib Brot, faßte mit einem Griffe den Jungen bei den Haaren und sagte 'Komm, du Kröte, du Grindbatz, du erbgrindiger, ich will dich machen laßen, daß dir niemals wieder zu Mittag die Luft dazu ankömmt.' Da faßte er ihn am Schopfe, daß die Nägel in den Grind eindrangen, schleifte ihn hinaus und setzte ihn an einen Ort, wo der Wind recht scharf blies. Der Junge stand schnell wieder auf und bat den Hans er möge ihn hinein tragen, aber Hans sagte 'Mach du deine Sache nur einmal, du Nichtsnutz, daß dir künftig die Luft dazu vergeht.' Der Junge, halb erstarrt, schrie und blökte wie ein Kalb, aber Hans sagte 'Wart du nur bis ich gegeßen habe,' und als er fertig gegeßen, trug er ihn hinein. Von dem Tage an war dem Jungen die Lust vergangen zur Mittagszeit seine Notdurft zu verrichten.

Jetzt konnte Hans sein Eßen ordentlich am Tische verzehren und alles war gut bis zum Frühjahr, als die Feldarbeit begann. Der Pfarrer hatte eine Hündin, die sollte den Hans aufs Feld führen und ihm zeigen wo er zu pflügen habe. Er sagte zu ihm 'Geh du nur immer hinter der Hündin her, und auf dem Stücke, auf dem sie sich niedersetzen wird, das ist mein Stück, da pflüge.' Nun gieng aber die Hündin nicht immer auf dem geraden Wege, sie lief neben her und sprang über die Zäune oder kroch durch sie durch. Hans aber kam mit Ochsen und Pflug immer hinter ihr her, und konnten die Ochsen einen Zaun nicht durchbrechen, so nahm er die Art und hieb den Zaun nieder, um nur der Hündin auf Schritt und Tritt folgen zu können. Abends auf dem Heimwege giengs wieder durch Gräben und Zäune bis vor des Pfarrers Hofthor. Das Thor aber war hoch und stark, und da es schon verschloßen war, so sprang die Hündin darüber. Hans fuhr mit seinen Ochsen vor das Thor und hieb sie nach Kräften, damit sie auch über das Thor sprängen, und wie sie das nicht vermochten, da nahm er die Art, erschlug beide Ochsen, hieb sie in Stücke und warf sie über das Thor. Der Pfarrer sah das, kam mit einem Geschrei gelaufen wie das liebe Donnerwetter und brüllte den Hans an 'Was thust du da, du Wahnsinniger, bist du denn vom Teufel beseßen, daß du mir meine Ochsen in Stücke hauft?" Hans fagte "Aber, Herr Pfarrer, ereifere dich nicht fo fehr, ich that wie du befohlen; die Hündin nahm ihren Weg über das Thor hinweg, die Ochfen aber mit dem Pfluge wollten nicht; fo mufte ich fie denn wol in Stücke hauen. Ich hatte fchon auf dem ganzen Wege meine liebe Not eh ich all die Zäune umwarf, durch oder über die die Hündin gieng, und jetzt, Herr Pfarrer, ift bir das nicht recht; ich fehe jetzt daß du böfe bift." Der Pfarrer fagte 'Den Teufel auch, foll da einer nicht in Zorn geraten, folchen Schaden haft du mir angerichtet; morgen ift bein Jahr um.' "Gut, (fagte Hans) fo muß ich alfo aus beinem Rücken brei Riemen heraus fchneiben." Und ber Pfarrer mufte, wol ober übel, den Hans aus feinem Rücken brei Riemen fchneiden laßen; die fchnitt er heraus, gieng nach Haufe und zeigte feinen Brüdern wie es ihm gelungen fei, den wütenben Pfarrer zu überbieten.

Vom Jungen, der feinen Eltern weg lief.

Als ich*) noch klein war, war mein Vater als Wagner auf einem Hofe in Rußland, und als ich fchon ein tüchtiger Junge ge= worden war und der Mutter nicht mehr folgen wollte, da walkte mich der Vater mit einer Rabfpeiche einmal tüchtig durch und band mich beinahe einen halben Tag lang an den Fuß des Bettes feft. Als er mich los band, lief ich davon und trieb mich gegen anderthalb Jahre herum; dann kam ich wieder auf den Hof, aber mein Vater war weg gezogen. Da lauerte und horchte ich herum bei dem und dem, wohin mein Vater gezogen fei, und als ich es erfahren, fuchte ich, als es anfieng zu dämmern, nach meinem Nachtlager. Als ich mich fo umfah und dachte, wo ich die Nacht wol zubringen würde, kamen zwei Männer daher, und das waren zwei Diebe; die faßten mich bei der Hand, hielten mich feft und fragten mich, ob ich in dem Hofe alles genau kenne. Ich war in großer Furcht und fagte 'Ich kenne da alles fehr genau.' Das gefiel ihnen und fie fagten 'Jetzt wollen wir auf den Speicher ftehlen gehn.' Sie nahmen eine lange Futterleiter, ftellten fie ganz

*) In biefer Form erzählte Gefchichten find beliebt; gewönlich fteigern fich im Verlaufe der Erzählung die Begebenheiten allmählich immer mehr ins Unglaubliche, oft mit viel Humor. Eine andre in biefer Form erzählte Gefchichte meiner Sammlung ift ihres unfaubern Inhaltes wegen nicht zur Uebertragung ins Deutfche geeignet.

hoch an ein Fenster des Speichers und ich sollte hinauf steigen, das Fenster einschlagen, hinein steigen und ihnen allerhand Dinge hinunter werfen. Zuerst fand ich Stiefel; ein Paar nahm ich, schwipp! zum Fenster hinaus und hinunter. "Da ist ein Paar!" schrie ich. 'Jung (brüllte einer), halts Maul!' Indem ich ein andres Paar warf, rief ich "Da ist ein andres Paar!" Sie wurden nun äußerst böse; ich aber that das mit Absicht, indem ich dachte, das müße doch jemand bemerken. Dann fand ich ein Fäßchen voll Nüße, das nahm ich und warf es auf dem Dachboden um: da rollten die Nüße laut herum, und das machte einen solchen Lärm, daß die Hausfrau gleich mit einem Spane kam; aber als ich das hörte, verbarg ich mich schnell im Werge. Die Frau leuchtete mit dem Spane herum; als sie aber nichts bemerkte, als daß die Nüße umgeworfen seien, dachte sie, das werde die Katze gethan haben und stieg wieder hinunter. Aber jene beiden Männer stiegen nun selbst herauf, und indem sie nach mir und andern Dingen suchten, sprang ich schnell aus dem Werg hervor und stieg leise zum Fenster hinaus und hinunter und kroch in einen Bienenkorb, in dem keine Bienen waren. Außerdem waren aber noch viele Bienenstöcke da, in den Bienen waren. Als nun die beiden auf dem Dachboden nichts fanden, da spuckten sie aus *), stiegen herab und kamen iu den Garten, indem sie zu einander sagten 'Wir können doch nicht ganz leer nach Hause gehen; nehmen wir wenigstens einen Bienenkorb, sonst jagen uns unsere Frauen zum Hause hinaus.' Da begannen sie die Bienenstöcke aufzuheben, um den schwersten heraus zu finden; und mit dem Heben kamen sie bis zu mir, und fanden, daß der Korb ein anständiges Gewicht habe. Da sagte der eine 'Du, Bursch, der ist gut, den laß uns nehmen.' Sofort nahmen sie ihn vom Gestelle herunter und marsch fort mit ihm und mit mir. Ich bekam aber eine solche Angst, daß man mir auch nicht einen Strohhalm in den Hintern hätte stecken können. Was sollte ich thun? Es fiel mir ein, daß ich die Klinge von einem Taschenmeßer eingesteckt hatte, die zog ich hervor und begann durch die eine Seite des Bienenstocks, die am morscheften war, ein Loch zu bohren, und bald hatte ich das Loch so weit gemacht, daß ich mit der Hand hindurch konnte. Als sie den Bienenstock auf den Schultern trugen, streckte ich die Hand heraus, und husch! einem in die Haare. Der dachte, sein

---

*) vor Ärger.

Kamerad habe ihn gerupft, und sagte 'Aber Bursch, mach dir nichts Unnötiges zu schaffen, laß uns machen, daß wir bald nach Hause kommen.' Ich wieder, husch! demselben; der schreit auf 'Bist du toll, oder was ist dir? So schwer müßen wir tragen und der fängt noch solche Dummheiten an und rupft mich an den Haaren.' Der Andre entgegnete "Träumst du etwa? Mir fällt es gar nicht ein dich zu rupfen." Während sie sich stritten, ich husch! wieder gerupft, und zwar gehörig und gerade wie sie aus einem Flüßchen einen Berg hinauf stiegen. Da warf der, den ich gerupft hatte, plumps, den Bienenkorb von der Schulter und, krips, dem andern in die Haare, und beide begannen nun sich zu raufen und blauten sich, blauten sich bis sie genug hatten. Als sie aber den Bienenkorb hin geworfen, da rollte er mit mir den Berg hinunter bis in die Büsche, und als er an die Büsche anprallte, da gieng er völlig auseinander, ich aber blieb unversehrt und kroch in einen Busch und lauerte, wie lang sich wol die Diebe raufen würden. Als sie nun vom Raufen müde geworden waren, wurden sie wieder einig und giengen den Bienenkorb suchen. Sie griffen wol den ganzen Abhang mit den Händen durch, fanden aber weder Korb noch Honig, und als sie sich nicht wenig geärgert, musten sie, wie der Tag bereits zu dämmern anfieng, nach Hause gehen. Ich aber kam aus dem Busche hervor, verließ Rußland, den Hof, den Vater und alles mit einander und kam in dieses Dorf in Preußen, wo ich auch jetzt noch bin.

Vom alten Weibe, das schlauer war als der Teufel.

In einem Dorfe lebte ein junger Landwirt, der hatte eine schöne junge Frau genommen, und beide vertrugen sich so gut, daß nie eins dem andern auch nur ein böses Wörtchen sagte; sie sprachen stets liebreich mit einander und küßten sich in einem fort. Da besuchte einmal der Teufel, als er herum reiste, auch dieses junge Paar. Er wunderte sich nicht wenig über diese außerordentliche Eintracht und versuchte sie zu stören; aber es gelang ihm nicht, er mochte es anfangen wie er wollte. Als er eine Zeit lang Versuche aller Art angestellt hatte, stund er fürchterlich erzürnt davon ab, und gieng ausspuckend seines Weges.

Indem er so gieng, begegnete er einem alten Weibe, das betteln gieng, die fragte ihn 'Vetter, warum spuckst du so aus?' Der Teufel antwortete wütend "Ach, was fragst du denn, du wirst mir ja doch nicht helfen können." 'Warum nicht (versetzte die Alte); weist du denn nicht, daß wir alten Weiber viel wißen und verstehen; sag mir nur, was dir fehlt, vielleicht kann ich auch dir helfen, wie ich schon vielen geholfen habe. Der Teufel dachte 'Halt! die Alte könnte vielleicht wirklich so schlau sein,' und er erzählte ihr seine ganze Not und sprach "Denke dir nur, ich hockte fast ein halbes Jahr in dem Dorfe da bei den Neuvermählten, die so wunderbar einig sind, und wollte sie irgend wie auf einander hetzen. Aber ich vermochte es nicht und genug, wie sollte ich da nicht in Zorn geraten, da ich so viel Zeit verloren und nichts ausgerichtet habe." Die Alte erwiderte ihm 'Das ist für mich nur ein kleiner Spas, die Ehre will ich dir erweisen.' Der Teufel freute sich sehr darüber und fragte sie, was er ihr dann geben solle. Die Alte sagte "Ich will weiter nichts als nur ein Paar neue Bast=schuhe und ein Paar Salzburger*) Schuhe." Der Teufel versprach ihr das in schöner und starker Arbeit zu geben.

Als sie diese Abrede getroffen, trennten sie sich, und das Weib rief im Weggehen dem Teufel noch zu, er solle nicht zu weit reisen, denn sie werde noch heute unternehmen etwas auszurichten.

Da gieng sie in das Dorf zu der jungen Frau hin, die gerade allein zu Hause war, während der Mann auf dem Felde pflügte. Die Alte gieng ins Zimmer und bat zuerst um ein Almosen, und als sie das erhalten, begann sie von allerhand in einschmeichelnder Weise zu plaudern. "Ach, mein liebes Herzchen, wie bist du doch schön und wolansehnlich; dein Männchen kann freilich von Herzen seine Freude an dir haben. Ich weiß gar wol, daß ihr beide in der schönsten Einigkeit mit einander lebt wie niemand in der ganzen Welt. Aber, mein Hühnchen, mein Töchterchen, ich will dich unterweisen, daß ihr beide noch einiger sein und euch in eurem ganzen Leben auch nicht ein böses Wörtchen sagen sollt." Die junge Frau freute sich und bat die Alte, sie sollte ihr doch die Belehrung erteilen, sie werde sie ja schön beschenken. Die Alte sagte "Auf dem Kopfe deines Mannes, nicht weit vom Wirbel, ist ein graues Haar, das must du ihm, aber ohne

---

*) d. h. solcher Schuhe, wie sie durch die eingewanderten Salzburger den Li=tauern bekannt wurden; keine Bastschuhe, sondern lederne Schuhe.

daß er es weiß, dicht am Kopfe abschneiden; dann werdet ihr euer ganzes Leben hindurch nicht nur in solcher, sondern in noch größerer Liebe leben." Die junge Frau dachte das sei wahr und fragte die Alte, wie sie das thun könne ohne daß ihr Mann es wiße. Jene sagte "Wenn du deinem Männchen das Mittagseßen bringst, so sage zu ihm, er solle seinen Kopf auf deine Knie legen und Mittagsschläf= chen halten, und wenn er eingeschlafen sein wird so nimm das Scheer= meßer aus der Tasche und schneid das graue Haar ab." Alles das sagte der jungen Frau sehr gut zu, und sie entließ die Alte, nachdem sie sie aufs beste beschenkt und ihr gedankt hatte.

Die Alte gieng nun von ihr zum Manne aufs Feld wo er pflügte. "Guten Tag, guten Tag, mein Küchlein, guten Tag!" 'Danke, danke, liebe Alte!' Als sie sich so begrüßt hatten, bat die Alte, er möge doch ein wenig stehen bleiben, vielleicht müsten auch die Öchslein ein wenig ausschnaufen; da hielt er auch mit dem Pflügen an. 'Und was willst du denn, liebe Alte?' Sie sagte "Ach, mein liebes Bürsch= chen, mein Herzchen, ich kann dirs kaum sagen, so bin ich erschrocken," und damit fieng sie an entsetzlich zu schreien und zu weinen. Der Mann sagte 'Aber was ist dir denn, sags doch nur!' Da sagte die Alte unter lautem Weinen "Du und dein Frauchen, ihr vertragt euch, ich weiß es, gar schön mit einander, aber, ach Gott behüte! sie will dich todt machen und einen andern heiraten, der viel reicher ist als du; eben war ich bei ihr und habe den ganzen Greuel gesehen und erfahren." Der Mann erschrak ob der Rede und fragte die Alte, ob sie nicht wiße, wann und wie sein Weib das thun wolle. Die Alte sagte "Heute Mittag, wenn sie das Eßen bringen wird, wird sie ein Scheermeßer in ihrer Tasche haben; da wird sie zu dir sagen du sollest nach dem Eßen den Kopf auf ihren Schoß legen und dein Mittags= schläfchen halten, und wenn du eingeschlafen sein wirst, so wird sie dir den Kopf abschneiden." Der Mann dankte ihr schön für diese Mit= teilung und versprach ihr, sie ein andres Mal bestens zu beschenken. Die Alte gieng nun weiter bis zu einem Kornfelde, um da im Ver= borgenen zu zu sehen, wie die zwei Leute sich Mittags entzweien werden.

Als nun die Mittagszeit heran kam, da versah sich die Frau mit ihres Mannes Scheermeßer und steckte es in ihre Tasche. Der Mann aber harrte in großer Unruhe der Mittagsstunde, um zu erfahren, ob denn das alles auch wahr sei, was ihm die Alte gesagt habe. Als sie gekommen, umarmten und küßten sie sich, wie sie es zu thun ge=

wohnt waren, und er setzte sich zu seinem Eßen. Als er gegeßen hatte,
sagte sie zu ihm "Komm her, leg dein Köpfchen auf meinen Schoß
und halt dein Mittagsschläfchen, du wirst schon müde geworden sein."
Er that das auch und stellte sich nach einer Weile als ob er schlafe,
denn er merkte schon, daß ihm die Alte keine Unwahrheit gesagt habe.

Als sie dachte, er schlafe, zog sie leise das Scheermeßer aus ihrer
Tasche, um ihm das graue Haar abzuscheeren. Er aber merkte das,
weil er nicht schlief, sprang wie ein Blitz auf und ergriff sie beim
Kopfe; das Kopftuch riß er herunter, faßte sie in den Haaren und riß
und schlug sie fürchterlich: 'Du Unmensch, du Mörderin, du Bestie,
du Todtschlägerin; also deswegen hast du dich gut gegen mich gestellt
und gethan als ob du mich gerne habest, um mich desto eher ums
Leben bringen zu können! Ich will dirs jetzt zeigen und dir eine
Lehre geben, daß dir der teuflische Greuel nicht mehr in den Sinn
kommen soll.' Sie flehte was sie nur konnte, aber es half alles
nichts; er mishandelte sie so viel nur seine Kräfte vermochten, bis er
ganz ermüdet war.

Der Teufel, der nicht weit davon auf einem Stein gekauert
lauerte, sah dies arge Prügeln, schlug in die Hände und lachte hell
auf; aber dann grauste ihm selbst vor der Schändlichkeit, und er em=
pfand Abscheu vor der Heimtücke der Alten und dachte bei sich 'Schau
nur, das alte Weib ist schlimmer als ich. Die Menschen geben bei
allem Schlimmen und in jeder Not immer dem Teufel die Schuld,
und siehe da, wie richten doch solche alte Weiber viel mehr und schlim=
meres Unheil an.' Die versprochenen Bastsohlen und Schuhe gab er
ihr; aber er hatte eine ungeheuer lange Stange bei sich, an deren
Ende steckte er die Schuhe, hielt sie der Alten hin und sagte 'Ich
kann nicht in deine Nähe kommen, du könntest sonst auch mich behexen
und überlisten, du bist ja schlimmer und verschmitzter als ich.' Und
als jene die Sachen genommen hatte, warf er die Stange weg und
lief schnell wie ein Schuß davon. Das alte Weib aber gieng seines
Weges, voll Freude darüber, daß sie schlauer gewesen als der Teufel,
und daß er aus Furcht vor ihr davon gelaufen war.

Von den Räubern und der Prinzessin, die einem Drachen versprochen war.

Ein Vater hatte einen Sohn und eine Tochter; als die heran wuchsen, wurden beide so ungeraten und ungehorsam, daß sie der Vater weg jagen muſte. Ehe der Sohn weg gieng, suchte er sich seines Vaters Stab, der eine solche Macht besaß, daß, wenn man ihn in die Hand nahm und andern Leuten entgegen hob, die wie vom Donner getroffen da stunden, so daß sie weder Hand noch Fuß rühren konnten. Da giengen nun beide, Bruder und Schwester, auf die Wanderung, ohne zu wißen wohin. Am dritten Tage kamen sie in einen Wald, und sie waren schon sehr hungrig geworden. Gegen Abend sahen sie ein Lichtchen schimmern und giengen in das Haus, wo sie aber nur ein altes Mütterchen fanden; die baten sie, sie solle ihnen irgend etwas zu eßen geben. Die Alte wollte erst nicht; als sie aber gar so sehr baten, da brachte sie ihnen ein Bißchen Brot und sagte sodann 'Jetzt müßt ihr aber schnell gehen und euch verbergen, denn ich habe zwölf Söhne und die sind alle Räuber; wenn die kommen und euch da finden, so erschlagen sie euch.' Die beiden aber ließen sich doch mit der Alten ins Plaudern ein, und siehe, es dauerte nicht lange da kamen jene Männer. So wie diese die beiden erblickten, sagte der älteste "Den ganzen Tag haben wir nichts angetroffen, und siehe, jetzt ists uns ins Haus gekommen." Zuerst legten sie alle ihre Gewehre ab, dann zogen sie ihre Röcke aus und das alte Mütterchen stellte ihnen das Abendeßen auf den Tisch. Nach dem Abendeßen sagte der älteste zu jenen beiden "Gut daß ihr her gekommen seid, jetzt müßt ihr sterben." Der Bruder sagte 'Wenn uns das einmal so bestimmt ist, so ergeben wir uns euch auch: thut wie ihr wollt!' Sofort brachte einer einen großen Klotz, und nun verabredeten sie sich unter einan= der, welches von beiden sie zuerst umbringen würden. Der Bruder sagte 'Ihr könnt mich nehmen,' und als er das gesagt, machten auch die Räuber Anstalt ihn an den Klotz an zu binden, und der Hauer putzte das Beil ab. Er aber zog, husch! schnell seinen Stab, den er unter den Deckbalken*) gesteckt hatte, hervor und erhob ihn gegen die

---

*) Gewönlicher Aufbewahrungsort für Kleinigkeiten, wie z. B. Bücher, Schreib= zeug u. s. f.

Räuber. Da stunden sie wie leblos und konnten sich nicht rühren. Er nahm sie nun und hieb einem nach dem andern auf dem Klotze mit ihrem eigenen Beile den Kopf ab; nur dem letzten hieb er den Kopf nicht ganz ab, sondern hieb ihn nur in den Nacken.

Des andern Morgens gieng er. alle ihre Kammern zu besehen. In der ersten waren Flinten, Pistolen und Säbel aufgehängt; in der zweiten allerhand Kleider; in der dritten viel Geld; in der vierten Leichen und in der fünften hiengen die Köpfe der Leichen an Pflöcken an der Wand. Jetzt schleppte er auch die Leichen der Räuber in die Leichenstube; ihre Köpfe aber hieng er auch an die Pflöcke in der Wand auf und verschloß dann die Leichenstube mit einem großen Vorlegeschloße. Am Tage hieng er sich eine Flinte um und gieng in den Wald, um sich irgend einen Vogel zu schießen, damit er Fleisch habe. Als er aber weg gieng, sagte er zu seiner Schwester 'Du kannst jetzt, bis ich wieder komme, damit dir die Zeit nicht lang werde, durch alle Stuben gehen, da wirst du allerlei schöne Kleider und Geld finden; du kannst dich ankleiden, wie es dir am besten gefallen wird. Aber in die Stube, die mit dem großen Vorlegeschloße verschloßen ist, in die gehe nicht!'

Als der Bruder fort gegangen war, gieng sie um sich die Zeit zu vertreiben die Stuben ansehen, und als sie in die Kleiderstube gekommen, suchte sie sich die schönsten Kleider heraus und legte sie an und freute sich nicht wenig an dem Staate. Da konnte sie es aber nicht über sich gewinnen, nicht auch in die ihr verbotene Stube zu gehen; aber kaum hatte sie die Thüre geöffnet, so ergriff sie der Räuber, dem er den Kopf nicht ganz abgehauen hatte und der halbtodt geblieben und bis zur Thüre gekrochen war, am Kleide und hielt sie so fest, daß sie sich von seinen Krallen nicht los machen konnte und auf der Stelle nieder knien und ihm schwören muste, daß sie ihm vom Dachboden Kräuter holen wolle. Davon werde er genesen und sie sodann heiraten; da werde sie eine Frau werden, wie die größte Gutsbesitzerin. Aber sie muste auch schwören, ihrem Bruder davon nichts zu sagen. Sie gelobte das alles, brachte sogleich jene Kräuter, band sie ihm um den Hals, und ihm wurde sofort beßer.

Der Bruder, der weg gegangen war und ein schönes Stück Wald durchwandert hatte, traf einen Hasen, legte schnell die Flinte an und wollte ihn schießen; der Hase aber wandte sich gegen ihn und sagte 'Ach, erschieß mich doch nicht, ich kann dir vielleicht ein andres Mal von Nutzen sein.' Da erschoß er ihn auch nicht. Da gab ihm der Hafe ein kleines Pfeifchen und sagte 'Wenn du darauf pfeifen wirst, so werde ich sogleich bei dir sein.' Das Pfeifchen nahm er mit und steckte es unter den Deckbalken.

Als der Bruder wieder kam, stellte sich die Schwester verdrießlich, und der Bruder fragte sie 'Was fehlt dir, Schwesterchen; du kommst mir so traurig und gar nicht munter vor.' Sie erwiderte "Mir ist so schlecht zu Muthe; könntest du mir Milch von einer Wölfin mit= bringen, so würde ich die trinken und mir würde beßer werden." Das hatte ihr nämlich jener halb todte Räuber gesagt, sie solle von ihrem Bruder die und die Sachen für ihre Gesundheit verlangen und sie ihm dann geben, dann werde er schnell gesund werden. Als der Bruder des andern Tages auf die Jagd gieng, suchte er eine säugende Wölfin zu treffen; und er stieß auch wirklich auf eine, gerade als sie ihre Jungen säugte. Er legte seine Flinte an, um sie zu schießen; die Wölfin aber sagte "Ei, schieß mich nicht, ich kann dir ein ander Mal sehr von Nutzen sein." Dem Worte gab er auch Folge und schoß nicht; nur molk er sich von ihrer Milch, die er seiner Schwester zu trinken brachte; die aber gab die Milch dem Räuber. Die Wölfin gab ihm aber noch eine kleine Pfeife und sagte 'Wenn du darauf pfeifen wirst, so werde ich sogleich da sein.' Das Pfeifchen nahm er mit und steckte es unter den Deckbalken.

Den andern Tag sah die Schwester wieder so traurig aus, und als sie der Bruder fragte, was ihr fehle, so sagte sie "Mir ist gar nicht recht wol, ich weiß selbst nicht was es ist; könntest du mir aber Milch von einer Löwin mitbringen, so würde mir beßer werden." Da gieng der Bruder wieder auf die Jagd und fand bald eine Löwin, die ihre Jungen säugte, und die sagte wieder zu ihm 'Ei, schieß mich nicht, ich kann dir sehr von Nutzen sein.' Da gieng er hinzu, molk sie, und sie gab ihm auch eine kleine Pfeife mit den Worten 'Wenn du darauf pfeifen wirst, so werde ich sogleich bei dir sein.' Den Tag darauf stellte sie sich wieder so traurig und verlangte Milch von einer Bärin; auch die verschaffte ihr der Bruder, und es ergieng ihm wie= derum wie mit jenen Thieren. Er erhielt wieder ein Pfeifchen, das er unter den Deckbalken steckte. So hatte er nun vier Pfeifchen.

Als jener Räuber aller dieser Thiere Milch ausgetrunken und wieder ganz gesund geworden war, kam er des Morgens früh zu ihm in die Stube und sagte zu ihm, daß er jetzt sterben müße. Er sagte

'Wenn ich einmal sterben muß, so will ich mich auch drein ergeben.'
Die Schwester kam auch und sagte ihrem Bruder, daß sie jetzt den
Räuber heiraten werde; denn sie hatte sich ihm versprochen, und vom
Bruder wollte sie jetzt Abschied nehmen. Er aber nahm keinen Ab=
schied, sondern stieß sie von sich. Ehe er aber den Kopf auf den Klotz
legen muste, sagte er zum Räuber 'Ich möchte mir ausbitten auf
diesen Pfeifchen noch einmal pfeifen zu dürfen.' Und wie er das
Fenster geöffnet hatte und zu pfeifen begann, da waren sogleich alle
jene Thiere da, und er hetzte sie auf den Räuber, der sofort in Stücke
und Stückchen zerrißen war. Aber auch seine Schwester ließ er zer=
reißen, da sie sich so treulos gegen ihn benommen hatte.

So war er denn da allein und dachte 'Was soll ich thun in
dem Räuberhause da, und in dem Walde so weit von allen Menschen;
mir ist hier unheimlich zu Mute.' Er machte sich also auf, pfiff seine
Thiere zusammen und zog in die Welt. Als er nicht mehr weit vom
Rande des Waldes war, traf er zwei Schlangen, die mit solcher Wut
mit einander kämpften, daß sie vor Erschöpfung ausruhten und dann
erst wieder ihren Kampf fortsetzten, und das zu wiederholten Malen.
Bei solchem Kampfe aber hatten sie sich sehr verwundet und zerfetzt,
so daß es fürchterlich anzusehen war, und er dachte sie würden beide
auf der Stelle sterben. Als sie aber mit ihrem Kampfe zu Ende
waren, schlichen sie zu einem Strauche hin; von dem pflückten sie
Blätter ab und legten sie auf sich, und siehe, beide waren sogleich
wieder heil. Von dieser höchst merkwürdigen Stelle reiste er mit sei=
nen Thieren in eine ferne Stadt, welche halb versunken war. Da
gieng er in eine Schenke, um sich zu erquicken, und erfuhr von dem
Schenker, daß nach drei Tagen die letzte Prinzessin des Königs von
einem Drachen geholt werde; könne sie aber jemand von dem Drachen
erlösen, so werde sie dem als Gattin zu Theil werden und er werde
nach des Königs Tode das ganze Reich erben und König werden.
Der Mann kam sofort auf den Gedanken, daß er mit seinen Genoßen
den Drachen überwinden könne, und deswegen besprach er sich mit
ihnen über die Sache, und auch sie hatten den festen Glauben, daß sie
den Drachen bezwingen würden. Der Wirt hinterbrachte das dem
Könige und der ließ sogleich den fremden Mann zu sich laden, und
als er von ihm selbst vernommen, daß er mit dem Drachen kämpfen
und seine Tochter erlösen wolle, da war er und seine ganze Familie
in großer Freude darüber.

Als der dritte Tag kam, ließ ihn der König sich mit einem Har=
nisch bekleiden und gab ihm scharfe Waffen, wie es einem rechten
Helden zukommt. Nach dem Frühstück fuhr man die Prinzessin hinaus
vor die Stadt auf den bestimmten Ort; nicht lange nachher kam auch
der fremde Mann mit seinen Thieren, setzte sich neben die Prinzessin
auf einen Stuhl und wartete darauf daß der Drache geflogen komme.

Die ganze Stadt aber war in tiefer Trauer und zitterte in Er=
wartung der Dinge die da kommen sollten. Um neun Uhr Vormit=
tags bemerkte man in der Ferne ein Flammen wie von Blitzen und
ein Sausen wie von einem Sturme; da merkte man, daß der Drache
schon geflogen kam und nicht mehr ferne war. Der fremde Mann
aber war schon mit seinen Mitkämpfern zum Streite gerüstet, und als
der Drache nun näher herbei geflogen war, da giengen immer Feuer=
säulen aus seinen Rachen, denn der Drache war neunköpfig. Als er
sich auf die Erde nieder ließ und zur Prinzessin wollte, um sie mit
seinen fürchterlichen Krallen zu faßen und mit zu nehmen, da rißen
und zerfleischten die Thiere den Drachen, und der Mann hieb ihm
mit seinem scharfen Schwerte die Köpfe ab. Dieser entsetzliche Kampf
hatte fast drei Stunden gedauert, ehe der Drache überwunden war.
Aber von' diesen schweren Kämpfen waren alle so ermüdet, daß der
Held den neunten Kopf nur zur Hälfte abhieb und kaum noch so viel
Kraft hatte, um aus des Drachen Köpfen die Zungen heraus zu
schneiden und aufzubewahren; und alle fielen nach solcher Erschöpfung
in süßen Schlummer, nur die Prinzessin nicht, und vor großer Freude
zog sie einen goldenen Ring von ihrem Finger und steckte ihn dem
Helden an, den sie nunmehr als ihren Befreier und Bräutigam vor
allem in großen Ehren hielt.

Inzwischen kamen einige Diener des Königs zu der Stelle, um
nachzusehen, und fanden den Drachen überwunden. Da beneideten sie
den fremden Mann um die große Ehre, die ihm nun erwiesen werden
würde, und verabredeten sich ihn zu tödten, was sie auch ausführten.
Die Prinzessin wollte das nicht zulaßen, aber sie sagten "Wenn du
nicht schweigen wirst, so erschlagen wir auch dich, deßhalb bleib lieber
am Leben." Und der vornehmste von den Dienern sagte zur Prinzessin
"Jetzt must du mich als deinen Erretter anerkennen und für deinen
Bräutigam halten." Das muste sie denn thun, da sie dazu gezwungen
war, sie mochte wollen oder nicht, und einen Eid darauf leisten. Als
das geschehen war, gruben sie schnell eine Grube und begruben da .den

Helden. Nun zogen sie mit schöner Musik und großer Freude in die Stadt ein und jedermann drängte sich herbei die Prinzessin zu begrüßen.

Als jene Thiere ausgeschlafen und ausgeruht hatten, fanden sie niemand mehr da und wusten nicht was geschehen war. Jedes gieng seines Weges, denn das hatte ihnen ihr Herr vor dem Einschlafen gesagt, aber auch das hatte er ihnen anbefohlen, daß sie nach Verlauf dreier Jahre sich wieder auf der Stelle einfinden sollten. Nach drei Jahren rüstete auch der König die Verheiratung seiner Tochter mit ihrem Retter; aber die Prinzessin war sehr traurig und niemand wuste warum. Als Tag der Trauung hatte aber der König denselben Tag festgesetzt, an welchem vor drei Jahren der Drache überwunden worden war. An dem Tage kamen nun auch alle jene Thiere zusammen, und da gieng es ihnen sehr wunderbar. Der Bär mit seiner feinen Nase fand sogleich durch den Geruch, wo die Leiche liege und sagte zu seinen Gefährten 'Glaubt mir, da liegt unser Herr begraben; irgend jemand hat ihn erschlagen.' Der Löwe und Wolf begannen sogleich mit ihren Tatzen zu graben und der Hase muste Wache halten. Es dauerte nicht lange, so war die Leiche ausgegraben und alle erkannten in ihr ihren Herrn, aber alle waren sie auch sehr betrübt. 'Still! (sagte das Häschen) ich erinnere mich jener heilkräftigen Kräuter von jenem Jahre her, durch welche jene Schlangen, nachdem sie sich bekämpft hatten, so schnell geheilt wurden; die können auch unserem Herren helfen.' Und als er das gesagt, verschwand er wie ein Blitz, lief zu jenem Strauche hin, pflückte so viel Blätter ab als er für hinreichend hielt, um die Leiche damit zu belegen, und ehe ein paar Stunden verfloßen waren, war er schon wieder da. Da nahmen sie schnell die Blätter, belegten die Leiche damit, und es dauerte nicht lange, da ward er wieder lebendig, erholte sich und sprach 'Warum habt ihr mich denn aufgeweckt, ich habe so sanft geschlafen.' Der Wolf aber sagte "Nicht also, lieber Herr; du hast nicht geschlafen, sondern warst todt; sieh, da ist die Grube, aus der wir dich eben ausgegraben haben."

Da verabredeten sie sich sämmtlich in die Stadt zu gehen, und sie kamen zufällig in jenes Wirtshaus, wo sie auch jenes Jahr gewesen waren. Der Schenker aber erkannte ihn nicht, und als es schon Abend geworden, da sagte der Wirt 'Ach, wenn wir doch heute Abend von des Königs Tische etwas bekämen; denn heute feiert des Königs

Tochter ihre Vermählung mit dem Manne, der ſie vor drei Jahren
vom Drachen errettet hat. Der Fremde verſetzte 'Das iſt mir nur
eine kleine Mühe, Speiſe und Trank von der Hochzeit zu bekommen.'
Der Schenker aber meinte, das gehe doch nicht, und beide ſtritten
ſich darüber. Um dem Streite ein Ende zu machen, wetteten ſie.
Da bat ſich der Fremde Papier und Tinte aus und ſchrieb ein kleines
Briefchen, und das band er dem Häschen unter dem Halſe feſt und
befahl es der Prinzeſſin hin zu bringen. Das Häschen konnte durch
die große Menge der Gäſte ſich kaum hindurch in das Zimmer drän=
gen, und dann muſte es noch lange warten bis es zur Prinzeſſin ge=
langen konnte; dann aber hängte es ſich mit den Vorderfüßen an die
Knie der Prinzeſſin und reckte den Kopf immer in die Höhe. Die
Prinzeſſin hatte ihre Freude daran, bemerkte das Briefchen unter dem
Halſe, band es los und fand, daß es an ſie gerichtet ſei. Schnell er=
brach ſie es und erſah daraus, daß ihr rechter Retter am Leben ſei,
und ſogleich befahl ſie den Dienern, daß ſie ſo ſchnell als möglich
von allen Speiſen, Braten und Weinen in das und das Wirtshaus
tragen ſollten. Aber die Prinzeſſin ſelbſt ward von Stund an ſehr
froh, und der Fremde gewann ſeine Wette, die er mit dem Wirte
gemacht hatte und ſagte 'Ein ander Mal unterfang dich nicht, zu
wetten.'

Die Prinzeſſin ſann ſich ſchnell ein Mittel aus, wie ſie ihren
Retter auf die Hochzeit bringen könne. Sie gieng deshalb heimlich
zu ihrem Vater hin und ſagte ihm, es ſei ein ſehr reicher Graf in
dem und dem Wirtshauſe über Nacht eingekehrt, ob er ihn nicht auch
zur Hochzeit laden wolle. Der König ſagte das zu und entſandte
ſchnell ſeine geehrteſten Diener in jenes Wirtshaus, den Grafen ein
zu laden. Der ließ ſich auch nicht lange bitten und gieng und ſeine
Thiere mit ihm. Als er den königlichen Hof betrat, ließ der König
eine ſo große Muſik machen, daß die Erde in einem fort erbebte, und
nahm ihn mit vielen Ehren auf. Jener aber bat ſich aus, daß auch
ſeine Thiere bei ihm bleiben dürften; denn er halte ſie vor allem in
großen Ehren, da ſie ihm viel Gutes erwieſen hätten, und der König
gab das gerne zu. Die Prinzeſſin erkannte ſogleich in dem Manne
denjenigen, der ſie von dem Drachen errettet, und er erkannte ſie auch,
aber ſie ſtellten ſich fremd und thaten durchaus nicht bekannt mit
einander.

Als ſich nun der Graf mit den Gäſten halbweges bekannt ge=

macht hatte, wollte er auch wißen, woher der Bräutigam der Prin=
zeſſin ſei, wie die Verlobung zu Stande gekommen und wie es dabei
überhaupt her gegangen ſei. Da erzählte man ihm die ganze Ge=
ſchichte und er pries den Bräutigam als einen großen Helden, aber
er fragte auch, ob er von dem Drachen Zeichen beſitze. "Ja freilich,"
antworteten alle, und ſogleich brachte man alle neun Häupter des
Drachen und wies ſie vor. Der Graf wunderte ſich, betrachtete ſie,
und als er einem den Mund geöffnet, ſagte er 'Es iſt mir aber
wunderbar, daß keine Zunge darin iſt.' Der Bräutigam und die
Gäſte erwiderten, daß der Drache keine Zunge habe; der Graf aber
ſagte, daß ſei unmöglich, alle lebenden Geſchöpfe müſten eine Zunge
haben.' Hierüber dachten die Einen ſo, die Andern anders. Endlich
ſagte der Graf 'Ich will nun dieſem Streite ein Ende machen;' und
als er das geſagt, zog er alle neun Zungen aus der Taſche, zeigte
ſie allen und ſagte 'Seht die Zungen an, ob ſie etwa nicht vom
Drachen ſind; wir wollen eine in den Rachen ſtecken, ob ſie nicht
paſſen wird und ob wir nicht im Rachen hinten am Gaumen finden
werden, daß die Zunge ausgeſchnitten iſt.' Als er das gethan, paſſten
alle Zungen ſehr wol hinein und niemand konnte dann zweifeln, daß
das des Drachen Zungen ſeien; nur das war jedem ſehr wunderbar,
wie der fremde Graf zu dieſen Zungen gekommen ſei. Der Bräuti=
gam und die Braut, aber auch der Graf, wuſten das ſehr wol, und
dem Bräutigam ward es ganz bange ums Herz, denn er wuſte ja
wie es bei Erlegung des Drachen zugegangen war. Allein noch grö=
ßeres Erſtaunen trat ein, als der Graf den Ring hervor zog und
zeigte, den ihm die Prinzeſſin an dem Tage geſchenkt hatte, an wel=
chem der Drache erlegt worden war. Er bat die Gäſte, ſie möchten
den Ring betrachten, ob ſie nicht erkennen könnten, weſſen er ſei.
Alle fanden bald den Namen der Prinzeſſin, den der Goldſchmied
beim Gießen des Ringes ausgeſchmiedet, und ſagten 'Das iſt der
Ring der Prinzeſſin Braut.' Und als ſie den Ring der Braut gaben,
damit ſie ihn auch betrachte und die ganze wunderbare Begebenheit
erzähle, da rief ſie mit ſehr lauter und freudiger Stimme 'Das iſt
mein Ring, und der Mann, der ihn hatte, iſt mein wahrer Bräuti=
gam, der hat mich vom Drachen erlöſt, da, mit dieſen ſeinen Thieren.'
Da lief ſie zu ihm hin, umarmte und küſſte ihn liebevoll, und beide
weinten vor Freude.

Hierüber erſtaunten der König und alle Gäſte noch mehr; eine

lange Zeit hindurch sprach niemand ein Wort und der König war
wie vom Donner gerührt. Dann aber erzählte die Prinzessin alles
was bei der Erlegung des Drachen vorgefallen und was es mit den
Köpfen und den Zungen und mit der ganzen Geschichte für eine Be-
wandtnis habe, und wie sie jenem habe einen Eid leisten müßen,
weil er sie habe tödten wollen, da er ihren wahren Befreier schon erschlagen hatte; wie der aber heute wieder lebendig her gekommen,
das wiße sie nicht. Da sprang das Häschen schnell herbei und erzählte den Hergang der Sache. Es währte nun nicht mehr lange,
da war die ganze Wahrheit über den Mann an den Tag gebracht,
aber auch der ganze Trug und Greuel des andern. Da erzürnte der
König heftig über seinen Schwiegersohn und fragte alle Gäste und
seine Räte, was nun zu thun sei. Als sie sich darüber besprachen,
sagten alle, daß ein solcher Mensch durchaus nicht wert sei, des Königs Schwiegersohn zu sein, und weil er einen so ehrenwerten Mann
und großen Helden meuchlerisch gemordet, deshalb müße er umgebracht werden. Der König sagte 'Auch ich erfinde ihn des Todes
schuldig.' Und er sprach ihm sofort das Urteil und er ward von
vier Ochsen zerrißen.

Jetzt ward nun die Hochzeit aufs neue mit dem wahren Befreier
gefeiert und alles noch festlicher und prächtiger angeordnet und eine
große Menge von Gästen geladen. Auch ich war dort und gaffte von
ferne und getraute mich nicht näher zu gehen, denn ich fürchtete mich
vor dem Löwen, dem Bären und dem Wolfe; die drei hatten nämlich
dafür zu sorgen, daß die Menschenmenge sich nicht in des Königs Hof
eindränge. Der König hatte aber den Leuten draußen ein großes Faß
voll Bier, ein Ohm Branntwein und einen langen Korb voll Gebäck
aller Art hinstellen laßen und jene Thiere trieben mit den von allen
Orten her zusammen gelaufenen Menschen allerlei Kurzweil. Der neue
Schwiegersohn des Königs aber ward nach des Königs Tode König
des ganzen Reiches und zwar ein sehr einsichtsvoller und guter König,
und wenn er nicht gestorben ist, so regiert er heutiges Tages noch.

Vom verwünschten Schloße.

In der alten Zeit als der Dienst bei den Soldaten noch sehr
streng und schwer war, giengen die Soldaten gerne durch, wenn sie

nur irgend eine Gelegenheit dazu finden konnten. So standen einmal
drei Soldaten (ein Unterofficier und zwei Gemeine) auf Posten, ver=
abredeten sich davon zu laufen und sezten es auch glücklich ins Werk.
Um sich aber der Verfolgung zu entziehen, warfen sie sich in einen
Wald, der nicht all zu weit von der Stadt entfernt war. Zwei Tage
lang waren sie immer tiefer in den Wald hinein gegangen, in der
Hoffnung, bald durch denselben hindurch ins Freie zu gelangen; aber
das geschah nicht, denn der Wald war sehr groß. Ihren geringen
Mundvorrat hatten sie bereits aufgezehrt; der Hunger quälte sie so,
daß sie dachten, sie würden wol Hungers sterben müßen. Als sie nun
nur noch wie ausgetrocknete Spinnen weiter stiegen, kamen sie an
einen Teich, in welchem ein Schwan hin und her schwamm; den ge=
dachten sie zu erschießen, wusten aber nicht wie sie ihn nachher aus
dem Waßer heraus bekommen könnten. Indem sie das überlegten,
hub der Schwan zu reden an und sagte 'Meine lieben Herren, ich
weiß, daß ihr sehr wünschet etwas zu genießen; ich werde euch sagen,
wo ihr etwas zu eßen bekommen werdet. Geht nur noch ein kleines
Endchen auf dem Pfade weiter, so werdet ihr an eine schöne Brücke
kommen, über die geht hinüber und dann geht noch eine kleine Strecke,
da werdet ihr an ein schönes Häuschen kommen, in das geht hinein,
da werdet ihr etwas zu eßen bekommen.' Die Männer freuten sich
nicht wenig darüber und eilten so sehr sie vermochten. Die Brücke
fanden sie; sie war so schön, wie sie noch nie eine gesehen hatten.
Als sie aber nur ein Paar Schritte jenseits der Brücke gethan hatten
und sich umsahen, da war die Brücke verschwunden. Darüber er=
schraken sie nicht wenig und dachten, daß es ihnen da wer weiß wie
schlecht ergehen werde, doch trösteten sie sich wieder 'Ist es uns ein=
mal bestimmt in dem Walde unser Ende zu finden, so werden wir
auf keine Art hinaus kommen; Gott thue wie er will.' Unter solchen
Reden giengen sie weiter und erblickten das Häuschen: in das giengen
sie hinein und in der ersten Stube fanden sie einen Tisch und drei
Stühle. Der Tisch war schön gedeckt und darauf stund eine Schüßel
mit schmackhafter Suppe und daneben ein köstlicher Braten und drei
Flaschen Wein, dazu drei Teller mit Meßer und Gabel, wie es sich
für drei Leute gehört. Menschen waren aber weder zu hören noch zu
sehen. Sie fürchteten sich abermals nicht wenig; da sie aber über die
Maßen ausgehungert waren, so sezten sie sich doch an den Tisch und
aßen, und es schmeckte ihnen so gut wie noch nie. Während sie aßen,

kam eine Maus irgend woher über den Boden gelaufen und sagte 'Liebe Herren, fürchtet euch nicht, eßet und trinket, es ist alles für euch da und dann geht in die andre Stube, da wird jeder ein Bett finden, da könnt ihr euch schlafen legen.' Sie sahen in die andre Stube und fanden es so, wie die Maus es gesagt hatte. Da sie sehr müde waren und schon lange nicht geschlafen hatten, legten sie sich nach dem Eßen jeder in ein Bett und sie schliefen die ganze Nacht hindurch vortrefflich.

Dem Unterofficier erschien aber Nachts im Traume eine sehr schöne Jungfrau, die bat ihn und seine Kameraden, sie möchten ein ganzes Jahr und einen Tag da bleiben, sie würden es sehr gut haben und an nichts Mangel leiden; ferner bat sie, es sollte die ganze Zeit hindurch jede Nacht von eilf bis zwölf Uhr einer von ihnen Wache stehen, dafür werde jeder des Morgens unter seinem Kopfkissen ein Geschenk finden; mit dem Geschenk werde schon diese Nacht der Anfang gemacht werden. Den Tag über könnten sie in den Baumgarten links vom Hause durchs Thor gehen; dort würden sie allerhand Geräte zu allerhand Spielen finden, um sich die Zeit, wenn sie ihnen lang werden sollte, zu vertreiben; und sie sollten überhaupt thun, wozu sie Lust hätten und was ihnen in den Sinn komme, nur die Thüre rechts vom Hause sollten sie um Gottes Willen nicht öffnen und da hinein sehen. Früh, als alle munter geworden waren und nicht genug rüh= men konnten, wie angenehm und süß sie geschlafen, da erzählte der Unterofficier seinen Traum und sagte, als er damit zu Ende war 'Jetzt muß ich doch einmal unter das Kopfkissen greifen, ob das Ge= schenk auch da ist, von dem die Jungfrau sprach.' Und sieh! er fand da ein kleines Papierchen und im Papierchen nicht wenig Dukaten; eben so fanden die andern beiden unter ihren Kopfkissen ein solches Geschenk. Da nun mit dem Geschenke der Traum so zugetroffen, so muste auch das übrige wahr sein, und sie trafen die Verabredung, daß sie hier ein Jahr und einen Tag bleiben wollten und jede Nacht abwechselnd einer jene Stunde Wache stehen sollte. Am Tage giengen sie in den Garten, von welchem die Jungfrau gesprochen hatte: da fanden sie allerlei schöne Sachen und Zurüstungen zu lustigen Spielen, so daß ihnen die Zeit nicht lang werden konnte; wollten sie aber eßen oder trinken, so brauchten sie nur in die erste Stube zu gehn, da stunden schon auf dem Tische alle die Speisen und Getränke, die sie nur wünschten. Das Mäuschen aber kam täglich zum Vorschein. So

lebten denn die drei Männer da wie Fürsten. Nach einem halben
Jahre war es ihnen aber wunderbar, daß das Mäuschen auf ein=
mal zur Hälfte menschliche Gestalt angenommen hatte und ihnen im=
mer etwas erzählte. So vergieng ihnen schön und frölich das ganze
Jahr und sie brauchten nur noch einen Tag lang da zu sein.

Am letzten Tage des Jahres sagte einer der beiden Gemeinen
'Morgen ist der letzte Tag; wir müßen doch einmal jene Thüre zur
Rechten öffnen und hinein sehen, was da ist.' Die beiden andern
warnten ihn, er solle das doch nicht thun; sie hätten ja so lange
ausgehalten ohne hinein zu sehen, so würden sie doch auch noch die
zwei Tage aushalten können. Jener Widersacher hielt es aber doch
nicht aus, sondern gieng hin, machte die Thüre auf und sah hinein:
aber schnell schloß er die Thüre wieder und voller Entsetzen kam er
zu jenen beiden und sagte 'Laufen wir, laufen wir so schnell als nur
möglich, sonst sind wir verloren!' Beide erschraken nicht wenig und
fragten ihn "Was hast du da gesehen?" Er sagte 'Ich sah da einen
entsetzlichen, brennenden Abgrund, in dem waren Menschen und Nat=
tern und Schlangen und noch allerlei Thiere, die brannten da alle
mit einander und alle schrien gewaltig um Rettung.' Da rafften sie
schnell alles zusammen, besonders das geschenkte Geld, und liefen in
schnellem Laufe davon. Ehe sie aber den Ort verließen, zeigte sich
ihnen noch einmal jenes Mäuschen, das kurz zuvor schon zu einer
schönen Jungfrau geworden, jetzt aber wieder ganz in eine Maus ver=
wandelt war und sagte 'Noch einmal können wir erlöst werden, wenn
sieben Knaben von sieben Jahren, die an einem Tage geboren und
an einem Tage getauft sind, sieben Jahre und sieben Tage treu aus=
harren.' Diese Worte vernahm der Unterofficier während des Laufens
ganz deutlich und er merkte sie sich. Sie fanden wieder die Brücke,
giengen über sie hinüber und eilten weiter zu kommen, da sie fürch=
teten, es könne ihnen etwas Schlimmes widerfahren. Indes geschah
ihnen nichts und sie kamen auf denselben Pfaden und Wegen zurück,
auf denen sie gekommen waren, und so kehrten sie wieder in dieselbe
Stadt zurück, aus der sie entflohen waren; da sie aber ganz anders
gekleidet waren, kannte sie niemand mehr. Die beiden Gemeinen be=
gannen nun für das ihnen zu Theil gewordene Geld zu zechen und
zu schwelgen, und es dauerte nicht lange, so hatten sie es völlig ver=
geudet.

Der Unterofficier aber war gescheiter; der gieng zu einem reichen

Krämer und kaufte sich theures Tuch zu Rock und Hosen, und als die Kleider fertig waren, kam er wieder zu demselben Kaufmanne und kaufte zu einem andern Anzuge, und stets bezahlte er mit Dukaten. Der Kaufmann hatte aber eine einzige Tochter: als die den Unterofficier beim Einkaufen sah, verliebte sie sich in ihn, denn er war ein zierlicher und wolansehnlicher Mann, und zwar um so heftiger, je feiner und schöner er gekleidet war. Sie sprach darüber mit ihrem Vater, der ihr erwiderte 'Meine Tochter, wenn es der Mann irgend wert ist, so werde ich ihn dir nicht verwehren.' Nach einigen Tagen kam er wieder, um zu kaufen, und die Tochter zeigte ihn sogleich ihrem Vater. Der Vater kam nun auch in den Laden und sah sich den Mann an, der ihm ebenfalls recht wol gefiel. Nach einer kurzen Unterredung ladete ihn der Vater ein, in sein Zimmer zu kommen, und er gedachte, von Ferne ihn darüber auszuholen, wie reich und aus welcher Familie er sei; der Mann aber ließ hierüber nichts verlauten. Als er weg gegangen, sagte der Kaufmann zu seiner Tochter 'Der Mann gefiele mir schon ganz gut, es ist aber ein wunderlicher Mensch, so daß man nichts von ihm erfahren kann; ich habe es auf alle Art versucht, ihn auszufragen.' Die Tochter antwortete "Väterchen, zu dem Manne muß doch etwas sein; er hat doch nun schon einige Male bei uns gekauft und immer mit Gold gezahlt." Sie redete dem Vater so lange täglich alles Gute von dem Manne ein, bis sie ihn überredete und der Vater ihr erlaubte, den Mann zu heiraten. So hatte denn dieser Unterofficier das Glück, eine sehr reiche Frau heim zu führen; aber auch er selbst hatte noch viel Geld, und er wurde dann noch reicher, als er den ganzen Besitz seines Schwiegervaters ererbte. Seine beiden Kameraden heirateten auch, da sie aber ihr Geld nicht gespart hatten, so heirateten sie auch nicht glücklich und waren später geringe, arme Leute.

Nach einem Jahre genas die reiche Kaufmannsfrau eines jungen Söhnleins: das war für alle Verwandte eine große Freude, und es ward eine große Kindtaufe gehalten. Vater und Mutter liebten das Kind über alle Maßen, denn es war ein schöner Junge. Als er etwas heran gewachsen war, begannen sie ihn zu unterrichten und in die Schule zu schicken; und als er ins sechste Jahr gieng, konnte er schon so ziemlich die Schrift lesen. Dem Vater kam aber einmal in den Sinn, irgend wo hin an einen verborgnen Ort alles aufzuschreiben, was ihm widerfahren, wie er so reich geworden und wie jenes

Häuschen im Walde und alles was dazu gehört, erlöst werden könne. Er kehrte zu diesem Zwecke einen Tisch um und schrieb alles unten auf die Tischplatte. Da geschah es aber einmal, daß der Knabe, als er das siebente Jahr erreicht hatte, in der Stube, wo jener Tisch stund, sein Spielzeug hatte, und beim Spielen rollte ihm etwas, vermutlich ein goldner Ring, unter den Tisch; und als der Knabe unter den Tisch kroch, um den Ring aufzuheben, sah er in die Höhe, erblickte die Schrift und las sie. Da er sehr klug war, sagte er niemandem etwas davon, dachte aber stets darüber nach, wie er das ausführen könne. In der Schule forschte er nun unter allen Schülern die aus, die mit ihm an einem Tage geboren waren, und bald hatten sich ihrer sieben zusammen gefunden und darunter auch zwei Knaben der einstigen Gefährten seines Vaters. Als sie sich nun zusammen gefunden und sich genau davon überzeugt hatten, daß sie wirklich an einem und demselben Tage geboren seien, da ordneten sie alles heimlich an und giengen, ohne daß jemand etwas wußte, an dem Tage, an dem sie das siebente Jahr antraten, als sie zur Schule giengen, fort in den Wald. Die Eltern warteten zu Mittag auf die Ankunft der Kinder, aber niemand kam, und die Eltern wurden darüber sehr besorgt. Einige Tage hindurch suchten sie und forschten nach, aber vergebens. Nach einiger Zeit fiel dem Kaufmanne seine Schrift unter dem Tische ein, und sogleich kam ihm der Gedanke, sein Sohn werde die Schrift gelesen, und da er jetzt sieben Jahre alt geworden sei, auch die andern, die eben so alt waren, mit sich gelockt haben; und wie er erfuhr, daß die andern Knaben auch so alt seien als der seinige, so zweifelte er nicht ferner daran.

Die sieben Knaben aber giengen auf demselben Wege, auf dem einst die Väter von dreien unter ihnen gegangen waren; und nachdem sie ebenfalls einige Tage sich abgemüht hatten, kamen sie ermüdet und sehr hungrig an jenen See und sahen ebenfalls den Schwan herum schwimmen, und als sie nun am Ufer stunden und wehklagten, fieng der Schwan zu reden an und sagte 'Liebe Kinder, geht nur noch ein Endchen weiter auf dem Fußpfade, dann werdet ihr an eine schöne Brücke kommen; und jenseits der Brücke geht wieder ein Stückchen, so werdet ihr ein Häuschen finden; in das geht hinein, da werdet ihr zu eßen und zu trinken finden und was ihr sonst noch nötig habt.' Dieser Rede folgten sie, fanden die Brücke, überschritten sie und nicht weit davon fanden sie auf der andern Seite das Häuschen.

In das giengen sie hinein und fanden in der ersten Stube einen
schön gedeckten Tisch, auf welchem Speise und Trank aufgetragen war;
auch waren sieben Stühle um den Tisch gestellt und sieben Teller,
sieben Meßer und sieben Gabeln lagen auf dem Tische. Als sie ein=
getreten waren, sahen sie sich um; es war aber niemand weder zu
sehen noch zu hören, und da sie hungrig waren, setzten sie sich zu
Tische und aßen, und es schmeckte ihnen sehr gut. Während sie aßen,
zeigte sich auf der Zimmerdiele eine Maus, die ladete sie ein, sichs
schmecken zu laßen, in der andern Stube sei für jeden ein Bett, da
könnten sie sich schlafen legen. Das fanden sie auch alles so, und da
sie müde waren, giengen sie gleich schlafen. In der Nacht träumte
einem jeden, daß eine sehr schöne Jungfrau zu ihm gekommen sei, die
habe gebeten, sie möchten sieben Jahre und sieben Tage da bleiben
und wenn sie treu aushielten, so würden sie sehr glücklich werden;
während der ganzen Zeit würden sie sich um nichts zu kümmern
brauchen, sie würden weiß gewaschene Hemden und, so bald es nötig,
auch schöne neue Kleider bekommen; durch das Thor linker Hand vom
Hause könnten sie alle Tage in den Garten gehn, wo sie allerlei Ver=
gnügungen anstellen könnten; nur durch die Thüre rechts sollten sie
nicht sehen, und in der letzten Nacht sollten sie sieben Stunden, jeder
eine Stunde lang, Wache halten. Als sie früh erwachten, erzählte
jeder seinen Traum und alle ihre Träume waren gleich. Da be=
schloßen sie denn recht fest, hier auszuharren, damit ihnen das große
Glück zu Theil werde. Der Sohn des Kaufmanns, der in allen
Stücken Anführer und gleichsam der vornehmste unter ihnen war,
schärfte seinen Kameraden so viel er nur konnte ein, daß keiner von
ihnen einen schlechten Streich begehe, vor allem aber, daß keiner etwa
durch das Thor rechts einen Blick werfe. So lebten denn die Knaben
da, und die Zeit ward ihnen nicht lang, da sie ja Belustigung aller
Art, gutes Eßen und Trinken und Freiheit hatten; denn niemand
befahl ihnen etwas. Die Maus zeigte sich ihnen täglich, aber jedes
Jahr konnte man bemerken, wie sie vom hintern Ende an menschliche
Gestalt annahm und immer mehr zu einem Menschen ward. So oft
sie sich zeigte, ladete sie zum Eßen und Trinken ein. Im letzten
Halbjahre war das Mäuschen schon ganz und gar zu einer schönen
Jungfrau geworden, die sich täglich eine kleine Weile mit ihnen unter=
hielt, aber auch wieder verschwand, woraus sie sich aber nichts mach=
ten, da sie es ja schon gewohnt waren.

Nun kam auch der letzte Tag heran. Da kam die Jungfrau und sagte, daß das nun die letzte Nacht sei und daß sie Wache stehen sollten gleich Abends von fünf Uhr an bis zwölf, in der letzten Stunde solle aber der Kaufmannssohn Wache halten, denn der werde doch am meisten Mut haben; die letzte Stunde werde nämlich die schlimmste sein, da würden Schrecknisse und Thiere aller Art kommen, aber er solle sich vor alle dem nur nicht fürchten, keines könne ihm etwas thun, sie könnten blos Furcht machen. Jeder aber, der sich neben dem Hause aufstelle, solle mit dem Säbel rings um sich herum einen Kreis in den Boden ritzen und sich segnen, dann könnten alle die Unholde nicht weiter als bis an den eingeritzten Kreis heran nahen.' Von fünf Uhr an hielten sie also Wache und zwar jeder eine Stunde; alles aber blieb ruhig und es erschien ihnen nichts. Als aber um eilf Uhr der Kaufmannssohn die Wache übernahm, da kamen allerlei Thiere und Schreckgestalten herbei gegangen und gelaufen; eins hatte viele Köpfe, ein anderes hatte keinen Kopf, andre hatten Augen wie Feuerflammen, andre wieder hatten einen so großen Rachen, daß sie ihn hätten verschlingen können. Der Knabe aber, wenn er auch bis=weilen zitterte, lief doch nicht davon; denn keines der Geschöpfe hatte Macht, ihm etwas zu thun und keines konnte näher an ihn heran kommen als bis an den eingeritzten Kreis. Als aber die Uhr zwölf schlug, da verschwanden die Wesen alle; aber jetzt begann ein Poltern und Dröhnen, wie vom größten Gewitter; man hätte glauben können, daß Himmel und Erde einstürze; ein mächtiger Sturm erhob sich, ein Knallen und ein Erdbeben, daß es nicht anders war, als sollte alles zu Grunde gehen. Der Kaufmannsknabe, nachdem er seine Stunde Wache gestanden, lief zu den andern in die Stube, und sie alle, die da in der Stube bei einander stunden, überkam durch das fürchterliche Poltern und Knallen ein solcher Schreck, daß sie alle auf die Dielen nieder fielen wie todt, und daß sie dachten, sie wären für alle Zeit verloren; so schliefen sie auch ein und schliefen süß die ganze Nacht hindurch.

Am Morgen aber war alles anders geworden; sie stunden auf und sahen zum Fenster hinaus, aber da war nichts zu sehen, was vorher da war. Sie erblickten viele Soldaten um ein schönes Ge=bäude herum stehend, und als sie genauer zusahen, da war das Häus=chen zu einem großen und sehr schönen Palaste geworden und überall um den Palast herum stunden Soldaten Wache. Da wußten sie gar nicht, was sie denken und sagen sollten. Noch wunderbarer aber ward ihnen zu Mute, als ein sehr feiner Bedienter zu ihnen herein kam, sie hohe Herren und Könige nannte und sie fragte, was ihnen zum Frühstück bereitet werden solle und welchen andern Befehl oder Parole sie für den Tag ergehen laßen würden.' Einer sah den andern er=schrocken an und keiner sagte etwas; der Kaufmannssohn aber, der immer der Klügste von ihnen war, sagte 'So wie man es alle Tage mit dem Eßen und den andern Dingen gehalten, so sei es auch heute.' Sodann brachte ein andrer Bedienter für jeden schöne Kleider, die sie, wie es hohen Herren zukommt, anziehen sollten. Sogleich erschienen sieben Diener, die sie prächtig ankleideten. Als das Früh=stück vorüber war, dauerte es nicht lange und es stunden sieben mu=tige Rosse vor dem Palaste, auf denen sie reiten sollten. Der Stall=meister kam und ladete unter tiefen Verbeugungen die hohen Herrn ein, daß sie, da alles bereit sei, reiten könnten. Die Knaben giengen nun heraus und wurden von Bedienten auf die Pferde gehoben; aber sie hatten nicht wenig Furcht auf solchen Rossen zu reiten, da sie noch nie geritten waren; die Rosse aber waren sehr gut zugeritten und giengen daher sehr ruhig. Als sie ritten, kamen sofort die Generale und andre hohe Officiere ihnen entgegen geritten und fragten, sich tief verbeugend, was geschehen solle. Da musten sie wieder nichts zu sagen; nur der Kaufmannssohn sagte abermals 'Wie es alle Tage zu geschehen pflegte, so auch heute.' Da begannen die Generale zu kommandieren und eine schöne Parade zu halten; dann musten die Hautboisten eine schöne Militärmusik spielen, und die Musik brauste und tönte, daß die Erde erbebte, und je toller die Musik war, desto ärger schlug man die großen Trommeln. Als nun die Parade vorbei war, da ritten die jungen hohen Herren wieder nach Hause, und vor dem Palaste waren wieder viele Bedienten, die ihnen die Pferde ab=nahmen, andere führten die Pferde hinweg, andere begleiteten sie hinein und da gab es wieder allerlei gute Sachen und Leckerbißen zu eßen und feinen Wein zu trinken. Indem sie nun nach so vielen Nöten allmälig in freudige Stimmung kamen, sieh, da traten sieben unendlich schöne und herrliche Jungfrauen ein, und das waren sieben Prinzeßinnen, von denen jede einen der Knaben umarmte und sprach 'Du bist mein Erretter und nun auch mein Bräutigam und wirst einst mein Mann sein.' Die Knaben erschraken aufs neue, aber die Prinzeßinnen sprachen so liebreich und gnädig mit ihnen und sprachen ihnen zu, sie sollten nun recht vergnügt sein, und jede umarmte den ihrigen und küßte ihn liebreich. Sie erzählten auch, daß der Palast und die ganze Stadt mit allem, was sie enthielt, mit Soldaten, Generalen und andern Leuten, daß sie selbst, daß alles verwünscht gewesen; sie hätten durch ihr treues Ausharren Erlösung gebracht und dafür werde ihnen jetzt so große Ehre erwiesen; sie seien jetzt hohe Herrn und Beherscher des ganzen Königreiches geworden. Dann belehrten sie sie alle Tage, welche Parolen sie den Generälen geben sollten und auf welchem Platze und was für Soldaten die Parade halten sollten; dadurch wurden die Knaben immer dreister und klüger.

Als so eine schöne Zeit verstrichen war, wollten die Knaben zu ihren Eltern reisen, und ihre Bräute, die Prinzessinnen, willigten auch sehr gerne ein; doch sollten sie nicht allein reisen, sondern mit einer großen Schaar Soldaten, wie ihnen das nunmehr zukomme. Wie sie nun reisten und in ihre Stadt einzogen, da entstund eine große Bewegung bis sie alle Soldaten einquartierten, und alle Leute erfuhren, was das zu bedeuten habe. Die Knaben aber, das heißt die jungen Fürsten, erkannten ihre Eltern nicht wieder und die Eltern sie auch nicht, bevor nicht jeder, und besonders der Kaufmannssohn, das ganze Geheimnis von Anfang an gründlich erzählt hatte. Sie hielten sich dann einige Tage dort auf und reisten dann wieder zurück. Und nicht lange darauf, nachdem sie die Prinzessinnen geheiratet, ward der Kaufmannssohn der König und die andern seine obersten Generale und Minister, und unter ihrer Herrschaft befand sich das Land sehr wol und glücklich.

Vom Fischer, der in den Himmel gieng.

Ein Herr hatte seinen Hof an einem großen Fluße. Der Herr hielt sich einen Fischer, der fischen gehen muste, so bald der Herr Lust nach Fischen hatte. Einst aber konnte der Fischer zwei Tage hindurch nichts fangen, da ward der Herr nicht wenig böse auf ihn und wollte ihn seines Dienstes entheben. Am dritten Tage gieng er früh wieder ganz traurig ans Fischen, aber er fieng abermals auch nicht einen einzigen Fisch. Da ward er noch trauriger, und er wollte schon nach Hause gehen, aber er entschloß sich doch noch einmal, das Netz aus zu werfen und da bekam er etwas ins Netz, und als er es aufs Ufer heraus gezogen, da fand er eine sehr schöne Jungfrau, die er mit nach Hause nahm und seinem Herrn zeigte. Der Herr war noch unverheiratet und die Jungfrau gefiel ihm; der Fischer aber, der auch unverheiratet war, wollte sie dem Herrn nicht geben, und darüber gerieten sie in einen großen Streit. Wie nun der Herr nichts mit ihm anfangen konnte, kam er auf den Einfall, den Fischer in den Himmel zu schicken, und er sagte zu ihm 'Geh in den Himmel und frag meinen Vater, wo er das Geld aufbewahrt hat; bringst du mir darüber Kunde, so kannst du die Jungfrau behalten.'

Der Fischer, der seinem Herrn gehorchen muste, machte sich auf den Weg in den Himmel, aber auch der Hirt muste mit ihm gehen. Als sie jedoch ein paar Tagereisen zurück gelegt, da war der Hirt müde geworden und wollte ausruhen, und sie setzten sich beide auf einer Begräbnisstätte nieder; da schlief der Hirt ein, der Fischer aber schlummerte nur ein wenig. Als er aus seinem Schlummer auf=sprang, fand er, daß der Hirt nicht mehr am Leben, sondern bereits voll Würmer war, die an ihm fraßen. Als er das sah, erschrak er und eilte schnell weiter. Als er schon lange genug gegangen war, kam er an das Meer, und am Meeresufer lag ein großer Wallfisch, der war schon so alt, daß auf seinem Rücken Weiden aufgesproßt waren; der fragte ihn, wo er hingehe. Er antwortete 'In den Him=mel zu Gott dem Herrn und zu meines Herren Vater, um zu fragen, wo er das Geld aufbewahrt habe.' Der Wallfisch sagte "Gut, stell dich auf mich, ich werde dich auf die andre Seite hinüber tragen; aber frag Gott den Herrn, wie lange ich die Weiden auf meinem Rücken tragen werde und ob sie noch mehr wachsen werden." Der Fischer versprach das zu thun, und als er das andre Ufer betreten, reiste er wieder weiter. Als er ein Ende gegangen war, traf er zwei Mädchen, die stritten sich um einen Apfel. Als er beide begrüßt und ihnen von seiner Reise erzählt hatte, da baten sie, er möge Gott den Herrn fragen, wie lange sie sich noch um den Apfel streiten würden. Dann traf er, nachdem er wieder ein Ende gegangen, zwei Weiber an zwei Brunnen, die immer aus einem schöpften und in den andern goßen; aber den einen schöpften sie nicht leer und den andern nicht voll. Die baten ihn, er solle fragen, wie lange sie Waßer schöpfen müsten. Er versprach dies zu thun. Dann fand er eine Heerde Vieh auf einer kahlen schwarzen Weide, das Vieh war aber sämmtlich sehr schön; die baten ihn abermals, wenn er in den Himmel komme, so möge er fragen, wie lange sie auf der Weide bleiben und so schön sein würden. Auch diesen versprach er das. Als er einige Meilen weiter gegangen war, fand er eine sehr schöne grünende Wiese und eine große Heerde Vieh darauf, die wateten bis an den Bauch im Grase, waren aber so mager und dürr, daß sie der Wind umwehen konnte. Die fragten ihn, wohin er gehe; und als sie erfahren, er gehe in den Himmel, baten sie, er möge fragen, wie lange sie in so großem Grase noch so mager bleiben müßten. Er versprach dies zu thun. Als er wieder ein Ende gegangen, fand er einen Mann, der da stund und anstatt eines Pfahles einen Zaun halten muste; der bat ihn auch, er möge, wenn er in den Himmel komme, seinetwegen fragen, wie lange er noch den Zaun da werde halten müßen. Auch dem versprach er dies zu thun.

Als er nun eine weite Strecke gegangen war, traf er eine Kutsche; als die bis zu ihm hin gekommen war, hielt sie an und der Herr in der Kutsche fragte ihn 'Mensch, wo gehst du hin?' Da sagte der ihm alles. Da gab ihm der Herr einen kleinen Zettel und sagte 'Wenn du ein Ende gegangen sein wirst, so wirst du wieder einer Kutsche begegnen und an der Nebendeichsel wird (als drittes Pferd) ein Schimmel angespannt sein: dem steck du das Briefchen in die Nase, da wird er dir sagen, wo das Geld ist.' Der Wagen fuhr weiter und auch der Fischer gieng seines Weges. Als er ein Ende gegangen war, traf er die Kutsche, an deren Nebendeichsel der Schimmel angespannt war, und da er ihn schon von Ferne sah, stellte er sich auf die Seite, auf welcher der Schimmel gieng, und als der Schimmel vorbei kam, steckte er ihm jenes Briefchen zu. Die Kutsche hielt und der Schimmel prustete, hub an zu reden und sprach 'Das Geld befindet sich in einem Keßel und ist im inneren Keller unter dem Hause bei der Schwelle vergraben; aber wenn du nach Hause kommen wirst, so grüße meinen Sohn von mir und sag ihm, er solle nicht so thun wie ich gethan habe, damit es ihm nicht so ergehe wie es mir jetzt ergeht.'

Der Fischer wollte nun von da an wieder umkehren, aber da fiel ihm ein, daß er unterweges so vielen versprochen hatte, mit Gott dem Herrn zu reden, und so reiste er denn weiter bis in den Himmel. Gott der Herr fragte ihn sofort, was er wolle. Da fragte er zuerst wegen des Mannes, der als Pfahl den Zaun halten muste. Gott sagte zu ihm 'Wenn du wieder heim gehen wirst, so sag du dem

Manne: Dafür, daß du so viele Bäume im Walde im besten Wachs=
tum mit der Axt verletzt und so zu Grunde gerichtet haft, wirst du,
so lange die Welt stehen wird, als ein Pfahl den Zaun halten müßen.'
Wegen der andern fragte er ebenfalls und Gott der Herr sagte ihm,
was er ihnen sagen solle; dann sagte Gott der Herr ferner 'Aber du
must einem jeden das sagen, wenn du schon ein Ende von ihm ent=
fernt sein wirst, sonst könnten sie dich erschlagen.'

Als er auf seinem Rückwege dem den Zaun haltenden Manne
Gottes Worte sagte, da sagte er es ihm erst als er schon ein tüch=
tiges Stück von ihm entfernt war, und als der Mann ihm nachsetzte
und ihn erschlagen wollte, da konnte er ihn nicht mehr einholen, denn
er war, so wie er es gesagt hatte, sogleich davon gelaufen. Nun kam
er zu den mageren Rindern. Von diesen hatte Gott der Herr dem
Fischer gesagt, daß diese Rinder die Seelen solcher Menschen seien, die
aus großer Habsucht den Armen nichts gegeben und sie mit Hunden
von ihrem Hofe fort gehetzt haben, deswegen seien sie immer so mager
und sie würden noch mehr abzehren, so daß sie nicht einmal mehr
aufstehen könnten. Auch diese Worte sagte er ihnen, als er schon ein
Ende weit weg war, und so konnte ihn auch das Vieh, das ihm
sämmtlich nachsetzte, nicht einholen. Dann kam er zu den schönen
Rindern, von denen hatte ihm Gott der Herr gesagt 'Diese schönen
Rinder sind die Seelchen solcher Leute, die viel Gutes gethan und
besonders den Armen Wolthaten erwiesen haben; deswegen sind sie
so schön und sie werden noch schöner werden.' Als er das den Rin=
dern gesagt, freuten sie sich und waren so lustig, daß sie immer herum
sprangen und sich sämmtlich an den Mann mit aller Macht heran
brängten und aus Dankbarkeit ihm Hände und Füße leckten. Als er
von da seinen Rückweg fortsetzte, kam er zu den beiden Weibern am
Brunnen; von denen hatte ihm Gott der Herr gesagt 'Diese beiden
Weiber sind große und fürchterliche Hexen gewesen, die den guten
Leuten viel Schaden zugefügt haben; deswegen werden sie, so lang
die Welt stehen wird, an den zwei Brunnen Waßer schöpfen und aus=
gießen müßen.' Als er ihnen diese Worte gesagt, gerieten sie in große
Wut und verfolgten ihn, um ihn dafür tüchtig durch zu prügeln, aber
sie kamen ihm nicht nach. Sodann kam er zu jenen beiden Mädchen,
die sich um den Apfel rißen; von diesen beiden hatte Gott der Herr
gesagt 'Einst rißen sie sich um einen Freier, und da ihn keine er=
langen konnte, so vergifteten sie beide den Menschen und er muste

sterben; dafür reißen sie sich um den Apfel und werden sich darum
reißen. Das sagte er ihnen und es gefiel ihnen nicht und auch sie
verfolgten ihn und wollten ihn schlagen. Nun kam er zum Wallfische,
der ihn sogleich fragte, was Gott der Herr gesagt habe. Der Fischer
aber, eingedenk der Lehre die ihm Gott gegeben, sagte 'Jetzt kann ich
dir das noch nicht sagen, erst trag mich über das Meer, dann werde
ich es dir sagen.' Der Wallfisch that das auch, und als er das andre
Ufer betreten, sagte der Fischer 'Wart bis ich auf jenen Berg gegangen sein werde, da werde ich es dir sagen.' Gott hatte aber von ihm
gesagt "Deshalb weil er durch seine Widerspenstigkeit schon viele Menschen zu Tode gequält hat, dafür wuchsen Sträucher auf ihm und
werden wachsen und je länger, desto toller noch." Als er ihm vom
Berge herab diese Worte zurief, ward der Wallfisch grimmig und
drehte sich mit solcher Gewalt auf die andre Seite, daß des Meeres
Wellen nah bis an den Gipfel des Berges empor schlugen.

Von da kam der Fischer nach Hause zu seinem Herren und sagte
ihm, wo das Geld seines Vaters aufbewahrt sei und gieng selbst hin
und grub es aus, und nun konnte ihm der Herr nichts mehr machen
und er durfte in Frieden seine aus dem Waßer gefischte Jungfer heim
führen.

Vom Studenten, der in die Hölle und in den Himmel gieng.

Ein tüchtiger Hufenwirt fuhr einmal zur Stadt, und als er in
einen Wald kam und es sehr nebelig war, verirrte er sich. Zwei
Tage lang fuhr er hin und her, aber er kam nirgend hinaus. Am
dritten Tage begann er voller Sorge wieder zu fahren und traf einen
Feldteufel, der fragte ihn, wohin er fahre. Er antwortete 'Ich habe
mich verirrt und heute ist schon der dritte Tag und ich kann nirgend
aus dem Walde heraus kommen.' Der Feldteufel sagte "Wenn du
versprichst, mir das zu geben, was du zu Hause nicht verlaßen hast,
so werde ich dich sogleich aus dem Walde führen und dir bis zu
deiner Wohnung den Weg zeigen." Der Hüfner dachte hin und her
'Was hätte ich zu Hause nicht verlaßen?' — und da er sich auf nichts
besinnen konnte, so schloß er darüber mit dem Teufel einen Pakt und
gab ihm auch auf Verlangen eine Verschreibung darüber. Jetzt nahm

der Teufel die Leinen, und indem er fuhr, waren sie schnell aus dem Walde, und nicht lange nachher war der Hüfner zu Hause.

Kaum war er auf den Hof gefahren, da hinterbrachte ihm sein Gesinde, das ihm entgegen gekommen war, daß ihm der Storch einen jungen Sohn gebracht habe. Darüber erschrak der Hüfner so sehr, daß er, als er noch auf dem Wagen saß, in Ohnmacht fiel; denn nun gehörte nach jenem Pakte das Kind dem Teufel. Als er wieder zu sich gekommen war, dachte er 'Vielleicht wird doch das Kind nicht bald wieder sterben und dann wird es doch vielleicht durch irgend eine List möglich sein, es vom Teufel zu erlösen.' Von dem Pakte aber sagte er niemandem etwas. Als der Knabe schon einigermaßen heran gewachsen war, schickte ihn der Vater in die Schule, und als er da tüchtig gelernt hatte, in eine höhere und zuletzt auf die Univer= sität *). Als nun der Sohn ein Student war, sagte ihm der Vater 'Ach, mein Sohn, ich muß dir nur sagen, daß ich dich, als du kaum geboren warst, dem Teufel versprechen und ihm eine Verschreibung geben muste, daß du nach deinem Tode in die Hölle kommen sollest.' Der Sohn erwiderte 'Väterchen, mache dir deshalb keinen Kummer, ich fürchte mich jetzt weder vor dem Teufel, noch vor der Hölle; gut ist es, daß du mir das gesagt hast; eines Tages werde ich mich auf= machen und in die Hölle gehen, und der Teufel muß mir meine Ver= schreibung wieder heraus geben.'

So machte er sich denn nach ein paar Tagen auf den Weg nach der Hölle, und als er schon einige Tage gegangen war, da kam er gegen Abend ermüdet zu einem Häuschen bei einem Walde, fern von jedem Dorfe. Da trat er ein und fand ein altes Mütterchen, die er um Nachtlager bat. Die Alte sagte 'Mein lieber Herr, ich würde dich gerne da laßen, aber ich habe sechs Söhne, die sind sämmtlich Räuber; wenn die nach Hause kommen, werden sie dich erschlagen.' Da er aber über die Maßen müde war, sagte er "Vielleicht werden sie doch Erbar= men mit mir haben; ich habe ja kein Geld bei mir." Da behielt ihn die Alte da und ließ ihn unter den Ofen kriechen, damit sie ihn nicht fänden. Als aber alle nach Hause kamen, sagte der älteste 'Mutter, was ist das, da ist irgend ein Fremder.' Die Mutter sagte "Ich weiß nichts davon." Der Räuber brüllte sie an 'Schwatz nicht, ich merke Menschengeruch, geh nur und bring ihn her!' Da sagte die Mutter

---

*) Litauisch studentije (Studentei).

“Ach, laß ihn liegen, es ist ja nur ein armes Studentchen, er bat mich dringend um Nachtlager, er macht eine weite Reise und ist sehr erschöpft.” Der Unmensch aber brüllte wieder wie ein Löwe 'Gleich schaff ihn her!' Da muste sie gehen und der Student muste unter dem Ofen sich hervor zwängen und gleich in die Stube kommen. Kaum hatte er den Fuß hinein gesetzt, da fragte ihn der Räuberhauptmann 'Wo gehst du hin?' Der Student sagte “In die Hölle.” Der Räuber sagte 'Das ist gut; wenn du dein Geschäft in der Hölle ausgerichtet haben wirst, so gehe auch in den Himmel zu Gott, der Himmel ist ja nicht weit von der Hölle, und frag Gott den Herrn, ob ich, der ich ein so großer und fürchterlicher Räuber bin, noch Buße thun und erlöst werden könne, und welche Buße mir Gott der Herr auferlege.' Der Student versprach sich darnach zu erkundigen, und sie ließen ihn am Leben und des andern Morgens bekam er noch Frühstück und einige Zehrung und als er sich dafür schön bedankt und von allen Abschied genommen hatte, reiste er weiter.

Nach langer Wanderung kam er zur Hölle. Die Thür war zwar verschloßen, als er aber an dieselbe klopfte, machte man ihm sogleich auf. Als er hinein gegangen war, fand er viele Teufel und den Beelzebub an einer sehr dicken eichenen Säule mit einer sehr starken eisernen Kette angeschloßen. Der fieng in seinem Grimme an so um sich zu schlagen und zu stampfen und mit der Kette zu raßeln, daß die ganze Hölle in Aufregung geriet und alle Teufel zitterten; der Student aber stand ohne Furcht da. Nach einer Weile fragte Beelzebub den Studenten 'Was willst du hier?' Er sagte “Ich bin gekommen um meine Verschreibung zu holen.” Jener sagte 'Wer hat die Verschreibung?' “Ein Teufel.” 'Wann geschah das und wie kam es?' Der Student erzählte ihm alles. Da ward Beelzebub sehr böse und begann seine Diener vor sich zusammen zu rufen. 'Wer hat dieses Studenten Verschreibung?' Alle stellten in Abrede, daß sie sie hätten. Er begann ein zweites Mal zu rufen: wieder lief ein großer Haufe zusammen, aber auch von diesen hatte keiner die Verschreibung. Er rief ein drittes Mal, und zu allerletzt schleppte sich ein hinkender Teufel heran, der hatte die Verschreibung. Da befahl ihm Beelzebub, die Verschreibung dem Studenten zurück zu geben, er wollte das aber nicht thun. Da musten ihn die andern nehmen und ins Pech werfen, aber er gab sie nicht her; sie musten ihn mit eisernen Ruten hauen, er gab sie auch nicht her; sie musten ihn ins Feuer werfen, aber auch so gab er sie nicht her. Jetzt wusten sie nicht mehr, was sie thun sollten; da kam Beelzebub noch auf eine Peinigung für ihn. Nicht weit davon stund in einem Winkel der Hölle ein Bett für jenen Räuber, zu dem der Student gekommen war und bei dem er übernachtet hatte, das war voll spitzer Ahlen und scharfer Meßer; in dieses Bett musten ihn die andern Teufel werfen und hin und her wälzen; das that ihm zu wehe und er gab dem Studenten in fürchterlichem Grimme seine Verschreibung zurück, und der Student eilte, so wie er die Verschreibung hatte, aus der Hölle hinweg und gieng nun wegen des Räubers in den Himmel.

Als er dahin gelangt war, fragte ihn Gott der Herr, was er wolle. Der Student sagte 'Als ich nach der Hölle reiste, um meine Verschreibung zu holen, nahm ich zufällig mein Nachtquartier bei einem Räuber; der verlangte von mir, ich solle dich, Herr Gott, fragen, ob er noch abbüßen könne und welche Buße du ihm auferlegen würdest.' Gott der Herr erwiderte "Der Räuber kann nur so Buße thun: er soll den dicken Stab von Apfelbaumholz, mit dem er so viele Menschen erschlagen hat, in die Erde stecken und dann täglich die Erde um den Stab herum mit Waßer begießen, bis der Ast ausschlagen und Äpfel tragen wird, dann wird er seine Buße vollbracht haben." Der Student besuchte auf dem Heimwege wieder das Räuberhaus und sagte das jenem Räuber. Der Räuber dankte ihm herzlich, behielt ihn über Nacht, beschenkte ihn des andern Morgens früh, als er weg gieng mit einer guten Zehrung und versprach seine Buße sofort zu beginnen. Der Student aber kam froh und gesund nach Hause zu seinem Vater, und Vater und Mutter hatten keine kleine Freude darüber, daß ihr Sohn durch seine List und Kühnheit die Verschreibung aus der Hölle geholt und nach Hause gebracht habe, und der Vater erkannte sie sogleich als die, die er dem Teufel im Walde gegeben hatte.

Der Student ward später Pfarrer und als bereits viele Jahre verfloßen waren, reiste er einmal zu Besuch und der Weg führte zufällig durch den Wald wo jenes Räuberhaus stund. Als er da, ohne an etwas zu denken, langsam fuhr, begann es auf einmal sehr lieblich zu duften und er befahl seinem Kutscher zu halten. Als der Wagen stund, duftete es noch lieblicher. Da befahl er seinem Kutscher zu gehen und sich da um zu sehen: hier müße ein Apfelbaum stehen mit sehr lieblichen Äpfeln, vielleicht werde er den irgend wo finden und dann solle er so viel als möglich Äpfel abpflücken. Als der Kutscher

nicht weit gegangen war, fand er auch den Apfelbaum mit den duf=
tenden Äpfeln, wenn er aber nach den Äpfeln griff um sie zu pflü=
cken, da wandten sich die Äste stets in die Höhe und er konnte auch
nicht einen abpflücken. Als er zum Pfarrer zurück gekehrt war, sagte
er 'Den Apfelbaum habe ich wol gefunden, aber ich konnte auch nicht
einen Apfel abpflücken; wenn ich nach einem oder dem andern Apfel
griff, da wandten sich jedes Mal die Äste in die Höhe.' Dem Pfarrer
gieng das gewaltig zu Herzen und er erinnerte sich jenes Räubers
und seiner Buße; schnell sprang er aus dem Wagen und gieng zu dem
Apfelbaum hin. Als er sich um sah, erblickte er auch den Räuber
unter dem Apfelbaume knieend, aber nicht mehr als Mensch, nur wie
ein Schatten in menschlicher Gestalt. Er redete ihn an und der Räu=
ber antwortete, daß er seine Buße erfüllt habe, und daß er wünsche
absolviert zu werden und zu sterben. Der Pfarrer gieng sogleich ans
Werk, zog seinen priesterlichen Talar an, und indem er sich zu ihm
hinstellte, begann er seine Beichte zu hören. Jetzt muste der Räuber
alle seine Sünden sagen, und so oft er eine sagte, da fiel, bapp! ein
Apfel auf die Erde herab. So waren schon alle herab gefallen, nur
zwei hiengen noch oben am Gipfel. Der Pfarrer sah in die Höhe, er=
blickte die zwei Äpfel und sagte 'Zwei Sünden hast du mir noch nicht
gebeichtet: was hilft es dir, wenn du die zwei verschweigst, so must du
doch in die Hölle kommen.' Da sagte der Räuber mit lauter Stimme
"Ich habe meinen Vater und meine einzige Schwester erschlagen."
Und als er das gesagt hatte, bapp bapp, fielen auch die zwei Äpfel
herab. Jetzt muste der Pfarrer, daß er alle Sünden gebeichtet habe,
und er verkündete ihm volle Vergebung der Sünden, und als das al=
les geschehen war, da gab der Pfarrer dem Räuber einen Tritt mit
dem Fuße und er zerstäubte wie ein Bovist. Der Pfarrer aber sah
nun, daß er erlöst worden sei durch die Erfüllung seiner Buße und
setzte seine Reise weiter fort.

Vom Manne ohne Furcht.

Ein reicher Vater erzog einst einen einzigen Sohn, dem er allen
Willen ließ, so daß er that was er wollte und ohne alle Zucht und
Strafe groß wurde und noch dazu täglich üppig aß; daher kam es,
daß, als er ins Jünglingsalter getreten, er sich vor gar nichts fürch=

tete und gar nicht wuſte, was die Furcht für ein Ding ſei. Er machte
ſich alſo eines Tages auf, um in die Welt hinaus zu gehen und die
Furcht zu ſuchen. Als er ſchon tüchtig weit und viele Meilen weit
gegangen war, kam er in ein Dorf; da ſtunden die Leute auf der
Gaße und fragten ihn, wo er hin gehe. Er ſagte 'Ich gehe die Furcht
ſuchen, vielleicht wißt ihr, wo ich die Furcht wol finden könnte.' Die
Männer antworteten ihm, daß ſie das wüſten. Auf dem Begräbnis=
platze des Dorfes ſtunden nämlich allnächtlich die Todten aus den
Gräbern auf und tobten fürchterlich; manche kamen ſogar ſammt
den Särgen hervor und ſchlugen ſich an einander und Unholde
trieben ihr entſetzliches Weſen mit den Todten; deshalb konnte nie=
mand des Nachts, beſonders zwiſchen eilf und zwölf Uhr auch nicht
von weitem ſich dem Begräbnisplatze nähern. So dachten denn die
Landwirte 'Wart, wenn du keine Furcht haſt, hier auf dem Begräb=
nisplatze wird dir die Furcht ſchon kommen.' Sie ſagten zu ihm 'Dieſe
Nacht muſt du auf dem Begräbnisplatze ſtehen bleiben, das wird dir
Furcht machen.' "Gut (ſagte er), wenn das geſchieht, ſo werde ich da=
für euch erkenntlich ſein." Er ließ ſich auf die Begräbnisſtätte führen
und blieb da ſtehen ohne etwas andres bei ſich zu haben als ein ſeib=
nes Tüchlein in der Hand, um ſich die Naſe ab zu wiſchen. Nach eilf
Uhr begannen die Todten mit großem Gemurmel und Geſchrei ſich
aus der Erde heraus zu arbeiten, manche ſammt den Särgen. Da
gieng ein gewaltiges Sauſen und Krachen los; da heult einer, ein
andrer pfeift, einer ſchreit, einer brummt, einen andern faßte ein Un=
hold ſammt dem Sarge und warf ihn gegen den Sarg eines andern,
aber von alle dem bekam der Mann keine Furcht. Zuletzt kam ein
Todter mit ſeinem Sarg gerade auf ihn zu, der aber, huſch! faßt ihn:
"Was willſt du?" Jener antwortete 'Hilf mir, ich habe das Fieber im
Munde.' "Zeig her!" und als der im Sarge befindliche den Kopf
zum Sarge heraus ſteckte und den Mund auf machte da, ſchwapp! be=
kam er eins drauf, daß ihm der Leib Gottes*) heraus fiel. Dieſen
Leib Gottes hatte ihm der Pfarrer, kurz ehe er ſtarb, gereicht; weil
er aber ſein ganzes Leben hindurch ein entſetzlicher Betrüger und Gau=
ner geweſen, ſo konnte er den Leib Gottes nicht hinunter ſchlucken und
er blieb ihm im Munde ſtecken und ſo war er geſtorben. Als der
Mann das erfahren und den Leib Gottes in ſein ſeidnes Tüchelchen

---

*) Die Hoſtie.

eingewickelt hatte, sagte er 'Geh fort von mir, du Scheusal!' Da faßte
ein Teufel den Todten und schleuderte ihn hin, daß er sich ein paar
Mal mit seinem Sarge überschlug und wer weiß wie viele andre nieder
warf. Früh kamen die Landwirte und fragten, wie es ihm ergangen
sei. Er lachte über alle die Erscheinungen und sagte "Allerdings tobten
da die Todten mit den Unholden gewaltig, aber ich empfand darüber
auch nicht die geringste Furcht." Für die Gefälligkeit gab er den
Wirten aber doch ein paar Maß Brantwein und reiste sodann
weiter.

Als er abermals mehrere Meilen weit gereist war, kam er in ein
Kirchdorf; und als er in ein Wirtshaus einkehrte, fragte ihn der Wirt,
wohin er reise. Er antwortete, daß er gehe die Furcht suchen. Da
sagte ihm der Wirt 'Gut, daß du hierher gekommen bist; in unsrer
Kirche kannst du Furcht bekommen so viel du willst, denn in unserer
Kirche machen jede liebe Nacht die Teufel mit den Todten einen ent=
setzlichen Lärm: sie werfen sich mit Stücken von Ziegeln und andern
Dingen und manche Todten kommen sogar mit den Särgen in die
Kirche gepoltert, da pfeifen und schreien und heulen sie. Der Fremde
blieb auch in der Kirche über Nacht. Als er hinein gieng, schloß er
die Thüre zu und setzte sich in eine Ecke. So bald es nur Nacht
ward, fiengen die Ziegelstücke an zu fliegen, und bald war ein Gepol=
ter zu hören, als ob Pferde liefen. Dann erschienen zwei Särge und
gegen Mitternacht kamen auch einige Teufel und begannen sich mit den
Gespenstern herum zu tummeln und ihr entsetzliches Wesen zu treiben;
da machten sie überall ein solches Gepraffel und Gekrache, daß man
meinte, die ganze Kirche müße einstürzen. Der Mann aber saß in
seiner Ecke und fragte nach dem allen gar nichts, er beachtete es auch
nicht im geringsten. Als sie schon lange in der Kirche auf diese Art
ihr Wesen getrieben, wollte ein kleiner Teufel ganz sachte an den
Mann heran schleichen; der aber erblickte ihn sogleich, nahm schnell
den Leib Gottes aus seinem Tüchel, machte ihn mit Speichel naß und
als der Unhold so nah an ihn heran geschlichen war, daß er ihn er=
wischen konnte, nahm er den Leib Gottes und klebte ihn dem Teufel
ans Kinn. Ei erhob da der Teufel ein Geschrei und Gebrüll, daß
man es nicht aushalten konnte, denn der heilige Gegenstand brannte
ihn ärger als Feuer, und nun begann er den Mann zu flehen, so viel
er nur vermochte, immer vor ihm auf den Knieen liegend, er solle ihm
das Ding, das er ihm angeklebt, doch wieder abnehmen. Der Mann

sagte 'Geh und trag die beiden Särge mitten in die Hölle!' Der Teufel that das, und als er noch immer schreiend wieder zurück kam, sagte der Mann 'Ich kann dir doch keinen Glauben schenken; so nimm die Kirchenthür, heb sie aus und leg sie auf dich; ich werde mich auf die Thüre setzen und du must mich bis an die Pforten der Hölle tragen, damit ich die zwei Särge sehe.' Schnell that das der Teufel und trug den Mann bis an die Pforten der Hölle, so daß er sehr gut in die Hölle hinein sehen konnte, und die beiden Särge waren gerade in der Mitte der Hölle aufgestellt. Als der Mann das gesehen, sagte er zum Teufel 'Jetzt trag mich wieder in die Kirche, dann wirds gut sein.' Der Teufel that dies auch und dann nahm ihm der Mann den Leib Gottes vom Kinn und der Teufel verließ voller Freude sogleich die Kirche und versprach nie wieder zu kommen. Und von der Zeit an zeigte sich in der Kirche nichts mehr, und es war nichts mehr zu hören. Früh kam der Wirt mit dem Glöckner, um die Kirche aufzuschließen, in der Meinung, daß sie den Fremden todt oder vielleicht halb todt finden würden; aber sieh! er saß in seiner Ecke ohne alle Furcht, und als ihn die beiden fragten, wie es ihm hier in der Kirche gewesen, ob er sich nicht gefürchtet habe, da sagte er 'Ach, vor was kann man sich denn da fürchten! Es kamen und erschienen da solche Possen; ich habe sie aber sämmtlich so verscheucht, daß sie nicht wieder kommen werden. Da sagte der Wirt zu ihm 'Wenn du hier keine Furcht gefunden hast, so kannst du durch die ganze Welt gehen ohne sie zu finden.' Als dann die Leute des Kirchdorfes das alles erfuhren, versammelten sie sich und dankten dem Manne herzlich dafür, daß er aus ihrem Kirchlein all das böse Wesen ausgetrieben habe.

Der Mann aber, der nunmehr wol sah, daß er nirgends Furcht werde finden können, trat den Heimweg an, und nach langer Reise kam er nach Hause, und da er müde und erschöpft war, legte er sich ins Bett und schlief da süß. Ehe er aber eingeschlafen war, hatte er seinem Vater und seiner Mutter erzählt, daß er weit weg gewesen sei, aber keine Furcht habe finden können. Während er so schlief, kam eine Bettlerin, die fragte der Vater, ob sie nicht wiße, wie man einem Menschen Furcht bereiten könne; er habe einen Sohn, der sei eben von einer langen Reise zurück gekehrt, auf der er gewesen, um Furcht zu suchen, aber er habe sie nirgend gefunden. Die Bettlerin sagte 'Ei, versucht es doch einmal, während er schläft, ihn mit kaltem Waßer zu übergießen, da wird er vielleicht erschrecken und Furcht bekommen. Sogleich holte der Vater einen Eimer kalten Waßers und goß ihn, plumps! auf einmal über seinen Sohn aus. Der sprang, husch! aus dem Bette und schrie heftig auf, indem er zitterte 'Hui! jetzt bin ich sehr erschrocken; jetzt weiß ich schon, was Furcht für ein Ding ist.' Und von der Zeit an, seit dem Übergießen mit Waßer, fürchtete er sich eben so wie viele andere Narren.

Vom Schalke.

Es lebte einmal in einem Häuschen ein altes Männchen Namens Tschutis mit seiner alten Frau; die beiden kauften sich ein kleines Gäulchen und ein Wägelchen und fuhren auf einem Wege, wo auch vornehme Leute zu reisen pflegten. Als sie so fuhren, sahen sie, daß eine Kutsche, wie sie die Herren haben, ihnen von weitem entgegen kam, und sie richteten es so ein, daß ihr Pferdchen vorher etwas fallen ließ. Der Alte stieg schnell vom Wagen, mischte einige Dukaten in den Mist seines Pferdes, und als jener Wagen angefahren kam, saßen drei Herren darin, das waren drei Brüder. Nun begann der Alte absichtlich in dem Pferdemist zu wühlen. Die Herren bemerkten den Alten, wie er in dem Miste herum arbeitete, wunderten sich und fragten ihn "Alter, was suchst du da?" Der Alte antwortete 'Ach, meine lieben Herren; ich habe ein Pferdchen, das mich und meine Alte gar schön ernährt, denn wenn es etwas fallen läßt, sind immer ein paar Dukaten darin, und da muß ich denn immer sein Mistchen durchwühlen.' Den Herren gefiel solch ein Pferdchen auch gar sehr und sie fragten den Alten, ob er wol sein Thierchen verkaufen würde. Er sagte 'Ei, warum nicht'. "Und was würdest du dafür wollen?" 'Nun, ich denke hundert Thaler; wenn ihr ihn mit gutem Futter oder mit Körnern, besonders mit Weizen, füttern könnt, da wird er noch viel mehr Dukaten machen können, als jetzt von meinem schlechten Futter.' Die Herren bangen nicht lange und gaben für das Gäulchen hundert Thaler.

Sie nahmen den Gaul nun mit und zuerst nahm ihn der älteste Bruder in seinen Stall, ließ ihm tüchtig Weizen in die Krippe schütten und unter die Füße Laken breiten, damit ja kein Dukaten verloren gehe; den Stall aber schloß er selbst zu, damit niemand heimlich hinein gehen und ihm einen Streich spielen könne. Früh bei Zeiten lief der Herr selbst in den Stall und wandte schnell alle Drecklein um und um und griff sie durch, aber er fand nichts; dem andern sagte er jedoch nichts davon, damit sich der nicht über ihn lustig mache. Der andre führte sich das Pferdchen heim und machte es eben so, und fand, als er die Drecklein durchsuchte, ebenfalls nichts. Jetzt nahm der jüngste den Gaul, und als es ihm eben so ergieng wie den andern beiden, ärgerte er sich nicht wenig darüber und sagte zu ihnen 'Habt ihr denn etwas gefunden? Ich habe nichts gefunden.' Beide antworteten "Wir haben auch nichts gefunden." Da verabredeten sie sich, zum Tschutis hin zu gehen und ihn für den Betrug zu erschlagen.

Als sie hin kamen, fanden sie ihn auf einer Anhöhe mit einem kleinen Handschlitten, den zog er sich hinauf und fuhr auf ihm dann den Berg herunter. Sie sagten zu ihm 'Was treibst du da, Tschutis?' "Ich fahre spazieren." 'Du hast ja aber kein Pferd.' "Mein Schlitten läuft auch ohne Pferd." Den Herren gefiel der Schlitten und sie vergaßen jenes Gaules und fiengen nun an, um den Schlitten zu handeln. 'Tschutis, was willst du für den Schlitten?' "Hundert Thaler." 'Nein, so viel können wir nicht geben, das ist zu theuer.' "Nein, wolfeiler verkaufe ich ihn nicht; ihr wißt ja noch gar nicht, wie schnell der Schlitten läuft." Und nun zog er ihn an den Abhang, setzte sich auf und sagte "Jetzt gebt nur acht, wie das gehen wird!" Und als er den Berg hinunter fuhr, da gieng das wie ein Blitz. Als jene das sahen, dachten sie, er werde gar hinweg fahren. Es that ihnen leid, daß sie ihn hatten gehen laßen, und sie riefen was sie nur konnten 'Tschutis, halt an! Tschutis, halt an! wir wollen ja die hundert Thaler geben.' Er konnte aber nicht eher anhalten, als bis er ganz unten angekommen war; und als er unten war, stieg er vom Schlitten ab und rief jenen zu "Nun, so kommt her und nehmt den Schlitten, ihr habt ja gesehn, daß er gut fährt." Die Herren kamen, bezahlten hundert Thaler und wollten sich nun gleich aufsetzen und fahren; aber Tschutis sagte "Nein, nein; jetzt könnt ihr euch noch nicht aufsetzen; erst müßt ihr den Schlitten mit nach Hause nehmen, dann könnt ihr euch aufsetzen und fahren." Tschutis steckte nun seine hundert Thaler in die Tasche und gieng seines Weges; die Herren aber schleppten ihren Schlitten nach Hause. Des andern Morgens kamen sie schon früh zusammen, um sich das Vergnügen zu machen, ohne Pferde zu fahren; da begannen sie zu schreien 'Ze, ze!

njah, njah! wirst du gehen?' Aber es gieng doch nicht. Da fiel
ihnen ein: 'Aha, das geht deswegen nicht, weil wir uns alle drei
aufgesetzt haben; nur einer darf sich jedes Mal aufsetzen.' Aber auch
so gieng es nicht, obgleich man schrie und mit der Peitsche knallte;
alle drei versuchten einer nach dem andern zu fahren, es half aber
alles nichts. Nun merkten sie, daß sie der Alte wieder angeführt
habe, und sie verabredeten sich, hin zu gehen und ihn zu tödten.

Tschutis aber hatte das erfahren und besorgte sich eine Blase,
die er mit Blut füllte und auf der Herzgrube unter seinen Bauern-
kittel hieng. Als nun die Herren zu ihm kamen und in die Stube
herein traten, da stellte er sich, als ob er wegen des Betruges, den
er ihnen gespielt, sehr erschrocken sei, zog schnell ein langes Meßer
unter dem Deckbalken vor und stach es sich, krach! in die Brust. Sogleich begann das Blut von allen Seiten zu tropfen; er stürzte rücklings nieder und röchelte, als liege er im Sterben. Die Herren aber
stunden vor Schreck wie vom Donner gerührt da. Als nun der Alte
zu röcheln aufgehört hatte, da brachte seine Alte aus einem Winkel
einen Stock und gab, klapp! klapp! dem Alten ein paar Hiebe über
den Leib. Der Alte sprang schnell wie ein Vogel auf und war vollkommen gesund. Die Herren, hast du's nicht gesehen, wollten nun
gleich das Meßer, aber vor allem auch den Stock kaufen; denn sie
bildeten sich ganz fest ein, mit dem Stabe könne man selbst Todte
auferwecken. Sie fragten ihn, was er für den Stab wolle. Er sagte
'Der Stab kostet zwei hundert Thaler.' Die Herren wollten noch handeln, aber Tschutis sagte 'Ob ihr handelt oder nicht handelt, wolfeiler verkaufe ich ihn nicht.' Da es nun nicht anders gieng, so
gaben sie ihm die zwei hundert Thaler. Jetzt hatten sie ihre Freude
darüber, daß sie eine so sehr gute Sache in ihren Besitz gebracht, und
gedachten viel Geld damit zu verdienen.

Zuerst nahm der Älteste den Stab, um einen Versuch damit zu
machen. Da suchte er denn allerlei Ursache gegen seine Frau, und
eines Tages als er wegen einer unbedeutenden Kleinigkeit über sie
erzürnt war, nahm er das Meßer und stieß es ihr in die Brust, daß
sogleich ein Strom von Blut floß und die Frau sofort starb. Da
nahm er den Stab und schlug auf sie los, aber die Frau ward nicht
lebendig; er zerarbeitete und zermarterte die ganze Leiche so, daß immer
das Fleisch von den Knochen fiel, aber es half alles nichts. Er gab
nun den Stab seinem Bruder und der machte dasselbe mit seiner Frau:

er tödtete sie und konnte sie mit dem Stabe nicht wieder ins Leben
zurück rufen. Zuletzt bekam der Jüngste den Stock; da auch er nicht
wuste, wie es den andern beiden ergangen war, denn keiner hatte
dem andern sein Unglück erzählt, so that er ebenfalls dasselbe wie
jene beiden. Der aber sprach darüber mit seinen Brüdern, und nun
erfuhr er, daß auch jene solche Mörder seien. Jetzt aber ergrimmten
sie heftig auf den unerhörten Betrüger und verabredeten sich, hin zu
gehen und ihn auf der Stelle zu tödten.

Der Tschutis aber war ein schlauer Wolf: er merkte wol, daß sie
wieder kommen würden, ihn um zu bringen, und ließ sich einen Sarg
machen, der wurde in dem Garten zur Hälfte in die Erde eingegraben.
In den legte er sich hinein als er sie kommen hörte. Als sie in die
Stube traten, fragten sie die Alte 'Wo ist der Tschutis, der Unmensch?
Heute muß er sterben.' Die Alte antwortete "Ach, er ist schon vor ein
paar Tagen gestorben." Als sie das vernahmen, spuckten sie alle aus,
weil sie ihre Wut nicht an ihm auslaßen konnten und fragten 'Wo
liegt der Betrüger?' Die Alte sagte "Dort im Garten." Da wollten
sie ihm doch wenigstens noch im Sarge einen Schimpf anthun. Tschutis aber hatte, als er sich in den Sarg legte, eine große Scheere mit
genommen, und als einer nach dem andern zu dem Sarge kam, da
steckte er die Scheere durch ein Loch im Sarge und verstümmelte ihn
schnapp! in sehr empfindlicher Weise. Da eilten sie nun, entsetzlich
verwundet, schnell nach Hause und starben sämmtlich bald darauf; der
alte Tschutis lebt mit seiner Alten aber vielleicht heute noch.

Vom Sohne des Kuren.*)

In einer königlichen Stadt war bei dem Schloße des Königs ein
Teich, den ein nicht weit von der Stadt wohnender Kure häufig besuchte, um da zu fischen; auch pflegte er seinen Sohn mit zu bringen,
der ihm beim Fischen behülflich sein muste. Dieser junge Kure war
aber von sehr großer Schönheit, und des Königs Prinzessin, die ihn

____

*) Kuren nennen die Hochlitauer nicht nur ihre lettisch (kurisch) redenden Nach-
barn, sondern auch die den niederlitauischen Dialekt sprechenden Litauer, besonders die
Bewohner der Gegenden am kurischen Haffe, und so berührt sich die Bedeutung von
Kure und Fischer sehr nahe.

oft ſah, hatte Wolgefallen an ihm. Sie überredete deshalb den
Kuren, den Vater des Knaben, er ſolle ſeinen Sohn ins Schloß des
Königs gehen laßen, und als er kam, ſagte die Prinzeſſin zu ihm 'Ich
habe Wolgefallen an dir, du muſt mein Mann werden.' Der junge
Kure erſchrak darüber nicht wenig und wuſte nicht, was er ſagen ſolle;
die Prinzeſſin ſprach ihm aber mit ſo liebreichen und ſchönen Worten
zu, daß er doch ſo viel Mut bekam, um ihr zu antworten, daß er ein
ganz geringer Menſch ſei, weder ſchreiben noch rechnen könne und auch
ſonſt nichts verſtehe, als mit ſeinem Vater zu fiſchen. Die Prinzeſſin
ſagte 'Das macht nichts; ich werde dich in allerlei Schulen ſchicken,
dich allerlei Liſten lehren laßen und dich kleiden und ſpeiſen wie einen
Prinzen.' Solche Zuſprache gefiel dem jungen Kuren und er blieb im
Schloße. Da ließ ihn die Prinzeſſin prinzlich kleiden und ſchickte ihn
dann zur Schule. Der kleine Kure hatte einen guten Kopf, und er
lernte ſehr ſchnell und gut, ſo daß alle Lehrer ihre Freude an ihm
hatten, beſonders aber freute ſich die Prinzeſſin darüber und gewann
ihn noch lieber. Als er alle Schulen durchgemacht hatte und bereits
in die männlichen Jahre getreten war und ein ſehr kluger Mann ge=
worden war, da heiratete ihn die Prinzeſſin.

Aber was geſchah! Am Abende des Vermählungstages, als feſt=
liche Muſiken ertönten und alle hohen Fürſten und Herren ſich ver=
gnügt machten und es bereits Zeit zum Schlafengehen war, da war
er plötzlich verſchwunden. Das ganze Schloß kam in Folge dieſes
Ereigniſſes in Bewegung, und in der königlichen Familie und bei allen
Gäſten war kein geringer Schreck darüber. Sofort wurden alle Diener
und Soldaten aus geſandt, um nach ihm zu ſuchen, aber ſie fanden
ihn nirgend. Darüber verwandelte ſich die Freude des ganzen Schlo=
ßes in Betrübnis, denn niemand wuſte, wo der Bräutigam geblieben.
Der Bräutigam hatte ſich nämlich auf ein Schiff begeben und mit dem
Schiffer hatte er ſchon vor der Hochzeit die Abrede getroffen, wenn
er den und den Abend auf das Schiff kommen werde, da ſolle er ſo=
gleich vom Strande abſtoßen und die Reiſe antreten. Wie nun im
Schloße das Gedränge der Hochzeit am gröſten war, da machte er
ſich heimlich davon und gieng gerades Weges auf das Schiff, und kaum
hatte er den Fuß ins Schiff geſetzt, als der Schiffer abfuhr; deshalb
konnte man ihn nirgend finden. Da das Schiff in die Türkei fuhr,
ſo machte auch er die Reiſe dorthin und trat bei dem Könige der
Türken als Sclave in Dienſte. Er ſtellte ſich aber auch ſtumm.

Wegen seiner Schönheit hielten ihn alle in Ehren und weit und breit war der schöne Sclave das Hauptgespräch; aber auch der König hatte große Freude an ihm und es that ihm nur leid, daß er stumm war. Der König aber hatte nur einen Prinzen und eine Prinzessin. Im Verlaufe der Zeit gewann er solches Wolgefallen an dem Sclaven, daß er an seinem Tische eßen muste, und da er nun an seinem ganzen Benehmen merkte, daß er ein sehr verständiger Mann sei, that es ihm desto mehr leid, daß er stumm war und oft sagte er 'Wenn der Mann nicht stumm wäre, ich würde ihn als Eidam behalten.' Als des Königs Diener solche Rede vernahmen, dachte jeder darüber nach, wie er den Menschen reden machen könne; und einer unter den Räten des Königs war ein sehr kluger Mann, der merkte, daß der Sclave nicht stumm sein könne. Der gieng zu dem Könige und bat ihn, er möge ihm den Sclaven auf vier und zwanzig Stunden übergeben, da werde er ihn so gesund machen, daß er werde reden können. Der König war über diesen Ratschlag sehr erfreut und gestattete ihm, den Sclaven auf vier und zwanzig Stunden zu sich in sein Haus zu nehmen: werde er ihn nicht redend machen, so werde er umgebracht, gelinge es ihm jedoch, so werde er sehr glücklich gemacht werden. Der Minister nahm nun den Sclaven mit nach Hause und begann ihm auf alle Art zu zu sprechen, der Sclave aber sprach nicht; er versuchte alles nur mög= liche mit ihm und drohte ihm auf die und jene Art und sagte zu ihm, wenn er nicht reden werde, so werde er ihn aufs ärgste mishandeln, denn der König habe ihn ihm übergeben, und er könne mit ihm machen was er wolle; aber es half alles nichts. Endlich als alle Versuche zu keinem Ziele führten, begann der Minister den Sclaven zu schlagen und prügelte ihn so schrecklich, daß er kaum das halbe Leben behielt, aber er sprach doch nicht.

Als nun der Minister sah, daß seine Arbeit ganz vergeblich sei, da nahm er noch dem Sclaven den Ring vom Finger, den ihm seine Frau bei der Vermählung gegeben hatte, steckte ihn sich an den Finger und entfloh sobann des Nachts, um dem Tode zu entgehen. Er begab sich auf ein Schiff, welches nach dem Lande und nach derselben Stadt hin fuhr, aus welcher der Sclave war. Als er in der Stadt ange= langt war, wuste er nicht, was er anfangen und wie er sich auf die Dauer ernähren solle; da gab er sich für einen Musikanten aus, denn er konnte ein wenig spielen. Als er so von Haus zu Haus gieng, kam er auch zu der Prinzessin, deren Mann entflohen war, und wie

er vor ihr Musik machte, da erblickte sie den Ring an seinem Finger,
und als er mit seiner Musik fertig war, da sagte die Prinzessin zu
ihm 'Musikant, wärst du wol so gut mir deinen Ring zu zeigen?' Er
verneigte sich tief und sprach "Ei sehr gerne," zog ihn ab und gab ihn
hin. Als die Prinzessin den Ring betrachtete, fand sie die Buchstaben
ihres Namens, die der Goldschmied beim Gießen eingegoßen hatte
und erkannte sogleich, daß es ihr Ring und zwar derselbe sei, den sie
einst ihrem Bräutigam beim Ringewechseln am Tage der Trauung
gegeben hatte. Da fragte sie ihn, ob er den Ring nicht verkaufen
wolle. Er sagte 'Ich würde ihn recht gerne verkaufen, wenn sich nur
ein Käufer fände; ich bin ein armer Mann und weiß nicht, wie ich
mich ernähren soll.' Da kaufte die Prinzessin den Ring und erkundigte
sich, woher er sei und auf welchen Wegen er hierher gekommen sei;
er erzählte alles aufs schönste und die Prinzessin schrieb es sich auf.

Hernach machte sich die Prinzessin auf und reiste in die Türkei
und zwar in die Stadt, wo der König lebte und wo alle seine Scla=
ven waren. Als sie in der Stadt angelangt war, gab sie sich für
eine Schneiderin aus, gieng zur Königin hin und bat sie sehr, sie zum
Nähen anzunehmen. Die Königin wollte erst nicht, als sie aber so
sehr bat, und da sie sehr schön war, behielt sie sie. Anfänglich bekam
sie nur gewönliche Nähereien zu nähen; als aber die Königin sah,
daß sie sehr schön genäht seien, gab sie ihr feinere und zuletzt bekam
sie die theuersten Seiden = und Leinenstoffe zu nähen und was sonst
noch an theuerstem Zeuge in den königlichen Palästen war. Die Kö=
nigin wunderte sich über die herrliche Arbeit und war froh, daß sie
sie behalten habe. Da sie aber auch sehr verständig war und sich sehr
fein betrug, hielten sie Königin und König so sehr in Ehren, daß sie
nach einiger Zeit auch am Tische des Königs mit eßen konnte. Seit=
dem sie da war, hatte sie schon längst Gelegenheit gehabt, ihren ange=
trauten Mann zu erblicken und er sie; beide erkannten einander so=
gleich, aber nie konnten sie so heimlich zusammen kommen, daß sie mit
einander hätten reden können; als sie nun aber an einem Tische mit
einander aßen, da dachte sie, 'Es wird sich schon einmal fügen, daß ich
mit ihm allein zusammen komme;' aber das geschah nicht. Als nun
der König sich noch immer nicht zufrieden gab und zu wiederholten
Malen wegen seines stummen Sclaven betrübt war, da sagte die
Schneiderin 'Ich unternehme es, ihn zum Reden zu bringen, wenn ihr
ihn über Nacht in eine Stube mit mir thun wollt.' Der König war

geneigt das zu thun, aber er verkündete ihr ebenfalls daß, wenn ihr das mislinge, sie lebendig verbrannt werden solle; sie machte sich aber nichts daraus, indem sie dachte 'Ich weiß ja doch, daß er nicht stumm ist und werde ihn schon überreden, zu sprechen.'

Eines Abends brachte man auch wirklich den Sclaven in ihre Stube. Da sprach sie denn so und so zu ihm, fragte ihn, warum er entflohen sei und sie verlaßen habe, weshalb er so weit gereist sei, und sich in solches Elend begeben habe; er aber sprach nicht. Da bat sie ihn mit Thränen, er solle doch sprechen; aber er that es nicht. Sie begann aufs neue 'Schau, wie lieb ich dich gehabt habe und noch habe, und wie ich beinetwegen so weit weg gereist bin, um wenigstens noch einmal in meinem Leben bei dir zu sein oder dich doch nur zu sehen. Gilt denn das alles nichts bei dir, oder hast du denn gar kein Erbarmen mit mir, daß ich aus Liebe zu dir so viel Furcht und Elend ertragen habe? Solltest du denn so gar kein Mitleid und Erbarmen mit mir haben und mich beinetwegen sterben laßen, denn wenn du morgen früh nicht sprichst, so werde ich lebendig verbrannt.' Aber alle ihre Reden, Bitten und Thränen waren vergebens, er blieb stumm.

Des andern Morgens ließ der König den Sclaven holen; er konnte nicht sprechen, deshalb sollte, wie es befohlen war, die Schneiderin verbrannt werden. Sofort musten sie auf einem bestimmten Platze einen Haufen Holz so auf schichten, daß er in der Mitte hohl war. Als dieß fertig war, stellte man zuerst den Stummen an den Holzstoß und sobann führte man die Schneiderin herbei, die schwarz gekleidet war. Viele Leute waren zusammen gekommen, um zu sehen, was geschehen werde. Vor dem Holzstoße verlas ein Diener des Königs mit lauter Stimme das Todesurteil, und sodann sollte sie durch ein enges Loch, das man offen gelaßen hatte, in den Holzstoß kriechen, als sie aber an die Öffnung herantrat, da rief der Stumme mit lauter Stimme 'Thut ihr kein Leid, sie ist mein Weib!' Da entstund kein kleines Gedränge unter den Leuten und alle klatschten in die Hände und freuten sich darüber, daß ein so schönes Mädchen nun am Leben bleiben werde. Einer von den Dienern lief zum König hin und hinterbrachte ihm die ganze Begebenheit. Der König wollte das nicht glauben und befahl, daß man beide zu ihm führe; und als man sie gebracht hatte, da konnte er sich nicht genug darüber wundern, daß sein lieber Sclave reden konnte. Das Geheimnis, daß sie ein

getrautes Paar seien, war ihm aber noch nicht klar, und beide musten
ihm nun diese wunderbare Begebenheit erzählen und sodann wollte
der König auch wißen, warum er entflohen sei. Er sagte 'Da ich
von ganz geringer Herkunft und ein ganz gewönlicher Mensch war,
da dachte ich, ich würde doch von der ganzen königlichen Familie und
von allen den hohen Herren verachtet und für nichts gehalten werden,
und deshalb entfloh ich. Da es nun aber so kommen muste, daß ich
meine Frau aus großer Not, ja vom Tode selbst errettet habe, und
sie selbst auch erfahren hat, was es heißt im Elende zu leben, so wird
man mich nunmehr keineswegs verachten, und jetzt will ich wieder
sehr gerne ihr Mann sein.' König und Königin freuten sich sehr; und
nachdem dieser Türkenkönig sie beide reich beschenkt hatte, ließ er sie
auf seinem eigenen Schiffe nach Hause bringen. Als sie aber wieder
nach Hause in ihr Vaterland zurückgekehrt waren, gab es eine Freude,
die ihres gleichen nicht hatte, und nach des Königs Tode wurde
dieser sein Schwiegersohn König jenes Landes.

Von den Laumes.

In alten Zeiten gab es auch Laumes, und die alten Litauer
hielten sie für böse Geister, die an vielen Orten als verwünschte
Wesen sich aufhalten musten und die sich stets in der Gestalt von
Frauen zeigten. Sie konnten tüchtig arbeiten, als spinnen, weben
und auch Feldarbeiten verrichten, aber nur konnten sie niemals eine
Arbeit anfangen oder vollenden. Böses oder Schaden fügten sie den
Menschen gerade nicht zu, oft aber thaten sie Gutes; der größte Schade,
den sie anzurichten pflegten war, daß sie neu geborene Kinder stahlen
oder vertauschten. Solche von den Laumes vertauschte Kinder hatten
entsetzlich große Köpfe, die sie nie gerade halten konnten; und wenn
sie auch zehn Jahre oder älter wurden, so erreichten solche Kinder doch
nie ein höheres Alter als zwölf Jahre.

Eine Landwirtin hatte einmal ein solches von einer Laume ver=
tauschtes Kind aufgezogen und es war schon bald zwölf Jahre alt,
aber ganz ohne alle Kraft, so daß sie es immer tragen und füttern
muste. Da kam zufällig einmal zur Sommerzeit ein altes Bettelmänn=
chen, dem klagte die Wirtin ihre Not wegen des Kindes. Der Bettler
gab ihr den Rat, sie solle ein Hühnerei nehmen, es fein ausgießen,

und in die Schale Waßer schütten, und sie so zurichten, daß sie die=
selbe wie einen kleinen Keßel aufhängen könne; dann solle sie das
Kind mit in die Küche nehmen, ein kleines Feuer anmachen und so
thun, als wolle sie Alus*) brauen; da werde das Kind, wenn es das
sehe, zu reden beginnen, aber dann auch sterben. Die Frau that das
alles, und sieh, als sie in der Küche damit beschäftigt war, sagte das
Kind 'Mutter, was machst du da?' Die Mutter sagte "Mein Kind,
ich mache Alus." Das Kind sagte darauf 'Gott erbarm! ich bin schon
so alt, ich war schon auf der Welt ehe das Kamschtschener **) Wäld=
chen gepflanzt war, in dem große Bäume wuchsen und das jetzt schon
wieder veröbet ist, aber etwas so wunderbares habe ich noch nicht
gesehen.' Nachher ward das Kind sofort krank und starb.

Eine sehr wunderbare Geschichte vom Vertauschen der Kinder,
die sich in einem Dorfe des Kirchsprengels Budweeten **) zugetragen,
und die noch gar viele unter den alten Leuten zu erzählen wißen, ist
folgende. Eine Landwirtin genas eines Kindes; den Tag darauf fuhr
der Landwirt gegen Abend in die Stadt, um ein zu kaufen, was man
zur Kindtaufsfeier brauchte; der Knecht aber schlief in der Haus=
flur. Die Litauer hatten aber ehemals sehr große Hausfluren, wie
man das noch in alten Gebäuden findet. Spät am Abend als alle
in ihren Betten lagen und es schon tief in der Nacht war, kamen
zwei Laumes. Wo und wie sie in die Hausflur gekommen waren,
das wuste der Knecht nicht; er hörte nur, wie sie mit einander spra=
chen, denn er war noch nicht recht eingeschlafen, sondern nur einge=
schlummert. Sie giengen sogleich in die Küche und zündeten sich da
einen Spahn an, schlichen sich dann leise in die Stube und brachten
bald darauf das neu geborene Kind der Wirtin heraus, wickelten es
auf und wickelten es in ihre Windeln; in die Windeln des Kindes aber
wickelten sie den Ofenbesen ein. Als das geschehen war, konnten sie
sich durchaus nicht darüber einigen, welche von ihnen den Ofenwisch
zur Wirtin hinein tragen und anstatt des Kindes zu ihr hinlegen solle.
So zankten sie sich lange herum 'Trag dus, trag dus!' Als sie aber
sich nicht einigen konnten, trugen sie es beide zugleich. Während dem
sprang der Knecht aus dem Bette und legte schnell das Kind seiner
Wirtin, das die Laumes in der Küche hatten liegen laßen, zu sich ins

---

*) Hausbier, das bei keinem häuslichen Feste fehlen darf.
**) Lauter Orte des Kreises Ragnit, in dem auch das Dorf Kakschen liegt, aus
dem diese Mittheilung stammt.

Bett. Als die Laumes aus der Stube in die Küche zurück kehrten und das Kind nicht fanden, ergrimmten sie nicht wenig und begannen auf einander zu schelten: 'Du bist schuld!' "Nein, du bist schuld; habe ich nicht gesagt, trag du, ich werde hier bleiben und Wache halten; ich habe ja gesagt, daß man es stehlen werde." Indem sie so sich ärgerten und sich zankten, kakaryku! da krähte der Hahn, und beide, husch, husch! stoben zur Thüre hinaus. Da nahm der Knecht das Kind und trug es in die Stube. In der Stube brannte wol der Spahn, aber die Wöchnerin schlief so fest, daß sie der Knecht nicht wecken konnte, sondern sie anfaßen und schütteln muste, und auch so dauerte es lange, bis er sie munter brachte. Als sie erwachte, sagte sie 'Ach, mögest du gesund sein dafür, daß du mich geweckt hast; ich träumte einen so entsetzlichen Traum, als hätte man mir einen Klotz auf die Brust gelegt, so daß ich kaum Atem holen konnte.' Da erzählte ihr der Knecht den ganzen Hergang der Sache, aber sie wollte es nicht glauben, bis sie selbst sah, daß sie zwei Kinder da habe, eins wol dem gleich, das sie geboren, aber das andre sah so wundersam aus, das war eben das aus dem Ofenwische gemachte. Den andern Morgen gieng der Knecht zum Pfarrer, erzählte ihm die Sache und fragte ihn, was da zu thun sei. Der Pfarrer gab dem Knechte folgende Anweisung 'Wenn du das ganz sicher weist und darauf schwören kannst, so nimm, wenn du nach Hause kommst, den Wechselbalg, leg ihn auf die Schwelle und hau ihm mit der Axt den Kopf ab, denn der Wechselbalg darf nicht vier und zwanzig Stunden alt werden; denn erst nach Verlauf dieser Zeit wird er erst recht lebendig.' Als der Knecht nach Hause kam, wollte er das doch nicht allein thun, sondern wartete, bis sein Herr aus der Stadt wieder zurück kam. Da erzählte ihm der Knecht alles und beide giengen nach der Anordnung des Pfarrers unverzüglich daran, den Wechselbalg um zu bringen. Wie sie ihm aber den Kopf abhieben, da fanden sich in ihm noch alle Strohhalme vor, aber es floß aus ihnen Blut, als wenn es Adern wären. Deshalb meinten nun die alten Litauer, daß solche Dickköpfe von den Laumes vertauscht seien; jetzt aber gibt es keine mehr, oder sie sind doch sehr selten. Eben deshalb muste vor der Taufe stets ein Spahnlicht brennen, wie das bei vielen Litauern auch noch gehalten wird.

Eine andre Geschichte. Ein Knecht schlief in einer Kammer allein und jede Nacht kam eine Laume und drückte ihn eine lange Zeit hin-

durch, so daß der Mensch schon ganz herab gekommen war. Er ver=
suchte alles, aber nichts half etwas, bis ihm jemand sagte, wie er die
Laume fangen könne. Er solle nämlich in den Wald gehn, eine im
Dickicht stehende junge Eiche abhauen und sich daraus einen nach oben
dünner zugeschnitzten Stöpsel machen, und mit dem solle er das Loch
zukeilen, durch welches die Laume in die Kammer krieche; ferner solle
er sich aus dreimal neun Stückchen Eisen einen Hammer machen und
in den Hammer einen lindenen Stiel einsetzen laßen: mit dem Ham=
mer müße er jenen Stöpsel eintreiben. Als er das alles in Bereit=
schaft hatte, gab er eine Nacht Acht, und so bald er merkte, daß die
Laume herein geschlüpft sei, sprang er aus dem Bette, keilte das Loch
zu und legte sich wieder nieder. Die Nacht hindurch merkte er sonst
nichts, als in einer Ecke, da war es als ob eine Katze im Heu kratze;
als es aber Tag ward, da fand er eine sehr schöne Jungfrau, aber
sie war sehr traurig. Nicht lange darnach heiratete er diese Jung=
frau und es gieng ihnen recht gut, denn sie konnte schön und flink
arbeiten, nur konnte sie nichts anfangen und nichts vollenden; auch
bekamen sie zwei Kinder, aber sie war immer sehr verdrießlich wegen
des Stöpsels und bat ihn fortwährend, er möge den Stöpsel heraus
ziehen, dann werde sie auch jede Arbeit anfangen und vollenden kön=
nen. Nach einigen Jahren öffnete er auch jenes Loch, aber sieh da!
in der ersten Nacht darauf verschwand auch seine Frau und kehrte
nicht mehr zurück; aber jeden Donnerstag Abend brachte sie den bei=
den Kindern jedem ein weißes Hembchen fast ein ganzes Jahr lang;
sie selbst sah aber niemand.

Wieder in einem Hause starben Vater und Mutter und hinter=
ließen ein Töchterchen von etwa vierzehn Jahren. Da kamen zwei
Laumes zu ihr und sagten 'Ach, liebes Kind, weine nicht so sehr um
dein Väterchen und dein Mütterchen! Wir beide werden dich mit allem
versorgen, du sollst an nichts Mangel haben und du wirst weder zu
spinnen noch zu weben brauchen.' Mit solchen schönen Wörtchen be=
ruhigten sie das Mädchen einigermaßen, und nicht lange nachher fand
sie in ihrer Kleete *) ein paar tüchtige Rollen schönes Linnen, und je
länger, desto mehr Rollen fanden sich, nicht nur Linnen, sondern auch
allerlei theure bunte Stoffe. Die beiden Laumes hatten ihr aber ge=

---

*) Vorratshäuschen und zugleich Schlafgemach der erwachsenen weiblichen Jugend;
man findet diese Kleeten jetzt nicht mehr überall.

sagt, sie solle nie etwas mit der Elle meßen und wenn sie auch noch so viel habe. Einst aber, nach langer Zeit, da sie nicht mehr wuste, wohin mit ihrem Reichtum, wollte sie die Elle nehmen, meßen und auf den Markt fahren und verkaufen; so wie sie aber gemeßen hatte, war die Nacht darauf alles verschwunden und sie bekam nie wieder etwas.

Eine Landwirtin, die eine Witwe war, konnte zur Zeit des Schnittes ihr Feld nicht abernten und jammerte sehr darüber. Da kam eine Laume zu ihr und sagte 'Wenn du mir einmal satt Speck zu eßen gibst, so bringe ich dir dein ganzes Sommergetreide mit dem Tage ein.' Die Wirtin dachte "Das ist doch wenig genug" und versprach es. Früh war alles Getreide in der Scheuer; da briet geschwind die Wirtin einen tüchtigen Teller voll Speck, und bald kam die Laume und machte sich daran den Speck zu eßen. Der war aber sofort aufgezehrt und die Wirtin muste rohen Speck herbei bringen, aber so viel sie auch brachte, jene aß es stets auf. Als sie von der letzten Speckseite nur noch einen kleinen Streifen hatte, schlug sie damit die Laume über den Mund. Die Laume verzog den Mund und sagte 'Klitsch, klatsch! das schlägt und haut über die Lippen; na wart, du Ausbund von einer Kanaille, ich werde dir dafür arbeiten; wie dein Sommergetreide auf dem Felde gelegen, so solls auch wieder dort liegen.' So geschah es auch. Die Laume trug in kurzer Zeit alles aus der Scheuer wieder auf das Feld und breitete es wieder so aus, wie es gewesen war; den Speck aber ersetzte sie nicht wieder, der war und blieb aufgegeßen.

Eine andere Landwirtin, die eine große Arbeiterin war, hatte ein Kleines, und da sie am Tage nicht ihre Arbeit versäumen wollte, so gieng sie Abends spät, um die Windeln auf dem Stege des Teiches auszuwaschen; und das geschah zufällig auch einmal Donnerstags Abend. Den andern Donnerstag fiengen nach Sonnenuntergang die Laumes an auf dem Stege Wäsche zu bläuen, daß es fürchterlich an zu hören war; und so geschah es nun jeden Donnerstag Abend. Die Leute in dem Hause hatten darüber nicht wenig Verdruß und Sorge. Nach langer Zeit belehrte sie ein alter Mann, sie sollten Bast nehmen und sich daraus eine Peitsche drehen, aber verkehrt müsten sie drehen; mit der Peitsche solle jemand an den Steg gehen und so bald er das Wäschebläuen vernehme, immer auf den Steg los hauen, auch wenn nichts zu sehen wäre. So thaten die Leute nun auch. Die

Wirtin hatte einen Bruder mit Namen Joachim, der war Soldat ge=
wesen und hatte Mut. Als man am folgenden Donnerstag Abend
das Wäschebläuen wieder vernahm, da nahm Joachim die Bastpeitsche,
gieng zum Stege hin und klatschte mit der Peitsche fürchterlich drauf
los. Obwol er nichts sah, so fand er doch auf dem Stege drei Wasch=
bläuel, die er mit nach Hause nahm. Den Abend wars nun ruhig
und den andern Donnerstag Abend auch; aber als Joachim sich in
seiner Kammer zu Bette legte, da rief es immer an seinem Kammer=
fensterchen 'Joachimchen, gib uns unsere Waschbläuelchen wieder!' Und
das gieng lange so fort. Eben so geschah es am nächsten Donners=
tag Abend, und am dritten rief es wieder 'Joachimchen, gib uns un=
sere Waschbläuelchen wieder, sonst wird es uns sehr schlecht gehen;
gib sie zurück, Brüderchen, sonst werden wir umgebracht!' Da hatte
Joachim Mitleid und trug die drei Waschbläuel auf den Steg. Die
Laumes nahmen sie sogleich weg und wuschen von der Zeit an nicht
mehr.

Wieder eine andere Wirtin hatte ein kleines Kind und es war
die Zeit der Ernte. Nach dem Frühstücke machte sie Waßer heiß und
badete das Kind, dann wickelte sie es schön ein, ließ es trinken und
legte es hin und das Kind schlief ein. Sodann machte sie ihren
Schnittern das zweite Frühstück zurecht; und da sie nicht weit hinter
den Häusern schnitten, so trug sie es auch selbst hin, indem sie dachte,
das Kind werde so lange schlafen bis sie wieder kommen werde.
Aber welcher Schreck! als sie die Stubenthüre öffnete, husch! sprang
eine Laume zur Thüre hinaus. Die Laume hatte irgend wo in einem
Winkel gestanden und zugesehen, als die Mutter das Kind badete; und
als die Mutter weg gegangen war, wollte sie das auch thun, aber
sie hatte das Waßer bis zum Kochen heiß gemacht und das Kind in
das Waßer gelegt. Das Kind hatte davon seine Haut verloren und
elend sterben müßen, und so fand es die Mutter todt in der Bade=
wanne liegend.

Wieder eine andere Landwirtin rüstete sich, um zur Zeit der
Arbeit ein Schock feiner Linnen zu weben, aber sie konnte kaum an=
fangen; wegen der vielen Feldarbeit konnte sie nicht zum weben kom=
men, und sie ärgerte sich nicht wenig darüber, daß sie vergeblich die
Zurüstungen getroffen, und sagte sehr oft 'Mein Linnen werden die
Laumes auszuweben bekommen.' Eines Tages kam auch eine Laume
und sagte zu der Wirtin "Du bietest dein Linnen immer den Laumes

zu weben an; da bin ich nun gekommen, ich werde dir dein Linnen
bis aufs Fertigmachen ausweben. Wenn du, bis ich ausgewoben, mei=
nen Namen erraten und mich ſchön bewirten *) wirſt, ſo gehört das
Linnen dir; wenn aber nicht, dann iſt es mein." Das machte der
Wirtin nicht wenig Sorge, aber ſie machte doch ſofort den Teig zu
Kuchen, buk und war ſo geſchäftig als möglich, um die Laume gut
bewirten zu können. Indem ſo die Wirtin ab und zu gieng, lobte
ſich die Laume beim Weben immer ſelbſt und ſagte ʽDas webt, das
klappert Bigutte.ʼ Die Wirtin merkte ſich das. Als nun die Laume
bis zum Fertigmachen gewoben hatte, da ſtieg ſie vom Webſtuhle her=
unter und ſagte ʽNa, Wirtin, nun ſage, wie ich heiße.ʼ Die Wirtin
erwiderte "Das hat Bigutte ausgewoben und ausgeklappert." Als das
die Laume hörte, wollte ſie weder Bewirtung **), noch ſonſt etwas,
ſondern lief in gröſtem Zorne und immer ausſpuckend davon.

Die Alten meinten, daß die Laumes an Donnerstags Abenden
ſich am meiſten unter den Menſchen herum zu treiben pflegten. Die=
ſer Abend war der Laumes=Abend, und deswegen durfte man da nir=
gend wo ſpinnen. Hatten wo die Frauen am Donnerstag Abend ge=
ſponnen, ſo begannen die Laumes, wenn die Leute ſchliefen, an dem=
ſelben Rocken weiter zu ſpinnen bis der Hahn krähte, und das Ge=
ſponnene nahmen ſie mit. Deswegen iſt der genannte Abend bei den
Litauern bis auf dieſen Tag ein heiliger Abend, beſonders aber darf
nicht geſponnen werden. Auch durfte den Abend nach Sonnenunter=
gang nicht gewaſchen oder ſonſt welche Arbeit verrichtet werden, die
die Laumes auch zu verrichten pflegten, damit dieſe nicht ihren Vor=
teil dabei hatten und den Menſchen Schaden thaten.

Vom Torfmoore bei Kakſchen.

In ſehr alten Zeiten ſtund ein anſehnlicher Wald auf der Stelle,
wo jetzt das Kakſchener Torfmoor liegt. In dem Walde ſtunden be=
ſonders Birken und Ulmen. Einſt aber erhub ſich ein großer Sturm=
wind und brach den ganzen Wald um; weil aber damals nur noch

---

*) Im Litauiſchen „lieben." Man ſagt: Er hat mich ſehr geliebt, d. h. er hat
mich reichlich bewirtet (ſo daß ich über und über betrunken war).

**) Im Litauiſchen „Liebe".

wenig Menschen in Litauen waren, aber Wälder in Überfluß, so blieben die Bäume da liegen und es begann auf ihnen Moos zu wachsen. So entstund das Torfmoor, und auch jetzt noch finden sich viele Baumstämme in demselben.

In jenem Walde waren aber auch viele Seen, kleinere und größere, in welche der Sturm auch viele Bäume warf; und in den Seen begann zuerst das Moos zu wachsen und verbreitete sich von ihnen aus immer weiter. Lange Zeit hindurch wuchs dies Moos über einander, und auf diese Art ward das Moor an solchen Stellen, wo früher Einsenkungen waren, jetzt zehn bis funfzehn Fuß und darüber tief. Aber noch jetzt gibt es offene Stellen im Moore, die man Untiefen nennt. Diese kleinen Seen waren ehedem viel größer, jetzt hat sie aber das Moos, das von allen Seiten weit in sie hinein wuchs, bedeutend verkleinert. Diese Untiefen haben die Vorfahren mit langen Stangen oder mit langen Stricken, an welche sie Steine banden, oft gemeßen, aber sie konnten keinen Grund finden. Einst (so erzählen einige noch lebende Hüfner im Dorfe Kakschen) einst nahm man an einem Sonntage die Leinen von fast allen Landwirten im Dorfe, band sie zusammen und knüpfte einen schweren Stein daran und ließ sie in die Tiefe hinab; als aber fast alle Leinen hinab gelaßen waren, da zog dem, der den Strick hielt, plötzlich etwas die Leinen aus der Hand und sie verschwanden in der Tiefe, so daß sie ohne ihre Leinen nach Hause gehen musten. Des andern Morgens aber fand jeder seine Leine schön sauber neben dem Stalle hangen. Da gab es denn keine kleine Verwunderung und niemand wuste, wie das zugegangen war.

In dem Kakschener Moore hält sich aber seit alten Zeiten eine Teufelin auf, die in einer der Untiefen auf einem eisernen Stuhle sitzt. Einst zog sie aus einer Wolke, die über das Moor zog, ein Schiff nieder, und in dem hält sie sich jetzt auf. Die Mastspitze des Schiffes ragte aus dem Moore hervor und die Alten konnten sie sehen; jetzt aber ist auf der Spitze oder über ihr ein kleines Inselchen von Moos. Die Teufelin pflegte oft auf die Oberfläche zu kommen und die Altvordern konnten sie recht gut sehen. Einst ließen sich die Vorfahren einen Schwarzkünstler kommen und verlangten von ihm, er solle die Teufelin aus dem Moore vertreiben. Als der zu ihr hin gieng und ihr ankündigte, er werde sie von hier vertreiben, da gab sie ihm zur Antwort, wenn sie dieses Moor, in welchem sie so lange geherscht habe, verlaßen müße, so werde sie ihre Herrschaft über alle

Insterwiesen bis an die Brücke von Kraupischken ausdehnen und bei Laugalen unter der Brücke ihren Thron aufschlagen und da ihren eigentlichen Wohnsitz nehmen. Als der Schwarzkünstler das von ihr vernommen hatte, ließ er sie in Ruhe; denn es sei beßer, wenn sie im öden Moore bleibe, als wenn sie über die schönen Wiesen hersche und besonders unter einer Brücke ihr Wesen treibe, über welche bis heutigen Tages viele Leute ihren Weg nehmen müßen. Außerdem sagte sie ihm, daß sie, wenn sie das Moor verlaße, das Loch auf= machen werde, welches mit einem großen Pferdekopfe verstopft sei und durch welches alles Waßer des Moores und alle Untiefen abfließen könnten; und dann würden alle Dörfer, welche dieser Strom treffen werde, im Waßer ihren Untergang finden. Als der Schwarzkünstler alles dies den Altvätern hinterbrachte, erschraken sie heftig und ließen sie fortan in Ruhe. Und so sitzt sie noch jetzt in einer der Untiefen, aber zu sehen bekommt sie niemand mehr. Wenn sie aber einst ihren eisernen Thron zusammen gesehen haben wird, dann wird der jüngste Tag sein.

In dem Moore gab es auch viele Feldteufel, jener Teufelin Söhne; diese pflegten in alten Zeiten mit den andern jungen Bur= schen in die Kakschener Schenke zum Tanze zu kommen und mit den Mädchen zu tanzen wie andre Bursche. Stets hatten sie dann grüne Kleider an; aber man konnte sie daran erkennen, daß, wenn man ihnen auf die Stiefel trat, diese immer leer waren. Sobald sie das aber merkten, verschwanden sie. Diese Feldteufel quälten viele Leute zu Tode, die über das Moor oder am Moore giengen. Man erzählt, daß man oft im Moore oder neben demselben Leute todt fand, die schrecklich zerkniffen waren, als wären sie zerbißen, so daß das Fleisch von den Knochen abgerißen war; außerdem waren ihre Kleider voll Moos gestopft. So fanden diese Leute ein jämmerliches und ent= setzliches Ende. Bisweilen kamen diese Feldteufel zu den Hirten oder zu den Leuten, welche egten, aufs Feld und erbaten sich ein Pferd unter dem Vorwande, der Vater des Burschen oder des Mädchens, das das Pferd bei sich hatte, habe es befohlen, und stellten sich als wären sie gute Bekannte. Wenn man ihnen nun das Pferd zäumte und gab, so setzten sie sich auf und ritten weit weg, oder sie ritten bis in das Moor und ertränkten das Pferd, oder sie ließen es, nach= dem sie geritten, laufen, und da kam das Pferd denselben oder den

7 *

folgenden Tag nach Hause gelaufen. Später nun wurden hierin die Leute klug und gaben ihnen keine Pferde mehr.

Einst ritt auch ein Korporal von den Jägern auf einem prächtigen Rappen durch das Dorf Kakschen und einige Männer deckten da ein Dach, wo er durch den Hof ritt. Als die ihn sahen, wunderten sie sich darüber, wo der her geritten komme; er hielt aber nicht an, sondern ritt durch jenen Hof hindurch aufs Moor zu und dann übers Moor über alle Untiefen hinweg, und so weit die Männer vom Dache aus es sehen konnten, ritt er bis hinüber. Die Alten erzählen, öfters gesehen zu haben, daß jemand quer über das Moor geritten *) sei, wo doch niemand auch nur zu gehen vermag.

Vom Kater und dem Sperling.

Es flog ein Sperling auf die Düngerstätte eines Bauern. Da kam der Kater, erwischte den Sperling, trug ihn fort und wollte ihn verspeisen; der Sperling aber sagte 'Kein' Herr hält sein Frühstück, wenn er sich nicht vorher den Mund gewaschen hat.' Mein Kater nimmt sich das zu Herzen, setzt den Sperling auf die Erde hin und fängt an, sich mit der Pfote den Mund zu waschen — da flog ihm der Sperling davon. Das ärgerte den Kater ungemein, und er sagte 'So lang er lebe, werde er immer zuerst sein Frühstück halten und dann den Mund waschen.' Und so macht er es denn bis auf diese Stunde.

Von der goldenen Brücke.

Lange Zeit vor dem siebenjährigen Kriege baute ein König eine Brücke von reinem Golde über einen Fluß; und wer über die Brücke gehen wollte, der muste zehn Thaler bezahlen. Der König hatte aber drei Söhne, die Nacht für Nacht die Brücke bewachen musten, damit niemand darüber gehe. Den ersten Abend schickte er den ältesten Sohn; als der hingekommen war, erschien ein alter armer Mann, der bat, er möge ihn über die Brücke hinüberlaßen; der aber gab es nicht

---

*) Teufel erscheinen den Litauern oft zu Pferde.

zu, bis er ihm zehn Thaler bezahlt hatte. Früh kam er nach Hause und gab die zehn Thaler seinem Vater. Die zweite Nacht gieng der zweite Sohn hin und als der Alte wieder kam, handelte er eben so wie der erste. Am dritten Abend muste der dritte Sohn hingehen, den man immer für dumm gehalten hatte. Als er dort war, kam wieder das alte Männchen und bat, er möge ihn doch über die Brücke laßen. Jener aber sagte 'Wie kann ich dich umsonst hinüber laßen? Bezahl zehn Thaler, so kannst du gehen.' Da begann der Alte ihn von ganzem Herzen zu bitten, er möge sich doch seiner erbarmen und ihn hinüber laßen, er habe nicht einmal zehn Groschen, und doch müße er notwendig über die Brücke hinüber. Da ließ er sich denn doch erbitten, so streng ihm der Vater das Verbot auch eingeschärft hatte, und sagte zu dem Alten 'Weist du was? Geh her und hänge dich auf meinen Rücken, ich will dich huckepack hinüber tragen, dann brauchst du nicht über die Brücke zu gehen.' So geschah es auch.

Das alte Männlein aber war Gott der Herr; jener aber wuste nicht, daß Gott der Herr schon oft so erschienen war. Als er ihn hinüber getragen hatte, da verwandelte sich der Alte in ein Pferd und hieß dem Königssohne, er solle ein kleines Büschel Haare (mit zwei Fingern) aus seinem (des Pferdes) Rücken ausrupfen. Und als er dieß gethan hatte, sagte das alte Männlein zu ihm 'Wenn du an mich denken wirst, so wirst du dich in das schnellste Pferd verwandeln.' Sodann verwandelte sich das Pferd in einen Adler und hieß dem Königssohne, er möge einige seiner Federn ausrupfen und sprach 'Wenn du meiner gedenken wirst, so wirst du schneller fliegen können als ein Adler.' Zuletzt verwandelte er sich in einen Hecht und hieß ihn einige Schuppen abreißen und sagte zu ihm 'Wenn du meiner gedenken wirst, so wirst du schneller schwimmen können als ein Hecht.' Als das alles geschehen war, verschwand der Alte.

Wie nun der Tag anbrach, gieng auch dieser Sohn heim zu seinem Vater. Der fragte ihn sogleich 'Nu wie, hast du jemanden über die Brücke gelaßen?' Er sagte '"Es kam ein sehr alter Mann, der sah sehr elend aus, der bat mich inständigst, ich möchte ihn doch hinüber laßen; ich aber trug ihn auf dem Rücken hinüber."' Als der König das vernommen hatte, wurde er desto ergrimmter über seinen Sohn, der die Bettler nicht nur über die Brücke laße, sondern sie auch noch dazu hinüber trage; er ließ ihm den Rücken nicht wenig durchhauen und sagte 'Du warst dumm und wirst auch dumm bleiben: aus dir wird, wie ich nunmehr sehe, niemals etwas ordentliches werden; du bist der ganzen Welt zum Spotte, mir aber und unserem ganzen Geschlechte machst du große Schande.'

Nicht lange darauf aber erhub sich der siebenjährige Krieg und es kam ein König aus einem fernen Lande mit seinen Soldaten in das Land, wo jene goldene Brücke war, um mit dem Könige dieses Landes verbündet gegen den König von Preußen zu kämpfen; jener König aber hatte sein Fernrohr mit zu nehmen vergeßen, und deshalb versammelte er seine flinksten Männer und Kriegshelden und fragte sie 'Wer von euch mir diese Nacht mein Fernrohr aus der Heimat brin= könnte, dem würde ich meine Tochter zur Frau geben, und er würde nach meinem Tode über mein ganzes Königreich als König herschen können.' Aber unter all den Männern fand sich kein einziger, und kein Läufer unterfieng sich des. Während der fremde König darüber in großer Sorge war, kam der Königssohn zu ihm und sagte "Ich habe gehört, daß du einen Mann suchst, der dir dein Fernrohr bringe, und daß niemand sich des unterfangen will, da bin ich denn jetzt gekom= men. Wenn du mir deine Tochter zur Frau und nach deinem Tode das Königreich geben wirst, so werde ich dir diese Nacht dein Fernrohr bringen." Jenem Könige gefiel der Vorschlag sehr wol, aber er erwi= derte ihm 'Ich kann mein Versprechen wol erfüllen und werde es auch in Wahrheit erfüllen, ob dir oder einem andern; aber mein Fernrohr zu bringen, das ist nicht so leicht. Weist du auch, lieber Prinz, daß meine Wohnung von hier gegen dreihundert Meilen weit entfernt ist?' Der Prinz sagte "Das weiß ich recht wol, aber ich fürchte diese Entfernung nicht, ich werde es bis zum Morgen vollbracht haben." Da schloß demnach der König mit dem Prinzen auf der Stelle den ganzen Vertrag ab und der Prinz machte sich auf und gieng.

Von Anfang aber gieng er so schwankend und machte so lang= same Schritte, daß alle über ihn lachen musten, indem sie ihn für über alle Maßen dumm hielten und zu einander sagten 'Na das ist der rechte Tolpatsch, der wird die Nacht hindurch auch nicht eine halbe Meile weit humpeln.' Er aber gieng absichtlich auf die Art und auch nur so weit bis er hinter einen Berg kam, wo ihn niemand sehen konnte. Dann nahm er jenes Büschelchen Pferdehaar aus der Tasche und gedachte jenes Alten. Da verwandelte er sich sofort in ein sehr geschwindes Pferd und nun fieng er an im Galopp zu laufen, bis er völlig müde war. Dann blieb er stehen, zog das Büschelchen Federn hervor und verwandelte sich in einen Adler, und nun flog er so schnell wie ein Schuß, bis er müde ward. Da machte er abermals Halt, zog jene Schuppen aus der Tasche, verwandelte sich in einen Hecht und gelangte mit aller Kraft schwimmend gegen Mitternacht in die Stadt jenes Königs. Da gieng er, nachdem er sich wieder in einen Menschen verwandelt hatte, schnell in den Palast des Königs, wo er glücklicher Weise die Prinzessin fand, der er alles erzählte und die er von ihrem Vater grüßte. Da übergab sie ihm sogleich ihres Vaters Fernrohr, streifte ihren goldenen Ring vom Finger, biß ihn entzwei und schenkte ihm die eine Hälfte zum Andenken und zur Erinnerung. Als er die Prinzessin verließ, gieng er ein Ende als Mensch; als ihn aber niemand mehr beobachten konnte, verwandelte er sich wieder in einen Fisch, dann in einen Adler und zuletzt in ein Pferd, und war noch vor Tages zu Hause.

Da aber noch alles schlief, konnte er nicht zu dem Könige hin gehen; und aus Freude darüber, daß ihm alles so gut gelungen war, verwandelte er sich in einen Adler und setzte sich auf den Arm eines Meilenzeigers ganz nahe bei der Stadt und das Fernrohr legte er neben sich hin. Früh, als der Tag kaum anbrach, gieng ein General spazieren, sah den Adler auf dem Meilenzeiger sitzen und erschoß ihn, das Fernrohr aber nahm er mit und brachte es dem Könige und stellte sich, als ob er es geholt hätte. Der König beschenkte vor Freude den General reichlich und sagte ihm seine Tochter als Gemahlin zu. Der erschoßene Adler aber ward nach ein paar Stunden wieder lebendig und verwandelte sich in einen Menschen, sagte aber von der Sache niemandem etwas, so daß jener König das, was ihm sein General gesagt hatte, für die reine Wahrheit halten muste.

Als nun alle Kriege beendigt waren, da zog auch jener König mit seinen Kriegsheeren heim; und als er zu Hause angelangt war, war es seine erste Sorge seine Tochter mit jenem Generale zu verheiraten, und er ordnete eine herrliche Hochzeitsfeier an. Die Prinzessin aber erkannte den General nicht recht, da sie nach so vielen Jahren sich nicht mehr erinnern konnte, ob er der rechte sei oder nicht. Aber bei der Hochzeit, so herrlich sie auch gefeiert wurde, sah es doch so gedrückt und trübselig und traurig aus wie unter der Erde, und jedermann war das sehr wunderbar; niemand aber wuste, warum es so war. Als sie nun alle bei einem so heiteren Feste wie im Elende kümmerlich da saßen, kam ein Bettler und setzte sich an den Ofen; und da er ein Musikant war und seine Geige bei sich hatte, so bat er die Gäste sie möchten ihm erlauben, wenigstens ein paar Stückchen auf zu spielen. Die Gäste, die ihren Spas mit ihm trieben, erlaubten es ihm; und als der Bettler an fieng zu spielen, da begann eine solche wunderbare Lustigkeit, ein Tanzen und Jubeln im ganzen Palaste des Königs, als wäre irgend ein herrlicher Tag an gebrochen, und alle jene düstre Trauer und Gedrücktheit war verschwunden. Da brachten alle Gäste voll Freude dem Bettler zu eßen und zu trinken; er nahm aber von keinem etwas als von der Prinzessin. Und als sie mit dem Glase, aus dem sie ihm Wein zu trinken gegeben hatte, weg gieng, da fand sie auf dem Boden des Glases einen halben Ring; den nahm sie heraus und betrachtete ihn und erkannte zu ihrem großen Erstaunen, daß es der halbe Ring sei, den sie einst ab gebißen und dem Manne gegeben hatte, der um das Fernrohr gekommen war. Sie nahm sogleich ihren Vater auf die Seite, erzählte ihm von der Sache und sagte 'Als du in dem und dem Jahre in den siebenjährigen Krieg gezogen warst und dein Fernrohr vergeßen hattest, da gab ich dem Manne, der um das Fernrohr hierher kam, diesen halben Ring zum Andenken, weil du mich ihm zur Frau versprochen hattest; und so eben hat mir der Bettler den halben Ring in das Glas gelegt.' Als der König diese Kunde vernommen, führte er sogleich den Bettler in eine andre Stube und fragte ihn über den Ring aus, und sieh da, es dauerte nicht lange, so kam der ganze Trug zum Vorschein. Der Bettler sagte 'Ich bin der Prinz, der dir dein Fernrohr in einer Nacht gebracht hat. Das ist aber so zu gegangen. Als ich meines Vaters goldene Brücke bewachte, kam ein alter Mann, den trug ich über die Brücke hinüber, dafür gab er mir die Macht mich in ein Pferd, einen Adler und einen Hecht verwandeln zu können. Auf diese Art war es mir möglich, eine so große Reise in einer Nacht zurück zu legen. Und als ich noch vor Tagesanbruch wieder zu Hause war, da verwandelte ich mich in einen Adler und setzte mich auf einen Meilenzeiger, und der General, der jetzt dein Schwiegersohn wird, der fand und erschoß mich, nahm das Fernrohr und brachte es dir, indem er dir schönstens vorlog, er habe es geholt. Ich aber ward später wieder lebendig und verwandelte mich in einen Menschen und schwieg die ganze Zeit bis heute. Als ich aber vernahm, daß deine Tochter, die du mir versprochen hast, heirate und sie durch Trug ein anderer bekomme, da kam ich absicht-

lich hierher, um doch zu sehen wie es gehe, und um, wenn es möglich
wäre, dir den Betrug zu hinterbringen. Als der König dies vernommen hatte, hielt er sogleich eine sehr strenge Untersuchung, und bald
fand es sich, daß der General betrogen, der Prinz aber die Wahrheit
gesagt habe. Der König, sehr ergrimmt über solchen Betrug, ließ den
General lebendig von vier Ochsen zerreißen; der Prinz aber ward,
anstatt jenes, Eidam des Königs und nach dem Tode desselben König
des Landes.

Vom armen Taglöhner, der sein Glück machte.

Einst hielt sich in einem Dorfe bei einem Bauer ein Taglöhner
auf, der so arm war, daß er gar nichts hatte; er, seine Frau und
seine Kinder waren in Lumpen gekleidet und starben fast Hungers,
und Verdienst konnte er nirgends finden. So wuste er nicht, was er
thun sollte, und entschloß sich eines Tages, ohne jemandem etwas zu
sagen, fort zu gehen, um unter Weges entweder zu sterben oder irgend
wo Verdienst zu finden. Als er nun weg gegangen war und schon
ein gutes Ende Weges zurück gelegt hatte, traf er einen alten Mann
der ihn fragte 'Wo gehst du hin?' Er sagte "Ach, ich weiß selbst nicht
wohin ich gehe; ich gehe nur so von großem Kummer getrieben in die
Welt hinein, weil ich zu Hause nicht bleiben kann, denn ich bin sehr
arm; vielleicht finde ich irgend wo Arbeit; wenn nicht, nun so muß
ich sterben." Das alte Männlein sagte zu ihm 'Geh mit mir, ich
werde dir aus der Not helfen.' Da führte er ihn in einen Wald
und auf einen recht hohen Berg, und auf dem Berge stund ein Tischchen. Da sagte der Alte zu ihm 'Da, das Tischchen schenke ich dir.
Wenn du sagen wirst "Tischlein, decke dich," so werden allerlei Speisen, wie du sie bir nur wünschest, darauf sein; trag dir das Tischlein
nun nach Hause, so wirst du alles Elends los und lebig sein, aber
bleib auf dem Heimwege nirgend über Nacht.' Der Taglöhner gieng
nun voll der größten Freude mit dem Tischlein seines Weges. Als
er aber noch weit von seinem Häuschen war, begann es zu dunkeln
und er fürchtete sich in der Nacht mit einem so wertvollen Geschenke
zu gehen, deshalb gieng er in eine Schenke um da zu übernachten.
Als der Wirt mit seinen Leuten das Abendeßen genoß, da stellte der
Mann sein Tischchen in einem Winkel hin und sagte "Tischlein, decke

dich" und sogleich war auf dem Tische allerlei leckere Speise und Trank, und der arme Mann konnte wie ein hoher Herr speisen und trinken. Der Wirt, der das alles mit an sah, bekam großes Gelüsten nach dem Tischlein, und als der gute Mann Nachts schlief, so vertauschte er es mit einem andern. Als nun der Taglöhner sein Tischlein heim brachte und seiner Frau sagte, das Tischlein werde ihnen aus aller Not helfen, da gab es eine Freude und ein Springen bei den Kindern und sie konnten es gar nicht erwarten, bis der Vater seine wunderbare Hilfe mit dem Tischlein bringen werde. Der Vater stellte nun das Tischlein säuberlich hin und sagte 'Tischlein, decke dich!' aber auf dem Tische kam weder ein Tischtuch noch ein Bißen Brot oder Fleisch noch sonst etwas zum Vorschein. Er dachte, vielleicht sei der Ort schuld und stellte das Tischlein anders wohin; aber er konnte es stellen wohin er wollte, es half alles nichts, der Tisch blieb leer.

Da machte sich der Taglöhner wieder auf, und als er wieder ein gutes Ende gegangen war, begegnete ihm wieder der Greis und fragte ihn 'Wo gehst du hin?' Er sagte wieder "Ich weiß nicht, wohin ich gehn und wo ich mich laßen soll." Der Alte sagte 'Komm mit!' und führte ihn wieder in den Wald und auf den Berg. Da war ein Schäfchen; das schenkte das alte Männlein dem Taglöhner und sagte 'Wenn du sagen wirst "Schäflein, schüttel dich!" so wird Geld von ihm fallen; jetzt nimms und trags nach Hause, aber bleib nirgends über Nacht, sondern geh so schnell als du kannst nach Hause.' Aber als er gieng und noch weit von seiner Heimat war, ward es dunkel und er muste in dieselbe Schenke gehn, um zu übernachten. Er hatte nichts zum Abendeßen, aber er stellte sein Schäflein hin und sagte 'Schäflein, schüttel dich!' Da begann das Geld von ihm klingend auf den Boden zu fallen; das las er auf und ließ sich sein Abendeßen bereiten. Dem Wirte gieng das Schäfchen wieder sehr zu Herzen, und als der Taglöhner schlief, vertauschte er abermals das Schäfchen. Als der Mann nach Hause kam, verkündete er wieder, daß das Schäflein aller Not ein Ende machen werde. Seine Frau konnte das nicht begreifen und deshalb stellte er das Schäflein hin und sagte 'Schäflein, schüttel dich!' Das Schäflein aber verstand das nicht und schüttelte sich nicht. Da ergriff es der Taglöhner und schüttelte es so sehr er nur konnte, aber es fiel auch nicht ein Groschen herab. Da nahm er es und schlachtete es und aß sich doch wenigstens ein paar Mal satt.

Sodann gieng der Taglöhner zum dritten Male weg und traf wieder das alte Männlein, das ihn wieder fragte, auf den Berg führte und einen Sack schenkte; in dem Sacke war aber ein mächtiger Knüttel. Der Alte sagte zu ihm 'Wenn du sagen wirst "Knüttel, komm heraus!" da wird er aus dem Sacke springen und so lange zuschlagen, bis du sagen wirst "Knüttel, in den Sack!" und dieses Mal kannst du in der Schenke übernachten, in der du zu übernachten pflegst.' Der Taglöhner gieng also mit dem Sacke, den er geschenkt erhalten, wieder in die Schenke, in welcher er jene beiden Male die Nacht zugebracht hatte. Als es Zeit zum Abendeßen war, dachte der arme Mann, der Sack werde ihm etwas zum Abendeßen verschaffen und sagte 'Knüppel, aus dem Sack!' Sogleich sprang der Knüppel zum Sacke heraus und fieng nun an, hast du nicht gesehn, den Wirt und die Wirtin so durch zu prügeln, daß beide nicht wusten wohin und wo hinaus. Da begann der Wirt den Taglöhner zu bitten, er solle ihnen doch helfen, sie würden ja das Tischlein und das Schäflein wieder her geben. Jetzt merkte erst der Taglöhner, daß der Wirt und seine Frau ihn betrogen hatten, und deshalb ließ er sie so zerbrechen, daß sie sich kaum auf den Beinen halten konnten; und als er endlich meinte, es sei genug, da sagte er 'Knüppel, in den Sack!' Sogleich hörte der Knüppel auf zu schlagen und sprang in den Sack. Der Schenker brachte nun schnell Tisch und Schaf herbei und sagte 'Da, ich bitte dich schön, nimm dein Tischlein und dein Schäflein wieder und laß uns nicht wieder so prügeln!' Der Taglöhner versprach, es nicht wieder thun zu wollen, wenn sie ihm nicht wieder einen Streich spielen würden. Jetzt sagte er 'Tischlein, decke dich!' da war gleich allerlei Speise und Trank darauf, und dann 'Schäflein, schüttel dich!' da schüttelte sich das Schäflein und Geld begann herab zu fallen. Jetzt sah er, daß das wirklich dasselbe Tischlein und dasselbe Schäflein sei, das ihm das alte Männlein auf dem Berge gegeben hatte, und als er in der Schenke gut übernachtet hatte, gieng er froh nach Hause.

Als er angekommen war, sagte er zu seiner Frau 'Na, Mutter, diesmal habe ich doch das ganze Glück gefunden: jetzt freut euch, jetzt ists aus mit aller Not.' Als die Frau das Tischlein und das Schäf=lein wieder sah, fieng sie an fürchterlich auf ihren Mann zu schelten und zu lästern 'Du Schafsohr, was bist du doch für ein Schwach=kopf und für ein Mensch ohne allen und jeden Verstand; wenn du auch nur einen Groschen, um Salz zu kaufen, verdientest, so wäre das doch etwas andres als das Tischlein da.' Der Mann sagte nichts darauf, sondern hörte immer nur zu; als sie es aber gar zu arg machte, da erwischte er den Sack: 'Knüppel, aus dem Sack!' Da fuhr gleich der Knüppel aus dem Sacke und nun drauf los auf die Frau und trommelte sie durch. Ach, die fieng an sich um zu sehen und herum zu springen und dann zu schreien, aber es half alles nichts, der Knüppel gabs ihr, daß immer die Lungen dröhnten. Und als der Mann endlich meinte, es sei genug, da sagte er 'Knüppel, in den Sack! da hörte der Knüppel auf zu schlagen und fuhr, husch! in den Sack hinein. Jetzt kam die Frau heulend und wehklagend zu ihrem Manne und bat, er solle doch keine solche Prügelei auf sie los laßen, sie werde auch nicht mehr so etwas thun. Sodann nahm der Mann das Tischlein, stellte es mitten auf den Stubenboden und sagte 'Tischlein, decke dich!' Gleich stunden allerlei Speisen und Getränke darauf, schön an zu sehen und lecker zu speisen und zu trinken, so viel als nur jedes wollte. Nach dem Eßen führte er das Schäflein herbei und sagte 'Schäflein, schüttel dich!' Da fieng es an sich zu schütteln und das Geld fiel nur so von ihm herab. Von der Zeit an ward der arme Taglöhner ein sehr reicher Mann und wegen des Knüppels kam er in großen Ruf; denn wenn irgend wo etwas Unrechtes geschehn war, ließ man ihn kommen und er übte mit seinem Knüppel stets die schönste Gerechtigkeit aus. Zuletzt kaufte er sich einen sehr wertvollen Hof, wo er vielleicht noch heutiges Tages lebt, wenn er nicht gestorben ist.

Vom Schmiede, der den Teufel dran kriegte.

Es war einmal ein Schmied, dem es von Anfang sehr gut gieng; er nahm eine reiche Frau und arbeitete selbst recht brav, und so gieng ihm denn nichts ab. Nach einigen Jahren aber begann er fürchterlich zu trinken; er war mehr in der Schenke als in der Schmiede und hörte nicht eher auf zu trinken, bis alles vertrunken war. Als er nun nichts mehr hatte, gieng er in den Wald und wollte sich aufhängen; aber er fand so bald keinen dazu tauglichen Baum, und als er lange nach einem solchen vergeblich suchend im Walde hin und her gieng, begegnete er einem Jäger, der grün gekleidet war, und das war der Teufel; der sagte zu ihm 'Schmied, was suchst du?' Der Schmied sagte "Ich suche einen geeigneten Baum, um mich daran zu erhängen, kann aber durchaus keinen finden.” Der Jäger sagte 'Warum willst du dich denn erhängen?' Der Schmied antwortete "Was soll ich länger auf der Welt machen? Ich habe nichts mehr, zechen kann ich nicht mehr, arbeiten mag ich nicht und borgen will mir auch niemand; jetzt heulen und schreien Frau und Kinder, da sie Hunger leiden müßen, daß ich zu Hause keine Ruhe mehr habe; so will ich denn hier im Walde ein Ende mit mir machen.” Der Jäger sagte 'Das ist nicht recht; was wäre dir denn eigentlich nötig, wenn dir jemand helfen wollte?' Der Schmied sagte "Ich brauche weiter nichts als nur immer Geld in Fülle.” Der Jäger sagte 'Wenn du dich mir versprechen wolltest, so gebe ich dir sieben Jahre hindurch so viel Geld, als du nur verbrauchen kannst, und in deiner Schmiede einen stets vollen Sack fertiger Hufnägel; nach sieben Jahren aber werde ich kommen und dich holen.' Der Schmied gieng, ohne sich lange zu besinnen, den Vertrag ein, und als sie beide darüber sich geeinigt hatten, sagte der Jäger 'Nimm nun das Meßer und ritze dich damit am Zeigefinger und mit dem Blute schreib deinen Namen unter diese Verschreibung.' Der Schmied that das und dann trennten sie sich und jeder gieng seines Weges. .

Als der Schmied nach Hause kam, begann er sogleich in allen Ecken zu suchen, ob er nicht irgend wo einen Beutel mit Geld fände, und sieh da! hinter dem Ofen war ein tüchtiger Quersack voll Geld hingestellt. Da freute er sich sehr darüber und kaufte zuerst Brot und sonstige Bedürfnisse, so wie Kleider, damit er nicht mehr in Lumpen einher gehen muste; sodann richtete er seine Schmiede so ein, daß er mit vielen Gesellen arbeiten konnte, und ein Sack voll Hufnägel stund immer in einer Ecke. Dann kaufte er viel Eisen ein, so daß niemand, der bei ihm arbeiten ließ, das Eisen zu kaufen nötig hatte. Und als er so alles aufs allerbeste eingerichtet hatte, saß er wieder tagtäglich in der Schenke, spielte Karte und lebte flott; denn an Geld konnte es ihm nie fehlen. In seiner Schmiede gieng die Arbeit sehr gut; er hielt zwölf recht starke Gesellen, die musten Tag für Tag arbeiten so viel sie vermochten, denn er gab ihnen einen großen Lohn. Aber alle Arbeit für jedermann und alles dazu nötige Eisen muste umsonst gethan werden; ob nun am Wagen oder am Schlitten etwas zu machen war, oder ob Pferde beschlagen wurden, oder sonst etwas geschah, alles war umsonst. Deshalb kamen die Leute aus großer Entfernung in die Schmiede, und alle Tage war es da als wäre Jahrmarkt.

Als er so etwa vier Jahre lang gearbeitet hatte, kamen auch drei feine Herren, die ließen ihre Pferde beschlagen. Und als sie beschlagen waren, wollten die Herren bezahlen; die Gesellen aber sagten 'Wir dürfen nicht die geringste Bezahlung annehmen; unser Meister läßt für jedermann umsonst arbeiten.' Die Herren wollten es aber umsonst nicht haben und baten, man solle den Meister rufen. Die Gesellen sagten 'Unser Meister ist in der Schenke; wollt ihr mit ihm reden, so müßt ihr in die Schenke gehen, denn er hört auf niemanden.' Da ritten die Herrn zur Schenke und ließen den Schmied heraus rufen. Als der Schmied zur Hausthüre heraus kam, fragten ihn die Herren, was sie für das Beschlagen ihrer drei Pferde schuldig wären. Der Schmied sagte "Liebe Herren, in meiner Schmiede ist alle Arbeit umsonst; ich will auch für die eurige nichts." Da sagte einer von den dreien 'Weil du durch deine Schmiedearbeit so vielen Menschen so viele Wolthaten erweisest, so haben auch alle Leute dich in Ehren gehalten und für dich Fürbitte eingelegt und dir alles Gute gewünscht, und deshalb kannst du dir jetzt von uns drei oder vier Dinge erbitten, was du nur willst.' Der Schmied sagte "Wenn ihr mir das gestattet, so möchte ich bitten, daß ihr mir eine solche Macht gebet, daß, wenn ich in meinem Herzen denke: der oder jener, der sich in meiner Schmiede an den Sack mit den Hufnägeln stellen wird, soll da stehen bleiben, daß er so lange dabei stehen bleiben muß, wie angeschloßen, bis ich ihm gestatte, weg zu gehen. Zum zweiten möchte ich bitten, daß jeder, der von meinem Apfelbaume, der so schöne Äpfel trägt, pflücken wird, wenn ich denke: er solle daran hangen bleiben, von dem Baume nicht hinweg könne, bis ich es gestatte. Und zuletzt noch: ich habe zu Hause einen schönen Seßel; wenn sich einer darauf setzt und ich denke, er soll drauf kleben bleiben, daß er davon nicht aufstehen könne, bis ich es ihm gestatte." Die Herren versprachen ihm das alles und fragten ihn 'Ist das schon alles?' Der Schmied sagte "Weiter will ich nichts." Die Herren aber forderten ihn auf, wol nachzudenken, ob ihm nicht noch etwas einfalle, es könne ihm sonst dereinst sehr leid thun. Der Schmied aber beharrte bei seiner Meinung, es thue ihm weiter nichts not. Da verließen ihn die drei Herren und setzten ihre Reise fort. Einer von ihnen war aber der Apostel Petrus.

Der Schmied trank nachher wieder wie vorher und kam nicht einmal zum Eßen nach Hause, sondern ließ sich das Eßen ins Wirtshaus bringen. Während er dieses lüderliche Leben führte, verflossen die sieben Jahre und der Tag kam heran, an dem er fort muste. Da kam jener Jäger in die Schmiede und fragte die Gesellen, wo der Meister sei: 'Er muß heute mit mir fort.' Die Gesellen sagten "Unser Meister ist in der Schenke." Der Jäger wollte, es solle einer hin gehen und ihn herbringen, sie sagten aber 'Wir haben keine Zeit und unser Meister hört auch auf niemanden, geh nur selbst in die Schenke.' Der Jäger gieng auch hin und fand den Schmied zechend und prahlend; er gieng auf ihn zu und sagte zu ihm 'Na, du läßt dir hier so ohne alle Sorgen wol sein; weist du denn nicht, daß du heute mit mir gehen must?' Der Schmied sagte "J das weiß ich recht wol, aber das hat ja doch keine solche Eile, ich muß noch meinen Branntwein aus trinken: komm her, trink mit." Als sie den Branntwein aus getrunken, gieng der Schmied nach Hause mit dem Jäger um doch noch von allen Abschied zu nehmen. Als sie aber aus der Schenke in des Schmiedes Haus kamen, sagte der Schmied "Weist du was, wir können ja auch reiten, wozu sollten wir zu Fuße gehen." Jenem gefiel das und der Schmied ließ sogleich die zwei besten Pferde heraus führen und satteln. Kurz vorher hatte es aber geregnet und es war sehr glatt und die Pferde waren nicht beschlagen, deshalb sagte der Schmied zum Jäger, sie könnten nicht auf unbeschlagenen Pferden reiten, sondern sie müsten vorher beschlagen werden. Der Schmied begann nun selbst sie in aller Hast zu beschlagen und sagte zum Jäger, er solle ihm flink Hufnägel bringen. Als aber der Jäger, welcher der Teufel war, zum Sacke hin gieng und mit beiden Händen in den Sack hinein griff, da dachte der Schmied 'Ach, wenn er doch am Sacke stehen bleiben müste!' Da konnte der Teufel weder vom Platze noch sich auch nur rühren. Der Schmied rief 'Eil dich, bring schnell Hufnägel her!' aber jener konnte auch nicht einen Schritt weit vom Sacke weg. Als nun der Schmied sah, daß er nicht mehr vom Sacke weg könne, rief er alle seine Gesellen zusammen und hieß sie den Teufel prügeln. Da kamen sie, einer mit der Zange, einer mit dem Hammer, einer mit einem glühenden Eisen, und so jeder mit dem was er erwischen konnte; denn auch die Gesellen wusten, daß das der Teufel sei, und daß er gekommen sei, ihren Herrn zu holen. Deswegen hieben sie auf ihn los und riefen 'Wirst du unsern Meister da laßen?' Zuerst wollte er nicht, als sie ihm aber fast alles Fleisch von den Knochen geschlagen hatten, da versprach er es; aber das war nicht genug, er mußte es auch beschwören. Dann kam der Meister und ließ ihn los und da verschwand er wie ein Blitz.

Tags darauf war schon ein anderer da. Der Meister war wieder in der Schenke. Der Teufel kam in die Schmiede und befahl den Gesellen, sie sollten den Meister holen. Die Gesellen sagten 'Was haben wir mit dir zu schaffen; hast du was beim Meister zu thun, so geh in die Schenke!' Der Teufel gieng in die Schenke hin und fuhr den Schmied barsch an 'Was hast du hier zu thun, weist du nicht, daß schon gestern dein Termin war? Jetzt mach, daß du fort kömmst! Ich werde dich lehren, gestern meinen Genoßen so zu prügeln: heute fahr ich mit dir.' Der Schmied erschrak über solche fürchterliche Rede ein wenig, ließ seinen Branntwein da und gieng gleich nach Hause und bat den Teufel, er solle ihn nur sich anders anziehen laßen; denn die Alltags-Kleider, die er trug, waren nicht schön und arg schmutzig. Und als er sich an gekleidet hatte, sagte er 'Jetzt können wir gehen, aber laß uns durch den Baumgarten gehen, damit mich niemand auslache.' Als sie durch den Baumgarten und vor jenem Apfelbaume vorbei giengen, der so sehr gute Äpfel trug, da duftete das dem Teufel so lecker und süß, und er fragte den Schmied 'Was duftet da so lecker?' Der Schmied sagte 'Nun, wir können ja nehmen so viel wir wollen, unter Weges wird es uns sehr wol zu Statten kommen, wenn wir etwas zu beißen haben werden. Geh nur hin und schüttele den Apfelbaum!' Der Teufel gieng hin, umklammerte den Baum und schüttelte so, daß er ihn beinahe mit den Wurzeln heraus riß und er alle Äpfel abschüttelte, als er aber vom Baume weg wollte, um die Äpfel auf zu lesen, da war er wie angeschloßen an den Baum und er konnte auf keine Weise los kommen. Als nun der Schmied sah, daß er fest am Baume hänge, da rief er wieder alle seine Gesellen herbei, und die zerarbeiteten den ebenso wie den andern, daß es schrecklich anzusehen war. Der aber wollte sich so bald nicht ergeben, und deswegen prügelten, zerrten, rauften und rißen ihn die Gesellen so lange bis er versprach, den Meister da zu laßen; und als er das versprochen und beschworen hatte, da ließ ihn der Meister los und er schleppte sich eilig fort.

Am dritten Tage kam bei Zeiten der dritte Teufel, der Schmied war zwar wieder nicht zu Hause, sondern in der Schenke, aber an dem Tage trank er keinen Branntwein, sondern war sehr besorgt wegen der ihm bevorstehenden Reise. Als ihn der Teufel dort fand, begann

er, ihn so fürchterlich an zu brüllen, daß der Schmied und alle seine
Genoßen und der Wirt nicht wenig erschraken, und der Schmied, der
kein Wort sagte, muste mit dem Teufel gehen. Als beide aus der
Schenke gegangen waren, faßte sich doch der Schmied den Mut zu
reden und bat den Teufel, er möge ihm doch erlauben sich den Bart
ab zu scheren. Der Teufel gestattete es und so giengen denn beide
in die Stube. In der Stube sah sich der Teufel da und dort um
und erblickte auch jenen feinen Seßel, und während sich der Schmied
den Bart schor, bewunderte er immer den Seßel. Als das der Schmied
sah, sagte er 'Setze dich doch einmal zur Probe darauf, du wirst sehen,
wie angenehm man auf einem solchen Seßel sitzt! Wozu stehst du
denn, kannst du denn nicht sitzen bis ich mit meinem Barte fertig
bin?' Der Teufel ließ sich denn auch gelüsten sich auf den Seßel zu
setzen und konnte nicht genug rühmen, wie angenehm man da sitze.
Als sich der Schmied fein gemacht hatte, sagte er 'Jetzt können wir
gehn.' Der Teufel wollte schnell vom Stuhle aufstehen, aber das
konnte er auf keine Weise; er versuchte es so und so, aber es gieng
nicht. Da hatte der Schmied eine große Freude, daß er auch den
tollsten und schlimmsten Teufel gefangen habe, und rief seine Leute
zusammen, um auch den so aus zu zahlen wie jene beiden. Der Teu=
fel aber wollte aushalten, und wenn sie auch noch so übel mit ihm
verführen; deshalb hatten sie viel Arbeit mit ihm und es dauerte
lange bis sie ihn zwangen. Der Schmied aber war entschloßen, ihn
gar nicht wieder vom Stuhle los zu laßen, wenn er nicht ohne ihn
weg gehen wollte und wenn es nicht möglich wäre ihn zu zwingen.
Deswegen drehten sie ihm Hände und Füße aus und verrenkten ihm
alle Glieder, aber es half nichts. Als sie aber anfiengen ihn mit
schrecklich heiß gemachten glühenden Eisen zu schlagen und zu stoßen
und über und über zu brennen, da konnte er solche Marter nicht aus=
halten und fieng an zu flehen, sie sollten ihn doch los laßen, er
werde ja den Schmied nicht mitnehmen. Da sagte der Schmied
'Wenn du mir versprechen und halten kannst, daß weder du noch ein
andrer mehr kommen wird, um mich an zu fechten und in die Hölle
zu bringen, so werde ich dich los laßen; wenn nicht, so kannst du
ewig auf dem Seßel sitzen.' Der Teufel, der schon hinreichend er=
fahren hatte, und der einsah, daß er vermöge seiner Macht von dem
Stuhle nicht los kommen könne, versprach alles was der Schmied be=
gehrte, und dann ließ ihn der Schmied los; da bedankte sich der Teu=

fel und verbeugte sich tief als er sich entfernte und gieng seines We=
ges. Von der Zeit an versuchte auch nicht eines der höllischen Scheu=
sale zum Schmiede zu kommen.

Der Schmied aber ward von nun an ein ganz andrer Mensch;
er gieng nicht mehr ins Wirtshaus, sondern in die Schmiede und
arbeitete da mit seinen Gesellen immer um die Wette; und da der
Teufel von der Zeit an weder Hufnägel noch Geld mehr brachte, so
ließ sich der Schmied für seine Arbeit bezahlen.

Als er aber lange genug gelebt hatte, starb er und kam zur
Himmelspforte und bat, man möge ihn in den Himmel einlaßen.
Da sagte Petrus 'Erinnerst du dich, daß ich dir sagte, du solltest dir
noch eines wünschen, nämlich den Himmel; du wolltest aber nicht, und
deshalb können wir dich auch nicht aufnehmen. Geh gesund weiter!'
Der Schmied überlegte hin und her, muste aber von der Thüre weg;
er sah, wie einer um den andern hinein gieng; er aber kam nicht hin=
ein. Da entschloß er sich in die Hölle zu gehn. Als er zur Hölle
kam, klopfte er an die Thür, und als ein Teufelchen kam und auf=
machte und den Schmied erblickte, fragte es ihn 'Was bist du für
einer?' Er sagte "Ich bin der Schmied." Als die andern Teufel
brinnen das Wort vernahmen, da begann eine solche Bewegung unter
dem höllischen Haufen, daß man hätte meinen sollen, es stürze alles
zusammen. Sogleich sprangen einige herbei und schlugen, pitsch patsch!
die Thüre zu und schrien mit vor Schreck entstellter Stimme 'Der
Schmied, der Schmied!' und verriegelten die Thüre so sehr sie nur
konnten mit eisernen Balken. So konnte der Schmied auch nicht in
die Hölle kommen; er wartete lange darauf, daß man die Thüre auf
mache; da es aber nicht geschah, muste er fort gehen. Jetzt trieb er
sich lange Zeit auf der Erde und unter dem Himmel herum und
fand keinen Ort für sich und wuste nicht, wohin er gehen sollte.

Endlich faßte er folgenden Entschluß: 'Ich will noch einmal zur
Himmelspforte gehen, und wenn man mich auf Bitten nicht einlaßen
will, so muß ich trachten, es mit List möglich zu machen.' Er kam
also wieder zur Pforte und bat so sehr er nur konnte, man möge
ihn in den Himmel laßen, aber Petrus sagte 'Ich kann dich nicht
herein laßen, weil du den Himmel nicht gewollt hast.' Da drückte er
sich nun da herum bis man eines Tages, wer weiß weshalb, eine
sehr herrliche Musik zu machen begann. Als der Schmied die Musik
hörte, kam er an die Pforte und bat, man möge ihn doch ein wenig

hinein sehen laßen. Da öffnete Petrus die Pforte völlig und sagte 'Na da schau, zuschauen laßen wir dich.' Anfänglich sah er immer nur von ferne zu und wunderte sich über all die Herrlichkeit; aber dann kam er ganz allmälig immer um ein Schrittchen näher und immer wollte er bald da bald dort etwas sehen, bis er an die Thoröffnung kam; und als er dort war, nahm er sein Schurzfell und mit einem Male that er einen Sprung über die Schwelle hinüber, aber so, daß er auf sein Schurzfell kam. Petrus und alle seine Genoßen wurden nun nicht wenig böse über den Schmied und wollten ihn hinaus werfen. Der Schmied aber sagte 'Meine lieben Herren Pförtner, ich bitte euch, nicht so arg auf mich zu schelten; ich bin ja nicht auf eurem Grund und Boden, ich liege auf meinem Schurzfell und da, meine ich, braucht ihr kein solches Geschrei zu machen.' So konnten sie denn dem Schmied nichts thun und so liegt er denn noch heutiges Tages an der Himmelsthür auf seinem Schurzfelle.

Vom Häusler, der ein Doktor ward.

Es war einmal ein Häusler, der hatte eine Frau und ein ansehnliches Häufchen Kinder. Er war sehr arm, wenn er auch noch so sehr arbeitete und sich plagte. Als er nun nicht wuſte, was er thun und wie er sich ernähren sollte, da kam er auf den Gedanken in den Wald zu fahren und Holz zu stehlen. Eines Tages spannte er sein Gäulchen an und fuhr in den Wald, hieb seinen kleinen Schlitten so voll Holz, daß sein Gaul es kaum ziehen konnte, und fuhr in die Stadt zum Verkaufe. Als er in die Stadt hinein fuhr, sah er an einem Hause über der Thür eine Tafel hangen, auf welcher das Schild des Kaufmanns gemalt war; vor dem Hause hielt er und sah immer auf das Schild hin. Der Kaufmann, der ihn da stehen sah, kam heraus und fragte ihn 'Bauer, was stehst du da, was willst du?' Der Häusler antwortete "Ich habe Holz zu verkaufen." Der Kaufmann fragte 'Wie viel willst du dafür?' Jener sagte "Ich will die Tafel da." Der Kaufmann machte sich im Stillen lustig über den dummen Menschen und den von ihm verlangten Preis und ließ sogleich die Tafel abnehmen und gab sie dem Bauer für sein Holz. Der fuhr die Tafel wie eine hochwichtige Sache nach Hause. Die Frau mit den Kindern hatte sich aber inzwischen darauf gefreut, daß

8*

der Vater, wenn er aus der Stadt komme, doch etwas für den Le=
bensunterhalt mitbringen werde, und sobald er nur auf das Höfchen
angefahren kam, sprangen gleich alle aus der Stube, um alles was
er mitgebracht, vom Schlitten zu nehmen und in die Stube zu tra=
gen. Als sie mit solcher großen Freude an den Schlitten gelaufen
kamen, sagte der Vater 'Na, Mutter, jetzt bringe ich etwas gutes mit,
das ich gekauft habe: da, schau nur, die Tafel.' Als die Frau das
Ding erblickte fieng sie an zu schreien und sagte 'Bist du denn ohne
allen Verstand? Wir haben keinen Bißen Brot zu Hause und du fährst
da ein beschriebenes Stück Holz heim! Du hättest doch für das Geld,
das du fürs Holz bekommen, ein paar Metzen Korn oder ein Pfünd=
chen Fett mitbringen sollen.' Der Mann sagte 'Still, Mutter, auch
das ist gut, ich werde alles noch mitbringen.

Am andern Morgen fuhr er wieder in den Wald, und als er
den Schlitten voll gehauen, in die Stadt. Als er durch eine Straße
fuhr, sah er durch ein Fenster einen Herrn, wie er in seiner Stube
hin und her gieng und noch seinen schon ganz alten Morgenrock an
hatte und aus einer gewönlichen Pfeife rauchte. Der Rock und die
Pfeife des Herrn gefielen ihm; deswegen hielt er vor dem Fenster
und blickte stets durch dasselbe den Herrn an. Der Herr aber war
ein Doktor. Als der Herr ihn so lange stehen und durchs Fenster
in die Stube blicken sah, gieng er heraus und fragte 'Bauer, was
willst du da?' Er sagte "Ich habe Holz zu verkaufen." Der Herr
fragte 'Wie viel willst du?' Der Bauer antwortete "Herr, ich will
da deinen Kittel und die Pfeife." Der Doktor zog seinen alten und
abgetragenen Schlafrock sogleich aus und gab ihn samt der Pfeife
dem Bauern für sein Holz. Als der Häusler diese Dinge bekommen
hatte, fuhr er froh heim. Der Frau und den Kindern war aber vor
lauter Warten die Zeit schon sehr lang geworden, und sie dachten,
heute wird der Vater ganz gewis etwas mitbringen. Und als er
angefahren kam, da liefen sie ihm alle entgegen; der Vater aber rief
ihnen von ferne zu 'Na, Mutter, aber heute bin ich freilich glücklich;
schau, was für eine feine Pfeife, und sieh! was für ein Kittel vom
Herrn Doktor; das alles habe ich heute für das Holz glücklich er=
worben.' Als die Frau diese Possen und gänzlich wertlosen Dinge
erblickte, fieng sie wieder an zu schreien, als werde sie mit Ruten ge=
hauen, und sagte 'Du Narr, du Dummkopf, du bist doch dümmer
als ein Hirtenjunge; wir sterben fast vor Hunger und nun bringst

du eine elende Pfeife und einen alten verstänkerten elenden Rock; der Lumpen ist ja nur für den Lumpensammler gut.' Der Mann beruhigte sie und sagte "Still, Mutter, es wird alles gut werden, jammere nur nicht."

Der Häusler ließ nun auf jene Tafel schreiben "Der Doktor, der alles weiß und alles kann!" und schlug sie über seiner Hausthür an; und nun zog er alle Tage den Schlafrock des Doktors an, rauchte aus seiner Pfeife und gieng in der Stube hin und her. Nicht lange darauf fuhr ein Herr von einem nicht all zu weit entfernten Hofe vor dem Häuschen vorbei; dem Herrn aber hatte man in der verfloßenen Nacht einen sehr theuern Hengst gestohlen. Als der Herr jene Aufschrift erblickte, ließ er den Kutscher halten und den Doktor heraus rufen. Der gute Mann aber gieng in des Doktors Kittel barfuß im Zimmer herum. Der Kutscher öffnete die Thür und bat sehr ehrerbietig, der Herr Doktor möge doch so gut sein und heraus kommen. Er gieng nun auch schnell hinaus, und der Herr begrüßte ihn ebenfalls höflich und sagte 'Herr Doktor, man hat mir verfloßene Nacht einen sehr theuern Hengst gestohlen; wüßtest du wol, wo man ihn wieder finden könnte? Ich habe ja hier auf der Tafel gelesen, daß du ein Doktor bist, der alles weiß.' Der Häusler, der auch nicht das mindeste wußte, sagte "Den Hengst können wir finden." Da bat ihn der Herr, er möge mit ihm fahren; jener aber sagte 'Ich habe keine Stiefel." Der Herr befahl sogleich seinem Kutscher, sich auf ein Pferd zu setzen, nach Hause zu reiten und ein paar Stiefel zu holen; und es dauerte nicht lange, so waren die Stiefel da. Da zog der Häusler die Stiefel an, setzte sich zu dem Herrn in die Kutsche und fuhr mit.

Als sie ein Ende weit gefahren waren, fragte der Herr 'Wie, Herr Doktor, ists noch weit?' Der sagte "Noch weit." Dann fuhren sie in einen großen Wald, und in dem Walde stund ein schöner Hof, den sich Räuber gebaut hatten. Als sie nicht mehr weit von dem Hofe waren, fragte der Herr abermals 'Wie, Herr Doktor, ists etwa hier?' Er sagte "Ja, ja, hier ist es." Sobald sie nur auf den Hof fuhren, fieng der Hengst im Stalle zu wiehern an, und der Herr merkte sogleich, daß es sein Hengst sei. Sie giengen nun hinein und fanden nur einen ältlichen Mann zu Hause; den schalten sie heftig aus und er mußte ihnen sogleich den Hengst heraus geben. Der Herr aber kehrte hoch erfreut nach Hause zurück und beschenkte den Doktor

reichlich mit allerlei Sachen; auch ließ er auf seine Kosten in die Zei=
tungen setzen, daß da und da ein Doktor wohne, der allwißend sei.
Nun freute sich auch seine Frau, die ihm bisher stets Vorwürfe über
sein tolles Benehmen gemacht hatte, über ein solches Glück.

Nicht lange, etwa ein paar Wochen nachher, kam ein Bote aus
einem andern Königreiche vom Könige mit einem Briefe, in welchem
er gebeten warb, er möge so gut sein und so schnell als möglich per
Post zu ihm kommen, denn seine (des Königs) einzige Tochter sei auf
den Tod krank, vielleicht könne er sie heilen. Der Häusler, obgleich
er auch dieses Mal nicht das geringste wuste, machte sich schnell fertig
und reiste ab. Als er in die Stadt kam, wo jener König wohnte,
gieng er in die Apotheke, kaufte sich allerlei Arznei und ähnlichen
Kram, packte sich das alles in ein Kästchen und verfügte sich dann
zum Könige. Ach, war da eine Freude, daß der Wunderdoktor ge=
kommen war, als wenn der Herrgott selber gekommen wäre. Der
König führte ihn sogleich zu seiner kranken Tochter, und als sie der
Doktor besehen hatte, fragte ihn der König, ob er sie zu heilen ge=
denke. Der Doktor sagte 'Ich denke, in dreien Tagen wird sie ge=
sund sein; ich bitte mir nur ein Zimmer aus, welches während dieser
drei Tage niemand betreten darf; in das bringe man die Kranke und
ich werde allein bei ihr bleiben.' Als das geschehen war, brachte er
sein Kästchen und begann der Kranken allerlei Öle und Kräuter ein=
zugeben, ohne zu wißen, ob es gut oder böse sei, ob es helfen könne
oder nicht. Mit dem Doktorieren verfloßen zwei Tage, aber die Prin=
zessin blieb immer im früheren Zustande. Am dritten Tage gab er
ihr wieder am Morgen von allem ein, und als auch das nichts hel=
fen wollte, nahm er sie mit Gewalt aus dem Bette und setzte sie auf
einen Seßel ans Fenster, durch welches man in einen schönen Baum=
garten sehen konnte, und dachte 'Vielleicht wird das helfen.' Als
aber alles nicht helfen wollte, da überkam den Doktor keine kleine
Furcht; denn er hatte versprochen, daß die Prinzessin am dritten Tage
gesund sein müße. Als er nun nicht wuste, was er anfangen sollte,
kam er fast von Sinnen. Plötzlich sprang er auf sie zu und schrie
mit übermäßig lauter Stimme 'Daß aber auch nichts helfen will!'
Die Prinzessin erschrak so arg, daß sie zusammen fuhr und ihr ein
Schauer über den ganzen Leib lief, und während dem auf einmal
giengs puff! im Halse, und sofort floß Eiter und Blut aus dem
Munde. Jetzt sah der Doktor, daß sie ein Geschwür im Halse habe,

sprang zu ihr hin und drückte ihren Hals: da floß noch mehr Un=
reinigkeit aus, und nach ein paar Stunden war ihr schon so wol ge=
worden, daß sie etwas zu eßen verlangte. Jetzt freute sich der Doktor,
gieng schnell hinaus und befahl, man solle der Kranken zu eßen brin=
gen. Als der König und die Königin das vernahmen, kamen sie beide
schnell herbei, um nach zu sehen, und sieh da! ihre Tochter war schon
fast ganz gesund. Da ward dem Doktor überschwängliche Ehre an=
gethan, aber das war nicht genug: der König beschenkte ihn reichlich
mit allerlei kostbaren Sachen, gab ihm auch viel Geld und ließ ihn
in einer feinen Kutsche nach Hause fahren.

Die Geschichte ward bald bis in ferne Lande hin ruchbar, und
nach einigen Monaten bekam dieser allmächtige Doktor wieder einen
Brief aus einem andern Königreiche von einem Könige, er solle schnell
zu ihm hin reisen; denn man hatte ihm viel Geld gestohlen. Der
Doktor war inzwischen schon reich geworden und fuhr nun mit seinem
eigenen Gespanne. Unterweges aber kaufte er sich allerlei buntes Pa=
pier und heftete das immer zusammen, so daß zuletzt ein dickes Buch
daraus wurde. Als er zu jenem Könige kam, war ebenfalls große
Freude. Der König theilte ihm sein Unglück mit, daß ihm so und
so viel Geld abhanden gekommen sei, und fragte ihn, ob er wol wiße,
wo das Geld sei. Der Doktor antwortete 'Das ist eine Kleinigkeit;
innerhalb dreier Tage werde ich das Geld auffinden.' Und er erbat
sich ein Zimmer, wo er allein sein könne. Der König überließ ihm
sehr gerne eine sehr große und schöne Stube. Als der Doktor da
allein war, nahm er sein buntes Buch vor, blätterte darin hin und
her und murmelte in einem fort wie ein Jude beim Beten, und das
that er Tag und Nacht. Das Geld aber hatten drei Bedienten des
Königs gestohlen. Als sie hörten, daß ein solcher Wunderdoktor ge=
kommen sei, der alles wiße, ward es ihnen unheimlich zu Mute, in=
dem sie dachten, er könne sie ausfindig machen. So kam denn die
dritte Nacht und dem Doktor war es sehr übel zu Mute, weil die
Zeit schon ablief und noch kein Geld da war. Er hatte beschloßen,
die ganze Nacht wach zu bleiben, ob sich vielleicht das Geld finden
werde. Jene drei Diebe aber hatten sich in ihrer Unruhe verabredet,
einer um den andern unter des Doktors Fenster zu gehen und zu
horchen, ob sie etwas vernehmen könnten. Als der erste unter dem
Fenster stund und horchte und lange Zeit hindurch nichts vernahm,
als das Gebrummel des Doktors, schlug die Uhr, stimmt! ein Uhr

nach Mitternacht. Der Doktor that, patsch! einen Schlag mit der Hand auf den Tisch und sagte 'Eins*) haben wir schon!' Der unter dem Fenster stehende meinte, das gehe auf ihn, lief zu jenen beiden hin und erzählte, der Doktor wiße ihren ganzen Diebstahl. Jene wollten es nicht glauben und der zweite stellte sich unter das Fenster. Während er da stund, schlug die Uhr wieder, skimmt, skimmt! zwei. Der Doktor schlug, patsch, patsch! mit der Hand auf den Tisch und sagte 'Jetzt haben wir schon zwei.' Der dachte nun auch, das gehe auf ihn, lief zu den andern und sagte "Ja, wahrhaftig, der Mann weiß alles." Der dritte wollte das noch nicht glauben und gieng also auch unter dem Fenster lauern. Während er da stund, schlug die Uhr, skimmt, skimmt, skimmt! drei. Der Doktor schlug wieder, patsch, patsch, patsch! breimal auf den Tisch und sagte 'Gott sei Dank! nun haben wir schon drei; jetzt ist es Zeit zu Bette zu gehn.' Als der unter dem Fenster das vernahm, eilte er nach Hause und sagte zu jenen beiden "Jetzt glaube ich wirklich, daß er weiß, daß wir das Geld haben; na, was werden wir jetzt thun?" Schnell verab= redeten sie sich, zu ihm hin zu gehen und ihm alles Geld zu bringen und ihn sehr zu bitten, er möge sie nicht verraten. Als sie zum Doktor kamen, lag er schon im Bette; da klopften sie an die Thüre und er ließ sie ein. Jetzt bekannten sie ihm, daß sie dem Könige das Geld gestohlen hätten, knieten sämmtlich vor ihm nieder und baten ihn, er möge sie nicht verraten, sie würden sogleich alles Geld bringen. Der Doktor versprach ihnen das und befahl, eilig das Geld zu brin= gen. Da trugen sie nun mit aller Anstrengung das Geld in des Doktors Stube bis alles da war, und zuletzt brachten sie auch noch den Geldschrank.

Früh, als der Doktor noch schlief, kam einer von den Dienern des Königs leise in des Doktors Stube und sah den Geldschrank stehen. Schnell kehrte er um und hinterbrachte es dem König. Der König war hoch erfreut darüber und befahl, daß niemand mehr zum Doktor in die Stube gehen solle, um ihn nicht zu wecken. Als nun der Doktor völlig ausgeschlafen hatte, stund er auf und ersuchte den König mit zu kommen. Der König fand den Geldschrank und das sämmtliche gestohlene Geld. Nun wollte aber der König wißen, wer das Geld gehabt habe und wie es zugegangen sei, daß sich das Geld

---

*) Im Litauischen trifft auch das Geschlecht; es heißt dort: 'einen'.

wieder gefunden habe.   Der Doktor sagte 'König und Herr, das kann ich dir nicht sagen; laß dir daran genügen, daß das Geld wieder da ist.'   Da fragte der König auch nicht weiter nach, obgleich er die Diebe gerne gestraft hätte.   Für diese große Wolthat aber bezahlte er den Doktor tüchtig mit Gelde und schenkte ihm ein schönes Gehöfte.   Da muste er denn sein Häuschen verkaufen und auf dem Hofe wohnen.   Dort lebte er viele Jahre lang glücklich und ward sehr alt und blieb bis an sein Ende der Doktor, der alles weiß und alles kann.

Von einem Bauern, der ein großer Schelm war.

In einem Dorfe, das man Bettelhecken hieß, wohnte ein Bauer Namens Lerche.   Dieser Lerche war so zu sagen ein rechter Dämel: er war nie mit seiner Arbeit zur gehörigen Zeit fertig.   Wenn seine Nachbarn im Früjahre auf das Feld giengen und anfiengen zu pflügen und zu säen, da hatte er noch da und dort sich herum zu treiben und alle Ackergeräte von dem und jenem zusammen zu borgen, und wenn er an die Arbeit gieng, arbeitete er nicht von ganzer Seele, sondern als ob er träume oder nachtwandle stund er oftmals lange da oder machte sich mit seiner schlechten Pfeife zu schaffen, oder plauderte mit irgend jemandem.   So verarmte er denn völlig und hatte kaum noch einen schlechten Gaul, ein Öchslein und ein Kühlein.   Er gieng nun pflügen mit dem Ochsen und dem Pferde, an einen Pflug gespannt.   Als er so eines Tages pflügte, zwitscherten um ihn herum und über ihm die Lerchen gar lustig.   Ihm gieng aber das Pflügen gar nicht von der Hand und er dachte im Stillen 'Alle Leute haben ihren Spott an mir und selbst die Lerchen, die nichtswürdigen Dinger, laßen mir keine Ruhe.'   Und als er so überaus böse geworden war, nahm er einen Stein, um damit eine Lerche zu werfen, die gerade über seinem Kopfe zwitscherte.   Aber was für ein Unglück geschah! Der Stein fiel gerade auf den Ochsen herab und schlug ihn todt.   Da kam er herbei, faßte den Ochsen bald bei den Hörnern, bald am Schwanze und versuchte ihn auf die Beine zu stellen, aber es gieng nicht.   Jetzt sah er, daß sein Schwarzer maustodt sei, und stellte sich zu ihm hin und fieng an zu flennen und zu wehklagen.   Als er eine gute Weile so geflennt hatte, nahm er den Schwarzen, legte ihn auf die Schleife *), spannte die alte Stute vor, fuhr ihn nach Hause und zog ihm dann die Haut ab.

Am andern Morgen fuhr er mit der Haut in die Stadt, um sie zu verkaufen, und gieng gerades Weges zu einem Gerber, den er kannte. Der Gerber war schon ein ältlicher Mann und hatte eine junge Frau, die es mit dem Pfarrer der Stadt hielt. Als der Bauer mit der Haut kam, fand er den Herrn bei der Frau; sie versteckte aber schnell den Pfarrer in einen Schrank und dachte 'Der dumme Bauer wird das nicht gemerkt haben.' Der aber hatte es sehr wol gemerkt. Inzwischen war der Gerber auf den Markt gegangen und der Bauer wartete so lange bis er wieder kam. Als der Gerber in die Stube trat, grüßte er den Bauer und sagte 'Willkommen, mein lieber Lerche! Was bringst du heute gutes, daß du zur Zeit der Feldarbeit gekommen bist?' "Was kann ich viel gutes bringen? Ich habe dir eine Ochsenhaut zum Verkaufe gebracht. Mir ists gestern sehr schlecht ergangen; wenn Gott der Herr einen Menschen verläßt, so verläßt er ihn auch überall und an allen Enden. Denke dir, als mir gestern das Pflügen nicht von der Hand gehen wollte, ärgerte mich sogar das Zwitschern der Lerchen, und ich toller Kerl nahm einen Stein und wollte eine Lerche todt werfen; aber als der Stein herab fiel, erschlug er meinen Ochsen." Der Gerber bedauerte den Bauer von Herzen, sah die Haut an und fragte, was er für die Haut wolle. Der Bauer sagte "Ach was kann ich auch viel wollen; die Haut ist ja nicht so gar groß, du wirst mir ja geben, was sie wert ist; du weist ja, wir kennen uns schon so viele Jahre hindurch und ich habe dir schon so manche Haut verkauft und wir sind immer Handels eins geworden, so wirds auch heute sein. Aber heute will ich kein Geld, sondern möchte dich sehr bitten mir für die Haut den Schrank da zu geben; dir ist er doch zu schlecht und zu alt, mir aber ist er noch lange schön genug. Ich habe so gar nichts in der Stube und meine Alte plagt mich schon längst, ich solle doch wenigstens einen Schrank kaufen." Der Gerber sagte "Ei sehr gerne will ich dir den Schrank geben, mir ist er schon lange übrig, er steht leer und nimmt blos Platz weg. Ich will dir auch noch einen guten Kauftrunk drein geben, und dann kannst du den Schrank weg fahren.' Der Bauer trank den Kauftrunk, wälzte den Schrank

---

*) Die Vorrichtung, auf welcher der Pflug gefahren wird.

auf seinen Wagen und trat den Heimweg an; der Pfarrer war aber noch darin.

Als er ein Ende weit von der Stadt weg gefahren war, fieng er an mit sich zu reden, aber so laut, daß der Pfarrer im Schranke alles hören konnte; er that das aber mit Absicht und sagte "Wenns doch beim Henker wäre! Heute habe ich wieder eine Dummheit gemacht. Der elende Schrank ist schon ganz morsch; bis ich nach Hause komme geht er aus dem Leime: was wird meine Alte zu mir sagen! Die Haut wäre ihre vier Thaler wert gewesen, und der Schrank ist auch keine fünf Groschen wert." Unter solchen Reden kam er an eine Brücke, unter der tief unten der Fluß floß. Da hielt er und sagte 'Anstatt den Schrank, der keinen Heller wert ist, nach Hause zu fahren, werfe ich ihn lieber ins Waßer. Hol ihn der Teufel! Ich hab einmal die Dumm= heit begangen; die Haut ist jetzt beim Teufel, da gehe auch der dumme Schrank hin.' Da begann er den Schrank vom Wagen herab zu stoßen. Der Pfarrer war bis jetzt still gewesen; als er aber merkte, daß der Bauer bereits angefangen hatte, den Schrank vom Wagen herab zu rollen, zweifelte er nicht länger daran, daß er samt dem Schranke werde ins Waßer geworfen werden. Da hub er an zu schreien 'Wirf ihn nicht, wirf ihn nicht hinein!' Der Bauer stellte sich sehr erschrocken und sagte "Ach Gott behüte mich, was ist das? Ist da irgend ein Unhold drinnen oder wer sonst?" Da sagte der Pfarrer 'Ich, ich bins.' "Na wer denn?" 'Der Pfarrer aus der Stadt. Ich bitte dich schön, wirf mich nicht ins Waßer, sondern laß mich heraus und sage niemandem etwas von der Geschichte, ich werde dir vier= hundert Thaler geben.' Der Bauer sagte "Ich schenke deinen Worten keinen Glauben, du mußt mir einen Eid leisten." Der Pfarrer that das auch um sein Leben zu erhalten und kehrte von der Brücke mit dem Bauern wieder zurück in die Stadt, wo ihm der Pfarrer die ver= sprochene Summe auszahlte.

Als nun der Bauer nach Hause kam, schickte er sein Söhnlein fort, um ihm vom Halbschulzen die Metze zu holen, er wolle Geld meßen. Aber er wollte dadurch nur einen Streich ausführen und klebte absichtlich einige Dreier *) und halbe Gulden **) in die Metze, und als der Junge dem Halbschulzen die Metze wieder hintrug und

---

*) Silbergroschen.
**) Fünf Silbergroschen.

jener das Geld in der Metze fand, da fragte er den Jungen 'Was
hat denn dein Vater gemeßen?' Der Junge sagte "Geld." Der Halb=
schulze wunderte sich, wandte den Kopf hin und her und dachte im
Stillen 'Wo hätte denn der halbblödsinnige Dämel so viel Geld her
bekommen, er hat ja nicht einmal Brot und stirbt fast vor Hunger,
und jetzt sollte er Geld mit der Metze meßen? Possen! ich muß zu
ihm hingehen, um zu erfahren, woher und auf welche Weise er so viel
Geld bekommen hat.' Als der Halbschulze kam, sagte er 'Aber sage mir
doch, lieber Nachbar Lerche, ist das wahr, daß du so viel Geld hast?'
"Ja," erwiderte jener. 'Na, wo hast du es denn her?' "Da gestern,
wie du weist, war ich mit der Haut meines Schwarzen in der Stadt
und jetzt stehen die Häute in einem Werte wie noch niemals; ich habe
vierhundert Thaler bekommen." Als das der Halbschulze vernahm,
sprang er vor Freuden immer in die Höhe und hinterbrachte die
Kunde allen Nachbarn und gab den Rat, sie sollten alle ihr Rindvieh
todt schlagen und so schnell als möglich die Häute in die Stadt zum
Verkaufe bringen. So thaten auch alle noch desselben Tages und des
andern Morgens, hast du nicht gesehen, heidi! alle Grundbesitzer des
Dorfes Bettelhecken mit Häuten zur Stadt. Die Gerber in der Stadt
wunderten sich sehr darüber, daß man aus einem Dorfe so viele Häute
gebracht, aber noch mehr darüber, daß beim Handeln jeder immer
drei, vier hundert Thaler oder gar noch mehr für eine Haut forderte.
Die Gerber dachten anfangs, es sei Spas; als sie aber im Ernste
erfuhren, die Bauern würden anders und wolfeiler nicht verkaufen,
da lachten sie sie arg aus, besonders als sie in Erfahrung brachten,
daß sie jener halbblöde Lerche so gewaltig angeführt habe. Als nun
die Bauern hinter den ganzen Betrug gekommen waren, musten sie
ihre Häute zum gehörigen Preise verkaufen und in größtem Ärger
unter fortwährendem Ausspucken nach Hause fahren.

In ihrem Grimme verabredeten sie sich, den andern Morgen ihren
Nachbar Lerche zu erschlagen; Lerche aber, der das merkte, sagte früh
zu seiner Alten 'Weist du was? zieh heute früh meine Kleider an,
ich zieh deine an, nimm die Art und geh zu dem Haufen Späne und
hacke; ich aber werde den Melkeimer nehmen und die Kühe melken
gehn.' Jene kamen nun ihrer Verabredung gemäß, und da sie dach=
ten, Lerche hacke Holz, schlich sich der Halbschulze mit einem tüchtigen
Knüttel heran und gab, puff! der Alten eins über den Kopf, daß sie,

plumps! hin fiel·und leblos war. Nun freuten sich sich, daß sie den Betrüger umgebracht hatten, und giengen jeder an seine Arbeit.

Den folgenden Tag setzte Lerche seine todte Alte auf den Wagen und band sie sorgfältig so fest, daß sie auch während des Fahrens sitzen konnte, als wäre sie lebendig. Er hatte aber noch sehr schöne Winteräpfel, obgleich es schon Frühling war; von den Äpfeln nahm er ein Körbchen voll, setzte es der Leiche auf den Schoos und fuhr nach der Stadt. Als er auf jene Brücke kam, sah er von ferne eine Kutsche kommen und dachte 'Da kömmt gewis ein recht reicher Herr gefahren.' Es war aber ein sehr reicher Graf. Da hielt er auf der Brücke, band die Leine am Geländer fest und gieng unter die Brücke. Als der Graf auf die Brücke gefahren kam und die Äpfel erblickte, befahl er seinem Kutscher zu halten und von der Frau Äpfel zu kaufen. Der Kutscher gieng zu dem Wägelchen hin und sagte "Mütterchen, was willst du für die Äpfel?" Er fragte zwei, drei, vier Mal, aber die Alte antwortete nichts, und der Kutscher sah nicht, daß sie todt war. Da gieng er zu seinem Herrn hin und sagte ihm, daß die Frau durchaus keine Antwort gäbe. Da kam der Graf selbst und fragte sie einige Male, was sie für ihre Äpfel wolle; als er aber keine Antwort erhielt, ward er böse und gab ihr mit der Faust einen Hieb in den Nacken, daß sie aufs Gesicht nieder fiel. Jetzt sprang Lerche unter der Brücke hervor und fieng an zu schreien 'Herr, Herr, jetzt hast du meine Frau erschlagen!' Der Graf besah die Alte und fand, daß sie todt war, und dachte wirklich, daß er sie erschlagen habe. Er erschrak heftig und begann den Bauer zu bitten, er solle nur schweigen, und gab ihm viel Geld. Als der Bauer einen tüchtigen Haufen Geld zusammen gescharrt und dem Grafen die Äpfel gegeben hatte, fuhr er frölich nach Hause und der Graf fuhr auch seines Weges.

Als der Bauer nach Hause kam, schickte er wieder seinen Sohn zum Halbschulzen, um das Halbscheffelmaß zu holen, er wolle damit Geld meßen. Und als er das Halbscheffelmaß wieder zurück schickte, klebte er wieder innen einige halbe Gulden an und steckte auch einige in die Reife. Als der Halbschulze das Geld fand, wunderte er sich abermals sehr darüber, woher Lerche jetzt so viel Geld habe, daß er es mit dem halben Scheffelmaße meßen müße, und kam vor Neugierde, um ihn zu fragen. Nachbar Lerche aber sagte 'Schau nur! Ihr dachtet damals, ihr hättet mich erschlagen, es war aber meine Alte; da setzte ich sie gestern auf den Wagen und fuhr sie in die Stadt, um

fie sehen zu laßen, und dafür bekam ich so viel Geld; die Leiche aber
brachte ich wieder mit nach Hause. Wenn dus nicht glauben willst,
da komm her, da liegt sie noch in der Kammer.’ Der Halbschulze
konnte sich abermals nicht genug wundern. Da dachte er im Stillen
“Eine solche wunderbare Menge Geld für eine todte alte Frau, das
wäre sehr gut.” Als er von Lerche weg gieng, berief er schnell alle
Nachbarn zu einer Versammlung und hinterbrachte ihnen diese Neuig=
keit vom Nachbar Lerche. Als sie viel über diese Sache geredet hat=
ten, verabredeten sie sich sämmtlich, ein jeder solle in der kommenden
Nacht seine Frau erschlagen und früh mit der Leiche zur Stadt fahren.
So geschah es auch.

Als sie nun auf dem Markte stunden, kam einer und der andere
und fragte, was sie da gutes zu verkaufen hätten, und man vernahm,
daß jeder eine Leiche habe. Das Gerücht verbreitete sich schnell
durch die ganze Stadt und es gab bald ein großes Gedränge, denn
jeder wollte diese erschreckliche Sache mit an sehn. Als die mit ihren
Leichen die Leute haufenweise herbei strömen sahen, freuten sie sich
und dachten ‘Jetzt wirds gute Zeiten geben, jetzt werden wir Geld
verdienen.’ Aber es dauerte nicht lange, so kam die ganze Polizei
und ergriff, husch, die sämmtlichen Leichenverkäufer und, marsch mit
ihnen ins Gefängnis. Da sie aber alle Landwirte waren, so ließ
man sie nach einigen Tagen wieder los, damit jeder heim könne und
sein Hauswesen ordnen und dann wieder sitze; inzwischen werde auch
der Urteilsspruch fertig sein wie und wie viel sie zu büßen hätten.

Als die Wirte nach Hause kamen, waren sie wütend darüber, daß
sie durch den teuflischen Betrug des nichtswürdigen und verruchten
Lerche jetzt vielleicht ihr Leben verlieren sollten, und sie verabredeten
sich, ehe sie ins Gefängnis giengen, den Lerche zu ertränken. Vom
Schuster ließen sie einen ledernen Sack machen, steckten den Lerche
hinein, trugen ihn auf jene Brücke und wollten ihn von der Brücke
in den Fluß werfen. Als sie aber auf der Brücke waren, sagte der
Halbschulze ‘Ihr Männer, ich will euch etwas sagen: wenn uns
Lerche auch noch so viel Verdruß und Unglück bereitet hat, so ist und
bleibt es doch eine Sünde, wenn wir ihn jetzt ertränken; deshalb
wäre es gut, wenn wir vorher in die Kirche giengen und wenigstens
ein Vaterunser beteten und ihn dann ins Waßer würfen, da wird
unsre Sünde uns nicht so hoch angerechnet werden.’ Der Rede folg=
ten alle, ließen den Lerche auf der Brücke im Sacke liegen und giengen

in die Kirche. Als sie weg waren, sprach Lerche in einem fort die
Worte "Ich kann weder schreiben noch lesen und soll Schulze werden."
Inzwischen kam ein Schäfer mit einer Heerde Schafe über die Brücke;
und als der jene Rede hörte, sagte er 'Ich kann schreiben und lesen.'
"Ach, das ist gut (sagte Lerche); Bruder, da bind den Sack nur auf und
laß mich heraus." Der Schäfer band schnell auf, ließ den Lerche her=
aus und kroch schnell selbst in den Sack. Lerche band den Sack zu
und gieng, die Schafe vor sich hertreibend, hinter eine Anhöhe. Als
jene aus der Kirche kamen, wo sie ihre Sünden gebeichtet hatten,
nahmen sie den Sack, warfen ihn von der Brücke in den Fluß und
sagten 'Da, nun gurgele, du Nichtsnutz.' Als sie diese That voll=
bracht hatten, tranken sie noch auf der Stelle ein Maß Branntwein
aus und giengen nach Hause.

Aber sieh da! als sie schon nahe am Dorfe waren, sahen sie den
Lerche auf dem andern Ufer her kommen und eine Heerde Schafe vor
sich her treiben. Jetzt meinten sie, sie müsten vor Wut, aber auch
vor Erstaunen den Verstand verlieren und giengen ihm entgegen, um
zu erfahren, was sich mit ihm zugetragen habe, und fragten ihn, als
sie zu ihm gekommen waren 'Na, Lerche! du bist doch vom Teufel
besetzen, daß du schon wieder da bist; sag uns, wie es mit dir ge=
gangen ist.' Lerche lachte so sehr er nur konnte und sagte "Ihr seid
alle große Esel, wie ich euch schon oft gesagt habe; ihr wollt mich
ums Leben bringen, und damit thut ihr mir viel Gutes. Wenn ihr
nur wüstet, wie viel Schafe noch da im Waßer sind; ihr hättet alle
euch schon eine solche Heerde Schafe heim getrieben. Wenn ihr es aber
nicht glauben wollt, so kommt morgen früh an den Fluß, da will ichs
euch zeigen." Früh waren alle bereit an den Fluß zu gehen; Lerche
aber nahm sich Zeit, denn er nahm auf den Weg die Schafe mit auf
die Weide. Als sie an den Fluß kamen, ließ Lerche seine Nachbarn
auf das andre Ufer des Flußes gehen und ließ seine Schafheerde auf
der Seite, wo er war, weiden, so daß das Bild der Schafe im Waßer
zu sehen war. Jetzt sagte Lerche zu jenen "Da, seht ihr, was für
schöne Schafe im Waßer sind!" Jene meinten, das sei war, aber
keiner getraute sich in den Fluß zu springen. Da sagte der Halb=
schulze 'Ich muß in allem den ersten Schritt thun; so will ich auch
hier voran gehen, aber dafür muß ich auch die besten Schafe bekom=
men.' Und als er in die Tiefe sank und die Blasen aus dem Waßer
aufstiegen, da sagten die andern, die auf dem Ufer stunden, zu ein=

anber 'Hörſt by, hörſt bu, wie er immer bur bur! bie Schafe rüft, und ba ſprangen ſie einer hinter bem anbern mit Ungeſtüm ins Waßer und ertranken ſo ſämmtlich, und bie Obrigkeit hatte nun nicht mehr nötig, bie Landwirte bes Dorfes Bettelhecken zu ſtrafen. Lerche aber erbte ſobann bas ganze Dorf und warb ein reicher Mann.

Vom Bartmännlein.

In einem Dorfe war einmal ein kleiner Grundbeſitzer, ber hatte eine Frau, und ſie bekamen lange Jahre hinburch kein Kind, und waren beibe ſehr betrübt barüber. Enblich aber genas bie Frau eines Söhnleins, bas ſie Martin nannte. Die Mutter liebte bas Knäblein ſehr und behielt ihn an ber Bruſt bis er zwölf Jahre alt war, und bavon wurbe ber Junge ſo ſtark, baß ihn niemand zwingen konnte. Als er zwanzig Jahre alt geworden war, bekam er Luft, bie Welt zu burchreiſen und bat ſeinen Vater, er ſolle ihm einen ſtarken eiſernen Stab ſchmieden laßen, außerbem werbe er auch nicht bas geringſte verlangen. Da fuhr ber Vater in bie Stadt, kaufte ein paar Stangen Eiſen und gab ſie bem Schmied, um baraus eine Stange zu machen. Als ſie fertig war, war ſie ſo ſchwer, baß ſie ber ſtärkſte Mann kaum aufheben konnte; Martin aber ergriff bie Stange, ſchwenkte ſie wie eine Feder hin und her und warf ſie zur Probe in bie Höhe, und als er ſie beim Herabfallen gerade im Schwerpunkte auffieng, ba brach ſie in ber Mitte enzwei. Da muſte ber Vater noch einmal ſo viel Eiſen kaufen und bas alles in eine Stange zuſammen ſchmieden laßen; bas gab bann einen Stock, wie ihn Martin brauchte. Als ber Stab fertig war, ba verſuchte Martin abermals ſeine Kraft an ihm und warf ihn in bie Höhe; ba brang er beim Herabfallen ſo tief in bie Erbe ein, baß ein Mann einen halben Tag Arbeit hatte, um ihn heraus zu graben. Dann nahm Martin von allen Abſchied und trat ſeine Reiſe an.

Als er ſchon manchen Tag unterweges war, traf er einen Schmied, ber hatte einen ſehr großen Hammer und ſagte, baß er ſehr ſtark ſei. Da machte ihm Martin ben Vorſchlag, ſelbander zu reiſen, und ber Schmied gieng auf ben Vorſchlag ein. Als ſie ſo mit einander giengen, fragte Martin ben Schmied, wie ſtark er ſei. Der Schmied ſagte 'Wenn ich mit dieſem Hammer brei Hiebe an ben ſtärkſten Baum thue,

so muß der Baum umfallen.' Martin sagte "Wenn du ihn nieder
werfen wirst, so werde ich ihn mit meinem Stabe im Fallen stützen."
So war es auch in Wahrheit. Als sie an einen sehr großen und
dicken Baum kamen, schlug ihn der Schmied mit drei Hieben um;
Martin aber stemmte, als er fiel, seinen Stab dagegen, daß er nicht
nieder fallen konnte. Daran sahen nun beide, daß sie stark seien.
Als sie weiter mit einander wanderten, trafen sie einen Schneider,
der sagte, daß er freilich nicht so stark sei, daß er aber so flink nähen
könne, daß er im Stande sei, in einem Tage einen Menschen vom
Kopfe bis zu den Füßen zu kleiden. Das gefiel jenen beiden und sie
sagten 'Geh mit uns, wir beide sind stark genug und werden nicht
zugeben, daß dir ein Unfall zustoße.' Da gieng er mit ihnen, und
die drei wanderten und kamen weit und breit herum.

Nach langer Zeit fanden sie an einem Walde ein sehr nettes
Häuschen, in welchem alle Leute gestorben waren, aber Mundvorrat
war noch genug vorhanden. Da verabredeten sie sich, eine Zeit lang,
so lange es ihnen gefallen werde, hier zu bleiben. Als sie schon einige
Tage da waren, kamen sie auf den Gedanken, auf die Jagd zu gehen
und sich Wildpret zu schießen, einer aber muste zu Hause bleiben und
das Eßen besorgen; sie verabredeten, daß der von ihnen, der sich aufs
Kochen am besten verstehe, zu Hause bleiben könne. Der Schneider
sagte 'Ich werde wol die Sache am besten verstehen, ich bin gewohnt
in der Stube bei den Hausfrauen zu sein und weiß schon mit dem
Topfe und mit der Pfanne um zu gehen.' "Gut (sagten die andern
beiden), da bleib du ba und koch und back wies gut schmecken wird."
Den andern Tag nach dem Frühstücke nahmen sich Martin und der
Schmied jeder eine Flinte und giengen in den Wald auf die Jagd;
der Schneider aber besorgte zu Hause das Mittageßen und lief mit
seiner Schürze, die er sich vor gebunden, wie sichs für einen Koch ge=
hört, in allen Ecken herum, bis er alles zusammen gebracht hatte, was
man zum Mittageßen braucht, und er wollte sich rechte Mühe geben
und recht schmackhaft kochen, damit die andern ihn loben sollten.

Als der Topf auf dem Feuer stund und schon anfieng zu kochen,
begann jemand an die Hausthür zu klopfen. Er konnte aber nicht
so schnell vom Topfe ab kommen, um nach zu sehen, wer da sei, und
dachte 'Wenn es ein Mensch ist, so wird der schon kommen, da ja die
Thür offen ist. Als es aber ununterbrochen an die Thür klopfte,
da gieng er nach einer Weile hinaus und sieh da! braußen vor der

Thürschwelle stund ein fußhohes Männchen mit einem klafterlangen Barte. Das Männchen begann den Schneider zu bitten, er möge ihn doch in die Stube laßen, er sei so erschöpft und erfroren, daß er auf der Stelle umkommen könne, und er stellte sich so elend und schwach, daß er nicht einmal über die Thürschwelle steigen konnte und ihn der Schneider von draußen bis in die Stube tragen mußte. In der Stube winselte er wieder so arg und bat, man möge ihn doch aufs Bänkchen heben, damit er sich am Feuer wärmen könne. Da faßte ihn der Schneider, wie einen elenden armen Mann, sehr sorgfältig und hob ihn auf die Bank; und als er sich da ein bischen gewärmt hatte, fieng er wieder an zu jammern, er sei sehr hungrig und bat nur um ein kleines Stückchen Fleisch, daran werde er sich schon etwas erholen. Der Schneider nahm ein Stück aus dem Topfe, das schon einigermaßen gar war, und gab ihm etwas davon mit den Worten 'Da nimm das Stückchen, wenn alles gar sein wird, so sollst du haben daß du satt wirst.' Das Bartmännlein zitterte aber so, daß ihm das Stückchen Fleisch aus der Hand auf die Erde fiel, da bat er jenen wieder, er möge ihm doch das Fleisch von der Erde aufheben. Der Schneider that auch das. Als er sich aber bückte, um das Fleisch auf zu heben, da sprang husch! das Bartmännchen von der Bank ihm aufs Genick und begann nun, hast du's nicht gesehn, ihn mit den Fäusten zu schlagen. Jener bat, schrie und schalt, aber das half alles nichts, er schlug und quälte ihn so lange bis er zu Boden stürzte und kaum noch halb am Leben war. Nachdem er seinen Wolthäter so gemartert und geplagt hatte, gieng er weg, ohne daß man wißen konnte, wo er hin gekommen sei. Als der Schneider einigermaßen sich erholt hatte, kroch er auf allen vieren ins Bett und war krank.

Als jene ziemlich lange nach Mittag von der Jagd zurück kamen, fanden sie ihren Genoßen sehr krank und wimmernd. Das Feuer auf dem Herde war ausgegangen, das Fleisch noch nicht recht gar und die Suppe taugte gar nichts. Da musten denn die beiden Jäger ein sehr schlechtes Mittagsmal halten und sie hätten gar nichts eßen können, wenn sie nicht so sehr ausgehungert gewesen wären. Der Schneider aber sagte nicht, was ihm zugestoßen und wie es ihm er= gangen war; er sagte, es habe ihn eine schreckliche Kolik gequält, so daß er fast gestorben sei, und die andern beiden glaubten es auch. Den andern Tag aber blieb er nicht zu Hause, um zu kochen, sondern gieng auch auf die Jagd, indem er den andern beiden sagte, es könne sonst, wenn er beim Kochtopfe zu schaffen habe, von dem Dampfe oder sonst von einem Dufte die Kolik ihn abermals befallen; des= wegen kamen sie überein, daß der Schmied zu Hause bleibe und koche, Martin aber gieng mit dem Schneider auf die Jagd.

Als der Schmied kochte, klopfte wieder jemand an die Hausthüre, da er aber keine Zeit hatte, gieng er nicht gleich nachsehn; als es aber in einem fort klopfte, gieng er hinaus, um zu schauen wer da sei, und sieh da, das Bartmännlein war wieder da. Der Schmied aber wuste nichts von ihm. Das Bartmännlein verstellte sich wieder so und that eben so wie gestern, und der Schmied hatte eben so Mit= leid mit ihm wie der Schneider; der Schmied hob ihn auch auf die Bank, gab ihm ein Stückchen Fleisch, und als er das Fleisch absicht= lich fallen ließ, als könne er es mit seinen zitternden Händen nicht halten, da bückte sich der Schmied um das Fleisch auf zu heben, und als er sich gebückt hatte, da sprang auch ihm, husch, das Bartmänn= chen ins Genick. Der Schmied versuchte auf alle Art ihn vom Nacken herab zu reißen, aber vergeblich; das Bartmännlein schlug, drückte, kneipte und marterte ihn auf alle Art so arg, daß dem Schmiede alle Kraft ausgieng und er zur Erde stürzte, und als er kaum mehr am Leben war, ließ jener ab. Der Schmied war so schlimm zugerichtet, daß er noch lange Zeit auf dem Boden liegen muste, ehe er so weit zu sich kam, um auf allen vieren ins Bett kriechen zu können.

Als die Beiden kamen, fanden sie ihn im Bette liegend; nichts war gar, denn gerade mitten im Kochen hatte der Unfall mit dem Bartmännlein Statt gefunden. Obschon der Schmied auch nichts sagte, so wuste doch der Schneider sehr wol, was da vorgefallen war, und dem Schmiede war es auch klar, weshalb der Schneider gestern krank war; aber er klagte auch, daß er ein so unerträgliches Leibschneiden gehabt, daß er gemeint habe, er müße auf der Stelle sterben, auch er wiße nicht wovon es gekommen sei. Als ihn Martin in so kläglicher Lage sah, bedauerte er ihn sehr und schaffte gleich Branntwein und Wermut und andre Sachen herbei und gab ihm davon ein, und Abends war ihm schon beßer, aber nur deshalb, weil er sich immer mehr erholte.

Am dritten Tag aber sollte Martin zu Hause bleiben und den Koch machen, und genau zu derselben Frist als das Mittageßen aufs Feuer gesetzt und gekocht werden sollte, kam das Bartmännchen wieder an das Haus und klopfte. Martin aber ließ sich Zeit und jener muste

sehr lange klopfen. Sodann, als Martin satt hatte das Geklopfe zu
hören, gieng er hinaus um zu sehen wer da sei, und er wunderte
sich nicht wenig, als er das Bartmännlein vor der Thürschwelle fand,
und fuhr es hart an 'Was bist du für einer? Woher bist du? Jetzt
sehe ich schon, wer gestern und vorgestern meine Kameraden so übel
zugerichtet hat.' Als das Bartmännlein das vernahm, fieng es an
am ganzen Leibe zu zittern, daß sein ganzer langer Bart sich bewegte,
und zu heulen und zu jammern, daß sich ein Stein hätte erbarmen
mögen, und sagte "Ach, ich weiß von nichts, ich bin ja ein von der
ganzen Welt verlaßenes, verachtetes und verspottetes Männchen und
kann mich nicht unter den Leuten zeigen, ich kam ganz von ungefähr
daher und verirrte mich so zu sagen. Ach, erbarme dich mein und laß
mich in die Stube, damit ich mich wenigstens nur ein wenig wärmen
kann! ich bin ja so sehr aus gefroren." Als Martin ihn so zittern
und heulen sah und sein bitteres Wehklagen hörte, dachte er 'Der
Mensch ist doch elend' und mitleidsvoll sagte er zu ihm 'Da, geh in
die Stube.' Das Bartmännlein aber sagte "Ach, ich bin so erschöpft
und so schwach, daß ich nicht über die Schwelle steigen kann: sei so
gut und trag mich hinein!' 'So ist das (sagte Martin), du jämmer=
licher Wicht, wenn ich dich mit dem Fuße stoße, so holt dich gleich
der Henker, dann wirst du hinein getragen werden; wenn du willst,
so geh hinein, und wenn nicht, so kannst du da hocken bleiben.' Als
er das gesagt, gieng er in die Stube, denn das Feuer unterm Topfe
war inzwischen ausgegangen, und er muste anschüren und auch den
Schaum vom Topfe abschöpfen. Da fieng das Bartmännlein vor dem
Hause so jämmerlich an zu wehklagen, zu heulen und zu flehen, daß
Martin, der es nicht länger aus halten konnte, hinaus gieng und
sagte 'Geh her, du Grindbatz!' und ihn am Barte erwischte, in die
Stube trug und an den Ofen hinstellte mit den Worten 'Jetzt bleib
da stehen und rühr dich nicht von der Stelle, sonst gieb Acht, wie
birs gehn wird.' Das Bartmännlein begann wieder zu flehen, er
möge ihn auf die Bank heben, damit er sich beim Kamine am Feuer
wärmen könne. Martin faßte ihn wieder am Barte und hob ihn auf
die Bank. Jetzt wärmte er sich am Feuer und begann sich bei Mar=
tin einzuschmeicheln, indem er freundlich mit ihm sprach und seine
Hände küßte. Martin aber schöpfte daraus Verdacht, und als er ihm
zu viel plauderte und in den Kamin kroch, da packte er ihn wieder
am Bart, hob ihn in die Höhe, stieß ihn auf die Bank und sagte zu

ihm 'Wenn du mir noch einmal in den Kamin kriechst, so schmeiß ich
dich zum Fenster hinaus wie einen Dreck.' Eine kleine Weile war
nun Ruhe, dann fieng er aber wieder an zu bitten, Martin möge ihm
ein Stückchen Fleisch geben, er könne sonst vor Hunger sterben. Martin drohte ihm mit den Schöpflöffel, den er in der Hand hatte, und
sagte 'Ich werde dir Fleisch, siehst du den Löffel? Wart bis es gar
ist, dann sollst du haben.' Aber er fieng wieder an zu winseln, er
möge ihm nur ein Bröckchen geben, er sei schon ganz ohnmächtig.
Martin nahm inzwischen ein Stück Fleisch aus dem Topfe, versuchte
es, ob es schon weich sei, schnitt auch für jenen einen Bißen ab und
gab ihn ihm in die Hand. Jener ließ aber auch diesmal das Fleisch
mit Absicht aus den Händen auf den Boden fallen, indem er sich
stellte, als ob ihm die Hände so zitterten und noch von der Kälte
so abgestorben seien, und er bat sehr, Martin möge ihm das Fleisch
auf heben. Da wurde Martin sehr böse und sagte 'Na du nichts-
nutziger Wicht, soll ich etwa deinen Diener machen?' Er stampfte mit
dem Fuße auf den Boden, daß man hätte meinen sollen, der Ofen
stürze ein, faßte jenen am Barte, schüttelte ihn und sagte 'Wenn ich
dich an die Wand schleudern werde, so wirst du auseinander spritzen
wie Rotz.' Nachher aber wollte Martin doch das Stückchen Fleisch
von der Erde aufheben, und als er sich, ohne das Männchen aus
den Augen zu verlieren, bückte, da wollte sich der, husch! ihm ins
Genick hängen, aber Martin faßte ihn schnell am Barte, ehe er ihm
recht auf den Nacken gekommen war, und jetzt gab es, hast du nicht
gesehen, eine große Balgerei. Martin muste aber seine ganze Kraft
einsetzen, ehe er ihn so weit überwunden hatte, um zu seinem Stabe
kommen zu können, dann aber gab er es ihm ordentlich und wollte
ihn auf der Stelle erschlagen. Aber so weit brachte er es doch nicht
mit ihm, und hätte er seinen Stab nicht erfaßt, so hätte er den kür-
zeren gezogen, mit dem Stabe aber zertrommelte er ihn so, daß er
zuletzt doch den Martin anflehen muste. Als nun Martin merkte,
daß jenem die Kräfte ausgiengen, nahm er eine Axt in die rechte
Hand, hielt den Bartmann mit der linken, trug ihn hinaus, hieb in
einen sehr großen Baumstumpf einen Spalt, und in den Spalt klemmte
er des Bartmännchens Bart ein und ließ ihn da an dem Stamme
hängen. Nach dieser Arbeit bereitete er geschwind sein Mittageßen
und setzte sich dann hin um aus zu ruhen, denn er hatte sich bei dem
Ringen mit dem Bartmännlein sehr abgequält; doch freute er sich

darüber, daß er ihn überwunden habe, und daß er den andern beiden den Unhold werde zeigen können.

Der Schmied und der Schneider erzählten einander auf der Jagd von dem Bartmännlein, wie es jedem von ihnen ergangen sei, und sie waren sehr begierig zu erfahren, wie es nun dem Martin gehen werde. Als sie von der Jagd kamen, sagte Martin zu ihnen 'Na, da kommt her und eßet euch erst satt, dann will ich euch den Vogel zeigen, der euch beide krank gemacht hat. Ihr seid mir ein paar tüchtige Männer; laßt euch von einem solchen elenden Wicht überwinden.' Nun setzten sie sich alle zu Tische und aßen zu Mittag; Martin hatte aber sehr gut gekocht, so daß sie unter fortwährendem Lobe aßen. Nach dem Eßen sagte Martin 'Jetzt laßt uns gehen und nach dem Bartmännchen sehen; ich habe ihn in ein gutes Gefängnis gethan und ihm ganz gehörig ausgezahlt; ihr werdet sehen, ob das euer Teufel ist oder nicht.'

Aber was war geschehen? Als sie zu dem Baumstumpfe hin kamen, war das Bartmännlein nicht mehr da; es hatte so lange gearbeitet, bis es sich den eingeklemmten Bart mit der Wurzel ausgerißen hatte, war entflohen und hatte den Bart im Spalte zurück gelaßen. Man konnte aber gut erkennen, wohin er gegangen war; denn das Blut mußte ihm aus der Stelle, wo der Bart gestanden, stark gefloßen sein. Da verabredeten sich die drei, den Spuren nach zu gehen bis zu seiner Wohnung; denn sie dachten, sie könne nicht weit sein; auch wollten sie sehr gerne wißen, wie es zu Hause bei ihm ausschaue.

Tags darauf machten sie sich auf, das Bartmännlein zu suchen, und das Blut, das er überall verloren, war ein guter Führer für sie. Unterweges trafen sie einen schönen Hof, durch den das Bartmännlein gegangen war. In dem Hofe war gar niemand, aber an allen Bedürfnissen ganz ungeheuer viel. Sie sahen sich da eine Weile um und sprachen unter sich davon, daß sie, nachdem sie das Bartmännlein aufgefunden haben würden, nicht mehr in jenes Häuschen zurück kehren, sondern in dem Hofe wohnen wollten; und als sie das überlegt hatten, giengen sie wieder weiter. Sie mußten aber noch ein langes Ende gehen und kamen in einem Wald an einen Berg, und auf dem Gipfel des Berges war ein großes Loch, das gieng gerad in die Erde hinunter; in das war das Bartmännlein hinein gegangen. Sie stellten sich so und so an das Loch, konnten aber nichts machen. Dann kamen sie auf den Gedanken, wieder in den Hof zurück zu gehen, einen großen Korb und ein langes Seil zu suchen und dann einen von ihnen in das Loch hinab zu laßen. Als sie in den Hof kamen, fanden sie bald einen dazu tauglichen Korb, aber sie konnten gar keinen Strick finden. Da sagte Martin 'Wißt ihr was? Vieh ist in dem Hofe genug; schlagen wir etwa acht Ochsen todt; aus ihren Häuten machen wir einen langen Riemen, der wird eben so halten wie ein Strick. Jene stimmten ihm bei. Da nahm Martin die Ochsen bei den Hörnern und schleuderte sie mit einer solchen Gewalt seitwärts, daß alle Eingeweide sammt dem Fleische hinaus flogen und nur die Haut an den Hörnern hangen blieb. Der Schmied muste sie nun zerschneiden und der Schneider zugleich zusammen nähen. Als sie nun einen viele Klafter langen Riemen hatten, giengen sie zu dem Loche hin. Martin, als der stärkste, stellte sich mit seinem Stabe in den Korb und die andern beiden ließen ihn langsam hinunter. Der Riemen war aber noch zu kurz, und sie musten Martin heraus ziehen, wieder in den Hof zurück gehen und den Riemen noch mit den Häuten einiger Ochsen verlängern. So ließen sie denn den Martin zum zweiten Male hinab, und dies Mal reichte der Riemen bis auf den Boden des Loches.

Als Martin unten angekommen war, wunderte er sich sehr, in der Tiefe so helle und herrliche Gemächer zu finden. Obwol aber viel Schönes da war, sah und hörte er doch niemanden. Lange wuste er nicht, was er thun solle, und blieb unten am Eingange des Lochs stehen, und alles war still; dann aber gieng er, im Vertrauen auf seine Kraft und seinen Stab, weiter und fand viele Stuben und geschmückte Zimmer und Kammern und Keller und überall prächtiges Geräte aller Art. Endlich fand er in einer sehr glänzenden Stube drei sehr feine und schöne Jungfrauen: das waren Prinzessinnen, die vor Zeiten einem Könige von Drachen gestohlen und in diese Tiefe gebracht worden waren. Als diese Jungfrauen den Martin erblickten, erschraken sie heftig und sagten zu ihm, er solle so schnell als möglich von da hinweg, sonst werde er sterben müßen. Martin sagte "Ich fürchte mich vor gar nichts, ich bin sehr stark; seht ihr da meine Stange, die ist von lauter Eisen; wenn ich mit der einem eins aufziehe, so hat der was zu fühlen." Jene sagten zu ihm 'Das kann wol sein; aber du wirst kaum so stark sein als die, welche hier wohnen.' Da erzählten sie ihm, daß in der Tiefe die Wohnungen der Drachen feien, und daß es nicht mehr lange dauern werde, so werde einer heim geflogen kommen; im ganzen seien es ihrer drei. Der erste, der jetzt gleich kommen werde, habe drei Häupter, der zweite sechs und der dritte neun.' Martin trotzte noch immer auf seine Stärke; da sagte eine von den dreien zu ihm 'Komm her und versuch dich an dem Schwerte da!' Als er hin gieng und es anfaßte, konnte er es nicht einmal ein wenig bewegen. Da erschrak er heftig und hielt sich für verloren; die Jungfrau aber führte ihn zu einem Schranke und gab ihm aus einer Flasche zu trinken und ließ ihn alles austrinken, was in der Flasche war: denn das war das Waßer der Kraft. Dann hieß sie ihm wieder sich an jenem Schwerte zu versuchen, und es war ihm nun leicht wie eine Feder. In die leere Flasche aber füllte die Jungfrau gewöhnliches Waßer.

Bald darauf kam der erste Drache, der dreiköpfige, angeflogen. Wie er nun in fürchterliche Wut geriet, als er einen fremden Mann fand und schnell sein Schwert nehmen und Martin in Stücke hauen wollte, aber nicht im Stande war, es vom Pflocke zu nehmen, da sprang er schnell zu der Flasche hin, um das Waßer der Kraft zu trinken, und als er es getrunken hatte, war er noch schwächer als zuvor. Während er trank, hatte Martin das Schwert bereits ergriffen, und als der Drache sich nach ihm hin wandte, da versetzte er ihm mit solcher Gewalt einen Hieb, daß von dem einen Streiche alle drei Häupter herab fielen und der Drache leblos da lag.

Da freuten sich die Jungfrauen, in der Hoffnung, er werde sie vielleicht erlösen, und eine andre führte ihn zu dem Schwerte des sechshäuptigen, um sich an dem zu versuchen; das hob er wol in die Höhe, vermochte aber doch nicht es gehörig zu führen. Da ließ sie ihn aus der zweiten Flasche das Kraftwaßer des zweiten Drachen aus= trinken: da war ihm auch dieses Schwert leicht wie eine Feder; die Flasche goß sie aber voll Waßer. Nach ein paar Stunden kam auch der zweite angeflogen; aber was der erst für einen Lärm machte, als er einen Menschen fand! Man hätte glauben können, er werde sich selbst zerreißen; und schnell sprang er zu seinem Schwerte, um zu zu hauen, vermochte es aber nicht von der Wand zu nehmen. Da eilte er zu dem Waßer der Kraft, und als er das ausgetrunken hatte, war er noch schwächer als zuvor. Martin hatte inzwischen das Schwert ergriffen, und als der Drache von der Flasche sich weg wandte, um

fein Schwert zu nehmen, da hieb er ihn so gewaltig, daß auf zwei
Streiche alle sechs Häupter zu Boden rollten. Da war er erlegt.

Da sprangen die Jungfrauen vor Freuden herum und sagten
'Ach, wenn du nur auch noch den schlimmsten erlegen könntest, dann
wären wir erlöst!' Da führte ihn die dritte Jungfrau zu dem
Schwerte des neunköpfigen, und das konnte er ebenfalls kaum rühren.
Da ließ sie ihn aus der Flasche dieses Drachen das Waßer der Kraft
austrinken und füllte sie mit gewöhnlichem Waßer auf; nun führte er
auch dies Schwert ·wie eine Feder. Etwa nach einer Stunde hörte
man den neunhäuptigen herbei fliegen mit furchtbarem Gesause und
Gepolter. Aus seinen Rachen flogen Feuerflammen wie Blitze, und er
brüllte so entsetzlich, daß auch der tiefe Grund erbebte und alle Fenster
klirrten. Martin befiel davon eine solche Furcht, daß auch er zu zit=
tern begann. Als die Jungfrauen das sahen, sprachen sie ihm zu,
er solle nicht kleinmütig werden, sondern rechten Mut haben und sich
gar nicht fürchten; er werde auch den überwinden. Je näher der
Drache kam, desto unerträglicher wurde der entsetzliche Lärm, und als
er Martin erblickte, spie er so fürchterlich Feuerflammen aus, daß
Martin ganz umsprüht war und fast seine Augen verlor. Jetzt wollte
der Drache schnell sein Schwert ergreifen, aber er vermochte nicht es
von der Wand zu nehmen und lief nach seiner Flasche, um das Waßer
der Stärke zu trinken; da aber nur gewöhnliches Waßer in der
Flasche war, so ward er noch viel schwächer, als er zuvor gewesen,
nachdem er es ausgetrunken hatte. Inzwischen war Martin herbei
gesprungen, hatte sein Schwert von der Wand genommen und nun
begann er ihm die neun Häupter abzuhauen. Mit drei gewaltigen
Hieben waren sie alle neun abgeschlagen; der Drache aber wälzte sich
noch eine gute Weile in seinem Blute, ehe er ganz todt ward. Da
gab es nun eine große Freude bei den Jungfrauen, so daß sie nicht
wußten, was sie thun sollten. Sie küssten dem Martin Hände und
Füße und bewirteten ihn und pflegten sein mit den leckersten Speisen
und Getränken und brachten ihm die kostbarsten Geschenke.

Martin aber sagte 'Wenn es auch sehr prachtvoll hier aussieht,
so wollen wir doch nicht hier bleiben; gehn wir zur Öffnung, meine
zwei Kameraden werden uns alle in dem Korbe, in welchem sie mich
herab gelaßen haben, hinauf und heraus ziehen; denn hier sind ja
doch nur die Wohnungen der Drachen.' So giengen sie denn an die
Öffnung hin. Jene beiden vermochten aber nicht alle vier auf einmal

heraus zu ziehen, und Martin packte die drei Jungfrauen und einige
sehr kostbare Gegenstände in den Korb, um sie hinaus ziehen zu laßen;
er selbst blieb unten und wartete da, bis sie den Korb wieder herab
laßen würden. Als jene beiden den Korb heraus gezogen, wunderten
sie sich nicht wenig, daß sie nicht den Martin, sondern drei Jungfern
zu Tage gefördert hatten. Die Jungfern aber sagten, Martin sei
noch drunten und sie sollten den Korb wieder hinunter laßen, um
Martin heraus zu ziehen. Als sie aber den Korb hinab ließen, spra=
chen sie unter sich, Martin werde sich die allerschönste von den drei
Jungfrauen wol schon zur Braut ausersehen haben, und sie beneideten
ihn um dieselbe. Als sie den Martin etwa bis zur Hälfte in die
Höhe gezogen hatten, entschloßen sie sich schnell, den Riemen zu durch=
schneiden; und als sie das gethan hatten, polterte Martin jählings
in die Tiefe hinab, fiel aber unten so weich auf, als wäre er auf
Federn gekommen. Als sie das gethan hatten, hatten sie ihre Freude
darüber, nahmen die Jungfrauen mit in jenen Hof und lebten da
ohne alle Sorgen.

Der arme Martin aber merkte sogleich den teuflischen Trug seiner
Kameraden und wuste nun gar nicht, was er anfangen und wie er
aus der Tiefe heraus kommen solle. Aus Mismut durchwanderte er
alle Stuben, Kammern und Winkel, um irgend wo vielleicht ein leben=
diges Geschöpf, vorzüglich aber um jenes Bartmännlein zu finden;
er fand aber nichts. Nach langem Suchen fand er hinter einem Ofen
das Bartmännlein, das seinen Bart pflegte, damit er wieder wachse.
Sofort ergriff er ihn am Barte, zerrte ihn hinter dem Ofen vor und
sagte zu ihm 'Wenn du mir aus diesem Abgrunde heraus helfen
kannst, so ist das dein Glück; wenn aber nicht, so must du auf der
Stelle sterben!' Das Bartmännlein sagte "Ich habe jetzt nicht so
viel Kraft, um dich hinaus zu schaffen; aber ich werde dir viel Hab
und Gut und große Vorräte von Lebensmitteln zeigen, so daß du
hier sehr gut wirst leben können; laß mich nur am Leben, ich werde
dir in allem dienstbar, und wenn ich wieder gesund sein werde, von
großem Nutzen sein." Martin ließ sich wol vom Bartmännlein über=
all herum führen und alles zeigen; aber es war ihm doch ganz un=
heimlich zu Mute, und er setzte dem Bartmanne abermals zu, er solle
ihn hinaus schaffen, sonst müße er sterben. Das Bartmännlein ver=
sicherte, er würde das sehr gerne thun, wenn er nur die Kraft dazu
hätte. Martin, der voll Kummer und Unruhe war, wurde sehr böse

auf ihn und sagte 'Du Unhold, wo hast du denn deine Kraft hin=
gebracht! Damals konnte ich dich kaum zwingen und jetzt sagst du,
du vermögest nicht mich hinaus zu schaffen; wolan, so sollst du ver=
recken wie ein Hund!' Als er das gesagt hatte, stieß er mit seinem
Stabe in die Erde und machte ein tüchtiges Loch, stopfte das Bart=
männlein hinein und stampfte mit dem Stabe das Loch wieder zu.
So nahm das Bartmännlein ein schreckliches Ende.

Für Martin wurde aber der Aufenthalt da drunten noch ent=
setzlicher, da er nun gar kein lebendes Wesen mehr um sich hatte und
doch nicht heraus konnte. Er verwünschte alles und dachte in seiner
Niedergeschlagenheit, es werde wol keinen andern Ausweg geben, als
sich das Leben zu nehmen. Während er sich mit solchen Gedanken
quälte, gieng er wieder an die Mündung jenes Loches; aber da war
auch alles still. Da er nun nicht wuste, was er thun sollte, nahm er
seinen Stab und warf ihn mit solcher Gewalt in die Höhe, daß er
oben hinaus und noch hoch in die Luft empor flog; und als er wieder
herab fiel, traf er zufällig in das Nest eines Walddrachen und warf
ihm eines seiner Jungen aus dem Neste. Der Drache wurde darüber
sehr grimmig, und als er sein Junges wieder in das Nest getragen
hatte, ließ er sich durch das Loch in die Tiefe hinab, um zu sehen,
wer ihn so beunruhigt habe, und fand unten den Martin. Da sagte
der Drache in größter Wut zu ihm 'Warum läst du mich nicht in
Frieden? Ich wohne schon lange Jahre hier und mir ist noch nichts
Böses widerfahren, und jetzt hast du mir einen solchen Schrecken ge=
macht.' Martin erzählte ihm, daß auch er in großer Not sei und in
seiner Niedergeschlagenheit nicht wiße, was er thun solle; und er bat
den Drachen, er möge ihn doch aus der Tiefe heraus tragen; er
werde ihn, wenn er auch nicht mehr leisten könne, doch mit Fleisch
füttern. Der Drache sagte ihm das zu und sprach 'Lad das Fleisch
auf mich und setze dich selbst auf, und so oft ich während des Fliegens
den Rachen öffnen werde, must du mir ein Stück Fleisch geben.'
Martin legte also ein Fäßchen voll Fleisch auf den Drachen und setzte
sich selbst auf ihn. Der Drache begann nun in die Höhe zu fliegen,
und so bald der Drache den Rachen öffnete, schleuderte ihm Martin
ein Stück Fleisch hinein. Allein er hatte noch nicht den halben Weg
zurück gelegt, als das Fleisch schon aufgefreßen war; und als der
Drache wieder aufsperrte und Martin ihm nichts mehr geben konnte,
da wurde der Drache grimmig und fieng an sich zu schütteln, um

den Martin ab zu werfen; der klammerte sich aber so fest an ihn an,
daß er ihn nicht abwerfen konnte. Da versprach der Drache ihn her=
aus zu tragen, wenn er ihm mehr als noch einmal so viel Fleisch
geben könne. Da lud Martin zwei tüchtige Fäßer Fleisch auf den
Drachen und dachte nun reichlich auszukommen, und setzte sich auf.
Der Drache stieg nun wieder in die Höhe, aber nicht weit vom obern
Ende war das Fleisch abermals aufgefreßen, und Martin muste sich
aus seinen Schenkeln noch Stücke Fleisch heraus schneiden und dem
Drachen in den Rachen werfen, und so brachte ihn denn der Drache
nach oben. Als er aber draußen war, schleuderte er den Martin in
die Höhe, daß er fast bis in die Wolken flog, damit er beim Nieder=
fallen sich zu Tode schlage; das geschah aber nicht; er fiel auf die
Erde als wie auf Federn und beschädigte sich gar nicht.

Schnell machte er sich nun auf, nahm aus der Tasche ein Glas,
in dem er Fett von jenen erlegten Drachen hatte, und bestrich damit
die Wunden seiner Schenkel. Jene drei Jungfrauen hatten ihm näm=
lich gesagt, daß das Drachenfett, auf Wunden gestrichen, diese sehr
schnell heile. Und so war es auch; sobald er nur aufgestrichen hatte,
waren sofort die Wunden geheilt, als wären sie gar nicht da gewesen.
Sodann suchte er sich seinen Stab und gieng in jenen Hof zu seinen
Kameraden. Als er auf den Hof kam, fand er sie da herrlich und in
Freuden lebend. Aber es gab keinen kleinen Schreck, als Martin in
die Stube herein trat. Der Schmied und der Schneider konnten kein
Wort sagen; die drei Jungfrauen aber, die Martin sehr wol erkann=
ten, hiengen sich sofort an ihn, umarmten und küßten ihn liebreich
und hatten eine große Freude, daß sie wieder bei ihrem Erlöser waren.
Nun kam der Trug jener beiden zum Vorschein, und Martin ergriff
sie, prügelte sie jämmerlich durch und jagte sie vom Hofe weg. Er
behielt dann alle drei Jungfrauen als seine Frauen und blieb auf
dem Hofe wohnen, wo es ihm sehr gut gieng und er alt wurde, und
nach seinem Tode wohnten dort seine Kinder und Kindeskinder, und
vielleicht wohnt noch eines von ihnen dort.

Vom Zimmermann, Perkun *) und dem Teufel.

Ein junger Mensch, der als Zimmermann gut gelernt hatte, bekam Lust zu wandern. Als er schon einige Tage gegangen war, kam er zu einem Manne, und da dieser denselben Weg gieng, so giengen sie mit einander, damit ihnen beim Gehen die Zeit nicht so lang werde. Unterwegs gab sich jener Mensch dem Zimmermanne als Perkun zu erkennen. Als beide mit einander giengen, kamen sie am folgenden Tage noch zu einem, und der sagte, er sei der Teufel. Nun giengen sie alle drei mit einander und gelangten in einen großen Wald, in welchem viele wilde Thiere aller Art waren; sie hatten aber nichts zu eßen. Da sagte der Teufel 'Ich bin stark und geschwind, ich werde sogleich Fleisch und Brot bringen und was sonst nötig sein wird.' Perkun sagte "Und ich werde anfangen gewaltig zu blitzen, so daß überall ein Feuer sein wird, und zu donnern: da werden die wilden Thiere von uns fliehen." Und der Zimmermann sagte 'Ich werde schön kochen und backen, was man bringen wird.' Dieser Verabredung gemäß that nun jeder das seine, und so lebten sie einige Wochen unter freiem Himmel.

Nach einiger Zeit sagte aber der Zimmermann 'Kameraden, wißt ihr was? Wir wollen uns ein schönes Häuschen bauen, in dem werden wir dann wohnen können wie die Menschen; wozu sollen wir hier kümmerlich leben wie Wilde?' Jenen beiden gefiel der Vorschlag sehr wol und der Zimmermann brauchte nur passende Bäume aus zu suchen, die andern beiden rißen sie sofort mit den Wurzeln aus und schleppten sie an den bestimmten Ort; und als sie meinten, sie hätten genug, da fiengen sie an zu bauen. Dem Zimmermanne lag nur ob, ab zu meßen und zu zeichnen; die andern beiden rißen dann das Überflüßige mit ihren Nägeln ab, und in kurzer Zeit stund ein ganz nettes Häuschen da, in welchem sie sich aufs Schönste einrichteten; denn der Zimmermann brauchte nur zu sagen, was noch nötig sei, und an zu ordnen, wie es sein solle, da machten es die andern beiden sogleich. Sodann machten sie aus der von Bäumen entblößten Stelle des Waldes Feld. Der Zimmermann verfertigte einen gewaltigen Pflug, an den spannte er die beiden andern an und gieng pflügen; das gieng

---

*) Perkúnas, der Zeus der Litauer.

über Stock und Wurzel und Stein. Ferner verfertigte der Zimmer=
mann eine schrecklich große Egge, und eggte wieder mit jenen beiden.
So hatten sie in ein paar Tagen jene ganze Stelle in feinen Staub
zerarbeitet. Als nun das Land gut bearbeitet war, muste der Teufel
allerlei Gemüsesamen besorgen, die sie säten und pflanzten; am mei=
sten aber unter allen Gemüsen pflanzten sie Rüben.

Als nun das Gemüse und vorzüglich die Rüben schön gediehen
waren, da fanden sie jeden Morgen, daß tüchtig gestohlen war, und
sie konnten nicht entdecken, wer den Schaden gethan habe. Da ver=
abredeten sie sich, Nachts zu wachen. Die erste Nacht gieng der Teu=
fel; als er Wache stund, kam der Dieb angefahren und fieng an
Rüben aus zu reißen und auf einen kleinen Wagen zu laden. Schnell
sprang er herbei, um den Dieb zu faßen und nach Hause zu schaffen;
der Dieb aber hieb ihn so schlimm zusammen, daß er kaum das Leben
behielt, und fuhr mit den Rüben davon. Früh gieng der Zimmer=
mann mit Perkun, um nach zu sehen. Sie fanden abermals viel ge=
stohlen und schalten den Teufel sehr. Der aber sagte, es wäre ihm
am Abend nicht wol gewesen, und als das vorüber gegangen, wäre
er ein wenig eingeschlummert, und da müße wol während dem der
Dieb gekommen sein. Die zweite Nacht muste Perkun gehen und
wachen, aber dem ergiengs eben so. Als er den Dieb faßen wollte,
hieb ihn der Dieb unmenschlich und fuhr mit seinem Wägelchen voll
Rüben davon. Früh fanden sie wieder, daß großer Schade angerich=
tet war; und als der Zimmermann dem Perkun deshalb Vorwürfe
machte, sagte er, Abends habe er heftiges Zahnweh gehabt, und als
das etwas nachgelaßen habe, sei er eingeschlummert; während dem
habe der Dieb die Rüben gestohlen. Keiner von beiden aber sagte,
daß er Schläge bekommen hatte.

Die dritte Nacht hatte der Zimmermann die Wache; da er aber
ein wenig spielen konnte, nahm er seine Geige mit, setzte sich unter
eine Tanne; und als der Schlaf ihn überkommen wollte, geigte er
sich eins; denn er wollte durchaus wach bleiben, um zu erfahren,
was das für ein Dieb sei. Gegen Mitternacht hörte er, wie der Dieb
gerades Weges in die Rüben hinein fuhr und immer mit der Peitsche
knallte und sagte 'Pitsch, patsch, eisernes Wägelchen, Peitschlein von
Draht!' und so in einem fort. Dem Zimmermann kamen allerlei
Gedanken, und er fieng an desto mehr zu geigen. Als der Dieb die
Musik hörte, hielt er bei den Rüben an und ward still; der Zimmer=

mann aber kratzte, so sehr seine Kräfte nur vermochten, in der Mei=
nung, er werde den Dieb damit verjagen; aber nein. Dem Dieb ge=
fiel die Musik und er kam zu ihm hin. Und wer war es? Eine
wilde unheimliche Laume, die in demselben Walde ihren Wohnsitz
hatte und die niemand bewältigen konnte. Diese Laume hatte die
Rüben gestohlen und den Teufel und den Perkun so schlimm zugerich=
tet. Nun wuste der Zimmermann recht gut, wie es jenen beiden er=
gangen war und daß er mit ihr sehr sanft umgehen müße. Als die
Laume zum Zimmermann hin kam, sagte sie ihm guten Abend und
stellte sich sehr freundlich; denn die Musik gefiel ihr sehr wol. Als
sie eine Weile zugehört hatte, sagte sie zum Zimmermann 'Ei, sei
doch so gut und laß mich das auch einmal versuchen!' Aber sie konnte
gar nichts. Da nahm sie der Zimmermann bei der Hand und zeigte
ihr, wie sie es machen solle; aber es gieng doch nicht, und sie wollte
es sehr gerne auch so lernen. Da sagte sie zum Zimmermann, sie
würde ihm sehr erkenntlich sein, wenn er sie so schön geigen lehre.
Der Zimmermann sagte 'Das ist nur eine Kleinigkeit für mich; ich
weiß, was dir Not thut; wenn du das thust, so wirst du es sogleich
können.' Sie sagte, daß sie recht gerne alles thun wolle. Da sagte
der Zimmermann zu ihr 'Sieh nur, wie dick deine Finger sind, und
sieh meine dagegen! Du must deine Finger dünner machen laßen, dann
wirst dus gleich können.' Sie wollte das auch thun. Da gieng der
Zimmermann fort und holte seine Axt und einen Keil, suchte sich den
dicksten Baumstumpf aus, machte einen Spalt und schlug den Keil so
tief hinein, bis der Spalt so groß war, daß die Laume ihre Finger
hinein stecken konnte. Und als sie die Finger beider Hände hinein
gesteckt hatte, da zog er den Keil heraus und der Spalt schloß sich
und zerdrückte ihr die Finger so arg, daß das Blut in einem fort floß
und sie vor großem Schmerz zu heulen und zu bitten begann, der
Zimmermann möge sie doch los laßen, sie werde nicht mehr kommen
und Rüben stehlen. Der Zimmermann aber ließ sie eine tüchtige
Weile in der Klemme, gieng hin und holte ihr Drahtpeitschlein und
fieng an sie damit durch zu prügeln. Und als er sie jämmerlich zu=
gerichtet hatte, holte er den Keil wieder herbei und schlug ihn in die
Spalte des Baumstumpfes, so daß sie ihre Finger wieder heraus ziehen
konnte. Da verschwand sie wie der Wind und ließ ihr eisernes
Wägelchen und das Drahtpeitschlein zurück.

Früh kamen sie, um nach den Rüben zu sehen, und auch nicht

eine einzige war gestohlen. Da lachte der Zimmermann jene beiden aus und sagte 'Ihr seid mir tüchtige Männer! Stellt euch so stark und laßt euch dort von einem alten Weibe überwinden, und obendrein durchprügeln. Aber ich hab sie ausgezahlt, daß sie in ihrem ganzen Leben nicht wieder Rüben stehlen wird.' Da fiengen jene beiden an sich vor dem Zimmermanne zu fürchten, denn sie hielten ihn für sehr mächtig. Bisher hatten sie geglaubt, er sei ein schwacher Wicht im Vergleiche mit ihnen, von der Zeit aber hielten sie ihn in hohen Ehren, und den Garten brauchten sie nicht mehr zu bewachen, die Laume kam nicht mehr stehlen.

Als sie nun so einige Jahre da gewirtschaftet hatten, behagte es ihnen nicht mehr beisammen zu sein: es sei beßer, wenn hier nur einer wirtschafte. Sie konnten aber darüber nicht einig werden, wem das Häuschen am besten zufalle; denn jeder rühmte sich, er habe viel daran gethan. Nach langem hin und her streiten beschloßen sie es so zu machen: sie wollten sich Nacht für Nacht gegenseitig bange machen, und der, welcher ausharren werde ohne zu entfliehen, durch sein Scheuchen aber die andern fort zu jagen im Stande sein werde, dem solle das Häuschen als Eigentum verbleiben.

Die erste Nacht gieng der Teufel hinweg, um zu scheuchen. Um Mitternacht erhob sich ein starker Wind und ein mächtiges Toben, so daß das Häuschen anfieng zu beben und zu krachen; die Decken fiengen an sich auszuheben und die Wandbalken in den Wänden sich zu bewegen. Als Perkun das sah und hörte, entfloh er sogleich durchs Fenster. Der Zimmermann aber nahm sein Gesangbuch, sang und betete und blieb in der Stube, und der Teufel konnte ihm nicht bange machen, er mochte einen so argen Lärm und Sturm machen als er wollte und das Häuschen auf alle Art reißen, schütteln und drehen. Perkun hatte also die Wette verloren, und der Zimmermann gewonnen.

Die zweite Nacht gieng Perkun weg um zu scheuchen, und der Zimmermann blieb mit dem Teufel in der Stube. Als es schon ziemlich tief in der Nacht war, da stieg eine Wolke auf schwarz wie ein Sack, und entsetzlicher Donner mit Blitzen kam aus ihr, und je näher das Gewitter dem Häuschen kam, desto ärger ward das Donnern und Einschlagen, man hätte meinen sollen, der ganze Wald und das Häuschen werde in den Abgrund der Erde hineingeschlagen werden, und das Schießen der Blitze und das Knallen war so groß, daß gleich alles hätte verbrennen mögen. Als das der Teufel sah, warf er sich

schnell wie der Wind durchs Fenster und entfloh, denn dem Perkun
traute er nicht sehr und fürchtete, daß er ihn mit einem Blitzstrahle er=
schöße; er wußte ja recht gut, daß Perkun die Teufel, die sich in der
Welt herumtreiben, erschlage. Der Zimmermann blieb da, nahm sein
Buch, sang und betete, und kümmerte sich um die Schrecknisse gar
nicht, die Perkun draußen machte. So gewann er die Wette aber=
mals und der Teufel verlor.

Die dritte Nacht nun gieng der Zimmermann bange machen und
Perkun blieb mit dem Teufel in der Stube, und beide dachten 'Wie
sollte der uns bange machen.' Aber gegen eilf Uhr gieng der Zim=
mermann hin, nahm jenes eiserne Wägelchen und das Drahtpeitschlein
der Laume, die er, ohne jenen etwas davon zu sagen, im Walde in
einem Dickicht verborgen hatte, und dachte 'Wenn ich damit ans Häus=
chen gefahren komme, da werden sie Furcht genug haben.' Er setzte
sich also ins Wägelchen, nahm das Peitschlein und begann zu knallen;
da lief das Wägelchen dem Hause zu. Während der Zimmermann
so mit der Peitsche knallte, rief er 'Pitsch, patsch, eisernes Wägelchen,
Peitschlein von Draht!' und so giengs in einem fort und immer
näher ans Haus. Jene beiden in der Stube hörten es und dachten,
das sei niemand anders, als jene Laume, die sie damals so jämmer=
lich zerdroschen hatte; da befiel sie eine solche Furcht, daß sie es nicht
länger in der Stube aushalten konnten. Perkun entfloh, Feuer um
sich herum speiend, zum Fenster hinaus, und der Teufel machte vor
Angst in alle Ofenhäfen; und als er sich so schrecklich besudelt hatte,
flog er durch die Decke und den Dachfirst hinaus, und von der Stunde
an zeigte sich von den beiden keiner wieder in dem Häuschen. So
bekam denn der Zimmermann das ganze schön eingerichtete Häuschen
in seinen Besitz. Die Ofenhäfen machte er schön rein, brachte den
Teufelsdreck in die Apotheke zum Verkaufe und löste viel Geld dafür.
Dort lebte er noch lange Jahre in Gedeihen und Glück bis er
starb, und alle Apotheker verkaufen noch bis auf diesen Tag den
Teufelsdreck als Arznei.

Von den Steinen.*) (Bruchſtück.)

In uralten Zeiten reiſte ein Teufel nach Rußland in die Stadt Kowno auf die Hochzeit und nahm einen ſehr großen Sack voll Steine mit, mit welchen er bei Kowno den Memelſtrom ausfüllen wollte, in der Meinung, durch dieſes Werk werde er allen Hochzeitsgäſten eine große Ehre erweiſen. Aber ſchon ein gutes Stück vor Inſterburg bekam der Sack ein Loch und die Steine fielen heraus, ohne daß er es wuſte, und fielen immer zu ſachte heraus bis, als er nach Kowno gekommen war, der letzte heraus fiel; das war aber der gröſte, und ſo groß wie ein mäßig großes Haus. Der Stein liegt noch dort am Memelufer und man kann noch ſehr wol erkennen, wie er dem Teufel auf dem Rücken gelegen, denn der ganze Rücken und die Schultern hatten ſich eingedrückt. Als nun der Teufel ſeinen Verluſt merkte, ward er grimmig und kehrte ausſpuckend ſofort um. Der ganze Strich aber jenſeit von Inſterburg bis Kowno hat noch bis auf dieſen Tag eine Menge von Steinen.

---

*) Unter dieſen Steinen hat man ſich die in Litauen häufigen erratiſchen Blöcke zu denken.

2.

Sprichworte und sprichwörtliche Redensarten

nebst

Verwünschungen und dem Spruche des Hochzeitbitters.

So viel du dir abschneiden wirst, so viel wirst du auch eßen.

Es ist wolfeil abwehren, wenn es davon läuft.

Die Ahle wirst du im Sacke nicht verbergen.

Selbst eine Ahle schiert bei andern Leuten, und bei uns nicht einmal das Schermeßer.

Hin und her hüpfen wie ein Aitwar (fliegender, feuriger Drache).

Tragen wie ein Aitwar.

Wenn man weder über die Alten noch über die Jungen lachen kann, über was soll man dann lachen?

Alter ist kein Herrentum.

Alter ist Armut.

Wie die Alten pfeifen, so tanzen die Jungen.

Das Alter wirft auch den nicht Betrunkenen um.

Passen, als wenn ein Alter eine Junge heiratet.

Der Alus (das Hausbier) ist rund. (Im Litauischen gereimt.)

Der Alus ist ruhig. (Im Lit. gereimt.)

Der Alus ist gesprächig. (Im Lit. gereimt; auch beide Worte deminuiert.)

Der Alus ist kein Waßer; Herren (Pfarrherren) sind keine Hirtenbuben.

Der Alus hat Hörner.

Der Alus wird mich nicht zwingen; ich werde noch Meth brauchen. (Im Lit. gereimt.)

Still, stille! behalte den Alus für die Kindtaufe. (Im Lit. gereimt.)

Einer, der über den Alus gesprungen (oder gegangen) ist.

Wenn du vor Amt gehst, so sprich dir zu Hause erst das Urteil.

Beßer nicht angefangen, als nicht beendet.

Was dich nichts angeht, in das stecke dich nicht.

Was dir angenehm ist, das thu auch einem andern, und was dir nicht angenehm ist, das thu auch einem andern nicht.

Der Apfel wird abfallen, wenn er reif sein wird.

Wie der Apfelbaum, so die Äpfel.

Wie die Arbeit, so der Lohn.

Deine Arbeit ist wie das Gebet eines Betrunkenen.

An der Arbeit erkennst du den guten Handwerker.

Steck (misch) dich nicht in Arbeiten (Dinge), die nicht die deinigen sind.

Alle Arbeiten (Verrichtungen) gehen auf der Erde vor sich.

Wenn man die Arbeiten vollbracht hat, ist es süß zu feiern.

Wenn der Arbeitsame auch nur geringen Lohn erhält, so hat er doch satt zu essen.

Hätte er nicht den Arm krumm gehabt (ein Geschenk im Arme gehalten), so wäre es ihm nicht so geglückt.

Dünn wie eines Armen Korn.

Zieh die Art (das Geschlecht) mit Schweiß.

Mit Artigkeit wirst du den Topf nicht fett machen.

Wo Aas ist, da werden bald auch Krähen sein.

Auf einen starken Ast gehört ein starker Dieb.

Fremder Athem stinkt immer.

Was ich mit meinen Augen sehe, das glaub ich auch.

Sei nicht zu frech, sonst verbrennst du dir die Augen; sei nicht zu blöde, sonst bekommst du nichts. (Im Lit. gereimt.)

Die Augen langen darnach, das Herz nimmts nicht an (z. B. von den Gelüsten eines Kranken gesagt).

Aug in Auge, Thor in Thor.

Wenn man hinein geht, schwelen (glimmen, glühen) die Augen; wenn man heraus geht, das Genick.

Vier Augen sehen mehr als eines.

Auch ein Auge muß Schlaf haben.

Wenn du zu jäh springst, wirst du dir die Augen ausstoßen.

Mach die Augen zu und den Arsch mach auf. (Im Lit. gereimt.)

Vor den Augen so und hinter den Augen (im Rücken) anders.

Gute Augen fürchten sich nicht vorm Rauch.

Wenn du auf die Augen gesehen, frage nach dem Befinden.

An den Augen sieht man, was für einer er ist.

Er hat nicht die Augen eines Pfarrers (oder Richters; er ist nicht
dazu geboren).

Hättest du nicht die Augen geschloßen (geschlafen, gefeiert), brauchtest
du nicht zu weinen. (Im Lit. gereimt.)

Er hat nicht einmal so viel, daß ihm etwas ins Auge fallen könnte.

Die Augen recken beim Sehen (so angestrengt sehen, daß sich die
Augen recken).

Was du ausgetrieben, das hüte auch; in was du dich gesetzt,
darin bleib auch sitzen.

Zum auskommen (hinreichend zur Nahrung), nicht zum fett werden.

Eine schlechte Art geht so bald nicht zu Grunde.

Die Bachstelze wird den Rocken anzünden. (So sagt man, wenn die
Frauen im Frühjahre noch spinnen).

Wer wenig hat, bäckt mager.

Dem Ungeladenen nicht einmal eine Bank; dem Ungebetenen unter
der Bank.

Ich verstehe, ich krieche nicht unter die Bank.

Brumm in den Bart wie ein Bettler, der die Grütze verstreut hat.

Es träuft durch den Bart, die Zähne kosten es nicht. (Im Lit. ger.)

Zum Bart gehört ein Stab. (Im Lit. gereimt.)

Reiß den Bast, so lange er sich löst; wenn er anbacken wird, wirst
du nicht mehr können.

Gestohlenen Bast wirst du mit Leder (d. i. theuer) bezahlen.

Ich hab dich schon zu einem Bastschuhe getreten; ich hab dich schon
zu einem Reife zusammen gebogen.

Und wenn er auch nicht einmal einen Bastschuh anspannen kann,
doch ist er ein Wirt.

Der Bastschuh kommt in der Wirtschaft weiter als die Stiefel.

Ein Bauer ist immer unter den Nägeln schwarz.

Das ist ein dürftiger Bauer, dessen Felder die Lerchen düngen.

Durch den Bauch führt keine Landstraße.

Der knarrende Baum steht länger.

Wie der Baum, so die Frucht.

Ein guter Baum kann keine schlechte Frucht tragen.

Ein dürrer Baum kracht, ein junger (oder grüner) bricht.

Andre Bäume, andre Holzhauer.

Wo man Bäume behaut, da fliegen auch Splitter.

Der Baumstamm sitzt fest, du kannst nicht in den Himmel steigen.

Ein kleiner Baumstumpf wirft einen großen Wagen um.

Unter dem Baumstumpfe aufgewachsen (dumm).

Wer hangen bleibt, haut den Baumstumpf ab.

Es ist leichter zu befehlen als zu arbeiten.

Wo du bellen wirst, da wirst du auch fressen.

Der Bär, von der Eichel getroffen, brüllt; vom Aste nieder gedrückt, ist er still.

Der Bär ist im Walde, und man schneidet das Fell.

Der Bär brummt, wenn er gezüchtigt wird.

Bär und Petz, es ist einer wie der andre. (Im Lit. gereimt; für den Bären hat das Litauische zwei, ursprünglich wol verschiedenen Landstrichen eigene Benennungen.)

Wenn du Bären führst, wirst du auch am Bären deine Freude haben.

Der Bär starb, der Dudelsack blieb übrig.

Der Bär ist todt, wirf auch die Trompete weg.

Zu nichts taugen, als zum Bärenführen.

Beßer auf den Berg steigen, als herab fallen.

Ich habe ihm einen Berg aufgeschüttet, und er gräbt mir eine Grube.

Berge kommen nicht zusammen, aber Menschen.

Gegen den Berg ist gut gehen, aber vom Berge kann man sich kopf= über herab rollen.

Gegen den Berg ist der Wagen schwerer.

Du wirst wirtschaften und zu Besitz kommen; im Bastschuh wirst du den Reichtum fahren; mit dem Finger wirst du das Brot schnei= den; mit der Rohrpfeife wirst du den Brei schlürfen; am Fenster wirst du sitzen; blauen Rauch wirst du fisten; des Elends Ende wirst du finden.

Etwas besch..... und liegen laßen (anfangen und nicht beenden).

Des Bettlers Sack wirst du nicht voll füllen.

Des Bettlers Stab wird nicht ins Getreide gehn.

Jeder Bettler lobt seine Krücke.

Dem Bettler (auch dem Wolfe) braucht man den Weg nicht zu zeigen.

Die Bettler raufen sich, der Speck wird uns zufallen.

Des Bettlers Sack hat keinen Boden.

Mit Betrug wirst du nirgend durchkommen.

In wessen Beutel Schroten sind, dem gehören auch die Kinder.

Betrunken leg dich schlafen, gealtert leg dich sterben.

Aus fremdem Beutel ist wolfeil zahlen.

Wie ein Bieber einen streichen laßen und davon laufen.

Ein schönes Bild — ein schlechter Wirt (Landwirt).

Wenn er getrunken, meinst du er habe Bilsenkraut gegeßen; wenn
  er nüchtern geworden, trübt er kein kühles Waßer.

Husch! wie das Birkhuhn in der Tanne.

Da hast dus, Birkhuhn; fünf Wölfe in den Fallstricken; dir war
  nicht aufgestellt und du bist darin (?).

Der Bißen hat den Schluck im Geleite.

Der erste Bißen ist der Köchin.

Warum blasen, wenn es nicht summt (keinen Ton von sich gibt)?

So weinen, wie dort die Blätter von den Bäumen fallen.

Ein Blinder führt den andern.

Wie kann ein Blinder einen Blinden führen?

Blinde stoßen sich einer den andern.

Den Blutigen scheut jeder, den Milchigen beleckt jeder.

Ein Bock, dem man flucht, wird fett.

Schreien wie ein Bock, der zu Markte geführt wird.

Hart ist der Bock zum Melken. (Vom Geizigen gesagt.)

Vom Bocke kommt weder Milch noch Wolle.

Führe den Bock nicht in den Garten, er wird selbst hinein steigen.

Den Bock zum Aufseher des Gartens (des Kohles) machen.

Wenn wir den Boden legen werden, dann werden wir es sehen.
    (Im Lit. gereimt.)

Schau nicht aufs Böse, sondern aufs Gute.

So lange du andre betrügst, wirst du selbst das Böse schmecken.

So lange du das Böse nicht erfahren, wirst du die Eintracht nicht
  erkennen.

Was du als Böser hinein gethan, das wirst du als Guter nicht
  heraus nehmen.

Des Bösen Reden sind wie des Wolfes Beten.

Dem Bösen entgangen sein und das Gute nicht erjagt haben.

Kahl wie ein Brachvogel.

Schnitze keinen zu langen Bratspieß.

Kratzt die Braut den Keßel aus, so wirds an der Hochzeit regnen.

Die Brautecke (am Tische) ist der Tanne kein Bruder.

Wenn du den Brei gegeßen, so nimm auch den Topf.

Auch das Breite hat einen Rand; auch das Tiefe hat einen Grund.

Das Brot kommt nicht mit dem Winde geflogen.

Sie ward zwar krumm (alt), aber Brot knetet sie doch.

Gekauftes Brot hält nicht lange vor.

Brot, das mit fremdem Meßer geschnitten ist, schmeckt nicht gut.

Dem Hungrigen schmeckt auch schwarzes Brot gut.

Mit dem Brote hat es nichts auf sich, wenn nur Roggen da ist:

Wie viel ihrer vom Brote (alle Hausgenoßen).

Das Brot weint, wenn es vergeblich gegeßen wird.

Schwarzes Brot ist kein Hunger.

Weißes Brot ist nicht für alle Hunde.

Weißes Brot ist nicht für die Hunde.

Sch... auf den Brotschieber, und du wirst keinen Buchweizenflaben
backen.

Unser aller Bruder ist der naße Lehm. (Im Lit. gereimt.)

Man bückt sich genug, bis man voll sammelt.

Im Busche sind immer mehr krumme Bäume als gerade.

Reuch in deinen Busen.

Komm nackt, so wirst du dir im Busen etwas mit nach Hause nehmen.

Wenn du das Dach nicht her richtest, so verfault es; wenn du das
Haus nicht stützest, so fällt es ein. (Im Lit. gereimt).

Wie das Dach, so der Tropfen.

Mit Dank wirst du nicht fertig werden; mit Kuchen wirst dus nicht
zustopfen.

Ein Darm kriecht in den andern (ich bin sehr ausgehungert).

Ein blinder Deutscher.

Ein Dieb vertreibt den andern.

Der Dieb in die Tasche; der Schelm in den Sack.

Der Dieb kann die Schlüßel verbergen.

Der Dieb, der davon läuft, hat einen Weg; und der, welcher ihn
sucht, hat viele Wege.

Dienst (ist) Kummer. (Im Lit. reimen beide Worte.)

Wer als Dohle geboren, der ist und bleibt eine Dohle; wer als
Pfau geboren, der ist und bleibt ein Pfau. (Im Lit. gereimt.)

Doppelt reißt nicht.

Einem Doppelzüngigen traue nicht.

Der Dreck erlegt keine Zugabe.

Wo Dreck ist, da gibts Korn. (Im Lit. gereimt.)

Ein gebackener Dreck ist kein Fladen.

Schmore oder schmore nicht, aber Dreck ist ihm Bartsch.

Drehe dich nicht (treib dich nicht herum) und geh wie ein Dieb durch
den Jahrmarkt.

Wer den Dreier verschmäht, der wird auch den Sechser nicht be=
kommen. (Im Lit. gereimt.)

Ein Dummkopf gieng fort, ein Narr kehrte zurück.

Jeder Edelherr ist des Teufels Geschirr (Ware).

Edelmann und Hund (oder Teufel), das ist einerlei.

Das Ei will klüger sein als die Henne.

Geh sachte, daß das Ei nicht vom Kopfe herab rolle.

Verstehst du nicht mit dem Ei zu spielen, so spiele mit Dreck.

Nicht nehmen, und wenn er (sie, es) ein goldnes Ei legte.

Das Eichhorn ist auf dem Aste und man schnitzt schon den Bratspieß.

Schön ist ein Eidam, aber schade um den Quark (d. i. um die
Kosten, die er verursacht).

Eigenlob säuert (geht in Säure, Gährung über).

Eile ist kein Bruder.

Eile, wenn du versäumen willst.

Mit Eile (geht man) dem Unglück entgegen.

Eilt man damit, so bäckts nicht gar; vergißt man es, so verbrennts.

Thu nach deiner Einsicht und nicht nach deinem Willen.

Auch das Eisen wird stumpf.

Schmiede das Eisen, so lange es warm ist.

Er gafft, als hätte er ein Stückchen Eisen gefunden.

Wenn du deine Ellbogen nicht geflickt hast, wirst du kein Tuch ver=
kaufen.

Das Elend (auch der Frohndienst) ist uns angetraut wie eine Frau.

Im Elende wirst du ein Ende finden.

Im Elende wuchs ich auf, in Trübsal ward ich alt.

Wenn du da auch entkommen wirst, wo anders wird das Elend ge=
duckt deiner harren (anders: dir auflauern).

Wenn du im Elend bist, must du dich wenden wie du kannst.

Wäre nicht Elend und Plage, so wäre Weihnachten alle Tage.

Ich betrank mich, ward guter Dinge und vergaß all meines Elends; ich schlief aus, ward wieder nüchtern und all mein Elend war wieder vorhanden.

Ist dir bestimmt zu wirtschaften, so wirst du genug wirtschaften; ist dir bestimmt im Elende zu leben, so wirst du genug im Elende leben.

Eine Elster ohne Schwanz, ein taubes Dorf, ein blindes Gebäude.

Du wirst eher ein Ende nehmen, als mit arbeiten zu Ende kommen.

Er hat das Ende des Steges erklettert (er kann nicht weiter).

Du wirst einst bis ans Ende des Steges steigen.

Ich frage dich nach den Enten, und du redest in deiner Antwort von den Gänsen.

Wirf die Erbsen gegen die Wand, ob sie kleben bleiben.

Und wenn du auch stets Erbsen gegen die Wand werfen wirst, sie werden nicht kleben bleiben.

Durch die Erbsen sind die Wege gerade.

Iß dich voll Erbsen, stecke den Busen voll Steine und dann rede mit ihnen.

Immer mit Stolpern (mit Hast) zum Erbsenbrei. (Im Lit. gereimt; zum Eßen eilt jeder und wärs auch auf den Knien.)

Traurig, als hätte er die Erde (andre: Länder) verkauft.

Beßer mit Ehre sterben, als ohne Ehre leben.

Ein Ehrenpilz (ehrgeiziger Mensch) wird nicht satt.

Schilt, aber schilt nicht im Ernste; verfolge, aber hole nicht ein; schlag, aber schlag nicht tobt: so wirst du ein guter Landwirt sein.

Wenn du dich nicht satt gegeßen, wirst du dich auch nicht satt lecken.

Eßen, trinken und Ruhe erhält des Menschen Leben.

Gesund gegeßen, gesund ausgefistet habend, iß auch das andre gesund.

Kommst du ohne gegeßen zu haben, so wirst du auch hungrig fort gehen. (Im Lit. gereimt.)

Komm, wenn du gegeßen hast, und du wirst auch hier etwas bekommen.

Komm ohne gegeßen zu haben, und du wirst auch hier nichts bekommen.

Der Eule Rock anziehen.

Die Eule brütet kein buntes Habichtlein aus.

Mittels des Fadens das Kneuel aufspüren.

Mittels des Fadens wirst du auch das Kneuel finden.

Beim Nehmen hat er Falkenaugen, beim Geben Hundsaugen.

Je höher etwas ist, desto schwerer der Fall.

Ich habe dir keine Falle gestellt und habe dich doch gefangen.

Wenn nicht genug im Faße ist, bohre das andre Ende an, wirst eben
    so viel bekommen.

Der Faule liegt da, aber Einsicht hat er.

Wenn es auch ein Faulpelz ist, so ist der Ort doch nicht leer.

Da, Faulpelz, hast du ein Ei! ʻIsts aber auch geschält?ʼ

Es paßt wie die Faust aufs Auge.

Die Feder schreibt, um den Groschen bittet sie. (Im Lit. gereimt.)

An den Federn kannst du sehen, was für ein Vogel es ist.

Bevor die Federn gewachsen, kannst du nicht fliegen.

Als Feld geboren, wird er auch als Feld altern (als roh, dumm).

Die Felder können weit sehen und der Wald weit hören.

Eßen, auf daß das Fell die Knochen nicht verliere.

Aus fremdem Felle ist wolfeil breite Sandalen schneiden.

Ein durchstampftes Fell ist weicher und eine durchstampfte Ehefrau
    stiller.

Wenn man eines schiert, zittert dem andern das Fell.

Meine Fenster sind groß; mit dir allein werde ich sie nicht zustopfen.

Aus der Ferne das Haff aussaufen (wörtlich: ausfreßen, nämlich
    dünnes freßend, wie z. B. ein Hund), und wenn man hin ge=
    kommen ist, nicht einmal das Ufer.

Es praßelt noch in der Ferne.

Aus dem Fette werden keine Eingeweide entstehen.

Bis der Fette mager wird, geht der Magere zu Grunde.

Feuer ist kein Tabak.

Das Feuer brennt, auch wenn es nicht geschürt wird.

Das Feuer wird das Fett finden.

Es ist wolfeil sich zu wärmen, wenn das Feuer geschürt ist.

Wenn man das Feuer nicht schürt, brennt es nicht.

Grün (ist ja noch) die Fichte, grün die Tanne; wir werden auf=
    spinnen, zu Ende weben, noch Zeit genug.

Mit dem Finger wirst du kein Brot schneiden.

Zwischen den Fingern wird kein Berg wachsen, wenn nicht Fleisch
    da sein wird (?).

Mit den Fingern wirst du keine Wurst braten.

Allein sein wie ein Fingerchen (oder Vögelchen, Tröpfchen).

Gesund wie ein Fisch.

Wo gibt es Fische ohne Gräten und Fleisch ohne Knochen?

Die Fische gefielen sehr, die Teiche ließ man leer.

Auch der Fisch hat an der Tiefe kein Gefallen.

Mit Fleisch (mit Kraft) angreifen.

Auch die Fliege überwindet den Ochsen, wenn der Wolf ihn fängt.

Wenn du die Fliege verschluckt hast, wirst du sie nicht mehr ausspucken.

Es ist gut fliegen, aber nicht gut sich niederlaßen.

Der Fluch geht zum Munde heraus und kriecht zur Nase (andre: zum Ohre) wieder hinein.

Ohne gegeßen zu haben kann man durch drei, vier Fluren gehen, nackt aber wirst du nicht einmal die Schwelle überschreiten.

Wann hat je der Fluß genug Halme (Reiser) gehabt! (d. i. man kann nie den Fluß mit Halmen u. dgl. ausfüllen).

Wie die Frage, so die Antwort.

Wenn es gilt, eine Frau zu nehmen, ist auch die Nacht kurz.

Eine gute Frau zeigt dem Manne den Weg.

Eine böse Frau verhaut dem Manne den Weg.

Lobe die junge Frau nicht, die du noch nicht überwintert (einen Winter durch gefüttert, vom Vieh gebraucht) hast; wenn du sie über einen Winter ernährt hast, dann wirst du sie loben.

Mit deiner Frauen Schönheit wirst du dich nicht zudecken.

Ekele dich, armes Frauchen, wenn du auf ein Steinchen gebißen.

Frembem lauere nicht auf, das Eigene gib nicht auf.

Begehre nicht das Frembe und das Deinige gib nicht weg.

Was bei mir nicht ist, das wirst du auch in der Frembe nicht bekommen.

Freue dich nicht, wenn du etwas gefunden; jammere nicht, wenn du etwas verloren.

Wenns nicht geboren — keine Freud; wenns nicht gestorben — kein Leid.

Habe deine Freude am Ofen und nicht an mir! (So sagt man zu jemandem, den man nicht mag.)

Friß, daß du platzest (berstest).

Wenn du den Funken nicht auslöschest, wirst du bald heiße Asche
  haben.

Wo Furcht ist, da ist auch Ehre.

Wer aus Furcht davon läuft, der fällt in die Grube.

Was du gesehen, was du gehört, tritt unter die Füße (schweig davon).

Mit den Füßen wirst du das Land nicht bewirtschaften.

Geh mit den Füßen (schnell, ordentlich).

Geh langsam, zerschlag dir nicht die Füße.

Schneids aus der Fußsohle (nimms, woher du willst).

Auf frischen Fußstapfen (auf frischer Spur, z. B. erwischen).

Wo Fußstapfen sind, da ist auch Not. (Im Lit. gereimt.)

Vom Laufenden (bleiben) Fußspuren, vom Standhaltenden Blut=
  spuren.

Das Futter ist dem Pferde nicht schwer.

Wenn du im Gallop läufst, wirst du Hals über Kopf stürzen.

Die Gans gieng unter einem hohen Thore weg und senkte ihr
  Haupt — und wie weit war doch noch das Thor.

Einem Gaste, den man gerne hat, ist auch gekocht, ohne daß (für
  ihn) gekocht ward, und gebacken, ohne daß gebacken ward.

Nicht für jeden Gast wird die Bratpfanne gescheuert und ein Eier=
  kuchen gebacken.

Einem Gaste ist der andre zuwider — und dem Wirte beide.

Geh, wenn man dich gerne hat; komm, wenn man deiner harrt: so
  wirst du ein guter Gast sein.

Auf einem abgetriebenen Gaule wirst du nicht weit reiten.

Je größer der Gauner, desto größer das Glück.

Als was einer geboren, als das wird er auch sterben.

Geboren, heran gewachsen; gestorben, verdorben.

Ein Gebäude ist nicht ein Hutheben.

Wenn dir gegeben wird, so nimm; wenn du geschickt wirst, so
  geh nicht.

Wer gibt, der hat auch.

Was dir selbst nicht gefällt, das wünsch auch keinem andern.

Der Gedanke ist des Herzens Gevatter. (Im Lit. gereimt.)

Die Gedanken sind kein Bastkorb.

Heilige Gefäße — unheilige Dinge (von geistlichen Herren gesagt).

Wie die Gegend, so die Sitte.

Wo du gehst, da stößt du dich; was du nimmst, damit ritzest du dich.

Gehn wirds, wies eben gehn wird; zu schön wirds nicht gehn.

Es geht nicht immer wie man will.

Einerlei, ob gegangen oder nicht gegangen.

Es gelüstet ihn, wie die Geiß nach Pfeffer.

Eine Geiß ist kein Viehstand, ein Mädchen kein Gesinde.

Die schlechte Geiß bleibt hangen für den Wolf.

Schlachte auch das letzte Geißlein, damit nur das Mägelein satt werde.

Nicht geizig, nicht reich; nicht freigebig, nicht berühmt.

Geld ist ein Mörder.

Wer viel Geld hat, der fürchtet sich auch vor den Herren nicht. (Im Lit. gereimt.)

Hier ist die Gerechtigkeit wie die Helle des Ofens (?).

Wer das Geringe nicht will, der wird auch das Gute nicht haben.

Wo Gerste liegt, hat der Roggen nicht Platz. (Trinker essen wenig.)

Wo Gerste liegt, braucht man keinen Roggen.

Zum Geschenke braucht man ein schnelles Pferd.

Geschenke machen selbst das Waßer zurück fließen.

Wems nicht bitter ist, der zieht kein Gesicht.

Am Gesichte wirst du den Menschen erkennen.

Aus dem Gesichte wirst du keine Butter schlagen (d. i. von der Schönheit wirst du nicht leben).

Gewandtheit geht über alles.

Da, Gevatter, hast du das Fronleichnamsfest!

Zur Gevatterin ist der Weg nicht weit.

Wie gewonnen, so auch ausgestreut (so zerronnen).

Wie du jung gewohnt, so wirst du alt thun.

Die Giltinee (Todesgöttin) sieht nicht nach den Zähnen.

Wie der Glaube, so das Opfer. (Im Lit. gereimt.)

Das Glück wirst du selbst mit der Zange nicht herbei ziehen und das Unglück kommt selber.

Wem etwas gelingt, darin hat er auch Glück.

Nicht immer ist das Gold, was wie Gold glänzt.

Ohne Gold ist auch das Licht finster.

Einen nicht wollen und wenn er Gold sch....

Gnade macht Not.

Gott gab trocknes Wetter, Gott wird auch Regen geben.

Was von Gott verheißen ist, das wird auch gehalten. (Ausspruch
des litauischen Fatalismus.)

Du hast Gottes Garten noch nicht abgehütet.

Gott hat mehr Sorgen als wir (es liegt ihm mehr ob als uns).

Wenn Gott wacht, muß auch der Mensch wachen.

Theuerster Gott, wir sind im Elend wie eine Maus in den Trebern.

Gott, gib lieber Neid (andre: einen Neider) als Mitleid!

Gott, gib, daß es aus deinem Munde in Gottes Ohr gehe!

Gott, gib Leute mit Bastschuhen, die aber bei Gelde sind! (Lit. ger.)

Gott, laß uns sterben, aber nicht umkommen!

Gott, laß uns klein geboren werden, aber groß wachsen!

Gott, gib aus der Ziege ein Schäfchen und aus dem Schweine eine
Stute!

Gott, laß uns finden, aber nicht verlieren!

Gott, gib nicht ein Gehöfte ohne Glocke (ohne Hund)!

Iß, ehre Gott, denk nicht an dein Haus! (Sagt man zum Gaste.)

Gott ist hoch und der König weit.

Gott gabs, der Teufel raufte es aus.

Der Herr Gott hat das Kind gepflückt. (Bei frühem Tode eines
Kindes gesagt.)

Das trifft sich in alle Wege, daß man unter Gott (unter Gottes
Hand) ist.

Mit Gott kannst du nicht zanken.

Mit Gott ist gut theilen.

Du hast mit Gott noch nicht die Finger zusammen gesteckt.

Hüte dich, und Gott wird dich nicht verlaßen.

Gott hat dem Schweine keine Hörner gegeben, es würde sonst die
ganze Welt ausstoßen (in der ganzen Welt herum stoßen).

Gott hat noch mehr, als er ausgegeben hat.

Was Gott gibt, steck in den Sack (andere: in den Korb, in den
Busen)!

Gottes Gabe, eines Narren Frage. (So sollen die Mädchen den
Burschen sagen, wenn diese bei gewissen Gelegenheiten fragen:
was ist das; wol auch außerdem gebraucht.)

Gott gabs mit Liebe, ein Narr fragt mit Neid.

Gott läßt den Menschen sich satt eßen und sich dann nieder legen.

Gott ist nicht eilig; aber er vergißt nichts.

Gott gab Zähne, Gott wird auch Brot geben. (Im Litauischen lau=
ten alle Worte mit b an.)

Warum nicht gar einen fremden Grind kratzen!

Ohne Groschen kein Verstand.

Großes haben wir nicht erjagt, dem Kleinen sind wir entgangen.

Der Große drückt den Kleinen und drückt ihm den Schweiß aus.

Wenns auf die Größe ankäme, so fienge die Kuh den Hasen.

Grabe keinem andern eine Grube, du wirst selbst hinein fallen.

Neun Gubben (polnische oder rußische Bauern, Holzflößer) ein Faß
Hopfen.

Neun Gubben schlachten einen Hammel.

Unrecht Gut hält nicht vor.

Einem (gehts) gut und allen schlecht.

Da ists gut, wo wir nicht sind.

Dem Guten gut, dem Bösen böse.

Von deinem Halse kannst du nicht leben.

Einsam wie ein Hammel.

Still sein, wie ein Hammel.

Ehe der Hahn ein Ei legen wird.

Was der Hahn auskratzt, das pickt er auch auf (frißt er auch).

Auch der Hahn, wenn er über den Zaun geflogen, kratzt Körner aus.

Schlachte einen weißen Hahn, daß sie dich nicht erwischt haben; du
hättest Prügel bekommen.

Kaum hat man ihm einen Hahn gegeben, so greift er schon nach
dem Hammel.

Zwei Hähne auf einem Miste vertragen sich nicht.

Die Hähne krähen, man sieht geflochtene Zäune, man riecht die
Fladen, das Dorf ist nicht weit.

Eine Hand wäscht die andre, auf daß sie beide weiß werden (andre:
und beide wollen weiß werden).

Niemand beißt in seine eigene Hand.

Die Müllerin hat mehlige Hände.

Mit einer Hand streicheln, mit der andern raufen.

Handle wie du kannst, und nicht wie du willst.

Sich drehen, wie die untere Hälfte der Handmühle.

Wems hangen bleibt, dem bleibts hangen, und dir wirds sein. (Im
  Lit. gereimt.)

Du wirst schon einmal hangen bleiben (kleben bleiben); du wirst
  schon einmal nicht lügen (man wird dich schon einmal erwischen).

Lange Haare, kurzer Verstand.

Er ist mehr schuldig, als er Haare auf dem Haupte hat.

Die Harke hat sich zum Stiele gefunden.

Keine Harke harkt von selbst.

Der Hase will stets da sein, wo er geboren.

Hätten die Hasen nicht die Füße, so hätte man schon alle erschlagen.

Wenn du viel hast, so gibst du viel aus; wenn du wenig hast, so
  nährst du dich mit wenigem.

Wer hat, der braucht auch.

Andre Hauer, andre Fuhrleute.

Ein kleiner Haufen wirft einen großen Wagen um.

Zu Haus ist zu Haus, wenn auch unterm Halme.

Iß dich zu Hause satt, dann wirst du auch im Dorfe (oder wo anders) was bekommen.

Geh aus dem Hause ohne gegeßen zu haben, so wirst du auch wo
  anders nichts bekommen.

Zu Hause hat man seine Not mit den Kindern, in der Stadt mit
  den Bettlern.

Zieh dich an, aus dem Hause gehend; im Walde zieh dich aus.

Hohe Häuser, kalter Bartsch. (Bartsch, ein litauisches Nationalgericht
  aus gesäuerten Runkelrüben; der Sinn ist: wer mit äußrer Ein-
  richtung prahlt, dem fehlts oft am Eßen.)

Ich werde erleben, daß du an meines Hauses Ecke dich herum drückst.

In fremdem Hause genoßene Speise hält nur bis zum Thore vor.

Überall ists gut, aber zu Hause doch noch beßer.

Kein Haus ohne Rauch. (Im Žemaitischen, d. i. in der niederlitauischen Mundart, gereimt.)

Auf der Heide werden sie dich nackt und auf dem Gereute (wörtlich:
  auf den durch Ausbrennen urbar gemachten Stellen) barfuß herum
  führen.

Was es auf der Heide nicht gibt, das verlangt man.

Schone nicht, es ist deine Heimat nicht; wenn du hier leer gemacht,
  wirst du anders wohin gehen.

Noch sind wir nicht in der Hölle, noch ists auszuhalten.

Das Hemd ist näher als der Rock.

Ein grobes Hemd ist keine Blöße.

Nicht einmal im Hembe hat er Ruh.

Auch die Henne kratzt nicht vergeblich.

Auch die Henne weiß, wann sie auf die Schlafstange fliegen soll.

Im Herbste sende den Werber.

Wie der Herr, so die Waare.

Den Herren die Augen verschmieren.

Ich bin ein Herr, du bist ein Herr, wer wird den Korb tragen?

Wenn alle Herrn sein werden, wer wird die Körbe tragen?

Der Herr ist kein Bruder.

Auch wenn er scherzt, färbt der Herr einem den Pelz.

Herr zu sein geht nicht, und arbeiten möchten wir nicht.

Herrn und Könige stehen in Gottes Hand.

Alle sind Herren, wer wird Sclave sein?

Das Herz ist kein Hörnchen.

Auch der Behaarte (das Thier) hat ein Herz.

Es ist mir immer auf dem Herzen, aber es kommt nicht aufs rechte
 Fleck (fällt mir nicht bei).

An meinem Herzen hat sich nichts angehängt (ist nichts hangen ge=
 blieben), ich bin unschuldig.

Es ist beschwerlich, das Heu einzufahren, aber leicht, es im Winter
 zu raufen. (Im Lit. gereimt.)

Heute mir, morgen dir.

Mit einem Hiebe haust du den Baum nicht ab.

Der Himmel ist hoch und der Herr ist weit.

Wo der Himmel ist, da ist die Hölle neben an.

Der Himmlische wird euch das ausgleichen (vergelten).

Der Hintere hat gejuckt, das Salz wird wolfeil werden.

Der Hintere hat gejuckt, der Braut werden die Zähne wachsen.

Der Hintere hat gejuckt, die Grütze wird um einen Schilling zu
 haben sein.

Wenn du nicht ins Hirtenhorn geblasen, wirst du auch keine Milch
 bekommen.

Die Hochzeit findet Kleider, die Arbeit Groschen.

Klettere nicht in die Höhe, die andern werden dich an den Füßen
 faßen.

Holz wird nicht (zugleich) mit einem Sacke fahren.

Honig säest du, Pfeffer sprießt auf.

Und würdest du Honig aufschmieren, es würde doch stets nach Theer riechen.

Der Hopfen hat die Maische durchdrungen (auch ein guter Mensch kann zornig werden).

Höre viel, sprich wenig!

Es gibt etwas zu hören, aber nichts, das man jemandem erzählen könnte.

Die Hörner werden bis an die Ohren reichen (d. i. bald kleiner werden.)

Einer hält die Hörner, der andere milkt.

Es steht jedem frei, in seine Hosen zu machen.

Es ist schwer, die Hufe zu schleppen, wenn man kein Glück hat.

Der Hund hat keine Schuld (d. i. alle Leute haben Schulden).

Gut ists, wenn der Hund zottig und wenn der Bauer reich ist. (Im Lit. gereimt.)

Wo viele Hunde sind, da ist auch viel Hundedreck.

Hast du viel, gib den Hunden; hast du wenig, gib dem Menschen!

Mit Hunden kein Gast, mit Kindern keine Gastin.

Die kleinen Hunde hetzen die großen an einander.

Einen alten Hund kann man nicht leicht dressieren.

Wer sich für einen Hund ausgibt, muß wie ein Hund bellen.

Wer den Hund aufhängen will, der findet für ihn auch den Strick.

„Ams amma amma" bellen alle Hunde.

Wenn sich die eigenen Hunde beißen, mische sich niemand hinein.

Wenn fremde Hunde deinen Hund beißen, lauf und verteidige ihn.

Hätte der Hund Geld, so würde er nicht lauern.

Kurz ist der Hund ohne Schwanz, mit dem Schwanze wäre er länger.

Auch der Hund hebt den Fuß zur Hochzeit.

Nicht einmal der Hund bellt in seinem Walde.

Jeder Hund hat Flöhe.

Niemand hat noch gesehen, daß der Hund die Katze gerne gehabt. (Im Lit. gereimt.)

Wo der Hund sein Freßen bekommt, da bellt er auch.

Wann hat je der Hund Scham gehabt?

Hat etwa der Hund Scham?

Hätte der Hund nicht gesch...., so hätte er den Hasen gefangen.

Aufheben, wie einen Hund auf die Handmühle.

Herab heben, wie einen Hund von der Handmühle.

Du wirst dem Hundsfelle gehorchen, wenn du mir nicht gehorchen
        wirst.

Glupen (scheel, auch begierig ansehen) wie ein Hund.

Leck dich, wie der Hund, wenn er die Wurst gefreßen.

Wie der Hund, der sich aufs Grünfutter gelegt, weder selbst eßen,
        noch einem andern etwas geben.

Bellen, wie ein Hund beim Mondschein.

Ein guter Hund bellt sich früher zu Tode.

Des Hundes Stimme geht nicht bis in den Himmel.

Gibt man auch dem Hunde eins über die Augen, er kümmert sich
        nichts drum.

Den letzten beißen die Hunde.

Ein Hund misgönnt dem andern in die Küche zu gehn.

Nicht einmal der Hund fräße es (oder dich), würfe man es ihm vor.

Aus dem Hunde verschwinden. (Gesagt, wenn eine Sache von wenig
        Wert verschwindet.)

Das ist ein blinder Hunger, wenn Brot da ist.

Hinter den Huren trägt man die Schuhe, hinter den Schelmen dreht
        man Stricke.

Nicht alle sind Jäger, die krumme Hörner tragen.

Nach dem Jammer kehrt Freude zurück.

Wenns nicht geboren ist — kein Jammer, wenn es nicht gestorben —
        kein Kummer.

Es ist wolfeil zu jammern, wenn man jemanden hat, dem man
        klagen kann.

Was jammerst du, wenn nichts weh thut?

Ein Jahr übergibts dem andern.

Das Jahr hat viele Tage, aber es hat noch mehr Malzeiten.

Und säße ich bis Johanni, man ließe den Topf kochen bis Petri;
        ich muß doch ohne Eßen gehen. (Ich werde nichts Gutes er-
        harren, erleben.)

Jud und Tatar ist einerlei Waar.

Dinge wie ein Jude, bezahle wie ein Christ (andre: wie ein Bruder).

Jugend ist Herrentum. (Im Lit. gereimt.)

Jugend ist Pracht. (Im Lit. gereimt.)

Wer in der Jugend Gott dem Herrn in die Augen gespien, der
    kommt im Alter und will ihn auf den Händen tragen.
Wens juckt, der kratzt sich.

Ein schöner Käfig, ein unschöner Vogel.
Wenn du nicht als ein Kalb geblökt hast, so wirst du auch nicht
    als ein Ochse brüllen.
Das Kalb auf der Wiese, das Schwein im Verschlage (in der Vor-
    rathskammer oder Scheuer), wann sind die nicht fett geworden?
Ein glattes (sich anschmiegendes) Kalb saugt an zwei Kühen.
Mit dem Kahlen ist nicht gut sich raufen.
Mit dem Kahlköpfigen geh nicht dich raufen.
Wie ich kann, so tanze ich. (Im Lit. gereimt.)
Wie du kannst, so tanzest du. (Im Lit. gereimt.)
Wenn der Kater gestreichelt wird, hebt er den Schwanz.
Zwei Kater haben in einem Sacke nicht Platz.
Der Kater aus dem Hause — die Mäuse aus den Winkeln.
Sie ist dürr wie eine Katze.
Der Katze ein Spaß, der Maus ein Weinen.
Je mehr du die Katze streichelst, desto mehr hebt sie den Schwanz.
Wenn man die Katze streichelt, hebt sie den Buckel.
Je mehr man die Katze streichelt, desto mehr bläst sie sich auf.
Welche Katze fräße keine Milch?
Schön ists zu zechen, aber übel ists, einen Katzenjammer zu haben.
    (Wörtlich: schwer ist es im Zustande nach dem Trunke zu sein.)
Der kann trinken, der den Katzenjammer nicht kennt.
Die Käfer gehen durch, aber die Fliegen fangen sich in der Spinnwebe.
Ein Kerl, den man nicht einmal in den Hanf stellen kann (d. i. der
    nicht einmal als Vogelscheuche zu brauchen ist).
Gesund wie ein Kern.
Einen verrußten Keßel wirst du nicht blank putzen.
Verteidigen, wie der Kibitz seine Jungen.
Kikeriki ist Kikeriki. (Lit. Kakariku.)
Ein gebranntes Kind fürchtet das Feuer.
Kleine Kinder, kleine Plagen; große Kinder, große Plagen.
Unsre Kinder sind unsre Plagen.
Die Kinder wachsen wie im Walde die Bäume.

Wer Kinder hat, hat auch Sorgen.

Kinder wie Bohnen (andre: Buchweizen) und kein Rindchen Brot.

Ein Kind fürchtet sich vor einem Worte, ein andres nicht einmal vor Schlägen.

Die sich lieben, haben keine Kinder; der Spinnerin gerät der Flachs nicht (d. i. oft hat es der nicht, ders verdient).

Die Unreine hat Kinder, die Nichtspinnerin hat Flachs. (Im Lit. gereimt.)

Das Kind erlosch (starb).

Kinder einer Mutter, aber nicht einerlei Art.

Verziehe nicht die Kinder; mit der Rute wirst du sie nicht auf den Kirchhof treiben; mit Kuchen wirst du sie nicht heim rufen.

Wenn das Kind nicht weint, kümmert sich die Mutter nicht darum.

Das Kind thut den Schaden und der Vater muß bezahlen.

Zwischen zwei Kinderwärterinnen ist das Kind ohne Kopf (d. i. wird das Kind dumm, wird es verdorben).

Neun Kirchen sehen. (Wahrscheinlich etwas außerordentliches, sehr angenehmes u. dgl. erleben.)

Wie die Kleider, so sind auch die Lippen. (Im Lit. gereimt.)

Wer Klingende hat, der hat auch Tanzende.

Meinethalben wird es keine bunten Kneipen geben.

Wer keinen Knoblauch gegeßen, der stinkt auch nicht (darnach).

Wirf nicht die Knüttel vor die Hunde, nachher wirst du selbst mit Kuchen nicht auskommen.

Hast du die Knüttel weg geworfen, so wirst du nichts haben, um dich gegen die Hunde zu wehren.

Nicht alle sind Köche, die lange Meßer führen.

Wenn du gut gekocht, wirst du auch gut eßen.

Könige haben lange Hände, können weit reichen.

Der Kopf ist ja keine Schrift (d. i. behält nicht so treu wie die Schrift).

Der Kopf leitet den ganzen Menschen.

Dem Ruhigen schlägt man den Kopf nicht ein.

Ein toller (dummer) Kopf ist der Füße Arbeit.

Wenn du willst, daß man dir den Kopf auskämme (d. i. dich durch= prügle), so spucke einem andern in die Augen.

Das Korn fällt noch nicht aus, der Weizen streut noch nicht (d. i. eile nicht!).

Nicht einmal ein Körnchen Salz haben.

Wird die Kraft nicht ausreichen, so wirst du zum Verstande greifen.

Eine Krähe, die nicht von gestern ist; nicht gestern mit dem Finger gezäumt und mit Brei gefüttert (d. i. ein alter Fuchs, Schlaukopf).

Die frühe Krähe den Zahn, die späte das Auge.

Die frühe Krähe kratzt die Zähne, die späte die Augen.

So ist die Krähe, wenn sie gebadet ist, eben so, wenn sie nicht gebadet ist.

Eine Krähe steht nicht ohne zu hüpfen (d. i. ein unzuverläßiger Mensch ist nie treu).

Eine Krähe hackt der andern die Augen nicht aus.

Dürsten, harren, wie der Kranich auf heiteres Wetter.

Beßer krank sein als sterben.

Theuer ist dem Kranken ein Tag (d. i. es liegt ihm viel an einem Tage), theuer auch der zweite.

Der Krankheit gehts beßer, wenns dem Menschen schlechter geht.

Die Krankheit gedenket der Jugend.

Krankheit ist keine Schwester.

Krankheit kommt ungerufen.

Die Krankheit kommt zu Roß und geht zu Fuß wieder weg.

Wenn du gesund bist, hebst du die Krankheit auf; wenn die Krankheit heraus geht, treibt sie die Seele aus; wenn die Seele heraus geht, schlägt sie die Lippen aus. (?)

Es gibt Kraut für die Krankheit, aber nicht für den Tod.

Pfeifen wie eine Kröte, die vom Rabe gequetscht ward.

Er freut sich darüber, daß er es bekommen, wie eine Kröte, daß sie Augen bekommen.

Der Krug geht so lange zu Waßer bis seine Zeit kommt.

Kuchen gegen Kuchen.

Das ist kein Kuchen (d. i. keine angenehme Sache, keine Kleinigkeit).

Von einer Kuh, die man aufheben muß, kommt wenig Quark.

Bisweilen erjagt auch die Kuh einen Hasen.

Der Kukuk ruft seinen Namen.

Schrei kukuk wie ein Kukuk; aber was du in die Erde begraben, das wirst du nicht heraus kukuken.

Lauter Lachen, indem der Vater stirbt; er rollt sich zusammen und
　　streckt sich aus. (?)

Langsam wirst du weiter kommen.

Wenn auch mit einem Lappen, so doch mit dem eigenen.

Eine fremde Last ist allzeit schwer.

Wir haben ein jeder seine Last zu tragen.

Er muß (z. B. lernen), gienge es auch vom Leben.

Wie das Leben, so der Tod, so die Erlösung.

Einer lebt, der andre winkt (nicht).

Das Leben beim Edelmann ist ein Leben in der Hölle; je länger
　　auf dem Hofe des Edelmanns, desto länger in der Hölle bei den
　　Teufeln.

Leder, lerne den Theer kennen!

Aus fremdem Leder zu schneiden ist kein Schade.

Es ist wolfeil fremdes Leder zu schneiden.

Weder einen Löffel im Topfe, noch ein Krautblatt im Faße sehen.

Mit dem Löffel wirst du den Fluß nicht ausschöpfen.

Sichs schmecken laßen, wie am Leichenschmause des Vaters.

Wo keine Leiden, da ist auch kein Gebet.

Liegt Lein, so liegt er sich zu Seide; liegt Wolle, so liegt sie sich
　　zum Wolfe (d. i. so geht sie zu Grunde).

Über einen Leisten nähen.

Auf demselben Leisten nähen.

Er fiel herab, ehe er die Leiter angelegt; er ertrank, ehe er den
　　Steg gesehn.

Der Lehm ist unser aller Bruder. (Im Lit. gereimt.)

Der Lehre (Wißenschaft) Ende wirst du nicht finden.

Guter Leute (wörtlich: weißer Welt) gibt es nicht viel.

Mit großen Leuten geh um, wie mit Feuer; nicht zu nah, sonst
　　verbrennst du dich; nicht zu weit davon, sonst wirst du kalt.

Du kannst den Leuten den Mund nicht verstopfen.

Auch alte Leute wundern sich.

Das Licht spottet der Dunkelheit.

Jeder läuft unter seinem Lichte.

Ohne Licht ist auch der Himmel finster.

Liebestraum wie Speichelschaum vergeht schnell.

Einmal lügt er nicht (sagt er die Wahrheit).

Auf eine krumme Linde steigen alle Geißen.

Die Lippen werden über die Zähne kommen (b. i. das Lachen wird
ein Ende haben).

Er stellte die Lippen auf, wie ein Schwein die Borsten (im Zorne).

Den Litauer (ben Bauern) für einen Bastschuh halten (b. i. für
nichts achten).

Den Litauern (ober den Bauern) das Fleisch, ben Herren (Pfarrern)
die Knochen.

Ein altes Loch, eine neue Nat (z. B. ein alter Mann, eine junge
Frau).

Wer die Lücke im Zaune hat, der hat auch ben Schaben.

Der Lügner geht gerade aus, die Wahrheit (aber) hinter ben Häu=
fern weg.

Wer die Macht hat, der hat auch das Recht.

Wornach gafft das Mädchen; will es etwa keinen Mann? (Im
Lit. gereimt.)

Das Mädchen wird sich einrichten, wie eine Kuh mit dem britten
Kalbe.

Lobe das Mädchen nicht vor dem Morgen und den Tag nicht vor
dem Abend.

Der Magen ist keine Flur.

Was du in deinen Magen thust, das werden selbst fünfe nicht wie=
ber heraus nehmen.

Wenn du was in deinen Magen gethan, so werden es selbst die
Klügsten nicht wieder heraus nehmen.

Ein braver Mann schluckt hinter, was er abbeißt.

Mann bei Mann, alle mit einander, so viel ihrer vom Brote (b. i.
Hausgenoßen) sind.

Ein Mann wie eine Pfeife, der Hintere wie ein Knopf. (Im Lit.
gereimt.)

Ein böser Mann ist boch kein Witwentum.

Es gibt auch nicht einen Mann, der nicht den Wolfszahn hätte.

Ein Mann mit Geld: ein Mann mit Hörnern, ein Mann mit Hoffart.

Auf dem Markte gibt es mehr Kälber als Ochsen.

Beßer ist das Maß als der Glaube. (Im Lit. gereimt.)

Ob zu ihm ober zu einer Mauer (ergänze: du redest ober bergl.).

Was sperrst du das Maul auf wie ein Karausch (Fisch)?

Steh nicht da und halt Maulaffen feil!

Sich fürchten, wie der Maulwurf vorm Wege.

Auch die Maus verteidigt ihr Loch.

Du kannst dich in eine Meise und in eine Eule verwandeln, es geht
doch nicht.

Der Meister ist über der Henne, der Geselle macht sich über das
Truthuhn.

Wer mit Mehl umgeht, kann auch voll Mehl sein.

Aus dem Mehle wirst du kein Brot backen.

Gutes Mehl belehrt die Bäckerin; guter Flachs die Spinnerin.

Die Menge (Menschen) reißt den Topf (d. i. für ein großes Gesinde braucht man viel).

Der Mensch muß sich plagen in der Welt wie ein Hund.

Ein Mensch, nicht lebendig, nicht todt.

Mit dem Menschen verlier nicht und finde nicht.

Der Mensch schießt, Gott leitet die Kugeln.

Der Mensch, der Gott nicht gehorsam ist, geht zu Grunde wie ein
Kind ohne Vater.

Wenn der Mensch sich den Verstand nicht selbst nimmt, werden ihm
die andern keinen geben.

Wie der Mensch, so auch der Verstand.

Ein böser Mensch spaltet aus einer Nadel einen Wagen voll.

Ich kann doch in keinen Menschen hinein kriechen (d. i. ihn ganz
kennen lernen).

Ein scharfes Meßer, ein scharfer Mann (d. i. wo die Meßer scharf
sind, da ist der Mann auf dem Zeuge).

Die Milch sammelt sich in die Hörner (d. i. die Kuh hört auf Milch
zu geben).

Wer mit Milch übergoßen ist, den lecken alle Katzen.

Abnehmen, wie der abnehmende Mond (vom Kranken).

Was ich in den Mund kriege, das beiß ich ab.

Weßen Mund bitter ist, für den ist auch der Honig nicht süß.

Nicht jeder Mund ist dazu da, um Brei zu schlürfen.

Warm und kalt geht aus demselben Munde.

Wer früh auf ist, wischt den Mund; wer spät, wischt die Augen.

Was in deinem Munde ist, das ist auch im Herzen.

Was ich kann, werde ich abarbeiten; was ich in den Mund faße,
werde ich abbeißen.

Mit dem Munde reden (d. i. das Maul aufthun, ordentlich reden).

Es gehört Mut dazu, sich mit Bettlern zu prügeln.

Mut gehört zum Fleische (d. i. zur Anstrengung, zur Arbeit).

Die Mutter zwängt den Kindern die Brust ein, aber nicht den
Verstand.

Eine Mutter kann neun Kinder mit der Nadel ernähren, und der
Vater auch mit sechs Rossen nicht eines.

Alle sind einer Mutter Kinder, aber nicht alle eines Verstandes.

Beide sind auch nicht eine Mutter wert.

Nicht alle sind einer Mutter Kinder.

Wenn du langsam nachsetzest, wirst du eher einholen.

Wohin du nicht strebst (dahin brauchst du), zwei, drei Nächte; wohin
du strebst, auch nicht eine Nacht.

Die Nacht ist kein Bruder.

Nachts Arbeit, am Tage Lachen.

Aus einer Nadel einen Wagen voll spalten (d. i. etwas sehr über=
treiben, aufschneiden).

Deine Nägel werden doch einmal hangen bleiben.

Mit den Nägeln wirst du das nicht aufknüpfen, wo die Zähne
nötig sind.

Ein Narr gibt, ein Gescheiter nimmt.

Er ist schön, seine Nase steht zwischen den Augen.

Wir jucken uns alle an unsrer Nase.

Es ist nicht in deiner Nase, Herr oder König zu sein.

Indem sie sich gerne haben, beißen sie sich die Nase ab.

Nesseln wachsen ungesät, und Weizen wächst nicht, auch wenn er
gesät ist.

Ohne Netz wirst du nicht fischen, ohne Gewehr wirst du nicht schießen.

Es nicht aushalten, wie Nickel beim Speck, oder: wie der Wolf ohne
zu heulen.

Wer niemanden hat, muß selbst arbeiten.

Nimm weg, so wirds weniger; leg zu, so wirds mehr.

Eine Not jagt die andre, ein Elend tritt das andre mit dem Fuße
(d. i. stößt ans andre).

Not rüstet die Füße.

Wenn auch die Not noch so groß ist, der Himmel ist hoch, du kannst

nicht hinein steigen, die Erde ist fest, du kannst nicht hinein kriechen; du mußt da bleiben bis der Tag kömmt.

Das ist keine Not, wenn Brot da ist.

Dulde, dulde die Not; sie wird, wenn sie (eine Zeit lang) da war,
vorüber gehen.

Die Obrigkeit beißt in die Füße.

Wenn du ein Ochse bist, wirst du nicht brüllen wie ein Stier.

Nicht jeder Ochse zieht gleich.

Einen gemästeten Ochsen muß man verkaufen oder schlachten.

Einen Ochsen wirst du auch ohne Leine treiben und einen Hengst
wirst du nicht einmal fangen.

Vom schwarzen Ochsen getreten sein (d. i. Elend erlebt haben).

Der Ofen ist im Sommer Lehm und in der kalten Jahreszeit ein
Bruder. (Im Lit. gereimt.)

Einer, der mehr als eines Ofens Brot gegeßen (d. i. einer, der viel
erfahren).

Du wirst faul da sitzen und ich werde den Ofen heizen.

Wann wird das geschehn? Wenn der Ofen ausschlagen (grünen)
wird.

Wenn die Weide Beeren tragen wird.

Wenn der Hase den Hund jagen wird.

Wenn die Pfähle grünen werden.

Wenn das alte Weib den Meißel zerbeißen wird.

Wenn schmuziger Regen fallen wird.

Zu einem Ohre hinein, zum andern heraus.

Die Ohren kommen den Hörnern nicht gleich.

Wie ein Ort (Schusterahle) nur zu einer einzigen Arbeit taugen.

Wenn er auf seinem Orte liegt, begrünt sich selbst der Stein.

Kann denn der Panther seine Flecken wechseln?

Das Pech kennt den Theer.

Wer Pech anfaßt, besubelt sich.

Es paßt, wie die Peitsche zum Hunde.

Der Pelz macht den Ofen (oder Backofen) nicht heiß.

Der Pfarrer sagt die Lehre nicht zweimal.

Des Pfarrers Sack hat Löcher (oder: ist breit).

Schön wie ein Pfauenfederchen.

Wer früh auf ist, pfeift nicht.

Welches Pferd frißt nicht vom aufgeschütteten Haber?

Das Pferd stolpert auch mit vier Füßen.

Das Pferd stolpert mit vier Füßen, und der Mensch mit zwei Füßen stolpert noch mehr.

Nicht einmal ein Pferd kratzt (striegelt) das andre umsonst.

Ein gemeinsames Pferd ist stets elend.

Wenn du das Pferd nicht gefüttert hast, wirst du nicht fahren.

Ein scheues (wildes) Pferd hat die Schwiele auf dem Rücken und ein faules unter dem Bauche.

Du wirst das Pferd nicht erst dann heraus füttern, wenn man fahren muß.

Ein junges Pferd (eine junge Magd), noch der erste Kopf.

Ungefütterte Pferde stolpern im Dorfe auch da, wo keine Treppe ist.

Einem übermütigen Pferde kürze das Futter.

Nimm auch vom Pflocke in der Wand Abschied (d. i. komm nicht wieder).

Wer pflügt, verarmt nicht; wer stiehlt, wird nicht reich.

Sich hinein stecken, wie ein Pfriem in einen Sack.

Wenn du nicht auf deinem eigenen reitest, wirst du auch in der Pfütze absitzen.

Wenn du in eine Pfütze gefallen bist, wirst du nicht trocken aufstehen.

Spuck nicht in die Pfütze, vielleicht wirst du später selbst daraus trinken.

Dreh dich flink (rühr dich), so wird sich eher ein Platz finden.

Aus diesen Possen (d. i. unwerten Dingen) wirst du dir Sünden sammeln. (Im Litauischen gereimt.)

Der Prahler prahlt, er könne Gold schmieden, und er kann nicht einmal etwas zum Brei (für den Brei) mahlen.

Wenn der Preuße redet, hat der Gudde zu schweigen.

Kalter (d. i. wenig, schlechter) Quark von einer Kuh, die gehoben wird (d. i. so elend ist, daß sie nicht allein aufstehen kann).

Wer weiß, wann wir uns sehen werden; vielleicht wird nicht einmal ein Rabe einen Knochen bringen.

Mit geschmierten Rädern wirst du schneller hin fahren.

Mit ungeschmierten Rädern wirst du nicht weit fahren.

Überall hangen bleiben, wie die krummen Räder.

Ich stehe schon am Rande der Grube, ich brauche nur hinein zu fallen.

Der Räuber (Raubmörder) ist des Wolfes Bruder.

Fremder Rauch beißt die Augen.

Es ist wolfeil (leicht), mit dem Langhaarigen sich raufen und mit dem Einsichtigen reden (andere: streiten).

Der Rautengarten ist nicht deinetwegen da.

Ob mit der rechten, ob mit der linken, (nur) stets mit der guten.

Rede nicht, ohne nachgedacht zu haben.

Seine Rede wirst du selbst auf einen Wagen nicht aufladen.

Reden ist süß, aber nicht gesund.

Unwert (dürftig) wirst du sein, wenn du reden wirst, und nichtsnutzig (unbrauchbar, misraten), wenn du schweigen wirst.

Wos regnet, da trieft es auch.

Wer reich ist, der ist auch verständig.

Wer reich werden will, der darf nicht schlafen. (Im Lit. gereimt.)

Bist du reich oder jung, so wirst du angenehm sein, wohin du reiten (kommen) wirst. (Der letzte Theil im Lit. gereimt.)

Reichtum macht munter, Elend macht schläfrig.

Den Reichtum nimmt man nicht armvollweise, wenn man anfängt einen Haushalt zu führen.

Wos dünn ist, da reißt es auch.

Wenn du langsam reitest, wirst du weiter reiten.

Dreh dich, Rock, zu Hause sind noch vier. (Sagt das tanzende Mädchen.)

Das Rohr schwankt nicht, wenn es nicht (vom Winde) angeweht wird.

Sich freuen, als hätte man ein Roß bekommen.

Wo Rüben gesät sind, gehen Rettiche auf.

Man bäckt die Rübe nicht so wie sie der Hintere braucht.

Mit dem Ruder wirst du nicht übers Haff fahren.

Wie man ruft, so antwortet es auch.

Eine neue Rute auf einen alten Hintern.

Weit hinter der Rute ist der Splitter.

Einen löcherigen Sack wirst du nicht voll füllen.

Wann wirst du einen durchlöcherten Sack voll füllen?

Und thäte man ihn in einen Sack, er würde sich heraus beißen.

Obs gesagt worden oder nicht, alles eins.

So viel du säen wirst, so viel wirst du ernten.

Wenn du nicht gesät, so wirst du auch nicht ernten.

Schlechte Saat wächst auch ungesät, und die gute wächst nicht, auch
wenn sie gesät ist.

Der Satte kennt den Hungrigen nicht.

Dem Säufer ist auch ein Tropfen theuer.

Hüte die Schafe, auch wenn du den Wolf nicht siehst.

Ein Schaf schiert man, und das andre zittert.

Wenn du die Schale nicht durchbißen, wirst du nicht den Kern kosten.

Wes wir uns schämen, das verbergen wir. (Im Lit. gereimt.)

Mit der Schaufel bezahlen; bezahlen, wenn der Hund den Hasen
jagen wird, oder: wenn das alte Weib den Meißel zerbeißen
wird.

Wie eine Schaumblase zu nichts wird, so schwindet der Mensch dahin. (Im Lit. gereimt.)

Was hilft die Scheide ohne Meßer?

Selbst scheren (Garn zum Weben aufwickeln), selbst weben.

Er (sie) schiert selbst (spannt das Garn selbst) und webt selbst.

Wer am Ertrinken ist, der greift auch ins Schermeßer.

Ein Scherz schlägt den Kopf nicht ein.

Ein kalter Schlaf, wenn der Alus im Kübel giehrt.

Ein kalter Schlaf, wenn man den Alus im Kübel spürt.

Du weckst den Schlafenden, sendest den Faulen; so ist doch der
Platz nicht leer.

Schlafende gibt es auch in der Kirche.

Oft schlägt man in der Schenke auch die nicht Betrunkenen.

Schlecht ist er, wenn er gegeben; schlecht ist er, wenn er nicht gegeben.

Sich mit etwas herum schleppen, wie das Schwein mit dem Fladen.

Es ist nicht so schlimm, als wenn du es nicht hast.

Jeder Schmied rühmt sich der Axt, die er gemacht hat.

Sich einmengen, wie Schmuz unter dem Eisloche (andre: im Hintern).

Schnauben, als ob man Naßes aufs Feuer lege.

Du kannst keinem die Schnauze verstopfen.

Es gelüstet ihn, die Schneeflocke zu kosten (d. i. er hat unnützen Appetit).

Die Schneeflocke hat Gelüsten nach dem Tode.

Wer breit schneidet, dem fällt schmal zu.

Hau nicht über die Schnur!

Die Schönheit flicht man nicht in den Kranz.

Mit dem Schotten (Hausierer) und dem Geistlichen laß dich in keinen Streit ein (processiere nicht).

Einen am Schragen, den andern beim Kragen. (Sagt die Witwe.)

Wer schreit, der schreie; Alte! laß uns fahren.

Die Schuld schneidet wie eine Sense; im Magen gedeiht selbst die Speise nicht. (Im Lit. gereimt.)

Den Schuldigen führt man auch aus der Kirche fort.

Er ist nicht mehr wert als einen Schuß Pulver.

Eine Schwalbe macht keinen Frühling.

Zwei Schwämme sind zu viel in den Bartsch.

Zwei Schwämme (an der Speise) sind zu fett. (Im Zemaitischen gereimt.)

Er hat sich so sehr gemästet, daß man hinter dem Schwanze den Bauch nicht sieht (d. i. er ist sehr mager).

Beßer schweigen als reden (andre: als irgend welche Rede). (Im Lit. gereimt.)

Das blöde Schwein wühlt die tiefere Wurzel aus.

Ein stilles Schwein wühlt eine große Wurzel aus.

Er hat sich her gewöhnt, wie das Schwein in die Erbsen.

Es ist nicht gut, wenn sich das Schwein in die Erbsen gewöhnt.

Das Schwein weiß viel, wohin die Wolken ziehn.

Wann hat das Schwein nach der Wolke gesehn? (Wird von einem Unverschämten gesagt.)

Grau ist das Schwein, grau sind auch die Ferkel.

Sie reden, wie das Schwein mit der Gans.

Wessen Schweine krank sind, der sucht auch Medicin.

Wenn du den Schweiß nicht gewischt, wirst du nichts ordentliches machen.

Was dir schwer ist, ist auch einem andern nicht leicht.

Entweder sei nun das oder stell dich (als wärst dus).

Es dreht sich auf der Seele (d. i. schwebt mir auf der Zunge).

Poltern wie eine ungetaufte Seele.

Redest du, so blökst du; redest du nicht, so drückts die Seele.

Wo es der Seele behagt, da gedeiht der Leib.

Er (der Wein oder Branntwein) hat mir die Seele wie mit Stahl
vorgelegt (her genommen von schneidenden Werkzeugen, deren
Schneide aus Stahl besteht, während der Rücken nur aus Eisen ist).

Mit der Sense wirst du nicht auf heiteres Wetter warten, aber mit
der Harke.

Sich anhauen (anlaufen), wie eine Sense an den Stein.

Wenn wir reich werden, werden wir stets singen; wenn wir arm
werden, werden wir stets weinen.

Soldatentum ist ein dürftiges Herrentum.

Den Sommer mit dem Thore (d. i. durch Herumtreiben an den
Haus= oder Hofthoren), den Winter mit dem Rotze versäumen.

Wonach du im Sommer fährst, das wirst du den Winter hindurch
wieder weg tragen (verbrauchen).

Der Sohn beißt in die Äpfel, dem Vater werden die Zähne stumpf.

Jung gefreit (vom Manne), jung geheiratet (von der Frau), laß dich
nicht gereuen; die Söhne werden heran wachsen wie Brüder,
Töchter wie Schwestern.

Wie das Söhnchen heran gewachsen, hat es auch den Vater erwürgt.
(Im Lit. gereimt.)

Bis die Sonne aufgehen wird, wird der Thau die Augen ausfreßen.
(Im Lit. gereimt.)

Beuge Sonne und Mond und die Sterne bedecke.

Vielleicht scheint die Sonne auch in unser Fenster.

Mit der Sonne wirst du nicht Hauswirtschaft führen.

Die Sonne wird in ihrer Reihe sein und uns werden die irdischen
Augen zufallen. (Im Lit. gereimt.)

Mit der Sonne Bogen ausbiegen (ausweichen).

Selbst eine Sonnentochter kanns ihm nicht recht machen.

Sonntag ist der Mädchen Tag, Montag und Dienstag ein Raub=
mörder, Mittwoch eine gute Frau, Donnerstag der Fleischtag,
Freitag ein hungerleidiger Tag, Samstag der Kränze Tag.

Bunt ist der Specht, aber noch bunter die Welt.

Beßer ist der Sperling in der Hand, als der Hirsch im Walde.

Wenn man einen langen Spieß schnitzt, kriegt der Hund den Braten.

Wie du dir spreiten wirst, so wirst du schlafen.

Aus der Spreu wirst du den Staub nicht vertreiben.

Aus der Spreu wird kein Korn werden.

Wenn die Spule spinnt, dreht sie sich; wenn sie voll ist, steht sie.

Dazu schneidest du dir den Stab, damit du dich auf ihn stützen
     kannst. (Vom Gesinde gesagt.)

Es ist schwer, wider den Stachel mit den Füßen stoßen.

Am trocknen Stamme ist gut Feuer machen.

Eine dicke Stampfe, ein grüner Büschel Zweige (Badequast), auch
     das braucht man.

Mit einem Stärkeren ringe nicht, mit dem Reichen raufe dich nicht.

Wer stiehlt, den hängt man auf; wer schenkt, der stirbt.

Der Stecken liegt immer beim Hunde.

Ohne Stecken treibt man den Faulen nicht.

Wer hoch steigt, der fällt schlimm.

Sprich und halt einen Stein in der Hand.

Das passt zusammen wie der Stein mit der Axt.

Der Stein, der stets gewälzt wird, begrünt sich nicht.

Auch der Stein, wenn er stets auf seinem Platze liegen bleibt, wird
     bewachsen.

Der Stein, der auf seinem Platze bleibt, bemoost sich, und der, den
     man hin und her wirft, bleibt kahl.

Ob ihm, oder einem Steine.

Sich kaum rühren, wie der untere Stein der Handmühle.

Behende, wie der untere Stein der Handmühle.

Nackt wie Steinpeizker.

Der Stiefel ist des Schmutzes Bruder.

Stier um Stier. Dieses Sprichwort stammt wol aus der folgenden
     bekannten Erzählung: Es kam einmal ein Bauer zum Pfarrer
     und sagte 'Herr Pfarrer, der eine Stier hat den andern todt
     gestoßen.' Der Pfarrer sagte "Also Stier um Stier." 'Aber,
     Herr Pfarrer, dein Stier hat meinen erstochen.' Da sagte der
     Pfarrer "Ja, das ist freilich etwas anderes."

Wo der Stiel ist, da muß auch die Axt sein.

Beide sind sich gleich, Stiel in Stiel.

Wenn du stiehlst, wirst du nicht reich werden.

Mit der Stirne wirst du nicht durch die Wand stoßen.

Wenn du die Straße verloren, wirst du über das Pfädchen fluchen.

Auf der Straße (führt) Gott.

Ein kleiner Strauch, eine große Wurzel.

Fang keinen Streit an ohne Groschen.
Wo was ist, da streuts auch (da fallen auch Körner aus).
Es ist was da und streut auch.
Aus dem Stroh heraus gekommen sein und das Heu nicht erjagt
    haben.
Auf der Stute reitest du, und die Stute suchst du.
Iß die Suppe, zuletzt wirst du den Fisch finden.
Sei weder süß noch bitter; den Süßen wird man verschlingen, den
    Bittern wird man ausspucken.
Sei nicht zu süß, sonst lecken alle (an dir).
Hör auf, auch wenn du Süßes gefunden.

Der Tabak weiset den Weg.
Du wirst noch an den Tag denken, an dem du geboren bist.
Der Tag kommt zum Abend, das Jahr kommt zum Ende.
Wird ein Tag, so wird auch für den Tag Nahrung werden.
Geh heute, auch heute ist ein Tag.
Einen bösen Tag muß man mit bösem Kraute (Arznei) vertreiben.
Eile, auch dieser Tag (der heutige Tag) hat seinen Abend.
Sprich schnell, der Tag ist kurz.
Der Tag spottet der Nacht.
Wenn du bei Tage einkehrst, wirst du in der Dunkelheit gehen.
Eine knarrende Tanne steht länger.
Wer den Thau nicht streift, wird kein gut Brot eßen.
Vielleicht wirst dus im Thaue finden. (Bildet im Litauischen einen
    Gleichklang, der offenbar die Ursache dieser Zusammenstellung ab-
    gab, nämlich: ràsi rasó ràsi.)
Jammern, wie eine Taube um ihre Jungen.
Eine gebratene Taube wird nicht herfliegen.
Wenn er auch nichts taugt, so ist er doch groß.
Täusche sind für die Raben, Zugaben für die Kinder.
Vor eines Täuschers (d. i. vor eines, der oft tauscht) Thoren kräch-
    zen die Raben.
Nicht einen Thautropfen genoßen haben.
Wie du den Teig anmachen wirst, so wirst du auch backen.
Wenn sie den Teig gemischt, wird sie kneten; wenn sie geknetet, wird
    sie backen; der Gast wird nicht gehen, ohne gegeßen zu haben.

Über Telsche ist auch der Himmel schwarz.

Das ist nicht theuer, was man bekommen kann.

Ein Teufel gieng weg und eben ein solcher kam.

Der Teufel schläft nicht.

Vom Teufel gefreßen und wieder ausgesch.....

Aufnehmen, wie einen heißen Teufel.

Wird dich der Teufel faßen oder mich?

Sich fürchten, wie der Teufel vor Perkunas (vor dem Donner).

Vergönnst du dem Teufel einen Fuß herein zu setzen, so wird es
    ihm auch gelingen, sich einen Sitz zu bereiten.

Hat der Teufel die Axt geholt, so hol er auch den Stiel.

Wen der Teufel nicht zwingt, den wälzt ein altes Weib. (Im Lit. ger.)

Es ist angenehm, unter den Tisch eines andern die Füße zu strecken.

Die weißen Tische sind gerüstet, die bunten Krüge aufgesetzt; alles
    ist fertig.

Meine Tochter ist eine, die viel arbeitet: sie sch...t, p...t, liest
    Spähne auf.

Das Töchterchen hüpfte, die Mutter verstand es. (Im Lit. ger.)

Für den Tod fand sich kein Kraut, aber für die Gesundheit.

Mit dem Tode treib keinen Scherz.

Der Tolle übertrifft den Unruhigen. (Kann aber auch heißen: der
    Tolle kömmt über den Unruhigen.)

Von ihm ist auch nicht ein Ton (Laut) da.

In Acht nehmen, wie einen Topf.

Der Topf schilt auf den Keßel und es ist doch der eine, was der
    andre ist.

Der Topf trägt so lange Waßer, bis das Ohr abbricht.

Der Topf trägt Waßer, bis seine Zeit kommt.

Um die Töpfe (Hemden u. s. w.) kommen, wie Petrus um den Pelz
    (wörtlich: aus den Töpfen kommen, wie Petrus aus dem Pelze).

Ein guter Traum trifft nicht ein, aber ein böser trifft ein.

Wenn ichs im Traume finden werde, werde ichs geben.

Trink, so wirst du weder nähen noch faulen. (Im Lit. gereimt.)

Da wir zusammen gekommen, laßt uns trinken, und wenn wir uns
    angetrunken, laßt uns tanzen.

Die Trockenscheuer schilt auf die Brechstube (beide Worte sollen
    dasselbe bedeuten, nämlich einen heizbaren Raum zum Trocknen
    des Getreides und Brechen des Flachses) und beide sind rußig.

Im Trunke zu Wagen und nach dem Trunke nicht einmal zu Fuße.

Im Trunke mit fünfen, sechsen und nach dem Trunke nicht einmal mit einem.

Im Trunke ist ihm nichts gewachsen und nach dem Trunke kann er nicht bis fünf zählen.

Des Trunkenen Geschenk ist des Thoren Freude.

Über einen alten Trunkenen lache, aber über einen blinden Lahmen lache nicht.

Bist du unschuldig, so mach die Thüre zu; bist du schuldig, so rüste deine Füße.

Du hast nicht einmal die Thüre zugemacht, und dein Vater hat selbst die Scheune zugemacht.

Ein Unglück stößt das andre mit den Hörnern (d. i. folgt aufs andre).

Von fremdem Unglück thut der Kopf nicht weh.

Eine Unterredung halten wie die Gans mit dem Schweine. (Sich gegenseitig nicht verstehen.)

Der Vater nährt die Kinder mit Fischen und die Kinder den Vater mit Hunden.

Treibe deinen Vater nicht in den Wald.

Des Vaters und der Mutter Hände sind sanft.

Hinter des Vaters Haupte fiel auch nicht ein Haar herab.

Hinter des Vaters Rücken ist gut pfiffig sein.

Was der Vater mit Seufzen zusammen gebracht, das hat das Söhnchen mit Jubel durchgebracht.

Der Vater ein Dudelbläser, der Sohn ein Trommelschläger.

Wie das Verdienst, so der Lohn.

Verdorben ist etwas schnell, aber nicht schnell wieder her gerichtet.

Wenn du nichts verloren, so such auch nicht.

Nur das ist dein, was du in den Verschlag (Bretterverschlag im Speicher, Keller) schüttest.

Wer viel verspricht, der gibt wenig.

Was versprochen ist, daß muß auch gehalten werden.

Wenn du nicht versprochenes bekommen, dann kannst du aus der Welt hinaus laufen.

Der Verstand leitet die Einsicht.

Ein Alter mit Verstand, ein Junger mit Gewalt.

Mit fremdem Verstande wirst du nicht weit reiten.

Was du nicht verstehst, das rühme auch nicht.

Er ist gewachsen und aufgewachsen und hat den Verstand verwachsen.

Der Verwandten wegen habe etwas, des Mannes wegen könne etwas.

Weit von den Verwandten, große Liebe; nahe bei den Verwandten,
     lauter Hader.

Den Vogel kennt man an den Federn.

Einen guten Vogel schießt man mit zwei Kugeln.

Ein schöner Vogel singt nicht schön.

Der Vogel zieht sich in die Büsche, das Waßer in die Abhänge.

Der Vogel, der früh Morgens jubelt, den beißen des Tages alle
     Katzen. (Im Lit. gereimt.)

Welcher Vogel erhebt nicht sein Gefieder?

Wie der Vogel, so das Nest.

Die jungen Vögel singen das Lied der Alten.

Mach dem Vogt den Sack; mach ihn wie einen Schweinemagen (d. i.
     fülle ihn), er ist doch stets leer.

Vorrat bringt nicht zu Falle (wörtlich: macht die Füße nicht
     stolpern).

Vorrat ist beßer als Reichtum.

Wer Vorrat hat, übertrifft den Reichen.

Wer vorsichtig ist, geht nie zu Grunde.

Du wirst Wachs sch......, ohne Honig gekostet zu haben.

Der Wachsende wächst heran.

In weßen Wagen du sitzest, des Lied singst du.

Wald (d. i. roh, dumm) wirst du sein und Wald wirst du bleiben.

Ein dichter Wald, eine Mücke steckt ihre Schnauze nicht hinein.

Je weiter in den Wald, desto mehr Holz.

Was man aus dem Walde bekommen, das schaut nach dem Walde.

Im Walde richtet man Bären ab, aber den Menschen richtet man
     nicht ab. (Dem Menschen bringt man die Lehre nicht völlig bei.)

Im Walde aufgewachsen (dumm, roh).

In einem fremdem Wælde ist der Schall größer.

Gute Ware lobt sich selbst.

Die Wärme bricht die Knochen nicht (aber die Kälte, setzen Andre hinzu).

Der Waschbläuel ist keine Spinnerin und keine Näherin.

Das Waßer ist still, aber tief.

Spucke nicht ins Waßer, du wirst selbst davon trinken (andre: es wird sich treffen, daß du selbst es trinkst).

Das neunte Waßer vom Kisel (Kisëlius, Hafermehlbrei, der mehrmals abgewäßert wird; die Redensart wird z. B. von weitläufiger Verwandtschaft gebraucht).

Dann kann wol das Waßer theuer werden, wenn die Brunnen austrocknen.

Wenn du Waßer getrunken, wirst du nicht betrunken werden.

Ehe du gewatet, wirst du nicht wißen, ob es tief ist.

Nach was er hinein watet, das watet er auch heraus (d. i. was er sucht, das erreicht er auch).

Wenn du nichts weg gelegt, wirst du auch nichts finden.

Wems nicht weh thut, der jammert nicht.

Die Weiber haben bodenlose Ohren.

Ein festes altes Weib, selbst auf der Mühle könnte man sie nicht zermahlen.

Auch ein altes Weib kennt den Sonntag, wenn sie den Kohl mit Speck abkocht.

Die Weiber haben lange Kleider und kurzen Verstand.

Auf eine nieder gebogene Weide springen auch die Geißen.

Die Weihen sind nicht immer in Schaaren, sie sind auch einzeln.

Wo der Weisel ist, da sind auch die Bienen.

Die Welt ist voll Sünden, die Hölle voll Teufel.

Als wir auf die Welt kamen, fanden wir keinen Berg von Geld, und wenn wir aus der Welt gehen, werden wir auch keinen mitnehmen.

Er kommt zur Welt ohne Scham und wächst auf ohne Liebe. (Wahrscheinlich von einem unehelichen Kinde gesagt; ohne Scham und ohne Liebe nämlich von Seiten der Mutter.)

Mit wenigem zeige dich, mit vielem verbirg dich.

Wehr dich; wenn du todt bist, wirst du dich nicht wehren.

Gewartet, aber doch den Willen bekommen.

Blas gegen den Wind! (d. i. gegen Gewalt läßt sich nichts machen).

Was wirst du gegen den Wind blasen?

Wer sich vergangen hat, erschrickt auch vor dem Winde.

Des Windes Peitsche (d. i. ein Herumstreicher).

Der eigene Winkel (eigener Herd) ist viel wert.

Sie haben gerungen, wie der Winter mit dem Sommer.

Der Wirt, der nicht nachsieht, der hat nichts. (Im Lit. gereimt.)

Ist der Wirt lustig, so ist der Gast noch lustiger.

Wirtschafte (lebe), wie du kannst; iß, wie du damit auskömmst.

Aus dem Wirtshaus ohne Speise, aus dem Busche ohne Sch....,
     ist und bleibt 'ne schlechte Reise.

Wenn der Wolf herum streicht, trifft er doch auf irgend etwas.

Der groß gezogene Wolf kehrt in den Wald zurück.

Liegt der Wolf, so magert der Wolf ab; läuft der Wolf, so wird
     der Wolf fett.

Wenn der Wolf nichts zu freßen hat, kratzt er nach Mäusen.

Wenn du dem Wolfe entläufst, wirst du dem Bären in die Krallen
     rennen.

Einen alten Wolf wirst du nicht dran kriegen.

Man stach den Wolf nicht zweimal, sondern nur einmal.

Traue nicht einem lahmen Wolfe, wenn du ihm die Beine nicht selbst
     enzwei geschlagen.

Mit dem Wolfe wirst du nicht pflügen, du magst ihn schelten oder
     aufhängen. (Im Lit. drei Reime.)

Mit dem Wolfe wirst du nicht pflügen, mit dem Bären wirst du
     nicht eggen.

Einer, der vom Wolfe gestochen wird (d. i. ein Faulpelz).

Ein alter Wolf.

Der ist vom Wolf gefreßen und wieder ausgesch.....

Ein schlauer Wolf (oder: ein schlauer Vogel).

Sich wandeln, sowol in einen Wolf als in einen Fuchs.

Auch aus einer großen Wolke kommt ein kleiner Regen.

Weiße Wolken werden die Erde nicht befeuchten.

Was du für dich nicht willst, das wünsch auch keinem andern.

Wenn du viel willst, so setzest du dich auf wenigem nieder (oder:
     kommst du auf weniges zu).

Wir wollten wol viel, aber es geht nicht immer an.

Das Wort fliegt als Sperling aus und kehrt als Ochse zurück.

Ein Wort schlägt den Kopf nicht ein.

Auf ein schlechtes Wort tritt mit dem Fuße (d. i. sprichs nicht aus).

Geh, du kannst das Wort, du kennst den Weg!
Man muß für das Wort eine Statt suchen.
Mit einem Worte gibt mans (d. i. tritt man jemandem zu nahe)
  und mit dem zweiten bekommt mans zurück.
Da das Wort und da auch die That.
Sprich nicht Worte, deren man gedenkt.
Ist etwa die Wurst dem Hunde zu lang?
Wir wollen uns freundschaftlich setzen und die Wurst freßen wie
  Hunde. (Im Lit. gereimt.)

Alle haben weiße Zähne, aber du weißt nicht, was hinter den Zäh=
  nen ist.
Wer früh auf ist, stochert die Zähne; wer spät aufsteht, hält Maul=
  affen feil.
Mit der Zange ist heißes Eisen leicht zu halten.
Kein Zapfen im Faß, kein Schöpflöffel im Topfe.
Wer auf einen andern zaubert (um abhanden gekommenes wieder
  zu erlangen), der hats selbst. (Im Lit. gereimt.)
Wo der Zaun niedrig ist, da springt alles Vieh darüber.
Über einen niedrigen Zaun steigen alle Geißen.
Iß, wenn du über den Zaun gestiegen bist.
Ich gehe, mich zu zeigen, den andern zu sehen.
Es ist keine Zeit die Hunde zu füttern, wenn der Wolf Hunger hat.
Es ist nicht Zeit den Windhund zu füttern, wenn man jagen geht.
Du wirst nicht vor der Zeit fliegen.
Mag geschehen was da wolle, oder auch nicht geschehen, der Žemaite
  (Niederlitauer) wird nicht zu Grunde gehen.
Langer Zopf, kurzer Verstand.
Wer sich die Zunge am Heißen verbrannt hat, der bläst auch aufs
  Kalte.
Die Zunge, ein kleines Stückchen Fleisch, hängt den Menschen auf
  und knüpft ihn los.
Mit der Zunge wirst du dich nicht zudecken.
Mit der Zunge kannst du zuschlagen, aber den Händen laß nicht
  den Willen.
Wegen einer langen Zunge fallen manchem die Zähne aus.
Du wirst es auf der Zungenspitze finden.

Mit was für einem du zusammen sein wirst, ein solcher wirst du
werden. (Im Lit. gereimt.)

Wir sehen gar manches Mal, daß der Zweijährige über den Drei=
jährigen kömmt.

Steck in den Zwischenraum (in die Kluft) deine Ähre (soll heißen:
gib dein Schärflein auch dazu). (Im Lit. gereimt.)

Verwünschungen.

Gott gib, daß dich Perkunas (der Donner), der heilige Perkunas,
    Deivaitis (die Gottheit, bezeichnet ebenfalls den Perkunas),
    der heilige Deivaitis erschlage, erschmettere.
— —, daß dich der Teufel ergreife, dich in die Wolken (wörtlich:
    in den Raum unter dem Himmel) entführe.
— —, daß dich der Wolf ergreife, zerreiße, kriege, erwürge.
— —, daß dich die Hunde erwischen, kriegen, auffreßen.
— —, daß dich die Vögel, die Raben auffreßen.
— —, daß du gehängt werdest.
— —, daß du in des Schinders Hände kommest.
— —, daß du blind werdest, das Bein brechest, verhungerest, auf
    der Erde keine Ruhe habest, zerstochen werdest.
— —, daß dich die Läuse, die Würmer freßen.
— —, daß du das auf dem Krankenlager verzehrest.
— —, daß dich die schwere Krankheit, Pein, erschmettere, befalle.
— —, daß du den Hals brechest.
— —, daß du erstickest.
— —, daß ich dich niemals mit meinen Augen erblicke, sehe.
— —, daß du verbrennest, zu Grunde gehest.
— —, daß es aus werde mit dir.
— —, daß es dir kalt werde.
— —, daß du im Hemde nicht mehr Platz habest (aufschwellest).
— —, daß du verschrumpfest.
— —, daß sich Perkunas erhebe und dich zehn Klafter tief in die
    Erde hinein schlage u. s. f.
Die schwarze Erde soll mich nicht tragen. (Betheuerung.)

Spruch des Hochzeitbitters.

Guten Tag, guten Tag, meine lieben Verwandten! Nehmt nicht übel, daß ich so frei war, ins Haus herein zu reiten; nicht nur ins Haus, sondern auch in die Stube, ich, der junge Hochzeitbitter und mein kleines Pferd. Das Pferd hat vier Füße und stolpert doch, und meine Zunge, die nur eine ist, bleibt auch stecken und erholt sich wieder. Aber ich gebe euch gute Tage (gewönliche Grußformel, ent=sprechend unserem: es läßt grüßen oder sich empfehlen) vom Bräuti=gam und von der Braut und lade ein auf die Hochzeit auf Freitag. den Martin als Verwandten der Brautleute und die Anne als Ver=wandte und alle andern auf den Abend, wer nur Löffel und Gabel hebt und einen Krug Alus (Hausbier) austrinkt. Und wenn wir uns begeben werden aus des Hochzeitväterchens Haus ins Gotteshaus, aus dem Gotteshause in des Königs bunte Schenke, da werden wir tanzen und uns lustig machen, jeder für seinen Groschen. Und wenn wir uns zurück begeben werden aus der Schenke in des Hochzeitvaters Haus, da wird es weiße Tische geben und beflochtene, geschmückte mit Alus gefüllte Krüge, da werden wir finden Gebratenes und Ge=kochtes, zu trinken und zu eßen, und für unsere Rosse mit Eschen gebrückte Ställe und eichene Krippen voll von Haber. Ich bin nicht weit gereist und habe nicht viel gelernt; wenn ich weiter reisen werde, werde ich mehr lernen. Für mich, den jungen Hochzeitbitter, ein Stück Linnen (von Leibes Länge); wenn kein Stück Linnen, so doch ein Handtuch; wenn kein Handtuch, so doch ein paar Hosen; wenn keine Hosen, so doch ein paar Strumpfbänder; wenn keine Strumpf=bänder, so doch ein junges Mädchen; wenn kein junges Mädchen, so doch ein grünes Sträußchen mir auf den Hut. Mit Gott, mit Gott, meine lieben Verwandten!

3.

Rätsel

Wenn du aufstehst, in was trittst du zuerst?

Ins Alter.

So hoch wie ein Dach, so klein wie eine Maus, so süß wie Honig. Was ist das?

Der Apfel.

Ich aß einen Neunherzigen. Was ist das?

Der Apfel.

Hoch wie ein Haus, breit wie ein Schloß, gelb wie Wachs. Was ist das?

Der Apfel.

Steig auf mich, laß dirs schmecken, erleichtere mich. Was ist das?

Der Apfelbaum.

Zwei Schwestern kommen über ein Berglein nicht zusammen. Was ist das?

Die Augen.

Gehts zu Walde, schauts nach dem Hause; gehts nach Hause, schauts nach dem Walde. Was ist das?

Die Axt.

Der Kopf schmerzt, es wird mir schwach; ich sehe die Thür und kann nicht hinaus. Was ist das?

Die Balken.

Handtücher in der Stube, die Enden draußen. Was ist das?

Die Balken.

Vier Brüder tragen einen Hut. Was ist das?

Die Baracke. (Ein auf vier Stützen ruhendes Dach, um im Freien liegendes Heu u. dgl. zu schützen.)

Wenn du zu Walde reitest und zwei Bäume nicht umhaust, so kannst du alle außerdem hauen und du wirst doch keinen Wagen voll Holz nach Hause bringen. Was ist das?

Wenn du keinen krummen und keinen geraden Baum fällst, was willst du sonst fällen, um Holz nach Hause zu fahren?

Es geht ein Ochse in den Fluß, um zu trinken, und den Bauch läßt er zu Hause. Was ist das?

Der Bettüberzug.

Ein bräunliches Schweinchen, bräunlichere Ferkel und ein Ställchen von drei Brettern. Was ist das?

Bienen im Stocke.

Ich ließ ihrer zu Hause, traf ihrer auf dem Wege und erkannte doch die meinigen nicht. Was ist das?

Die Biene.

Ich gieng des Weges, auf dem Wege fand ich meinen lieben Freund, ich erkannte ihn nicht; ich steckte in meinen Busen, ich behielt es nicht; ich trug in der Hand, ich warf es weg. Was ist das?

Die Biene.

Ein Stand voll von kleinen Gewölben. Was ist das?

Ein Bienenstock.

Bald größer als ein Dach, bald kleiner als eine Maus; grün wie Gras, süß wie Honig. Was ist das?

Die Birne.

Eine Düte ist der Vater, eine Gedunsene ist die Mutter und die Kinder sind Streulinge. Was ist das?

Blüte, Schote und Erbsen.

Es blinkt die Blinkerin, sie läßt nicht die Sumserin: 'ich geh nicht, ich geh nicht, es wird mich herabschlagen die Sehne.' Was ist das?

Eine Bremse sagte zur Mücke, sie solle ein Rind stechen; die erwiderte 'Ich will nicht, der Schwanz wird mich er= schlagen.'

Ein blindes Täubchen flattert durch die ganze Welt. Was ist das?

Der Brief.

Was ist größer als ein Bißen Brot?
> Der Brotleib.

Ein gestoßenes Mütterchen schäumt. Was ist das?
> Gekneteter Brotteig.

Vier Ecken, Gottes Arbeit, in der Mitte ist eine Glocke. Was ist das?
> Der Brunnen (Ziehbrunnen mit dem Eimer).

Ich säete es als Pfeffer, es keimte als Groschen, erblühte als Bräute und alterte als Mädchen. Was ist das?
> Der Buchweizen.

Ein Ställchen von drei Bretchen, innen liegt ein Weißer (ein weißes Stück Vieh). Was ist das?
> Buchweizen (Heidekorn).

Der Nichtlebendige schleppt die Lebendigen. Was ist das?
> Die Bürste (die Läuse).

Ein verstricktes verflochtenes jagt die Sperlinge durch das Weidicht. Was ist das?
> Die Bürste.

Wenn das Gestickel-Gestackel nicht wäre, wäre längst der Himmel eingestürzt. Was ist das?
> Das Dach mit den Sparren und Latten.

Ich reite den Tag über, ich reite die Nacht hindurch, des Vaters Riemen zerreite ich nicht. Was ist das?
> Der Dachreiter (gekreuzte Hölzer auf dem Firste zum Festhalten des Strohes).

Der Bock ist im Stalle, des Bockes Hörner sind draußen, oder: der Bock ist drinnen und die Hörner draußen. Was ist das?
> Der Degen (Säbel).

Das Roß ist im Stalle, des Rosses Schweif ist draußen. Was ist das?
> Der Degen.

In der Ferne wiehert ein Roß, in der Nähe tönt der Zaum. Was ist das?
> Der Donnerschlag.

Drei Schwestern (andre: Fräulein) tragen einen Kranz (andre: ein Kränzlein). Was ist das?
> Der Dreifuß.

Eines Bären Klauen ſind zuſammen geſchloßen. Was iſt das?
> Die an der Ecke der Gebäude zuſammen gefugten Balken;
> deutſch=litauiſch Gerſaß genannt.

Was rollt (läuft) nicht den Berg herab, wenn es hingeſtellt iſt?
> Die Egge.

Ein kleines Fäßchen, ohne Dauben und ohne Reife, innen zweierlei
Bier. Was iſt das?
> Das Ei.

Es rollt heran ein Viertelfäßchen, ohne Dauben, ohne Reife und
zweierlei Alus iſt drinnen. Was iſt das?
> Das Ei.

Eis durchſchlug ich und fand Silber; Silber durchſchlug ich und fand
Gold. Was iſt das?
> Das Ei.

Des Buſches Tochter weint bitterlich; indem ſie auf die Erde nieder
ſtrömt, läßt ſie dem Vater den Hintern zurück. Was iſt das?
> Die Eiche.

Als ich lebendig war, nährte ich lebende; als ich todt war, trug ich
Lebendige. Was iſt das?
> Die Eiche.

Ich gieng in den Wald, hob zwei Mulden und zwei Speckſeiten auf.
Was iſt das?
> Die Eichel.

Ich gieng durch den Wald, fand ein Fleiſcherſtück (wie es der Flei=
ſcher haut), machte einen Trog und eine Gelte, zwei Speckſeiten
und für einen kleinen Jungen ein Mützchen. Was iſt das?
> Die Eichel.

Zwei Hocker hockten, neben dem Wege ließen ſie die Hinterbacken zu=
rück. Was iſt das?
> Setzt man zwei Eimer (die gewönlich zu zweien getragen
> werden) auf den Schnee nieder und trägt ſie dann weiter,
> ſo bleibt die Spur davon.

Was wird fett ungefüttert?
> Das Eis.

Eines Dachſes verklebter Arſch. Was iſt das?
> Ein ins Eis gehauenes Loch (in Lit. 'Wuhne' genannt).

Die Wurzel nach oben, nach unten den Gipfel. Was iſt das?
> Ein Eiszapfen am Dache.

Lang wie eine Ziegel, glänzt es wie ein Spiegel. Was ist das?
>> Die Elster.

Was gibt es am meisten auf der Welt?
>> Enden.

Welchen Namen führt Gott?
>> Erntesammler; er sammelt nämlich die Geringen wie
die Könige.

Erst war ich jung und grün, dann ward ich glockig; es hieb der
Krumme den Fuß ab, hob mich ins Schloß. Was ist das?
>> Erbsen.

Erst war ich blättrig, dann war ich beglockt, es hieb mir der Gubbe
den Fuß ab und ließ mich in den Speicher steigen. Was ist das?
>> Erbsen.

Der Vater ist ein Gestreckter, die Mutter ein Dickbauch und die Kin=
der Streulinge. Was ist das?
>> Erbsen.

Im Sommer mit einem (alten) Pelze, im Winter ohne Pelz. Was
ist das?
>> Erbsen.

Es läuft herbei ein Häschen über ein Brücklein von Bast: husch! ist
es hinter dem Brücklein. Was ist das?
>> Wenn man Erbsen sät.

Was ist das Fetteste auf der Welt?
>> Die Erde.

Als ich jung war, gab ich stehend; als ich alt ward, bückte ich mich.
Was ist das?
>> Das Faß.

Was wirfst du nicht über das Dach?
>> Die Feder.

Schneid mir den Kopf ab, nimm das Herz heraus, mach mich dann
reden. Was ist das?
>> Die Feder.

Kleine Seen um die Stube herum. Was ist das?
>> Die Fenster.

Es glänzt bei Tage, es glänzt bei Nacht. Was ist das?
>> Das Fenster.

Es glänzt, es leuchtet; es reicht nicht an den Himmel und nicht an
die Erde. Was ist das?
> Das Fenster.

Ein buntes Weiberkleid an der Wand aufgehängt. Was ist das?
> Das Fenster.

Es glitzert und glatzert, die Katze gafft, Kemza trägt die Baum=
stümpfe bei. Was ist das?
> Das Feuer.

Ein Dudler dudelt unter einer ehernen Brücke. Was ist das?
> Das Feuer und der Keßel.

Der Vater ist noch nicht geboren, der Sohn stemmt sich an den Him=
mel. Was ist das?
> Das Feuer und der Rauch.

Die Hälfte des Waldes grünt, die andre Hälfte ist trocken. Was
ist das?
> Der Fimmel (die männliche Hanfpflanze).

Fünf Gänger laßen einen Bären Dünnes machen. Was ist das?
> Fünf Finger reinigen die Nase.

Fünf Kosacken mit eisernem Nacken. Was ist das?
> Die Finger.

Ein Gärtchen von Fleisch und ein Zäunchen von Gold (Silber, Mes=
sing). Was ist das?
> Finger und Ring.

Ein Topf voll Fleisch, an beiden Enden durchlöchert. Was ist das?
> Der Fingerhut.

Der Grauschimmel läßt fallen, der Schweif glänzt. Was ist das?
> Der Flachs, wenn er gebrecht wird.

Eine kleine Eiche mit hundert Ästchen ruft nach den Frauen, nach
den Mädchen. Was ist das?
> Der Flachs.

Ein Roß mit drei Rücken und ein Reiter mit zwei Rücken, der Zaum
von weißem Erze. Was ist das?
> Die Flachsbreche (unterer Theil — oberer Theil —
> Flachs).

Eine mit vertrocknetem Hintern zerbeißt Knochen. Was ist das?
> Die Flachsbreche.

Im Walde ists gewachsen, zu Hause bellt es. Was ist das?
> Die Flachsbreche.

Wer ist schön in der Kirche?
>Die Fliege.
Eine ausgefaulte Linde führt rasende Kinder. Was ist das?
>Die Flinte.
Ein ausgehöhltes Mütterchen führt tolle Kinder. Was ist das?
>Die Flinte.
Ein schwarzes Rößlein hüpft durch die ganze Welt. Was ist das?
>Der Floh.
Ein schwarzes Pferd springt, Fußstapfen sind nicht zu sehen. Was
ist das?
>Der Floh.
'Wohin läufst du, Krummer?' "Was kümmerts dich, Geschorne."
Was ist das?
>Der Fluß, die Wiese.
'Krummer, Gebogener, wohin wirst du laufen?' "Geschorne, Kahle,
was kümmerts dich (andre: warum fragst du)?" Was ist das?
>Das Flüßchen, die Wiese.
Zwei stoßen, zwei winken, das gestoßene Mütterchen schäumt. Was
ist das?
>Wenn eine Frau Brot knetet.
Ich selbst eße, mich selbst ißt man, über mir ißt man und unter mir
ißt man. Was ist das?
>Eine Frau, die auf einen Baum gestiegen ist, ißt Äpfel
>und säugt ihr Kind, unter ihr frißt ein Wolf, über ihr
>eine Krähe Aas.
Schwarzer, den Nichtschwarzen stecke ich in dich! Was ist das?
>Wenn man den Fuß in den Stiefel steckt.

Zwei Enden und ein Ende. Was ist das?
>Die Gabel.
Einer Ziege Augen sind im Heu. Was ist das?
>Die Gabel.
Ein weißes Fäßchen mit rothem Zäpfchen. Was ist das?
>Die Gans.
Es kommt ein Bettler auf zwei Krücken, bringt ein Röcklein aus zwei
Stücken. Was ist das?
>Die Gans.

Kommt ein Bettler, Lappen auf Lappen, durch die Lappen geht kein
Waßer. Was ist das?
Die Gans.
Ein kleines Weibchen hat viele Kleidchen. Was ist das?
Die Gans.
Über Berge hin habe ich (es) ausgejagt, über Berge hin habe ich (es)
heim gejagt; hundertweise habe ich gezählt, eins aber fand ich
nicht, und gerade das vermißte ich. Was ist das?
Wenn das Garn zum Weben auf den Rahmen gespannt
(geschoren) wird.
Das Fleisch wird trocken, die Federn sind dahin. Was ist das?
Das Gebäude.
Im Walde geboren, in der Stadt gekauft (oder: gemacht), auf den
Händen weint es. Was ist das?
Die Geige.
Ein Vogel vom Meere und Haffe (andere: vom Gestade), die Eier
unter dem Hals, der Hintere schreit Gewalt. Was ist das?
Die Geige.
Mit der Sonne geboren und noch in den Windeln. Was ist das?
Das Geld.
Wann sind alle Löcher offen und wann sind sie nicht offen?
Wenn das Getreide gemäht ist, sind sie offen, vorher
sind sie nicht offen.
So viele Sternlein an dem Himmel, so viele Löchlein auf der Erde.
Was ist das?
Wenn das Getreide gemäht ist.
Womit pflügt man das Feld um?
Mit Gewenden.
Ein schwarzer Hahn sitzt auf dem Zaune, der Schwanz reicht bis auf
die Erde, die Stimme bis in den Himmel. Was ist das?
Die Glocke.
Im Walde haut man, zu Hause fliegen die Spähne. Was ist das?
Der Glockenton.

Es kömmt einer auf Krücken mit einem Bart von Fleisch und einem
Munde von Knochen. Was ist das?
Der Hahn.

Zwei graue Wölfe, beide beißen sich und weißes Blut fließt. Was
ist das?

Die Handmühle (Quirbel genannt; sie besteht aus zwei
Steinen, deren oberer gedreht wird).

Zwei Hasen beißen sich (andre sagen: zwei Häslein raufen sich), wei=
ßes Blut fließt. Was ist das?

Die Handmühle.

Was wirft man nicht über das Dach?

Den Haß.

Eine Pfriemschnäuzige und Quirlfüßige hat hundert Gewänder. Was
ist das?

Die Henne.

Was hat ein Bastkörbchen (Lischke genannt) und selbst Gott nicht?

Einen Herrn (Besitzer).

Ein Sieb voll Brocken. Was ist das?

Der gestirnte Himmel.

Was trägt den Thau auf seinen Hörnern?

Der Hirsch.

Was hat Gott nicht?

Einen Höheren oder Vornehmeren als er ist.

Ein Vögelein, ein Schüttelköpfchen, fliegt in die Höhe, sein Ei zu
legen. Was ist das?

Der Hopfen.

Erstochen gedeiht es, nicht erstochen gedeiht es nicht. Was ist das?

Der Hopfen.

Der Dünnfreßer bellt, der Zäumling läuft. Was ist das?

Der Hund, das Pferd.

Es bellt wie ein Hund, läuft wie ein Hund und ist doch kein Hund.
Was ist das?

Eine Hündin.

Im Winter ist es grün und im Sommer hat es keine Blüte. Was
ist das?

Immergrün.

Mein Vater hat gleiche Felder, auf dem Felde ist eine Eiche, die
Eiche hat zwölf Äste, jeder Ast vier Zweige. Was ist das?

Das Jahr mit zwölf Monaten zu je vier Wochen.

Zwölf Adler, sechzig Tauben, sechs hundert Meisen. Was ist das?
　　Das Jahr: Monate, Wochen, Tage.

So lang ich klein war, grünte ich als Kraut; als ich erwachsen war,
　　warb ich eine Braut (oder junge Frau). Was ist das?
　　　Die Kamille.

Als ich lebend war, nährte ich Lebende; als ich gestorben war, trug
　　ich Lebende, und Lebende wandeln unter mir. Was ist das?
　　　Der Kahn (kleines Schiff).

Der Kahle ist aufgehängt, der Haarige grinst. Was ist das?
　　　Wenn die Katze das aufgehängte Fleisch ansieht.

Kommt ein Gast ohne Zähne, schlachtet einen Widder ohne Knochen.
　　Was ist das?
　　　Das Kind und die Mutterbrust.

Ein lebendes Wesen ißt auf lebendem Tische lebende Speise. Was
　　ist das?
　　　Wenn ein Kind auf den Knien der Mutter an der Brust
　　　trinkt.

Am Rande der Flur steht eine Geberin; wer kommt, dem gibt sie.
　　Was ist das?
　　　Die Klette.

Ein kleines Dingchen und doch bringen es selbst tausend Pferde nicht
　　über den Berg. Was ist das?
　　　Das Kneuel.

Was rollt sich nicht über den Berg?
　　　Das Kneuel.

Was führt man nicht über den Berg?
　　　Das Kneuel.

Ein Einfüßiger hat hundert Gewänder. Was ist das?
　　　Der Kohlkopf.

Ein Lappen auf dem andern, ohne einen Nadelstich. Was ist das?
　　　· Der Kohlkopf.

Ein einfüßiges Frauchen trägt hundert Kleider. Was ist das?
　　　Der Kohlkopf.

Die Speise verzehrte das Hausgesinde (oder: die Kinder). Was ist das?
　　　Eine Krähe brachte eine Katze; die Krähe flog weg und
　　　die Katze fraß die jungen Krähen.

Als ich lebte, war ich schwarz; im Tode ward ich rot. Was ist das?
      Der Krebs.
Was ist röter nach dem Tode?
      Der Krebs.
Kommt ein Teufelchen mit aufgedrehtem Näslein. Was ist das?
      Der Krebs.

Früh vorhanden und nicht lebendig; eben geboren, springt es über
den Zaun. Was ist das?
         Wenn man ein gestorbenes junges Lamm über den Zaun
         wirft.
Oben fett, unten Haare. Was ist das?
      Das Licht.
Ein nackter Pfarrer (Herr), das Hemde im Busen. Was ist das?
      Das Licht (mit dem Dochte).
Es steht ein Mensch auf einem Berge; je länger er steht, desto kürzer
      wird er. Was ist das?
      Das brennende Licht.
Lein ist die Statur, Bienen gelten etwas, oben geht die Sonne auf.
      Was ist das?
         Das (Wachs-) Licht.

Ein rundes Löchlein, ein haariges Dieblein. Was ist das?
      Das Mausloch und die Maus.
Eine zweikrallige Gabel, auf der Gabel ein Bienenstock, auf dem
      Bienenstocke ein Kneuel, auf dem Kneuel ein Wald und in dem
      Walde viele Vögel. Was ist das?
      Der Mensch.
Auf einer Gabel ein Bienenstock, auf dem Bienenstocke ein Kneuel,
      auf dem Kneuel Wald und in dem Walde Hasen. Was ist das?
      Der Mensch.
'Wo gehst du hin, Längling?' "Was kümmerts dich, Querling?"
      Was ist das?
      Der Mensch, die Schwelle.
Ich sproß auf; da ich aufgesproßen war, wuchs ich; da ich gewachsen
      war, ward ich Jungfrau; da ich Jungfrau geworden war, ward

ich Braut und Ehefrau; da ich Frau geworden war, ward ich
ein alt Mütterchen; da ich ein alt Mütterchen geworden war,
bekam ich Augen und aus diesen Augen kroch ich selbst heraus.
Was ist das?

    Der Mohn.

Als ich jung war, blühte ich wie eine Rose; wie ich alt ward, bekam
ich Augen; zu diesen Augen kroch ich selbst heraus. Was ist das?

    Der Mohn.

Ein kleines Speicherchen, ganz gedeckt mit einem Gröschlein. Was
ist das?

    Ein Mohnkopf.

Drin im Dorfe liegt ein Fladen. Was ist das?

    Der Mond.

Ein zerlumpter Fetzen steigt über die Zäune. Was ist das?

    Das Moos.

Flog herbei der Glänzer und ladete ein den Sumser zu den Brum-
mern. 'Ich werde nicht gehen, ich fürchte mich.' "Geh, du wirst
vorbei kommen vor dem Schauer, dem Hörer und den Thoren
des Strickes." Was ist das?

    Eine Mücke ladete eine Bremse zu einem Ochsen; der
    Schauer bedeutet die Augen, der Hörer die Ohren und
    die Thore des Strickes die Hörner.

Ein kleines Speicherchen, voll von Waschbläuelchen. Was ist das?

    Der Mund mit den Zähnen.

Fleisch im Rachen, den Hintern in den Krallen, Aug gegen Auge.
Was ist das?

    Wenn die Mutter ihr Kind säugt.

Eine eiserne Stute, ein hänfener Schweif. Was ist das?

    Nadel und Faden.

Ein kleines altes Weib kleidet die ganze Welt. Was ist das?

    Die Nähnadel.

Ein kleines Frauchen bedeckt die ganze Welt. Was ist das?

    Die Nähnadel.

Was gehört (paßt) zu allem?

    Der Name.

Was kann keinem fehlen?

Der Name.

Was verfault nicht unter der Erde?

Der Name.

Was für ein Stein liegt im Waßer?

Ein naßer.

Die Stube sammt den Gästen kriecht zum Fenster hinaus. Was ist das?

Das Netz mit den Fischen durchs Eis.

Die Stube geht zum Fenster hinaus. Was ist das?

Das Netz, das durch ein Loch im Eise heraus gezogen wird.

Der Stamm von Flachs, die Wurzel von Stein, der Gipfel von Holz. Was ist das?

Das Netz.

In einem kleinen Töpfchen eine leckere Grütze. Was ist das?

Die Nuß (Haselnuß; Wallnüße kennt der Litauer nicht).

Ein kleines Töpfchen, ein leckeres Breichen. Was ist das?

Die Nuß.

Krach! aus dem Knöchlein, husch! in die Preßwurst. Was ist das?

Die Nuß.

Zwei strecken sich, zwei recken sich und der fünfte ficht im Kriege. Was ist das?

Des Ochsen Hörner, Ohren und Schweif.

Zwei Schlepper schleppen, zwei Habichte haken ein, der Schnaufer geht hinterdrein. Was ist das?

Ochsen, Pflug und Pflüger.

Als ich klein war, beherrschte ich viere; als ich erwachsen war, warf ich Berge hin und her; als ich gestorben war, gieng ich zur Kirche. Was ist das?

Der Ochse (klein, als Kalb saugt er an den vier Zitzen der Kuh, erwachsen pflügt er und aus des Todten Haut werden die Schuhe gemacht, die beim Litauer als Sonntagsputz besonders beim Kirchenbesuche getragen werden, und zwar pflegen die Frauen barfuß bis zur Kirche zu gehen und erst vor der Kirche Strümpfe und Schuhe anzulegen, die nach beendetem Gottesdienste wieder abgelegt

werden, so daß beim Litauer das lederne Schuhwerk in
naher Beziehung zum Kirchenbesuche steht).

Was ist lieber als Vater und Mutter?
　　　Der Ofen.

Husch! verheiratet, husch! nicht verheiratet. Was ist das?
　　　Der Ofen. (Unten ist dasselbe Rätsel auf die Thüre ge-
　　　deutet.)

Ein Bär ganz voll Ärsche. Was ist das?
　　　Der Ofen.

Wer ist lieb?
　　　Der Ofen.

Was ist nicht in der Kirche?
　　　Ein Ofen.

Zwei Räder stehen in der Gegend am Walde. Was ist das?
　　　Die Ohren.

Wie die Egge durch den Acker, so der böse Blick (die Bezauberung)
durch den Leib. Was ist das?
　　　Von dem Orte (oder Dinge) zum andern (in das andre).

Ein ehrbares Feld, eine wunderbare Saat. Was ist das?
　　　Papier mit der Schrift.

Ebene Wiesen, graue Schafe, der Hirt hat die Peitsche hinter den
Ohren. Was ist das?
　　　Papier, die Worte, der Schreiber.

Wenn der Pflüger vom Pflügen kömmt, an was hängt er die Peitsche auf?
　　　Am Peitschenstiel.

Ein schwarzer Rabe krächzt, der ganze Wald (andre: die ganze Versammlung) beugt sich. Was ist das?
　　　Der Pfarrer — die Gemeinde.

Zwei Stößer, zwei Aueröchslein, sechs Augen, drei Hintern. Was
ist das?
　　　Der Pflug (mit zwei Pflugscharen) mit zwei Ochsen und
　　　dem Pflüger.

Die Hosen *) hin gelegt und: 'Hoi! helf Gott!'   Was ist das?
          Wenn der zum Pflügen sich rüstende Pflüger die Zogg=
     schleife hinlegt.
Es liegt eine Frau, es kommt ein Herr, schüttelt sich die Hosen:
     'Hilf Gott!'   Was ist das?
          Der Pflug, der Pflüger.

Zwei laufen, zwei verfolgen.   Was ist das?
          Die Räder des Wagens.
Der Sohn ritt in den Krieg und der Vater war noch nicht geboren.
     Was ist das?
          Der Rauch.
Ein grauer Ochse leckt den Himmel.   Was ist das?
          Der Rauch.
Kommt ein Herrchen mit rothem Röckchen: 'Jagt die Hühner fort,
     vor den Hunden fürchte ich mich nicht.'   Was ist das?
          Der Regenwurm.
Was hält die Eiche?
          Die Reife (am Faße).
Der Gubbe ist in der Brechstube, des Gubben Bart ist draußen.
     Was ist das?
          Der Rettich.
Schwarz wie ein Topf, grün wie ein Badequast **).   Was ist das?
          Der Rettich mit den Blättern.
Wenn es klein ist, bläst es in vier Dudelsäcke, und erwachsen wandelt
     es an Gehängen (Hügelabhängen).   Was ist das?
          Das Rind saugt als Kalb an vier Zitzen, erwachsen
          pflügt es.
Wenn du in den Wald geritten bist, was haust du zuerst?
          Die Rinde.

------

  *) Die Hosen im Rätsel bedeuten die gabelförmige Zoggschleife, d. h. jene in
einem Winkel zusammen gesetzten Hölzer, auf denen die Zogge (d. i. der preußische
Pflug) aufs Feld geschafft wird. Ist dies geschehen, so beginnen die Rufe 'hoi!', womit die Ochsen angetrieben werden (litt. sze spr. schä), und der Zuruf 'hilf Gott!',
mit welchem man jeden auf dem Felde Beschäftigten zu grüßen pflegt.

  **) Ein Büschel grüner Birkenreiser, mit welchem sich die Litauer einst in ihren
Dampfbädern schlugen.

Was macht sich ungemacht?

>Der Riß (die Spalte).

Ein roter Hahn kräht unter der Erde (oder unter dem Miste). Was
ist das?

>Eine rote Rübe.

Was ist härter als Stahl?

>Der Rüßel des Schweines.

Kleiner als ein Hund, größer als ein Pferd. Was ist das?

>Der Sattel.

Ein kleines kleines Wieglein und in dem Wieglein liegt ein kleines
Kind. Was ist das?

>Die Saubohne.

Man sieht hauen, aber man sieht nicht stürzen. Was ist das?

>Wenn man Schafe schiert.

Was geht übers Stroh und raschelt nicht?

>Der Schatten.

Was ist süßer als Honig?

>Der Schlaf.

Zwei Schwestern schaben Butter. Was ist das?

>Der Schlitten.

Wer geht zuerst in die Kirche?

>Der Schlüßel.

Ich flog wie ein Engel, ich fiel wie ein Teufel. Was ist das?

>Der Schnee oder der Regen.

Kam geflogen ein Vogel von Osten und setzte sich auf einen Baum
ohne Äste; kam eine Jungfrau ohne Füße und verzehrte ohne
Lippen den Vogel. Was ist das?

>Der Schnee und die Sonne.

Wer ifts, der klug geboren mit einem Gänslein pflügt?

>Der Schreiber mit der Feder.

Bei Tage trägt es Knochen, bei Nacht sperrts das Maul auf. Was
ist das?

>Die Schuhe.

Die Trinker trinken und das Faß tönt. Was ist das?

>Das Schwein mit den Ferkeln.

Die Tropfen zogen das Dach nieder.   Was ift das?
>Wenn ein Schwein feine Jungen fäugt.

Ein fchwarzer Hecht tauchte, einen grünen Wald hob er in die Höhe.
Was ift das?
>Die Senfe.

Ein fchwarzes Hechtlein liegt unter einem grünen Bettlein.   Was
ift das?
>Die Senfe unter dem Grafe.

Wo kräht der Hahn dreien Königen?
>In Smaleninken auf der Grenze der Königreiche Preu=
ßen, Polen und Rußland.

Es geht aus auf Sechfen und kehrt heim auf Dreien.   Was ift das?
>Wenn ein berittener Soldat an der Krücke heim kehrt.

Ein buntes Weiberröckchen auf der Heide aufgehängt.   Was ift das?
>Der Specht.

Im Walde gewachfen harrt es der Mädchen.   Was ift das?
>Der Spinnrocken.

Rüttele mich, fchüttele mich, daß mein Bäuchlein wachfe.   Was ift das?
>Die Spule.

Ein kleines Frauchen ißt immer zu, indem fie läuft.   Was ift das?
>Die Spule.

Auf was liegt einer, der geftorben ift?
>Auf feiner Stelle.

Ich war bei der nicht Laichenden, fchlief auf der Erdfcheide, aß Ab=
gefiebtes, wufch mich weder mit Gefchneitem noch mit Geregnetem
und trocknete mich weder mit Gefponnenem noch mit Gewobenem
ab.   Was ift das?
>Ich war bei der Stiefmutter, fchlief auf dem Feldrain,
aß Trespenbrot, wufch mich mit Thränen und trocknete
mich mit meinen Haaren ab.

Am Himmel find nicht fo viel Sterne als Löcher auf der Erde.
Was ift das?
>Stoppeln.

Am Ende der Flur birft ein Topf.   Was ift das?
>Der Tag bricht an.

Ich gieng bei Nacht *), verlor eine Spange *), der Mond fand fie
und gab fie der Sonne (andre: die Sonne nahm fie). Was
ift das?

Der Thau.

Ich verlor einen Ring unter einer ehernen Brücke, der Mond fand
ihn mir, die Sonne vernichtete ihn. Was ift das?

Der Thau.

Ein Verftricktes, Verknüpftes geht brüllend feines Weges. Was ift das?

Die Trommel.

Hufch! verheiratet, hufch! unverheiratet. Was ift das?

Die Thüre.

Von Rauch wirds bedrückt, es ift ihm fchwach im Leibe, es fieht die
Öffnung, es kann nicht hinaus. Was ift das?

Die Thüre (vergl. oben ein faft gleichlautendes Rätfel,
dort auf die Balken bezogen).

Was nimmft du zuerft zwifchen die Beine, wenn du in die Kirche
gehft?

Die Thürfchwelle.

Die ganze Welt macht ihren Alus, nur vier Dörfer nicht. Was
ift das.

Wachholder, Tanne, Fichte, Eibe. (Diefe immergrünen
Bäume feiern den Winter nicht.)

Es fließt unter einem Doppelleintuche. Was ift das?

Das Waßer unter dem Eife.

Richtete es fich auf, den Himmel würde es ftützen; hätte es Hände,
den Dieb würde es fangen. Was ift das?

Der Weg.

Ich gehe den Tag über, ich gehe die Nacht hindurch, bis ans Ende
des Dorfes komme ich nicht. Was ift das?

Der Weg.

Ich winde den Tag über, ich winde die Nacht hindurch; des Vaters
Riemen winde ich nicht auf. Was ift das?

Der Weg.

---

*) Beide Worte reimen im Litauifchen. Spange und Thau haben wol nur
durch den Glanz Ähnlichkeit.

Ein schwarzer Hut, ein Geschmack wie Wein, ein steinernes Herz.
Was ist das?

Die Weichsel (Kirsche).

Eia popeia! vier Linden schwanken nach allen vier Winden; alle hören
ein groß Geschrei, aber nur zweien ist weh dabei. Was ist das?

Die Hängewiege.

Vier Fichten schlagen sich mit den Stämmen. Was ist das?

Die Hängewiege.

Vier Fichten schlagen sich mit den Stämmen, drinnen wiehert ein
Eselchen. Was ist das?

Die Hängewiege mit dem Kinde.

Es liefen herbei die Barfußstehler, fiengen den Meckermeck, es ver-
jagten sie die Leute aus Kamanten. Was ist das?

Wölfe ergriffen eine Ziege, die Hirten verfolgten sie.

Es schaut der Schauer über den Zaun, es geht der Quaker durchs
Dorf: Quaker geh! Quaker, schick mir die Watschlerin! Was
ist das?

Der Wolf, der Gänserich, das Schwein.

Ein Stänglein voll weißer Hühnchen. Was ist das?

Die Zähne im Munde.

In einem Topfe von Fleisch kocht Eisen. Was ist das?

Der Zaum in des Pferdes Maule.

Wer hat der Kuh das Loch gemacht?

Der Zimmermann.

Vier Schwestern laßen ihr Waßer in eine Grube. Was ist das?

Die Zitzen der Kuh.

Der Gedanken Vater liegt in der Pfütze. Was ist das?

Die Zunge.

Es bellt und bellt ein Hündchen, husch! ists hinter der Thüre. Was
ist das?

Die Zunge.

Wir sind drei, ihr seid drei; wir beide sind zwei, ihr beide seid zwei,
du und ich, wie viel ist das?

Zwölf.

4.

Lieder und Sprüche.

Ich gieng zum Abendstern hin;
Der Abendstern, der sagte
'Ich muß des Abends spreiten
Das Bettlein für das Sönnlein.'

Ich gieng sodann zum Möndlein;
Antwortete das Möndlein
'Bin mit dem Schwert zerhauen
Und traurig ist mein Antlitz.'

Ich gieng sodann zum Sönnlein;
Antwortete das Sönnlein
'Neun Tage werd ich suchen,
Nicht untergehn am zehnten.'

————

4.

Der Frühstern machte Hochzeit.
Perkun ritt durch das Thor ein,
Zerschlug die grüne Eiche.

Es floß das Blut der Eiche,
Besprißte meine Kleider,
Besprißte mir mein Kränzlein.

Der Sonne Tochter weinte
Und sammelte drei Jährlein
Die abgewelkten Blättchen.

'Wo soll ich, meine Mutter,
Mir meine Kleider waschen,
Das Blut aus ihnen waschen?'

"Mein Töchterlein, mein junges,
Geh hin zu jenem Teiche,
In den neun Flüßlein fließen!"

'Wo soll ich, meine Mutter,
Mir meine Kleidchen trocknen,
Austrocknen sie im Winde?'

"Mein Töchterlein, im Garten,
In dem neun Röslein wachsen."

'Wo soll ich, meine Mutter,
Die Kleiderchen dann anziehn,
Die weiß gewaschnen tragen?'

"An jenem Tage, Tochter,
An dem neun Sonnen scheinen."

————

5.

'So sing doch, Schwester!
Was singst du denn nicht
Und stützst dich auf die Händchen,
Die schon vom Stützen taub sind?'

"Wo soll ich singen
Und frohes Muts sein?
Im Garten ist ein Schaden,
Im Gärtlein ist ein Schädlein.

Zertreten Rauten,
Gepflücket Rosen,
Die Lilien entblättert,
Das Thaulein abgestreifet."

'Blies denn der Nordwind
Trat denn der Strom aus?
Hat denn Perkun gedonnert,
Mit Blitzen drein geschlagen?'*)

————

*) Variante bei Neßelmann:
Hat denn Perkunas bonnernd,
Geschoßen Flammenpfeile?

'"Nicht blies der Nordwind,
Nicht trat der Strom aus,
Nicht hat Perkunas donnernd
Mit Blitzen drein geschlagen.*)

Bärtige Männer,
Vom Meere Männer
Ans Land her fahrend,
In den Garten steigend

Zertraten Rauten
Und pflückten Rosen,
Entblätterten die Lilien
Und streiften ab das Thaulein.

Ich selber aber
Erhielt mich kaum nur
Unter dem Rautenzweige
Und unterm schwarzen Kränzlein."

————

6.

Es fuhren, fuhren
Vom Dörflein Rusne
Zwei junge Fischerbürschlein.

Sie warfen, warfen
Die feinen Netzlein
Wol in des Haffes Mitte.

Und fiengen, fiengen
Des Haffes Fischlein
Mit ihren feinen Netzlein.

Und in dem Netzlein
(Welch Wunder!) fiengen
Sie da zwei Meereskälblein.

'Ei Bruder, Bruder,
Du mein Geselle,
Was sinds für Wunderfischlein?'

Und es ergrimmte
Der Gott der Wogen,
Der Nord begann zu blasen.

'Ei Bruder, Bruder,
Du mein Geselle,
Wirf aus den gülbnen Anker!

Den Kahn mag rollen
Der Wogenbläser
Nun auf dem gülbnen Anker.

Ei Bruder, Bruder,
Du mein Geselle,
Steig auf des Mastes Gipfel!

Vielleicht erblickst du
Der Nehrung Berglein,
Vielleicht die schlanken Fichtlein.'

'"Seh nicht die Nehrung,
Noch ihre Berge,
Noch auch die schlanken Fichten.

Ich sehe einzig
Nur dort mein Mädchen
Im Fichtenwalde wandelnd.

Schwarz ist ihr Kränzlein,
Gelb ihre Härlein,
Das Schürzlein grün gesticket.

————

*) Neßelm.: Geſchoßen Flammenpfeile.
Schleicher, Märchen.

Wenn ichs vermöchte,
Entzwei ich theilte
Das Schürzlein grün gesticket.

Die eine Hälfte
Legt ich ins Schreinlein,
Die andre würd ein Wimpel.”

'Ei Bruder, Bruder,
Du mein Geselle,
Wohin drehn wir das Kähnlein?

Ob hin zur Niedrung,
Ob nach Barusne,
Ob nach dem Dörflein Rusne?'

“Nicht hin zur Niedrung,
Nicht nach Barusne,
Nur hin zum Dörflein Rusne.

Das Dörflein Rusne,
Das ist wie Memel,
Das Flüßlein fließt durchs Dorf hin.

Da reiten Reiter,
Man fährt zu Wagen
Und fährt da auch in Kähnen.

Da krähen Hähnlein,
Da bellen Hündlein,
Da trällern Müllerinnen.

Im Dörflein Rusne,
Da wächst mein Blümlein,
Da findet Ruh mein Herzlein.”

7.

Ein Wunder wars, fürwar ein
         großes Wunder,
Zur Sommerzeit der Teich war zu
         gefroren.

Wo werd ich nun das braune Röss=
         lein tränken
Und wo von Lindenholz den Eimer
         spülen?

Die Laima schenkte uns ein sonnges
         Täglein
Und aufgetauet war das Eis im
         Teiche.

Da werd ich nun das braune Röss=
         lein tränken
Und da von Lindenholz den Eimer
         spülen.

8.

Laima rief und Laima weinte;
Barfuß lief ich übers Berglein,
Um mein Brüderlein zu suchen.

Als aufs Berglein ich gestiegen
Da sah ich drei Fischerknaben
Von der Nehrung auf dem Meere.

'Nehrunger, ihr lieben Freunde,
Saht ihr denn nicht meinen Bruder
Auf dem Meere, auf dem Haffe?'

“Ei du Mädchen aus der Niedrung,
Ach dein Bruder liegt ertrunken
Drunten auf dem Meeresgrunde.

Sand zernaget ihm das Antlitz,
Wogen spülen seine Hare."

'Nehrunger, ihr lieben Freunde,
Werdet ihr heraus ziehn, fischen
Aus dem Meere meinen Bruder?'

"Ei du Mädchen aus der Niedrung,
Was giebst du, wenn wir heraus-
           ziehn,
Wenn wir fischen deinen Bruder?"

'Einem einen seidnen Gürtel,
Einen güldnen Ring dem zweiten,
Für den Dritten hab ich nichts mehr.

Mit dem dritten Fischerknaben
Werb ich selber mich verloben,
Mit dem jungen Steuermanne.

'Sist ein wackrer Mann, der Steurer;
Mit dem Schiffe kann er fahren
Mit dem Wind, dem Wind entgegen.'

————

9.

'Meine Tochter, Frau des Simon*)
Wo kamst du zum Knaben?
Dambalibali, bambalibali**)
Wo kamst du zum Knaben?'

————

"Mutter, Mutter meine Ehre,*)
Er kam mir im Traume.
Dambalibali bambalibali
Er kam mir im Traume."

'Meine Tochter, Frau des Simon,
In was wirst ihn wickeln?
Dambalibali, dambalibali
In was wirst ihn wickeln?'

"Mutter, Mutter, meine Ehre,
In des Kleides Zipfel**).
Dambalibali, dambalibali
In des Kleides Zipfel."

'Meine Tochter, Frau des Simon
Und wer wird ihn pflegen?
Dambalibali, dambalibali
Und wer wird ihn pflegen?'

"Mutter, Mutter, meine Ehre
Gottes Töchter werden
Dambalibali, dambalibali
Auf dem Arm ihn tragen."

'Meine Tochter, Frau des Simon,
In was wirst ihn legen?
Dambalibali, dambalibali
In was wirst ihn legen?'

"Mutter, Mutter, meine Ehre,
In des Thaues Decke.
Dambalibali, dambalibali
In des Thaues Decke."

————

*) Lit. Symonênê. And. Symonike
d. i. Tochter des Simon; andere 'meine Lilie'.

**) So Rhesa in den Melodien; andere
'Dam bam bali bam' oder 'zu zu opapa' oder 'leila
lelija' auch 'lulu leilala'.

*) 'Ehre' wird hier die Mutter genannt;
wörtlich übersetzt lautet dieser Vers: Mütterchen,
Mütterchen, Ehrleinchen (doppelt verkleinert).

**) Lit. in den Zipfel der Marginne; Mar-
ginne, buntes Nationalkleid der lit. Frauen.

'Meine Tochter, Frau des Simon,
Worin wirst ihn schaukeln?
Dambalibali, dambalibali
Worin wirst ihn schaukeln?'

"Mutter, Mutter, meine Ehre,
In der Laima Schaukel.
Dambalibali, dambalibali
In der Laima Schaukel."

'Meine Tochter, Frau des Simon,
Womit wirst ihn nähren?
Dambalibali, dambalibali
Womit wirst ihn nähren?'

"Mutter, Mutter, meine Ehre,
Mit der Sonne Backwerk.
Dambalibali, dambalibali
Mit der Sonne Backwerk."

'Meine Tochter, Frau des Simon,
Wohin wirst ihn schicken?
Dambalibali, dambalibali
Wohin wirst ihn schicken?'

"Mutter, Mutter, meine Ehre,
Ins Bojarenkriegsheer. *)
Dambalibali, dambalibali
Ins Bojarenkriegsheer."

'Meine Tochter, Frau des Simon,
Was wird er da werden?
Dambalibali, dambalibali
Was wird er da werden?'

"Mutter, Mutter, meine Ehre,
Er wird Hetmann werden. *)
Dambalibali, dambalibali
Er wird Hetmann werden."

10.

'O Žemtna, **) Blumenspendrin,
Wo pflanz ich das Rosenzweiglein?'
"Pflanz es dort aufs hohe Berglein
An dem Meere, an dem Haffe."

'O Žemtna, Blumenspendrin,
Wo denn find ich Vater, Mutter,
Ich Verstoßne, Mitleidswerte?'
"Geh dort auf das hohe Berglein,
An dem Meere, an dem Haffe."

Aus dem Rosenstöcklein
Ward ein großes Bäumlein;
Aeste triebs bis in die Wolken.
Steigen werd ich in die Wolken
An des Rosenstockes Zweiglein.

Und ich traf den jungen Knaben
Auf dem Gottesrösslein.
'Ei du Knabe, ei du Reiter,
Sahest du nicht Vater, Mutter?'

"Du mein Mädchen, meine junge,
Geh hin in der Niedrung Gegend,
Vater, Mutter rüsten jetzo
Dort die Hochzeit deiner Schwester."

---

*) Variante: Zu dem König selber, oder:
zum Krivaitis selber. Krivaitis bezeichnet ohne
Zweifel eine jetzt unbekannte Würde.

*) Variante: General wird er werden oder:
Ein großer Heeresführer.

**) Erdgöttin.

Und ich gieng hin in die Niedrung:
'Guten Tag mein Väterlein!
Guten Tag mein Mütterlein!
Warum habt ihr mich verstoßen
Klein schon unter fremde Leute?

Ich erwuchs zum großen Mädchen,
Ganz allein fand ich die Wiege
Wo ich mich als Kindchen freute.'

————

11.

Es zieht die Mutter
Sich groß zwo Töchter
Sich groß zwo Töchter
Zum Angedenken.

Sie auferziehend
Und zärtlich pflegend
Versprach sie jeder
Drei kleine Schreinchen.

Es wunderten sich
Des Dorfs Genoßen,
Weshalb so zierlich
Von Wuchs wir beide.

Der Mutter Kleidchen
Ist fein und stattlich,
Deshalb sind zierlich
Von Wuchs wir beide.

Es wunderten sich
Des Dorfes Nachbarn,
Weshalb so rot wir
Auf unseren Wangen.

Das Väterlein hat
Gar weißes Brötchen,
Deshalb sind rot wir
Auf unsern Wangen.

Es wunderten sich.
Des Dorfes Mägdlein,
Weshalb so schöne
Kränzlein wir hätten.

Žemtnas Blumen
Sind grüne Rauten,
Deshalb wir haben
So schöne Kränzlein.

————

12.

Unterm Ahorn ist die Quelle,
Da die Gottessöhnchen
Tanzen gehen in dem Mondschein
Mit den Gottestöchtern. *)

In der Quelle bei dem Ahorn
Wusch ich mir das Antlitz,
Als ich wusch das weiße Antlitz,
Fiel mein Ring ins Waßer.

Gottessöhnchen werden kommen
Mit den seidnen Netzen,
Fischen mir mein Fingerringlein
Aus des Waßers Tiefe.

Und es kam der junge Knabe
Auf dem braunen Rößlein
Und es hat das braune Rößlein
Goldne Hufbeschläge.

————

*) Var. Unterm Ahorn ist die Quelle
Reines Waßer quillt da,
Wo der Sonne Töchter kommen
Früh das Antlitz waschen.

'Komm hierher mein Mädchen,
Hierher, meine junge!
Laß uns reden hier ein Wörtchen,
Laß uns denken ein Gedänkchen,
Wo der Strom am tiefsten,
Wo das Allerliebste.'

"Ich kann nicht, o Knabe,
Ich kann nicht, o Junger.
Schelten wird mich meine Mutter,
Mutter mit dem greisen Haupte,
Spät käm ich nach Hause."

'Sage doch, o Mädchen,
Sage doch, o Junge:
Daß geflogen her zwei Schwäne*)
Und sie trüb gemacht das Waßer;
Daß sichs kläre, harrt ich.'

Nicht wahr ists, o Tochter;
Unterm grünen Ahorn
Sprachest du mit deinem Knaben,
Träumtest du mit deinem Jungen
Wörtlein süßer Liebe.

––––––––

13.

Heute wolln Alus wir
Trinken, morgen wandern
Nach der Ungarn Lande;

Wo die Ströme Wein sind,
Wo die gülbnen Äpfel,
Und die Wälder Gärten.

––––––––

Und was machen wir dort
In der Ungarn Lande?

Bauen eine Stadt uns
Aus kostbaren Steinen,
Aus der Sonne Fenstern.

Und was eßen wir dort
In der Ungarn Lande?

Junge Hühner, Täubchen,
Die gebraten worden
Auf dem Herb der Sonne.

Und was trinken wir dort
In der Ungarn Lande?

Milch und süßen Honig,
Doppelt starkes Bier auch,
Und auch Wein, den roten.

Womit kleiden wir uns
In der Ungarn Lande?

Wol mit kurzen Zupans*),
Mit den goldnen Trobbeln.

Und wo schlafen wir dort
In der Ungarn Lande?

Wol in seidnen Betten
Und auf Daunenpfühlen.

Und wer wird uns dienen
In der Ungarn Lande?

––––––––

*) Andre: Enten.

*) Zupan, ein polnisches Unterkleid.

Gottes Töchterleinchen
Mit den weißen Händchen,
Mit der Liebe Wörtlein.

Und wann kehren heim wir
Aus der Ungarn Lande?

Wenn die Pfähle wachsen
Und die Steine grünen,
Bäume auf dem Meer stehn.

———

14.

Es kam geflogen
Ein Schwarm von Schwänen, *)
Die trieben an, in
Den Krieg zu reiten.

Von andern ritten
Die jungen Brüder;
Bei uns ist keiner,
Der reiten könnte.

———

*) Var. Es kam geritten
           Herr Oberstleitman (Lieutenant).
Wie oft, so ist auch hier altes durch neues ersetzt.
In einer andern Daina tritt in ähnlicher Weise
ein schwarzer Rabe auf:

Her flog ein schwarzer Rabe,
Der bracht 'ne weiße Hand mit
Mit güldnem Fingerringlein.
Ich frage dich, du Vogel,
Du Rabe, schwarz wie Kohle:
Wo hast die weiße Hand her
Mit güldnem Fingerringlein?

worauf der Rabe antwortet:

Ich war in großem Kriege u. s. f.

und das Mädchen sobann sagt:

Ui, ui! das ist mein Ringlein,
Mein Knabe kehrt nicht wieder u. s. f.

'Mag reiten oder
Nicht reiten der Bruder,
Laß gehn uns dem Vater
Das Roß zu zäumen.

Laß gehn uns Schwester
Den Bruder geleiten,
Und beim Geleite
Ein Wörtlein sprechen.'

Die eine Schwester
Zog an den Bruder;
Die andre Schwester
Macht auf das Hofthor.

'Ei Bruder, Bruder,
Wann kehrst du wieder
Heim unter Vaters
Rotblühende Rose?'

"O Schwester, Schwester,
O meine Junge,
Wenn sie erblühn wird,
Dann kehr ich wieder."

Und sie erblühte
Am Sonntag Morgen;
Doch unser Bruder
War nirgend, nirgend.

'Komm Schwester, gehn wir
Des Bruders harren,
Auf hohen Berg hin
Zum Eschenzaune.'

Wir traten stehend
Ein Loch im Berge,
Doch nirgend, nirgend
War unser Bruder.

Uns stützend beugten
Den Zaun wir nieder;
Doch nirgend, nirgend
War unser Bruder.

Da kommt das Rösslein
Im Trab gelaufen,
Die goldnen Bügel
Zur Seit ihm schwanken.

'Komm, laß uns, Schwester,
Das Rösslein fangen,
Um, wenns gefangen,
Es aus zu fragen.

Ei Rösslein, Rösslein,
Des Bruders Läufer,
Wo hast gelaßen
Du unsern Bruder?'

"Erschoßen hat man
Im Kampf den Bruder;
Mich in die weite
Welt ließ man laufen.

Neun Flüße hab ich
Durchschwommen schwimmend
Und diesen zehnten
Durchtauchet tauchend."

'Ui, ui, mein Gottchen,
Ach liebes Gottchen!
Wer wird uns helfen
Betrauern den Bruder!'

Die Sonne sagte,
Als sie sich senkte

"Ich werd euch helfen
Betrauern den Bruder.

Neun Morgen werd ich
Im Nebel dunkeln,
Und auch am zehnten
Werd ich nicht aufgehn."

15.

Beschloß der Sperling
Der Tochter Hochzeit.
Dam dam dali dam,
Der Tochter Hochzeit.

Ein Körnchen Roggen —
Drauß buk das Brot er.
Dam dam dali dam,
Drauß buk das Brot er.

Ein Körnchen Gerste —
Drauß braut Alus er.
Dam dam dali dam,
Drauß braut Alus er.

Da ladet ein er
Die Vöglein alle.
Dam dam dali dam,
Die Vöglein alle.

Die Eul allein nur
Ward nicht geladen.
Dam dam dali dam,
Ward nicht geladen.

Es kömmt die Eule
Auch ungeladen.
Dam dam dali dam,
Auch ungeladen.

Die Eule setzt sich
Ans End des Tisches.
Dam dam dali dam,
Ans End des Tisches.

Die Eule nahm sich
Ein Stücklein Kuchen.
Dam dam dali dam,
Ein Stücklein Kuchen.

Es führt der Sperling
Zum Tanz die Eule.
Dam dam dali dam,
Zum Tanz die Eule.

Da trat der Eule
Er auf die Zehe.
Dam dam dali dam.
Er auf die Zehe.

Aushackt der Sperling
Der Eul das Auge.
Dam dam dali dam,
Der Eul das Auge.

Da tanzt die Eule
Nun blind und hinkend.
Dam dam dali dam,
Nun blind und hinkend.

Die Eul gieng klagen;
Zum Zaun der Spatz flog.
Dam dam dali dam,
Zum Zaun der Spatz flog.

Schleicher, Märchen.

Das Nest der Eule,
Ists nicht ein Herrnhof?
Dam dam dali dam,
Ists nicht ein Herrnhof?

Der Eule Jungen,
Sind das nicht Junker?
Dam dam dali dam,
Sind das nicht Junker?

Der Eule Töchter,
Sind das nicht Fräulein?
Dam dam dali dam,
Sind das nicht Fräulein?

Das Haupt der Eule,
Ists nicht ein Töpfchen?
Dam dam dali dam,
Ists nicht ein Töpfchen?

Der Eule Augen,
Sind das nicht Spunde?
Dam dam dali dam,
Sind es nicht Spunde?

Der Eule Schnabel,
Ists nicht ein Flintchen?
Dam dam dali dam,
Ists nicht ein Flintchen?

Der Eule Federn,
Nicht bunte Farben?
Dam dam dali dam,
Nicht bunte Farben?

Der Eule Flügel,
Nicht Blumensträuschen?
Dam dam dali dam,
Nicht Blumensträuschen?

Der Eule Füße,
Sind das nicht Harkchen?
Dam dam dali dam,
Sind das nicht Harkchen?

Ist denn ihr Schwanz nicht
Ein Besenstümpfchen?
Dam dam dali dam,
Ein Besenstümpfchen?

Aus dem Vorworte zu Rhesas Dainas.

16.

Es schickte, schickte mich die Schwieger-
    mutter
Nach Grün*) des Winters, nach dem
    Schnee des Sommers.

Als ich da gieng und bitterlich nun
    weinte,
Traf ich den Knaben, einen jungen
    Hirten.

'Wo wirst du hin gehn, du mein
    liebes Mädchen?
Und warum weinst du, meine liebe
    Junge?'

"Es schickte, schickte mich die Schwie-
    germutter
Nach Grün des Winters, nach dem
    Schnee des Sommers."

'Geh du mein Mädchen, geh du meine
    Junge,
Nur stets am Walde und nur stets
    am Haff hin.

Da wirst du finden eine grüne Fichte;
Der Fichte Zweig nimm und vom
    Schaum des Haffes;

So wirst du bringen deiner Schwie-
    germutter
Das Grün des Winters und den
    Schnee des Sommers.'

Aus Stanewicz Sammlung żemaitischer Dainas, Wilna 1829.

17.

In Vaters Höfchen
Im neuen Ställchen,
Da sattelt der Bruder
Das braune Rösslein.

Es kömmt das Mägdlein
Vom Rautengarten.
'Wohin reitest du Knabe?
Nimm mich doch mit dir.'

"O du mein Mädchen,
O meine Junge,
Mein Rösslein ist klein nur
Und klein der Sattel."

---

*) Grünfutter, grünes Gras.

'O du mein Knabe,
O du mein Junger,
Ist auch klein nur das Rösslein
Und klein der Sattel:

Auf ebnen Fluren
Gehn wir zu Fuße
Und des Flußes Strömung
Laß uns durchschwimmen.'

Hindurch wir schwammen
Zum hohen Berglein;
Auf dem Berge, dem Berglein
Steht grün die Linde.

"Steh Mädchen unter
Der grünen Linde,
Ich junges Knäblein
Steh bei der Eiche."

Es fror das Reiflein,
Es fiel das Thaulein
Auf die Rauten mir nieder,
Aufs Rautenkränzlein.

Als ich geritten
Durchs grüne Wäldlein,
Da erzittert mein Rösslein
Gleich einem Esplein.

"Schau her, o Mädchen,
Schau her du Junge,
Auch du wirst so zittern,
Wenn mein du sein wirst."

'O du mein Knabe,
O du mein Junger,
Laß zittern braun Rösslein,
Ich werde nicht zittern.'

Es blies das Windlein,
Es blies Nordwindlein;
Die grün Rautlein erbebten
Und auch die Lilien.

'Schau her o Knabe,
Schau her o Junger,
So wirst du einst erbeben,
Wenn mein du sein wirst.'

"O du mein Mädchen,
O meine Junge,
Laß erbeben die Rautlein,
Ich werd nicht beben."

———

18.

Brach an des Morgens Röte,
Gieng auf die liebe Sonne;
'Steh auf o Schwester, du meine
                    Gastin!*)
Hast noch nicht ausgeschlafen?

Flicht jetzo bir das Kränzlein
Und setz es auf dein Köpflein,
Da deine Gäste, die weißen **)
                    Brüder,
Die braunen Rösslein satteln!'

Wir fuhren auf den Fluren,
Den Fluren unsrer Mutter;
Zur Seite ritten die weißen Brüder
Und trösteten die Schwester.

———

*) da sie scheiden wird, hier nicht mehr zu
Hause ist.

**) ehrende Bezeichnung.

Wir fuhren auf den Fluren,
Der Schwiegermutter Fluren;
Zur Seite ritten einher die Schwäger,
Das Bräutchen weinen machend.

Wir kamen zu dem Höfchen
Ans Thor der Schwiegermutter;
Und ich erblickte nun da mein Elend
Am Thor der Schwiegermutter.

'O käm heraus mein Bruder
Und brächt er mit sein Schwertlein,
Und hieb heraus er mein bittres Elend
Aus meiner Schwieger Hofthor!'

Da kam heraus der Bruder
Und brachte mit sein Schwertlein,
Hieb aus dem Thore heraus ein
          Bretlein,
Doch nicht mein bittres Elend.

Von mir gesammelte Lieder.

19.*)

2.	**4.**
Wo sollt ich heiter sein,	Füße und Händchen wärmt
Wo sollt ich singen?	Wol mir die Schwieger;
Nimmer ja kehr ich	Wörtlein der Liebe
Zur Mutter wieder.	Sagt mir der Knabe.
3.	**5.**
Ach, wer wird wärmen mir	Wärmt mich die Schwieger, da
Füße und Händchen,	Muß ich ja weinen;
Wer wird mir sagen	Doch spricht der Knabe,
Der Liebe Wörtlein?	Tröstet mein Herz sich.

*) Von diesem Liebe hörte ich selbst nur den Anfang singen, der Schluß ist nach den gedruckten Vorlagen (Rhesa, Provincialblätter, Nesselmann) mitgetheilt.

Schleicher, Märchen.   21

20.

2. Da begann ein Wind zu blasen,
   Windlein aus dem Norden;
   Und er weht das Kränzlein nieder
   In des Flüßleins Strömung.

3. Und es ritten her drei Knaben,
   Alle drei noch ledig:
   Welcher wird mein Liebster werden,
   Schwimmen nach dem Kränzlein?

4. Von den Dreien wars der Eine,
   Wars der Allerjüngste.
   Doch er schwamm nicht bis zum Kränzlein
   Und ertrank im Strome.

5. Saget nicht dem lieben Vater
   Daß der Knab ertrunken;
   Saget nur dem lieben Vater
   Daß die Roß er tränke.

21.

Bruchstück, nur der Melodie wegen hier aufgenommen.

2. Steh auf o Schwester,
   Wasch dir das Antlitz,
   Setz auf das grüne Kränzlein.

3. Setz auf das Kränzlein,
   Binde das Kopfband,
   Fahr hin von deiner Heimath.

4. Reitet doch langsam,
   Ihr weißen Brüder,
   Ueber das erzne Brücklein.

5. Stürzen hinein wir,
   Bringts uns den Tod nicht:
   Schad wärs ja um den Vater.

6. Mit Gott o Mutter;
   Spiel nun auf, Spielmann!
   Fort aus des Vaters Heimath.

---

*) Dieser Schluß ist im Litauischen weniger auffallend, da die letzte Sylbe nur wenig vernemlich gesprochen und gesungen wird.

22.

2. Und das Gras verwelkte,
Müde ward das Röfflein;
Ach gewiß nicht reit ich
Bis zu meinem Mädchen. —

3. O du meine Mutter,
O du Greisgelockte!
Nicht versprich mich, Mutter,
Einem der mir unlieb.

4. Wirst du mich versprechen
Einem der mir unlieb,
Werde oft ich kommen
Und dich weinen machen.

5. Wirst du mich versprechen
Einem den ich wünsche,
Werd ich selten kommen,
Freude dir bereiten.

23.

1.

Und was sagte denn der Hopfen
Aus der Erde kriechend?
Era ritamba, faladroti kumferta.
'Wirst du mir nicht Stangen stecken,
Kriech ich auf der Erde'.
Era ritamta faladroti kumferta.

2.

Und was sagte denn der Hopfen
Rankend an der Stange?
Era ritamba faladroti kumferta.
'Wenn du mich nicht pflückst und sammelst
Werde ich verstäuben'.
Era ritamba faladroti kumferta.

3.

Und was sagte denn der Hopfen
Auf dem Speicher liegend?
Era ritamba faladroti kumferta.
'Wenn du mich nicht gründlich umrührst
Werde ich verschimmeln'.
Era ritamba faladroti kumferta.

4.

Und was sagte denn der Hopfen
Kochend in dem Keßel?
Era ritamba faladroti kumferta.
'Wenn du mich nicht gut bedeckest
Werde ich verdampfen'.
Era ritamba faladroti kumferta.

5.

Und was sagte denn der Hopfen
Als er war im Fäßchen?
Era ritamba faladroti kumferta.
'Wenn du mich nicht wirst verspunden
Werd ich dir nicht schmecken.'
Era ritamba faladroti kumferta.

6.

Und was sagte denn der Hopfen
Als er war im Gläschen?
Era ritamba faladroti kumferta.
'Wenn du mich nicht wirst bewältgen
Werde ich dich wälzen.'
Era ritamba faladroti kumferta.

2. Geritten kamen
   Fünf, sechse die noch ledig,
   Begehrten, baten
   Die Tochter von der Mutter.

3. 'Ich ließ sie ziehen
   Und wollt sie euch versprechen;
   Doch führen könnt ihr
   Wol nicht der Tochter Brautschaß.'

4. "Wenn wir nicht führen
   Den Brautschaß deiner Tochter,
   So spannen vor wir
   Sechs graue Schimmelrößlein.

5. Und legen vor auch
   Von grüner Seide Stränge,
   So werden führen
   Wir deiner Tochter Brautschaß"!

6. Noch hatten sie nicht
   Der Mutter Hof verlassen,
   Da blieben stehen
   Die sechs Grauschimmelrößlein.

7. 'Laßt nicht verregnen
   Die Schrift der bunten Schreine,
   Denn drucken kann das
   Aus Tilsit nur der Drucker.

8. Laßt nicht abbrechen
   Der bunten Schreine Füßlein,
   Denn machen kanns nur
   Von Insterburg der Tischler'.

2. Zu Rosse saß ich
   Trat in den Bügel,
   Los ging mir meine Flinte
   Und ich erschoß ein Täublein.

3. 'Ei Bruder, Bruder,
   Ei unser Bruder!
   Was schoßest du die Taube,
   Das Vögelchen vom Hause?

4. War nicht vorhanden,
   Des Waldes Läufer,
   Das Läuferlein des Wäldleins,
   Das Taucherlein des Waßers?

5. Ei Bruder, Bruder,
   Ei unser Bruder!
   Wo wirst du heut Nacht bleiben,
   Und wo Nachtlager halten?

6. Etwa auf Rößleins
   Braungelbem Sattel,
   Etwa im schwarzen Kahne
   Bei deinem jungen Mädchen'?

7. "Nicht auf des Rößleins
   Braungelbem Sattel,
   Nur da im schwarzen Kahne
   Bei meinem jungen Mädchen.

8. Das ist mir heimlich,
   Das ist mir lieblich,
   Im schwarzen Kahn zu liegen
   Und mit der Maid zu plaudern".

26.

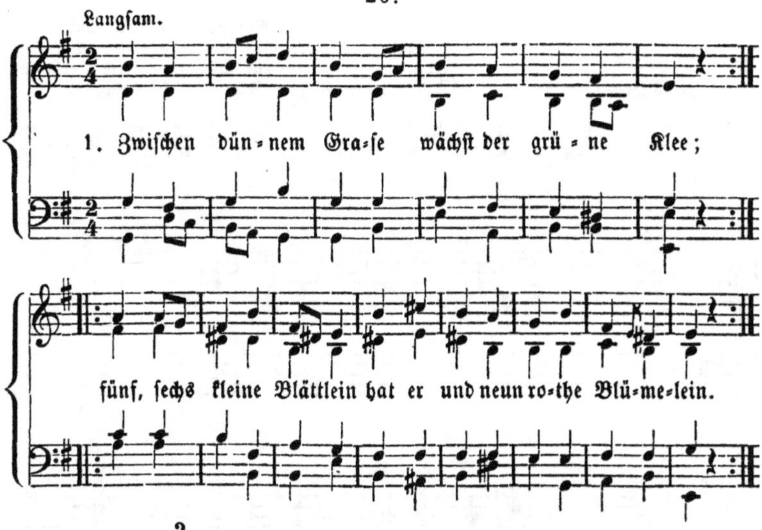

2.

|: Im verstreuten Dörfchen
Wächst ein Mägdelein, :|
|: Ohne Vater ohne Mutter,
Ohne Brüder, Schwesterlein. :|

3.

Und der junge Bruder
Sattelt sich das Roß,
Und die junge Schwester
Jätet Rauten aus.
|: Bruder wohin willst du reiten,
Kommst du wieder, Brüderlein? :|

4

|: Niemals kehr ich wieder
Nie besuch ich euch. :|
|: Wiederkehren wird mein Rößlein,
Mein schwarzbraunes Rößlein nur :|.

5.

Kömmt das Roß gelaufen
Wiehernd laut daher;
Kömmt die Maid gegangen
Weinend bitterlich.
|: ʻO du Rößlein, o schwarzbraunes!
Sag wo blieb der Reiter dein? :|

6.

|: ʻʻAch dein lieber Bruder
Der mein Reiter war, :|
|: Liegt im Kriege todt gehauen,
Von der Andern Fuß zerstampft" :|

7.

Führen will das Rößlein
Ich aufs Brachfeld hin;
Werfen will die Sporen
Ich in tiefen Sumpf,
|: Und den Säbel will ich hängen
An die gelbe Zimmerwand :|

8.

Und das Rößlein wiehert
Auf dem Brachfeldlein,
Und die Sporen rosten
In dem tiefen Sumpf;
|: Doch es blinkt der blanke Säbel
An der gelben Zimmerwand. :|

27.

Die § § zeigen den Anfang einer Zeile an. Das in Wiederholungszeichen eingeschlossene fehlt den beiden ersten Versen und wird im dritten Verse ein Mal, im vierten zwei Mal u. s. f. gesungen.

In Schrittbewegung.

Im Dienst stund ich bei meinem Herrn
In dem ersten Jahr gern.
Da verdient ich 'ne Henne bei ihm.
Meiner Henne gehn Hünchen schon nach,
Meiner Henne gehn Hünchen schon nach.

In dem Dienst blieb ich bei meinem Herrn
Auch ein zweites Jahr gern.
Da verdient ich 'ne Ente bei ihm.
Meine Ente die watet im Bach,
Meiner Henne gehn Hünchen schon nach.

In dem Dienst blieb ich bei meinem Herrn
Auch ein drittes Jahr gern.
Da verdient ich ein Gänschen bei ihm.
  Und mein Gänsrich machts: gigak;
Meine Ente die watet im Bach,
Meiner Henne gehn Hünchen schon nach.

In dem Dienst blieb ich bei meinem Herrn
Auch ein viertes Jahr gern.
Da verdient ich ein Geißlein bei ihm.
  Und mein Böcklein stößt daß kracht;
  Und mein Gänsrich machts: gigak;
Meine Ente die watet im Bach,
Meiner Henne gehn Hünchen schon nach.

In dem Dienst blieb ich bei meinem Herrn
Auch ein fünftes Jahr gern.
Da verdient ich ein Schäflein bei ihm.
  Und mein Schäflein: warme Wolle;
  Und mein Böcklein stößt daß kracht;
  Und mein Gänsrich, machts: gigak;
Meine Ente die watet im Bach
Meiner Henne gehn Hünchen schon nach.

In dem Dienst blieb ich bei meinem Herrn
Auch ein sechstes Jahr gern.

Da verdient ich ein Schweinchen bei ihm.
  Und mein Schweinchen grunzt: o=i;
  Und mein Schäfchen: warme Wolle;
  Und mein Böcklein stößt daß kracht;
  Und mein Gänsrich machts: gigak;
Meine Ente die watet im Bach
Meiner Henne gehn Hünchen schon nach.

In dem Dienst blieb ich bei meinem Herrn
Auch ein siebentes Jahr gern.
Da verdient ich ein Kühlein bei ihm.
  Meine Kuh gibt gute Milch;
  Und mein Schweinlein grunzt: o=i;
  Und mein Schäflein warme Wolle;
  Und mein Böcklein stößt daß kracht;
  Und mein Gänsrich machts: gigak;
Meine Ente die watet im Bach
Meiner Henne gehn Hünchen schon nach.

In dem Dienst blieb ich bei meinem Herrn
Auch ein achtes Jahr gern.
Da verdient ich ein Öchslein bei ihm.
  Und mein Ochs hat starke Hörner;
  Meine Kuh gibt gute Milch;
  Und mein Schweinlein grunzt: o=i;
  Und mein Schäflein: warme Wolle;
  Und mein Böcklein stößt daß kracht;
  Und mein Gänsrich machts: gigak;
Meine Ente die watet im Bach,
Meiner Henne gehn Hünchen schon nach.

In dem Dienst blieb ich bei meinem Herrn
Auch ein neuntes Jahr gern.
Da verdient ich ein Rösslein bei ihm.
  Und mein Roß ist ein guter Traber;
  Und mein Ochs hat starke Hörner;
  Meine Kuh gibt gute Milch;
  Und mein Schweinlein grunzt o=i;

Und mein Schäflein: warme Wolle;
Und mein Böcklein stößt daß kracht;
Und mein Gänsrich machts: gigak;
Meine Ente die watet im Bach,
Meiner Henne gehn Hünchen schon nach.

In dem Dienst blieb ich bei meinem Herrn
Auch ein zehntes Jahr gern.
Da verdient ich ein Mädchen bei ihm.
Und mein Mädchen: süße Liebe;
Und mein Roß ist ein guter Traber;
Und mein Ochs hat starke Hörner;
Meine Kuh gibt gute Milch;
Und mein Schweinlein grunzt: o-i;
Und mein Schäflein: warme Wolle;
Und mein Böcklein stößt daß kracht;
Und mein Gänsrich machts: gigak;
Meine Ente die watet im Bach,
Meiner Henne gehn Hünchen schon nach.

28.

Im Haffe fuhr ich,
Die Netze wusch ich,
Und weiß und weiß
Wusch ich die Hände;
Da ließ ich fallen
Das goldne Ringlein
Vom kleinsten meiner Finger.

'Fleh an, o Knabe,
Den Wind des Nordens
Und fleh zum Segel,
Das jetzo ruhet!
Vielleicht wirft Sturm aus
Das goldne Ringlein
Auf diese grüne Wiese.'

Es kommt das Mädchen
Am frühen Morgen
Und bringt mir Frühstück.
In einem Händchen
Hält sie das Frühstück,
Und in der andern
Trägt sie die bunte Harke.

'Mäh ab, o Knabe,
Die grüne Wiese!
Vielleicht beim Mähen
Zeigt sich das Ringlein;
Vielleicht beim Mähen
Zeigt sich das Ringlein,
Wol in der neunten Schwabe.

Leg hin, o Knabe,
Die goldne Sense
Und laß nun ruhen
Die weißen Hände!
Und wenn geruhet
Die weißen Hände,
Dann setze dich zum Frühstück!'

'Nun harke Mädchen
Die grüne Wiese!
Vielleicht beim Harken
Zeigt sich das Ringlein;
Vielleicht beim Harken
Zeigt sich das Ringlein
Wol in der neunten Schwabe."

29.

Durch den Rautengarten
Wandelte das Mädchen;
Mit der Fische Kämmen
Kämmte sie ihr Köpflein.

Einen Kranz von Rauten
Trägt sie in dem Händchen;
Ihres jungen Knaben
Denkt sie alle Tage.

'Rauten möcht ich pflücken
Und die Lilien knicken,
Wenn ich meinen Knaben
Jeden Tag nur sähe.

Keinen schönern gibt es,
Keinen angenehmern,
Als den lieben Knaben
Der so weiß und rot ist.'

————

30.

'Du Eichenbäumlein,
Du hundertästges,
Du wirst nicht lange grünen.

Ich habe ja noch
Zwei junge Reiter,
Die wollen ab dich hauen.'

"Und haust du ab mich
Jetzt in dem Winter,
Grün' ich im Sommer wieder.

Was wollt ihr machen
Aus meinen Ästen,
Und auch aus meinem Stämmlein?"

'Aus deinen Ästen
Ein Schlittlein biegen
Und dran den Braunen spannen;

Aus deinem Stämmlein
Ein schwarzes Kähnlein
Und drauf im Waßer fahren.'

Und unsre Schwester,
Die freite weit hin,
Wol über Meer und Haff hin.

'O unsre Schwester,
Du unsre junge!
Wann wirst du uns besuchen?'

"O meine Brüder,
Ihr meine jungen!
Ich werd euch nicht besuchen."

'Der Strom wird schwellen,
Die Blätter sprießen,
Der Rasen wieder grünen.

O unsre Schwester,
Du unsre junge,
Wir werden dich besuchen.

Wir werden spannen
Ein grünes Schnürchen
Wol über Meer und Haff hin.

Das dient als Ruder,
Und dient als Schutzwehr,
Und wird als Fähre dienen.'

————

31.

Als ich Morgens auf stund
Gieng ich durch das Dörfchen,
Und da hörte, hört ich
Eines Falken Stimme.

Nicht des Falken Stimme
Wars, es war mein Vater;
Väterlein ist traurig:
'Klein ist ja mein Sohn noch.

Fort ritt in den Krieg er;
In der Stadt der Ungarn,
Die mit Stein gepflastert,
Stehen die Soldaten.

Hin gestellt die Flinten,
Lehnen sie am Degen
Und mit seidnen Tüchern
Wischen sie die Thränen.'

———

32.

Die Russen stehen
Auf grüner Wiese:
'Schon morgen werden
Wir in der Polen Hand sein.'

Von Blut die Erde
Begann zu blühen;
Zu schauen kamen
Die Könge alle.

'Dank, lieber Vater,
Fürs weiße Brot dir!
Dank, alte Mutter,
Dir für dein Tragen!'

———

33.

'Ei Faulbaum, Faulbaum, Faulbäum-
lein, Faulbäumchen,
Warum nicht blühst du im Winter,
im Winter?' *)

"Der Nachtfrost erfriert mir die Blüt-
chen, die Blütlein,
Das Windlein knicket die grünenden
Ästlein."

'Ei Bruder, ei Brüderchen, Brüderlein
mein,
Warum denn nicht ziehst du hinweg
in das Krieglein?'

"Ei Schwester, ei Schwesterchen, Schwe-
sterlein mein,
Du weißt viel was der Krieg ist, das
Krieglein, das Kriegchen.

Da sammeln sich Horden, sich Hörd-
lein und Hördchen,
Wie unter dem Himmel die schwärz-
lichen Wölklein.

Da blinken die Schwerter, die Schwertlein, die Schwertchen,
Wie unter dem Himmel die funkeln-
den Sternlein.

Da fliegen die Kugeln, die Kügelein,
Kügelchen
Wie im Garten des Vaters die Bien-
lein, die Bienchen."

———

*) Ist wegen der vielen Deminutivformen des
Urtextes kaum zu übersetzen. Die Bildsamkeit der
litauischen Sprache macht manche Lieder u. s. w.
unübertragbar; aus diesem Grunde habe ich manches auslaßen müßen.

34.

Auf hohem Berge
Liegt der Rautengarten,
Und drinnen wandelt
Ein schönes Fräulein:
'Pflück ab die grüne Raute!'

"Nicht Rauten pflücken
Und Sträuße geben
Will ich, nur bleiben
Ein schönes Fräulein
Des Königes von Saron.

Noch besitz ich sechs der Rosse,
Alle wol mit Stahl beschlagen;
Den Knaben bitt ich:
Spann an die Rösslein,
In die Stadt will ich jetzt fahren."

Ein Thor ist von grünem Erze,
Messingen das zweite,
Jedoch das dritte
Ist ganz aus weißem Silber,
Und da hielt die Braut den Einzug.

Man gab zu trinken
Aus goldnem Becher
Aus des Königs eignem Faße;
Trommeln ließ man rühren,
Glocken ließ man läuten,
Wo die Braut den Einzug hielt. *)

————

*) Auch in der litauischen Aufzeichnung sind
die Verse ungleich.

35.

Bei dem Vater wuchs ich,
Hatte meinen Willen;
Und ich fütterte mein Rösslein
Nur mit lauter Haber.

Wol gefüttert hab ichs,
Aber nicht gestriegelt;
Schicken möcht ich meine Schwester,
Um das Roß zu striegeln.

Durch die Hausflur gieng ich,
Bitter weinten alle;
Aber niemand weint so bitter,
Als mein liebes Mädchen.

Stieg sodann zu Rosse,
Und die Schwestern weinten;
Aber niemand weint so bitter,
Als mein liebes Mädchen.

Fort zum Kriege ritt ich,
Alles gab Geleit mir;
Niemand aber gieng so weit mit,
Als das junge Mädchen.

'Geh nicht weiter, Mädchen!
Bin ja nicht dein Bruder.
Geh nach Hause, geh zurücke,
Ich zieh in den Krieg fort.

Geh noch mit, o Mädchen,
Bis zum grünen Wäldchen!
Dort wirst du den Kukuk hören
Und dein Herz beruhgen.

Käm mir der Gedanke,
Könnt ich mich ertränken,

Gieng im Garten, gieng im Gärtlein
      Auf und ab,
Und ich pflanzte Nägelein da
      Zweierlei.

Einen Zweig von Nägelchen, der
      Gelb wie Gold,
Einen andern Zweig der Nelken,
      Feurig rot.

Zu dem Oberpfarrer Ragnits
      Bring ich sie;
Ich geb Nägelein dem Pfarrer
      Zweierlei,
Und der Pfarrer mir den Knaben,
      Den ich mag.

———

5. Sprüche.

Alus macht Pein
Im Leibe mein;
Trink Met hinein,
Vermehr die Pein!
Doch beßer wirds auf Brantewein.

———

Die Augen in der Scheibe,
Die Zähne in der Tasche,
Die Füße in den Händen —
Dann o lieber Gott
Dann verlaß mich nicht.*)

———

*) Im Litauischen durchaus gereimt. Der Sinn
ist: wer Brille, Meßer und Stock braucht u. s. w.

Vom Reden.

Einer mit sich thut nicht gut;
Zweie plaudern wolgemut;
Gut beraten wird zu drein;
Klüger können vier wol sein;
Neune schwatzen allerhand,
Zwölfe aber Unverstand.

———

Vom Trinken.

Einer — das thut nimmer gut;
    Zweien droht der Schlummer;
Dreie trinken wolgemut;
    Viere — noch ein Mäßlein;
Neun sind Brüder schon beim Glas,
Zwölfe zechen ohne Maß.

———

www.ingramcontent.com/pod-product-compliance
Lightning Source LLC
Chambersburg PA
CBHW071514110726
47908CB00003B/832